ein Ullstein Buch

ÜBER DAS BUCH:

Fliegen – das ist die Liebe zur Maschine, die genausowenig nur aus Metall und Öl besteht wie der Mensch aus Fleisch und Blut, das ist aber auch die Weite des Horizonts, eine Erfüllung von Träumen und Hoffnungen, eine selbstbewußte Lebensverwirklichung. In seinen Essays – einer gedankenreichen Mischung aus Entdeckerfreude und Abenteuern – läßt Richard Bach, Autor des Weltbestsellers *Die Möwe Jonathan*, den Leser nicht nur miterleben, was ihm in seiner geliebten alten Kiste, einem Doppeldecker mit offener Kabine, widerfuhr, sondern er läßt ihn in einer ganz unsentimentalen Weise auch mit begreifen, wie die Unbegrenztheit des Himmels den Menschen erfüllen kann.

»In keinem Fall erliegt Richard Bach der Täuschung, literarisches Make-up könne die Präzision von Gedanken und Ausdruck ersetzen. Das Ergebnis ist ein ausgezeichnetes, stellenweise zauberhaftes Buch.«

(Welt am Sonntag)

DER AUTOR:

Richard Bach, 1935 in Oak Park, Illinois, geboren, entdeckte seine Liebe zur Fliegerei bereits mit siebzehn Jahren. Mit achtzehn wurde er zum Jetpiloten ausgebildet. Er war Schauflieger und Fluglehrer und publizierte Hunderte von Aufsätzen über seinen mit Leidenschaft ausgeübten Beruf, bis er mit seinem ersten Buch, *Die Möwe Jonathan*, einen weltweiten Erfolg errang.

Richard Bach

Glück des Fliegens

ein Ullstein Buch

ein Ullstein Buch
Nr. 20711
im Verlag Ullstein GmbH,
Frankfurt/M – Berlin
Titel der Originalausgabe:
A Gift of Wings
Aus dem Amerikanischen
von Christian Spiel

Ungekürzte Ausgabe
mit Zeichnungen von
K. O. Eckland

Umschlagentwurf:
Theodor Bayer-Eynck
Alle Rechte vorbehalten
© 1974 by Creature Enterprises,
Inc. Published by Arrangement
with Dell Publishing/Co. Inc.
New York, N.Y., USA, and Delacorte
Press/Eleanor Friede, Inc.
Auszüge aus *Wind, sand and stars*
und *The little prince* von Antoine
de Saint-Exupéry mit freundlicher
Genehmigung von Harcourt Brace
Jovanovich, Inc.
Übersetzung © 1975
Verlag Ullstein GmbH,
Frankfurt/M – Berlin
Printed in Germany 1987
Druck und Verarbeitung:
Ebner Ulm
ISBN 3 548 20711 1

Juli 1987
11.–15. Tsd.

CIP-Kurztitelaufnahme
der Deutschen Bibliothek

Bach, Richard:
Glück des Fliegens / Richard Bach.
[Aus dem Amerikan. von Christian Spiel.
Mit Zeichn. von K. O. Eckland]. –
Ungekürzte Ausg. – Frankfurt/M;
Berlin: Ullstein, 1987.
   (Ullstein-Buch; Nr. 20711)
   Einheitssacht.: A gift of wings <dt.>
   ISBN 3-548-20711-1
      NT

Inhalt

Zehn Sekunden bleiben uns	7
Menschen, die fliegen	12
Ich habe nie den Wind gehört	19
Ich habe den roten Baron abgeschossen, na und?	22
Bittgebete	32
Rückkehr eines verlorenen Piloten	35
Wörter	43
Überlandflug in einer alten Kiste	46
Stahl, Aluminium, Muttern und Bolzen	54
Das Mädchen von seinerzeit	61
Im Getriebe des Kennedy Airport	71
Der Blick ins Weite	83
Das Vergnügen ihrer Gesellschaft	86
Ein Licht im Werkzeugkasten	95
Überall ist's okay	98
Zu viele blöde Piloten	108
Denken Sie an Schwarz	112
Schule der Vollkommenheit	117
Südwärts nach Toronto	128
Die Katze	135
Die Schneeflocke und der Dinosaurier	148
MMRRrrrauKKKkrältschkAUM oder die Party in La Guardia	151
Ein Evangelium nach Sam	159
Die Dame in Pecatonica	162
Mit den Möwen stimmt was nicht	165
Hilfe, ich komme von einer Idee nicht los!	168

Warum Sie ein Flugzeug brauchen . . . und wie man dazu kommt	175
Luftfahrt oder Flug	182
Eine Stimme im Dunkeln	190
Barnstorming heute	193
Ein Stück Erde	202
Bitte nicht üben!	206
Reise an ein vollkommenes Ziel	210
Loopings, Stimmen und die Furcht vor dem Tod	214
Tod am Nachmittag – ein Erlebnis beim Segelfliegen	220
Geschenk für einen Fünfzehnjährigen	228
Alle Ägypter werden eines Tages fliegen können	232
Jeder hat sein eigenes Paradies	235
Auf einem anderen Planeten daheim	238
Abenteuer in einem fliegenden Gartenhaus	242
Brief von einem gottesfürchtigen Mann	251

Zehn Sekunden bleiben uns

nach dem Aufwachen, so heißt es, wenn wir uns an die Träume der vergangenen Nacht erinnern wollen. Notizen, die man im Dunkel, mit geschlossenen Augen, hinkritzelt, halten ein paar Trümmer und Fetzen fest. Sie zeigen, was der Träumende erlebt hat und was das träumende Ich zum wachen Ich sagen würde.

Ich versuchte es einige Zeit mit einem Tonbandapparat und sprach sofort nach dem Erwachen meine Träume in das kleine Batteriegerät neben meinem Kopfkissen. Aber es ging nicht. Ein paar Sekunden lang konnte ich mich erinnern, was in der Nacht geschehen war, doch die Geräusche auf dem Band bildeten keine verständlichen Worte, wenn ich es hinterher abhörte. Nur diese dumpf krächzende Grabesstimme war zu vernehmen, hohl und alt wie eine Kryptatür – als wäre der Schlaf der Tod selbst.

Mit Papier und Kugelschreiber ging es besser, und als ich aufhörte, Zeile um Zeile untereinander zu schreiben, erschloß sich mir allmählich, welche Reisen jener Teil meines Selbst unternimmt, der niemals schläft. Über Berge und Berge hinweg führen sie durch das Land des Traums, immer wieder im Flugzeug, immer wieder Bilder von Schulen, von Meereswogen, die gegen hohe Klippen branden, Unmengen merkwürdiger Details und hin und wieder ein seltener Augenblick, der aus einem vergangenen oder einem zukünftigen Leben stammen könnte.

Nicht lange danach stellte ich fest, daß sogar die Tage für mich aus Träumen bestanden und daß sie ebenso tief ins Vergessen glitten. Als ich mich nicht mehr erinnern konnte, was am vergangenen Mittwoch oder sogar am letzten Sonnabend gewesen war, begann ich über Tage wie über Nächte Tagebuch zu führen, und lange Zeit fürchtete ich, daß ich das meiste aus meinem Leben vergessen hätte.

Als ich aber ein paar Kartons mit geschriebenen Sachen hervorholte und meine Storys aus den letzten fünfzehn Jahren, die mir selbst am besten gefielen, für dieses Buch zusammenstellte, sah ich, daß ich doch nicht so viel vergessen hatte. Ob ich mich traurig oder lustig fühlte, beim Fliegen kamen mir merkwürdige Vorstellungen, hatte ich geschrieben – Storys und Artikel statt Seiten in einem Tagebuch, insgesamt mehrere hundert. Als ich mir die erste Schreibmaschine zulegte, nahm ich mir fest vor, niemals über etwas zu schreiben, was mir nicht wichtig war, was nicht irgend etwas in meinem Leben veränderte, und an diesen Vorsatz habe ich mich einigermaßen gehalten.

Manches auf den folgenden Seiten ist allerdings nicht sehr gut geschrieben – ich muß den Füller in die Ecke werfen, damit ich mich nicht hinsetze, um ›Mit den Möwen stimmt was nicht‹ und ›Ich hab nie den Wind gehört‹ neu zu schreiben, die ersten Storys, die eine Zeitschrift von mir genommen hat. Die frühen Storys habe ich deswegen aufgenommen, weil manches, was dem Anfänger wichtig war, trotz des ungeschickten Stils zu erkennen ist, und weil man doch spürt, welche Ideen er zu fassen versuchte, und vielleicht über den armen Jungen ein bißchen lächelt.

Anfang des Jahres, in dem mir mein Ford weggenommen wurde, weil ich die Raten nicht bezahlt hatte, schrieb ich auf ein Kalenderblatt ein paar Fragen an mich, die der Richard Bach einer fernen Zukunft vielleicht wieder finden würde:

Wie hast du es eigentlich bis heute geschafft? Von hier aus meint man, daß das nicht ohne ein Wunder geht. Ist ›Die Möwe Jonathan‹ erschienen? Filme – hat sich damit was getan?
Irgendwelche neuen Projekte, von denen du damals keinen Schimmer hattest? Ist alles besser und schöner geworden? Was sagst du zu meinen Befürchtungen?

R. B., 22. März 1968

Vielleicht ist es nicht zu spät, dem Fragenden von damals als Geist zu erscheinen und seine Fragen zu beantworten:

Du hast es geschafft, weil du beschlossen hast, nicht aufzugeben, als der Kampf nicht gut stand . . . das war das einzige Wunder, das nötig war. Ja, Jonathan kam doch noch heraus. Die Filmpläne und ein paar andere, an die du damals nicht gedacht hast, laufen gerade an. Bitte, vergeude deine Zeit nicht mit Sorgen und Ängsten.

So sprechen immer die Engel: Verzage nicht, fürchte dich nicht, es wird schon alles gut. Mein Ich von damals hätte wahrscheinlich über mein Ich von heute die Stirn gerunzelt und gesagt: »Du hast leicht reden, aber ich hab fast nichts mehr zu essen und bin seit Dienstag pleite!«

Vielleicht aber auch nicht. Der Richard Bach von damals war ein Mensch voller Hoffnungen und Vertrauen. Allerdings nur bis zu einem gewissen Punkt. Wenn ich ihm sage, er soll Wörter und Absätze verändern, dies wegstreichen und was anderes dazuschreiben, dann gibt er mir zur Antwort, ich soll doch bitte abhauen, mich wieder in die Zukunft verkrümeln – er wisse gut genug, wie er sagen soll, was er sagen will.

Ein Berufsschriftsteller, so heißt ein alter Spruch, ist ein Amateur, der nicht aufgegeben hat. Irgendwie, vielleicht weil es ihn in keinem anderen Job lange hielt, wurde der ungeschickte Anfänger zu einem Amateur, der nicht aufgab und noch immer nicht aufgibt. Ich konnte mich mir selber nie als Schriftsteller vorstellen, als eine komplizierte Seele, die nur für

Wörter aus Tinte lebt. Tatsächlich kann ich überhaupt nur dann schreiben, wenn eine Idee mich förmlich überfällt, mich am Kragen packt und schreiend an die Schreibmaschine prügelt. Jeder Zoll auf dem Boden und an den Wänden zeigt die Spuren und Kratzer meiner Füße und Fingernägel, die sich verzweifelt sträuben.

Für manche dieser Storys brauchte ich viel zu lange. Drei volle Jahre beispielsweise, um den ›Brief von einem gottesfürchtigen Mann‹ zu schreiben. Ich packte diese Geschichte immer wieder an, spürte, daß sie irgendwie geschrieben werden mußte, daß es hier um vieles ging, was wesentlich war, was gesagt werden mußte. Aber wenn ich mich an die Schreibmaschine gezwungen hatte, dann umgab ich mich mit Haufen zerknüllten Papiers, wie ein Schriftsteller im Film. Immer wieder stand ich stöhnend und knurrend auf und warf mich aufs Bett, begrub ein Kopfkissen unter mir und versuchte es mit einem neuen Notizbuch, ein Trick, der manchmal bei schwierigen Storys funktioniert. Aber die Idee vom Fliegen als Religion kam mir grau wie Blei und zehnmal schwerer als Blei aus der Feder, und ich murmelte Verwünschungen und zerknüllte das Blatt, als ob man gestelztes, schlechtes Geschreibsel so einfach zerknüllen und an die Wand werfen könnte wie ein Blatt Notizpapier.

Aber dann löste sich der Knoten eines Tages. Das hatte ich den Kollegen in der Seifenfabrik zu verdanken, ohne sie wäre die Story noch heute nicht mehr als ein Knäuel Papier in der Zimmerecke.

Erst mit der Zeit lernte ich, daß es beim Schreiben darauf ankommt, die Story sich selber schreiben zu lassen, während man an der Schreibmaschine sitzt und möglichst wenig nachdenkt. Es passierte immer wieder, und der Anfänger lernte es allmählich: Wenn man anfängt, sich über einen Gedanken den Kopf zu zerbrechen, und immer langsamer wird, dann wird das, was herauskommt, schlechter und schlechter.

›Im Getriebe des Kennedy Airport‹ fällt mir ein. Diese Story, ursprünglich als Buch geplant, brachte mich dem Wahnsinn am nächsten. Wie beim ›Brief‹ rutschten mir die Wörter immer wieder in eine unsichtbare, dumpfe Langweiligkeit ab; immer wieder tauchten alle möglichen Zahlen und statistischen Ziffern in den Zeilen auf. So ging es fast ein ganzes Jahr. Tage und Wochen auf diesem Monstrum, halb Zirkus, halb Flughafen, beobachtete ich die ganze Vorstellung, die Aktentasche gefüllt mit Popcorn und Zuckerwatte in Form von Zahlen und Notizen, die sich dann auf dem Papier in ein fades Geschreibsel verwandelten.

Als ich mir endlich vornahm, mich nicht mehr darum zu kümmern, was mein Verleger wollte und was auch ich wollte, und einfach drauflos zu marschieren, naiv und sorglos, da schlug die Story die Augen auf und begann das Laufen zu lernen.

Das Buch wurde abgelehnt, als der Lektor sah, daß es sich unbeschwert von aller Statistik auf dem Spielplatz tummelte, aber die Fachzeitschrift ›Air Progress‹ druckte es sofort, so wie es war – nicht Buch, nicht Artikel, nicht Feuilleton. Ich kann nicht sagen, ob ich diese Runde gewonnen oder verloren habe.

Jeder, der in einer Zeitschrift abdrucken läßt, was er liebt und fürchtet und erlebt hat, nimmt Abschied von den Geheimnissen seines Innern und gibt sie der Welt preis. Als ich ›Das Vergnügen ihrer Gesellschaft‹ schrieb, wurde eine Seite dieses Abschieds klar und einfach: »Um einen Schriftsteller kennenzulernen, braucht man ihm natürlich nicht persönlich zu begegnen, man muß nur lesen, was er geschrieben hat.« Die Story schrieb sich von selbst, aus einer plötzlichen Erkenntnis: Einige meiner besten Freunde sind Menschen, denen ich niemals begegnen werde.

Die andere Seite dieses Abschieds von Geheimnissen sah ich erst nach einigen Jahren. Was soll man zu einem Leser sagen, der auf einem Flugplatz auf einen zukommt und einen besser kennt als seinen eigenen Bruder? Es war schwer zu glauben, daß ich mein Innenleben nicht einer einsamen Schreibmaschine oder auch nur einem Bogen Papier, sondern lebenden Menschen anvertraut hatte, die manchmal auftauchen und einem guten Tag sagen. Das ist nicht unbedingt angenehm, wenn man Dinge der Einsamkeit liebt wie den Himmel, das Aluminium und Gegenden, wo es still ist in der Nacht. »HALLO, SIE!« an einem Ort zu hören, der immer still und unsichtbar war, hat jedesmal etwas Unheimliches, gleichgültig, wie gut es gemeint ist.

Ich bin heute froh, daß es für mich zu spät war, Neville Shute oder Antoine de Saint-Exupéry oder Bert Stiles anzurufen, als ich erkannte, was mir diese Menschen bedeuteten. Mit meinem Lob hätte ich sie nur erschrecken können, hätte ich sie gezwungen, sich hinter einer Mauer von Nett-daß-Ihnen-das-Buch-gefallen-hat gegen meine Zudringlichkeit zu verschanzen. Ich kenne sie heute besser, weil ich nie mit ihnen gesprochen habe, ihnen nie bei Autogrammstunden in einer Buchhandlung begegnet bin. Ich wußte das nicht, als ich ›Das Vergnügen ihrer Gesellschaft‹ schrieb, doch das ist nicht so schlimm – neue Wahrheiten fügen sich naht- und zwanglos an alte an.

Die meisten Storys, die dieses Buch enthält, sind in Fachzeitschriften erschienen. Vielleicht haben ein paar tausend Leute sie gelesen und dann weggeworfen oder für die Altpapiersammlung der Pfadfinder bereitgelegt. Rasch vergänglich ist, was man für Magazine schreibt. Es hat die Lebensdauer einer Eintagsfliege, und wenn man nicht mehr gedruckt wird, ist man so gut wie tot.

Die besten meiner papiernen Kinder sind hier versammelt, gerettet aus Bergen von Abfall, gerettet vor Feuer und Rauch. Zu neuem Leben erweckt, springen sie von Burgmauern, weil sie glauben, daß Fliegen glücklich macht. Ich lese sie heute wieder und höre mich selbst in einem leeren Zimmer sagen: »Das ist eine hübsche Story, Richard!« »*Das nenne ich aber gut geschrieben!*« Sie bringen mich zum Lachen und manchmal, an manchen Stellen, bringen sie mich zum Weinen, und das gefällt mir an ihnen.

Vielleicht, daß auch Ihnen das eine oder andere meiner Kinder gefällt, daß es Sie an der Hand nimmt und, wer weiß, Ihnen hilft, den Himmel zu berühren, der ein Teil Ihrer Heimat ist.

Richard Bach, August 1973

Menschen, die fliegen

Neunhundert Meilen weit hörte ich dem Mann zu, der in der Maschine, Flug 224 von San Francisco nach Denver, neben mir saß. »Wie ich Firmenvertreter geworden bin?« sagte er. »Nun, ich kam mit siebzehn zur Marine, mitten im Krieg . . .« Und er war zur See gefahren und bei der Landung auf Iwo Jima dabeigewesen, hatte in einem Landungsboot Soldaten und Nachschub an den Strand gebracht, unter feindlichem Beschuß. Ich hörte eine Menge von Ereignissen aus jener Zeit, den Tagen, als dieser Mann sein Leben gelebt hatte.

Dann brachte er mir in fünf kurzen Sekunden bei, worin die dreiundzwanzig Jahre nach dem Krieg für ihn bestanden hatten: ». . . dann bekam ich 1945 diesen Job bei der Firma, und da bin ich seitdem.«

Wir landeten in Denver Stapleton, der Flug war zu Ende. Ich verabschiedete mich von dem Vertreter, jeder von uns verlor sich in der Menge auf dem Flughafen, und natürlich habe ich ihn nie wiedergesehen. Doch vergessen hab ich ihn nicht.

Mit so vielen Worten hatte er es gesagt: Das einzige Mal, da er wirklich gelebt, echte Freunde gehabt und wirkliche Abenteuer erlebt hatte, die einzigen Dinge seit seiner Geburt, die es lohnten, an sie zurückzudenken und sie noch einmal zu durchleben – das waren ein paar vereinzelte Stunden auf See gewesen, mitten in einem Weltkrieg.

In den Tagen, die auf die Ankunft in Denver folgten, flog ich Sportmaschinen zu kleinen Fly-ins von Sportpiloten draußen auf dem Land, und ich dachte oft an den Vertreter und fragte mich immer wieder, woran eigentlich ich selbst mich erinnere. Welche Zeiten konnte ich mir zurückrufen und noch einmal durchleben, da ich echte Freunde gehabt, echte Abenteuer erlebt, da ich wirklich gelebt hatte?

Aufmerksamer denn je hörte ich den Leuten um mich herum zu. Ich hörte zu, wenn ich manchmal abends auf dem Gras unter den Tragflächen von hundert verschiedenen Flugzeugen mit Piloten zusammensaß. Ich hörte zu, wenn ich mit ihnen in der Sonne stand oder wenn wir, nur um miteinander zu plaudern, ziellos an langen Reihen neugepinselter Oldtimer und selbstgebastelter Maschinen und zum Verkauf ausgestellter Sportflugzeuge entlangschlenderten.

»Vermutlich ist das, was uns zum Fliegen treibt, egal was es ist, das gleiche, was den Seemann aufs Meer hinauszieht«, hörte ich. »Das Warum werden manche Leute nie begreifen, und wir können es ihnen nicht erklären. Wenn sie's begreifen wollen und innerlich aufgeschlossen sind, können wir's ihnen zeigen, *sagen* aber können wir es nicht.«

Es ist wahr. Wenn mich einer fragte »Fliegen, warum?«, würde ich ihm nichts darauf sagen. Statt dessen würde ich ihn an einem Sonntagnachmittag Ende August auf einen Flugplatz mitnehmen. Die Sonne scheint, und eine Wolke segelt gerade über den Himmel, und dazu weht eine kühle Brise um die Präzisionssculpturen der Leichtflugzeuge, die in allen Farben des Regenbogens bemalt sind und jedes auf seinem Platz auf dem Gras steht. Der Geruch nach reinem Metall und Stoff liegt in der Luft, und man hört das Pusten eines kleinen Motors, der sich zum Start warmläuft und eine kleine Windmühle von Propeller antreibt.

Kommen Sie für einen Moment mit und schaun Sie sich ein paar von den Leuten an, die sich diese Maschinen zugelegt haben und fliegen, und sehn Sie, was das für Menschen sind und warum sie fliegen und ob sie deswegen nicht vielleicht ein bißchen anders sind als sonst jemand auf der Welt.

Schaun Sie zum Beispiel den Air-Force-Piloten an, der gerade die silberne Motorhaube einer Sportmaschine wienert, die er in seiner Freizeit fliegt, wenn sein achtstrahliger Düsenbomber eine Pause einlegt.

»Vermutlich lieb ich das Fliegen und vor allem diese enorme Bindung zwischen einem Menschen und einem Flugzeug. Ich spreche nicht von jedem – lassen Sie mich von den Ausnahmen sprechen und romantisch sein –, aber von dem, für den das Fliegen das Leben bedeutet, der Himmel nicht als Arbeitsplatz oder zur Unterhaltung da ist, sondern ihm sein *Zuhause* gibt.«

Hören Sie einer Gruppe von Piloten zu, von denen einer mit kritischem Blick seine Frau beobachtet, die gerade in ihrer eigenen Maschine Landungen auf der Graspiste übt. »Manchmal schau ich ihr zu, wenn sie glaubt, ich hab mich verzogen. Sie küßt dieses Flugzeug auf den Propeller, bevor sie abends den Hangar abschließt.«

Ein Flugkapitän, der für eine Luftfahrtgesellschaft arbeitet, ist damit beschäftigt, mit einer kleinen Farbdose und einem winzigen Pinsel seinen selbstgebastelten Renner neu zu pinseln. »Fliegen, warum? Einfache Sache. Ich bin erst dann glücklich, wenn ich Luft zwischen mir und dem Erdboden habe.«

Eine Stunde später unterhalten wir uns mit einer jungen Dame, die erst an diesem Vormittag erfahren hat, daß bei einem Hangarbrand ein alter Doppeldecker zugrunde ging. »Ich glaube, daß man nie wieder derselbe Mensch sein kann, wenn man die Welt zwischen den Tragflächen eines Doppeldeckers gesehen hat. Wenn mir vor einem Jahr jemand gesagt hätte, daß ich um ein Flugzeug weinen würde, hätte ich ihn ausgelacht. Aber ich hab diese alte Kiste lieben gelernt . . .«

Haben Sie bemerkt, daß diese Menschen, wenn sie über ihren Grund zum Fliegen und über ihre Einstellung zu Flugzeugen sprechen, in keinem einzigen Fall die Fortbewegung erwähnen? Oder die Zeitersparnis. Oder daß diese Maschine für Geschäftszwecke enorm nützlich sein kann. Man spürt, daß ihnen all dies nicht so wichtig, daß dies nicht der Hauptgrund ist, der Männer und Frauen hinauf an den Himmel führt. Sie sprechen, wenn wir sie näher kennenlernen, von Freundschaft und Freude, von Schönheit und Liebe, vom Leben, einem echten, unmittelbaren Leben in Regen und Wind. Und wenn man sie fragt, woran sie sich aus ihrem bisherigen Leben erinnern, dann wird keiner die vergangenen dreiundzwanzig Jahre auslassen. Kein einziger.

»Ja, da fällt mir sofort ein, wie ich letzten Monat auf dem Weg nach Council Bluffs im Formationsflug mit Shelby Hicks dahinknatterte, der in seinem großen Stearman-Doppeldecker führte. Shelby war am Steuer, und Smitty machte in der vorderen Kabine die Navigation -- so wie er sie halt immer macht, richtig sorgfältig, mit all seinen Entfernungen und Kursberechnungen auf ein Grad genau –, und plötzlich packt der Wind seine Karte, und schwupps fliegt sie aus der Kabine hinaus wie ein großer grüner Schmetterling, der neunzig Meilen drauf hat, und der arme Smitty will sie noch packen, erwischt sie aber nicht mehr ganz und macht ein ganz entgeistertes Gesicht, und Shelby schaut zuerst etwas verdattert, fängt dann aber zu lachen an. Obwohl ich ein Stück entfernt danebenfliege, kann ich sehen, wie Shelby vor Lachen die Tränen unter der Schutzbrille herunterlaufen und wie Smitty erst voller Wut ist, aber dann zu lachen anfängt und sagt: ›Du führst uns jetzt!‹«

Ein Bild, das in die Erinnerung geprägt ist, weil es ein herrlicher, gemeinsamer Spaß war.

»Ich erinnere mich daran, wie damals John Purcell und ich in meiner Maschine auf einer Weide in South Kansas landen mußten, weil sich ganz plötzlich das Wetter verschlechterte. Zum Abendessen hatten wir nichts als einen Riegel Schokolade. Wir schliefen die ganze Nacht unter der Tragfläche, und nach Sonnenaufgang haben wir ein paar wilde Beeren gefunden, die wir uns aber nicht zum Frühstück zu essen getrauten. Und dann hat John, dieser Kerl, gesagt, meine Maschine ist ein mieses Hotel, weil er vom Regen ein bißchen naß geworden ist. Er wird nie erfahren, wie nah ich dran war, einfach loszufliegen und ihn mutterseelenallein sitzenzulassen, wenigstens eine Zeitlang . . .«

Reisen mitten durch die Einsamkeit.

»Ich erinnere mich an den Himmel über Scottsbluff. Die Wolken müssen zehn Meilen über uns hochgestiegen sein. Wir kamen uns wie lächerliche kleine Ameisen vor, kann ich Ihnen sagen . . .«

Abenteuer in einem Land der Riesen.

»Woran ich mich erinnre? Ich erinnre mich an einen ganz bestimmten Vormittag. Bill Caran hat mit mir um ein Fünf-Cent-Stück gewettet, daß er mit seiner Champ früher abheben würde als ich in der T-Craft. Und ich verlier die Wette und bin einfach platt, weil ich gegen diesen Burschen doch immer gewinne, und grad als ich hingehn und ihm seinen Gewinn auszahlen will, da seh ich, daß er mir einen Sandsack in die Maschine geschmuggelt hat! Jetzt mußte er mir zehn Cent blechen. Fünf, weil er geschwindelt hatte, und noch mal fünf, weil er den Start verloren hat, als wir's zum zweitenmal machten, diesmal aber ohne Sandsack . . .«

Geschicklichkeitsspiele mit faulen Tricks, seit der Kindheit nicht mehr gespielt.

»Woran ich mich erinnre? Woran erinnre ich mich nicht! Aber ich hab keine Lust, das jetzt auszupacken. Gibt noch zuviel zu tun.« Und ein Motor springt an, und der Pilot ist fort, fliegt dem Horizont entgegen, wird immer kleiner, bis er verschwindet.

Ich habe festgestellt, daß man an einen Punkt kommt, wo einem aufgeht, daß ein Pilot nicht deswegen fliegt, um an ein Ziel zu kommen, obwohl er doch tatsächlich an so vielen verschiedenen Plätzen landet.

Er fliegt nicht, um Zeit zu sparen, obwohl er jedesmal Zeit spart, wenn er aus seinem Auto steigt und in seine Maschine klettert.

Er fliegt nicht aus Sparsamkeitsgründen, obwohl ein kleines Gebrauchtflugzeug in Anschaffung und Unterhalt weniger kostet als ein großer neuer Wagen.

Er fliegt nicht, um Geschäfte oder Geld zu machen, obwohl er

Mr. Robert Ellison höchstselbst zum Lunch und einer Runde Golf und noch rechtzeitig zurück zur Vorstandssitzung flog und Mr. Ellison so seine Firma verkaufen konnte.

All diese Dinge, die so oft als Gründe fürs Fliegen genannt werden, sind überhaupt keine Gründe. Sie sind natürlich angenehm, aber doch nur Nebenprodukte des einzigen wahren Grunds. Und dieser einzige Grund ist, das Leben zu finden und es jetzt, unmittelbar, zu leben.

Wären die Nebenprodukte der einzige Zweck des Fliegens, so wären die meisten der Flugzeuge von heute überhaupt nicht gebaut worden, denn der Pilot eines Leichtflugzeugs hat sich mit einer Unmenge Scherereien herumzuschlagen, und diese Scherereien nimmt man nur in Kauf, wenn einem das Fliegen mehr gibt als eine eingesparte Minute.

Ein Sportflugzeug ist ein nicht ganz so zuverlässiges Beförderungsmittel wie ein Auto. Bei schlechtem Wetter kommt es nicht selten vor, daß es stunden-, manchmal tagelang festsitzt. Wenn der Besitzer seine Maschine draußen auf dem Gras des Flugplatzes abstellt, wird er bei jedem Sturm unruhig und prüft jede Wolke, ob sie Hagel bringen könnte, fast so, als wäre das Flugzeug seine Ehefrau, die draußen im Freien steht. Stellt er es in einem großen Hangar ab, macht er sich Sorgen, daß ein Brand ausbrechen könnte oder vielleicht unachtsame Arbeiter eine andere Maschine gegen seine eigene prallen lassen.

Nur wenn das Flugzeug in einem privaten Hangar sicher verschlossen ist, kann sein Besitzer ganz beruhigt sein, aber ein privater Hangar kostet, besonders in der Nähe einer Großstadt, mehr als die Maschine selbst.

Fliegen ist eine der wenigen populären Sportarten, bei denen ein schwerwiegender Fehler mit dem Tod bestraft wird. Das scheint zunächst schockierend und entsetzlich, und die Öffentlichkeit ist schockiert und entsetzt, wenn ein Pilot umkommt, der einen unverzeihlichen Fehler begangen hat. Aber so sind nun einmal die Bedingungen, mit denen der Pilot sich abfinden muß: Er muß seine Maschine lieben und kennen, dann bringt ihm das Fliegen große Freude. Liebt und kennt er sie nicht, dann wird es riskant.

Die Sache ist höchst einfach. Wer ein Flugzeug fliegt, ist für sein eigenes Schicksal verantwortlich. Es gibt so gut wie keinen Unfall, den ein Pilot nicht durch sein Handeln verhüten könnte. Ein Kind, das plötzlich zwischen zwei geparkten Autos auf die Straße läuft, so etwas gibt es in der Luft nicht. Die Sicherheit eines Piloten liegt in seinen eigenen Händen.

Es hilft nicht viel, wenn man beispielsweise zu einem Gewitter sagt: »Hört mal, Wolken und Regen, nur noch zwanzig Meilen, dann versprech ich zu landen«. Aus einem Gewitter kann einen nur der eigene

Entschluß heraushalten, nicht hineinzufliegen, das können nur die eigenen Hände, die die Maschine in reine Luft zurücksteuern, kann nur das eigene Können, das eine sichere Landung ermöglicht.

Niemand drunten auf der Erde kann ihm das Fliegen abnehmen, wie sehr ihm der Betreffende auch helfen möchte. Es bleibt die Welt des einzelnen; entweder er übernimmt die Verantwortung für sein Handeln, oder er soll auf dem Boden bleiben. Diese Verantwortung beim Fliegen abzulehnen heißt, daß man kein langes Leben vor sich hat.

Leben und Tod, das ist ein häufiges Gesprächsthema unter Piloten. »Ich werd nicht im Lehnstuhl sterben«, sagte einer, »ich sterbe in einer Maschine.« So einfach ist das. Ohne Fliegen lohnt sich das Leben nicht. Seien Sie nicht überrascht, wie viele Piloten dieses kleine Kredo glauben; es könnte sein, daß Sie in einem Jahr selbst zu ihnen gehören.

Also wird Ihr Entschluß zu fliegen nicht davon bestimmt, daß Sie aus geschäftlichen Gründen ein Flugzeug brauchen oder daß Sie eine neue Sportart betreiben möchten, die Sie fordert. Es ist das, was Sie dem Leben abgewinnen möchten. Wenn Sie eine Welt kennenlernen wollen, wo Ihr Schicksal ganz in Ihren eigenen Händen liegt, dann sieht es so aus, als wären Sie zum Fliegen geboren.

Vergessen Sie nicht: »Fliegen, warum?« hat nichts mit Flugzeugen zu tun. Es hat nichts zu tun mit den Nebenprodukten, den ›Gründen‹, wie sie so oft in den Firmenprospekten potentiellen Käufern suggeriert werden. Wenn Sie spüren, daß Sie ein Mensch sind, der Liebe zum Fliegen empfinden kann, dann werden Sie immer eine Zuflucht finden, wenn Sie des Geknabbers vor dem Fernsehgerät und der Gesellschaft seichter Leute überdrüssig sind. Sie werden lebendigen Menschen begegnen und echte Abenteuer erleben, und Sie werden lernen, hinter dem ganzen Dasein einen Sinn zu finden.

Je mehr ich auf Flugplätzen hier und dort im Land herumkomme, um so klarer wird mir, daß die meisten Piloten einfach um dessentwillen fliegen, was sie Leben nennen.

Machen Sie bitte folgenden einfachen Test mit sich und beantworten Sie diese schlichten Fragen:

Wie viele Dinge gibt es, zu denen Sie sich flüchten können, wenn Ihnen das leere Geschwätz zuviel wird?

Wie viele echte, erinnerungswerte Erlebnisse hat Ihnen das Leben in den vergangenen zehn Jahren gebracht?

Wie vielen Menschen sind Sie ein echter und aufrichtiger Freund geworden – und wie viele Menschen sind für Sie echte und aufrichtige Freunde?

Wenn Sie auf alle diese Fragen mit »eine Menge« antworten können, dann brauchen Sie nicht daran zu denken, das Fliegen zu lernen.

Wenn jedoch Ihre Antwort »nicht viele« lautet, dann könnte es sich vielleicht lohnen, daß Sie einmal an irgendeinem kleinen Flugplatz anhalten, sich mal umschauen und probieren, was das für ein Gefühl ist, wenn man in der Kabine einer Sportmaschine sitzt.

Ich denke noch immer an den Vertreter, den ich auf dem Flug von San Francisco nach Denver kennenlernte. Er hatte die Hoffnung aufgegeben, jemals wieder zu spüren, was wirklich Leben heißt, während er doch zur gleichen Zeit durch den Himmel flog, der es ihm bietet.

Ich hätte etwas zu ihm sagen sollen. Ich hätte ihm wenigstens erzählen sollen von diesem besonderen Land hoch über der Erde, wo ein paar hunderttausend Menschen aus allen möglichen Ländern Antworten auf das Problem der Daseinsleere gefunden haben.

Ich habe nie den Wind gehört

Offene Kabinen, Fliegerstiefel und Schutzbrillen, diese Zeiten sind vorbei. Statt dessen haben wir modern gestaltete Passagierkabinen, Klimaanlagen und Guckfenster mit herabziehbaren Sonnenblenden. Ich hatte diese Feststellung oft gelesen und gehört, aber plötzlich wurde mir ihre Bedeutung mit einer Endgültigkeit bewußt, die mich erschütterte. Wir müssen zugeben, daß die modernen Leichtflugzeuge mehr Komfort bieten und bei jedem Wetter fliegen können, aber sind dies die einzigen Maßstäbe, an denen sich der Genuß am Fliegen messen läßt?

Die Freude am Fliegen ist für viele von uns der einzige Grund, warum wir überhaupt zu fliegen angefangen haben; wir wollten die Stimulation kennenlernen, die es bringt. Vielleicht, daß wir, wenn wir unseren Hochdecker aufwärts steuerten, insgeheim dachten: »Das ist nicht so, wie ich es mir erhofft hatte, wenn es aber Fliegen ist, dann wird man sich wohl damit begnügen müssen.«

Eine geschlossene Kabine hält den Regen fern und erlaubt einem, entspannt und gemütlich eine Zigarette zu rauchen. Das ist ein echter Vorteil bei Wetterbedingungen, wo man nach Instrumenten fliegen muß, und für Kettenraucher. Aber ist es Fliegen?

Fliegen – das ist Wind, Turbulenzen, der Geruch von verbranntem Benzin und der Lärm des Motors, das ist die feuchte Wolke, die man an der Wange spürt, und der Schweiß unter dem Helm.

Ich bin nie in einer Maschine mit offener Kabine geflogen. Ich hab nie den Wind in den Verspannungen gehört oder nur einen Sicherheitsgurt zwischen mir und der Erde gehabt. Aber ich hab davon gelesen und weiß, daß es einmal so war.

Hat uns der Fortschritt zum Dasein einer farblosen Gruppe verdammt, die ein Zimmer voller Instrumente von Punkt A nach Punkt B befördert? Müssen wir die Erregung des Fliegens daraus beziehen, daß wir uns groß tun, wie perfekt die Instrumentenlandung klappte? Kann die Freude, hoch über der Erde dahinzufliegen, nur daraus kommen, daß man die Kontrollpunkte jedesmal mit plus oder minus fünfzehn Sekunden passiert? Vielleicht doch nicht. Natürlich haben die Instrumentenlandungen und die Kontrollpunkte einen wichtigen Platz, aber hat nicht auch das Fliegen ohne technischen Luxus, bei dem der Wind in den Drähten heult, seine Berechtigung?

Es gibt alte Hasen mit zerfransten Bordbüchern, die zehntausend Flugstunden enthalten. Wenn sie die Augen zumachen, können sie sich in die Zeit zurückversetzen, als sie in ihrer Jenny saßen und der Propellerstrahl gegen die Rumpfbespannung trommelte; das erregende Gefühl beim Überziehen bis hart ans Abkippen im brausenden Wind stellt sich wieder ein, sobald sie es aus der Erinnerung zurückrufen. Sie haben es noch erlebt.

Ich bin davon ausgeschlossen. Ich begann 1955 zu fliegen, in einer Luscombe 8E – keine offenen Kanzeln oder Verspannungen für uns neue Piloten. Es war laut und ringsum abgeschlossen, aber es ging über dem Verkehr auf den Highways dahin. Ich hielt es für Fliegen.

Dann sah ich Paul Mantz' Nieuports. Ich berührte das Holz und die Bespannung und die Drähte, zwischen denen mein Vater zu den Männern hinunterschauen konnte, die in der schlammigen Erde kämpften. Dieses herrliche, erregende Gefühl stellte sich nie ein, wenn ich eine Cessna 140 oder eine Tri-Pacer oder sogar eine F-100 anfaßte.

Bei der Air Force wurde mir beigebracht, moderne Flugzeuge auf moderne, effiziente Weise zu fliegen, ohne Risiko. Ich habe T-Birds und die F86F, die C-123 und die F-100 geflogen, und nicht ein einziges Mal hat der Wind mein Haar gestreift. Er müßte erst durch das Kabinendach (VORSICHT – nicht öffnen bei mehr als 50 Knoten angezeigter Fluggeschwindigkeit), dann durch den Helm (»Meine Herren, ein Quadratzoll dieses Fiberglases hält einer Aufprallwucht von achtzig Pounds stand«). Eine Sauerstoffmaske und ein herabgezogenes Visier vervollständigen meine Abschirmung gegen jeden eventuellen Kontakt mit dem Wind.

Es ist heute nicht anders möglich. Man kann mit einer SE-5 nicht gegen MIGs antreten. Aber deswegen muß doch nicht der Geist der SE-5 verschwinden, oder? Wenn ich mit meiner F-100 lande (Gas weg, wenn das Fahrwerk den Boden berührt, Nase nach unten drücken, Bremsfallschirm ziehen, abbremsen, bis man den Gleitschutz spürt), warum kann ich nicht auf eine kleine Graspiste gehen und eine alte Fokker D-7 mit 150 modernen Pferdestärken in der Nase fliegen. Ich würde viel dafür geben.

Meine F-100 rast mit Mach plus eins dahin, aber ich spüre das Tempo nicht. In 40 000 Fuß Höhe kriecht die dunkelgrüne Landschaft unter dem Abwurftank dahin, als befände ich mich in einer Zone, in der strikt fünfundzwanzig Meilen Geschwindigkeit vorgeschrieben sind. Die Fokker bringt es auf 110 Meilen in der Stunde, aber das in 500 Fuß Höhe und bei offener Kabine. In dieser niedrigen Höhe würde die Landschaft nicht ihre Farben verlieren, würden die Büsche und Bäume im Überfliegen nicht ineinander verschwimmen. Mein Fahrtmesser wäre keine Scheibe mit einer roten Linie irgendwo nach Mach 1, sondern das Geräusch des Winds, das mir sagt, die Nase der Maschine etwas zu drücken und bereit zu sein, aufs Seitenruder zu treten, denn dieses Flugzeug landet nicht von allein.

»Ein Flugzeug aus dem Ersten Weltkrieg mit einem modernen Motor nachbauen?« fragen Sie. »Für das Geld bekämen Sie doch eine viersitzige Maschine!«

Aber die will ich nicht! Ich will fliegen!

Ich habe den roten Baron abgeschossen, na und?

Es war kein Großmannstraum. Es war überhaupt keine Träumerei. Der Lärm kam von einem Motor aus geschwärztem Eisen, der an dem Brandschott vor meinen Stiefeln befestigt war, die Flügel mit dem Malteserkreuz, die sich über meiner Kabine ausbreiteten, waren echt. Über mir spannte sich der gleiche Himmel der Blitze und der eisigen Kälte, den ich fast zeit meines Lebens kannte, und neben dem Kabinenrand ging es tief zum Erdboden hinab.

Dort unten vor mir flog ein englischer SE-5-Jäger, olivgrün mit blauweiß-roten Scheiben, die auf die Flügel aufgemalt waren. Er hatte mich nicht gesehen. Es war alles genauso, wie ich es mir nach der Lektüre der vergilbten Fliegerbücher aus dem Krieg vorgestellt hatte. Ganz genauso.

Ich trat hart aufs Seitenruder, zog den Steuerknüppel ganz zu mir her und stieß in schnellen Rollen zu ihm hinab. Erde und Himmel drehten sich um mich, einmal smaragdgrün, einmal mehlweiß, blaue Windstöße fegten mir über die Schutzbrille.

Und währenddessen flog der arme Teufel arglos dahin.

Ich benutzte das Visier nicht, weil ich es nicht brauchte. Ich nahm die englische Maschine zwischen die Kühlmäntel der zwei Spandau-MGs auf der Haube vor mir ins Ziel und drückte auf den Knopf am Knüppel.

Kleine zitronengelb-orangenfarbene Flammen züngelten aus den MG-Mündungen, nur schwach war das Geräusch über dem Tosen des Sturzflugs zu hören. Aber die SE 5 zeigte keine Wirkung und wurde nur noch größer zwischen meinen MGs.

Ich rief nicht: »Stirb, englischer Schweinehund!« wie die deutschen Piloten in den Cartoon-Heften zu brüllen pflegen.

Ich wurde ungeduldig. Mach doch voran und fang an zu brennen, sonst ist es zu spät, und wir müssen das Ganze noch mal machen.

In diesem Augenblick wurde die SE 5 von einer schwarzen Wolke verschluckt. Sie schoß in einer verzweifelten gerissenen Rolle aufwärts. Während ihr Motor dichten schwarzen Qualm ausstieß, züngelte aus der Maschine weißes Feuer und Ölrauch. Dabei schleuderte sie alles mögliche Gerümpel in die Luft.

Ich schoß im Sturzflug an dem Engländer vorbei. Der ätzende Geruch des verbrannten Zeugs stieg mir in die Nase, während ich mich auf meinem Sitz verrenkte, um ihn abstürzen zu sehen. Aber er wollte und wollte nicht abstürzen. Die Maschine, aus der ein wahres Meer von

Rauch strömte, begann zu trudeln, wendete, kam frontal auf mich zu und eröffnete aus ihrem Lewis-MG das Feuer. Das orangenfarbene Mündungsfeuer blinzelte mir in diesem lautlosen, mörderischen Zweikampf entgegen. Mir ging nur durch den Kopf: hübsch gemacht. Und daß es einmal genauso gewesen sein muß.

Die Fokker ging in einen senkrechten Steigflug über, im gleichen Augenblick, als ich den Schalter für RUSS (unter meinem Motor kam ein Fauchen heraus) und den daneben für RAUCH drehte. Schwarz-gelb brodelte es in meiner Kabine, daß ich nur noch in kurzen Zügen Luft schnappen konnte. Seitenruder rechts, damit die Maschine nach rechts wegrutscht, den Knüppel ganz zurück, um sie zum Trudeln zu bringen. Einmal herum . . . zweimal . . . dreimal . . . alles drehte sich um mich wie ein verrückt gewordenes Karussell. Dann die Maschine abgefangen und in eine Sturzspirale, auf Schritt und Tritt verfolgt von diesem nicht abzuschüttelnden Qualmstrom.

Bald darauf wurde es in der Kabine wieder hell, und ich fing die Maschine ab und ging in den Geradeausflug über, ein paar hundert Fuß über den grünen Farmen Irlands. Chris Eagle, der die SE 5 flog, war eine Viertelmeile weit weg, machte gerade eine Kurve und wackelte mit den Flügeln, um mich aufzufordern, mich ihm anzuschließen und nach Hause zu fliegen.

Während wir nebeneinander die Bäume überflogen und mit dem Schwanzsporn auf der weiten Grasfläche des Flugplatzes Weston aufsetzten, ging ich noch einmal diesen ereignisreichen Tag durch. Seit Tagesanbruch hatte ich eine deutsche und zwei englische Maschinen abgeschossen und war selbst viermal abgeschossen worden – zweimal in einer SE 5, einmal in einer Pfalz, einmal in dieser Fokker. Es war eine anschauliche Einführung in das Berufsleben eines Filmpiloten, und davon wartete noch ein ganzer Monat auf mich.

Der Film, der hier gedreht wurde, war Roger Cormans *Von Richthofen and Brown,* ein Epos, in dem ziemlich viel Blutvergießen, etwas Sex, geschichtliche Unwahrscheinlichkeiten und zwanzig Minuten Luftkampfaufnahmen vorkamen, bei denen mehrere lebende Piloten beinahe ihr Leben verloren. Blutvergießen, Sex und Historie waren gespielt, aber das Fliegen war handfest real, wie es ja immer ist. Chris und ich lernten an diesem ersten Tag in der Luft, was jeder Filmpilot seit *Wings* weiß: Die Flugzeuge haben niemals gesagt bekommen, daß all dies nur Spaß ist. Sie überziehen und trudeln, und wenn man sie läßt, stoßen sie mitten in der Luft zusammen. Niemand außer den Piloten kann dies verstehen.

Ein ausgezeichnetes Beispiel war der Kameraturm. Unser Kameraturm bestand aus Telephonmasten, die eine Plattform trugen, zehn Meter über einer kleinen Erhebung, die Taubenhügel hieß. Jeden Morgen stiegen der Kameramann und seine zwei Assistenten hinauf, in der frohgemuten Gewißheit, daß sie am Nachmittag auch lebend wieder herunterkommen würden, da es sich ja nur um einen Film handelte. Ihr Vertrauen auf Chris, mich, Jon Hutchinson und das Dutzend irischer Luftwaffenpiloten war schon mehr als blind . . . die Kameraleute benahmen sich, als wären die Maschinen, die für die Frontalaufnahmen im Sturzflug auf sie herabschossen und aus allen Rohren feuerten, schon Pussycats, die man gefahrlos im Kasten hat.

Es ist zehn Uhr vormittags. Wir sind zwei Fokker D 7 und zwei SE 5. Der Motorenlärm und der Wind toben um unsere Köpfe, und dort unten hinter unseren Flügelspitzen liegt das einsame Häufchen des Taubenhügels mit dem Turm darauf und den Kameraleuten auf der Plattform.

»Wir brauchen heute vormittag eine Verfolgungsjagd«, sagen sie uns über Funk. »Vorneweg eine SE, hinter der eine Fokker, dann wieder eine SE und die andere Fokker. Habt ihr kapiert?«

»Roger.«

»Kommt nahe an den Turm ran, bitte, dann legt euch schräg und fliegt um uns rum, so daß wir eure Maschinen von oben sehen. Bitte möglichst dicht hintereinander.«

»Roger.«

Und damit geht es los. Von tausend Fuß Höhe geht es los. Wir reihen uns dicht hintereinander, die Maschine vor mir nimmt fast die ganze Windschutzscheibe ein. Jetzt im Sturzflug hinunter zum Kameraturm, dieser winzigen Pyramide dort unten.

»Action! Jetzt Aufnahme!«

Die SE an der Spitze macht heftige Ausweichmanöver, während sie auf den Turm zufliegt. Wir folgen ihr in der Fokker und feuern kurze Sauerstoff-Azetylen-Stöße aus unseren unechten MGs. Wir wissen, daß uns eine zweite SE dicht auf den Fersen sitzt und ebenfalls feuert, und hinter dieser die andere Fokker. Immer wieder erwischt uns der Propellerstrahl der Maschine vor uns, der uns in eine Schräglage reißt, die wir mit vollem Gegenquer- und Seitenruder ausgleichen müssen. Dies ist kein Problem, solange wir Platz unter uns haben. Aber dieser Platz wird rasch weniger, und nach wenigen Sekunden ist der Kameraturm schon hübsch groß, dann plötzlich riesengroß. Der Kameramann trägt ein weißes Hemd, ein blaues Jackett und ein rotblaues Halstuch, und die SE kurvt scharf um den Turm, und wir sind im PROPELLERSTRAHL, UND KNÜPPEL, SEITENRUDER, AUFPASSEN, WIR DREHEN UNS DIREKT IN . . .

Wumms, um ein Haar. Wir haben's grad noch geschafft der Kameraturm ist vorbeigesaust und wir sind noch ganz Mann ich dachte schon jetzt ist's aus mit uns sauber wie dieser Tag anfängt o boy das ist keine Spielerei das ist ARBEIT!

»Schön. Das war in Ordnung, Jungs«, meldet sich der Funk. »Probieren wir's noch mal, und diesmal bitte ein bißchen näher an den Turm ran und nicht so weit auseinander. Drängt euch ein bißchen näher zusammen, bitte.«

»Roger.«

Großer Gott im Himmel, noch NÄHER!

Wieder geht es hintereinander nach unten. Während wir versuchen, den andern abzuhängen, seitlich ausbrechen und aus allen Rohren feuern, versuchen wir uns so dicht aneinanderzuhalten, wie wir uns getrauen. Dabei packt uns der Propellerstrahl unseres Vordermannes wie eine Riesenhand und verdreht uns, wenn wir uns nicht dagegen stemmen, bis der Bauch der Maschine oben liegt. Der Turm steigt vor uns auf wie eine Aztekenpyramide, wo Menschen geopfert werden, und dann: »JETZT RAUCH, NUMMER EINS, RAUCH, RAUCH!«

Die SE, die wir jagen, läßt den Rauch achtzig Meter vom Turm entfernt los, und für uns ist es, als flögen wir in eine Gewitterwolke. Unser Flugzeug rollt sie wild nach links. Wir können nichts sehen außer einem verwischten grünen Fleckchen, das gerade noch der Erdboden war, und wir können nicht atmen, und irgendwo ganz nahe ist der Kameraturm mit diesen armen, arglosen Kerlen, die mit ihrer kleinen Mitchell wie verrückt kurbeln und Aufnahmen machen. Mit aller Kraft auf rechtes Seitenruder, den Knüppel scharf zurückreißen, und wir rasen sieben Meter links vom Turm aus der Rauchwolke. Wir haben ihn um sieben Meter verfehlt. Interessant zu sehen, wie schnell der Schweiß einen ledernen Fliegerhelm aufweichen kann.

»Das war perfekt. Das war absolut prima. Und jetzt machen wir das noch einmal . . .«

»NOCH EINMAL? VERGESST NICHT, DASS IHR HIER MIT MENSCHENLEBEN SPIELT!«

Es war ein irischer Pilot, der das sagte, und ich weiß noch, daß ich dachte, das hast du gut gesagt, mein Freund, gut gesagt.

Während der Kameraturm uns immer näher haben wollte, mußte ich immerfort an den Komiker denken, der mit einem Bananencremekuchen dasteht, während der andere ruft: »Gib mir den Kuchen, gib ihn mir! GIB IHN MIR!« Man muß gegen die Versuchung ankämpfen, mitten in diese Mitchell hineinzufliegen, sie in Millionen Trümmer zu zerfetzen, dann hochzuziehen und zu sagen: »Na? War das nahe genug? Habt ihr jetzt euren Willen?«

Der einzige, der der Versuchung erlag, war Chris Cagle. Voll Zorn ging er auf die Kamera los. Von unten her flog er einen Sekundenbruch-

teil lang mit Vollgas auf die Linse zu. Im allerletzten Augenblick zog er die Maschine hoch, hatte aber noch die grimmige Befriedigung, eine Tausendstelsekunde lang zu sehen, wie die Kamera-Crew volle Deckung suchte. Dies war das einzige Mal während des ganzen Monats, bei dem ihnen der Gedanke kam, die Flugzeuge könnten vielleicht doch echt sein.

Die meisten Flugzeugaufnahmen in *Von Richthofen and Brown,* die aus der Luft geschossen wurden, wurden von einem Düsenhubschrauber aus photographiert, einer Alouette II. Der Kameramann in dem Helikopter war zwar nicht ganz so todessehnsüchtig wie die Crew auf dem Turm, aber es ist entnervend für den Filmpiloten, wenn er es mit einem Hubschrauber zu tun hat. Nur weil das Ding von vorn zu sehen ist, heißt natürlich nicht, daß es sich vorwärtsbewegt – es kann sein, es steht in der Luft oder geht senkrecht nach oben oder unten oder aber es fliegt rückwärts. Wie soll sich da ein Pilot orientieren, wie kann er bis zu einer sicheren Entfernung ein Objekt anfliegen, dessen Geschwindigkeit ihm unbekannt ist?

»Okay, ich schwebe«, pflegte der Hubschrauberpilot uns mitzuteilen. »Sie können jederzeit herankommen.« Aber einen in der Luft stehenden Helikopter anzufliegen ist genauso, wie wenn man eine Wolke anfliegt – in den letzten Sekunden kann es beunruhigend schnell gehen. Außerdem denkt man immer daran, daß die armen Teufel in der Alouette ja keine Fallschirme haben.

Trotzdem wurde der Film abgedreht, wenn auch langsam, quälend langsam. Dazu trug bei, daß wir uns an die Flugzeuge gewöhnten. Die meisten der nachgebauten Maschinen brachten es nach dem Abheben gerade auf zweihundert Fuß Höhe pro Minute und kamen an manchen Tagen nur mit knapper Not über die Leinwandhallen am Ende des Flugfeldes weg. Jon Hutchinson faßte es in die unsterblichen Worte: »Ich muß mir immer wieder vorsagen: ›Hutchinson, das ist doch wunderbar, das ist doch fabelhaft, du fliegst eine D 7!‹ Denn sonst komme ich mir vor, als ob ich in einem verdammt großen Schwein rumfliege.«

Die vier Miniatur-SE-5 mußten nicht nur alles, sie mußten mehr als alles hergeben, um mit den anderen Maschinen mitzuhalten. Einmal jagte ich in einer Mini-SE, auf deren Haube eine Kamera montiert war, einen Fokker-Dreidecker, und nur um nicht hinter der Fokker zurückzubleiben – die achtzig Meilen in der Stunde flog –, mußte ich den Motor, der nicht über eine Drehzahl von 2500 hochgezogen werden sollte, auf 2650 hochjagen. Dieser Flug dauerte fünfzig Minuten, und fünfundvierzig davon flog ich mit mehr als dem zulässigen Maximum. Bei diesem Film ging es wie im Krieg – es war ein Einsatz, der durchgeführt werden mußte. Wenn es einen Motor zerriß, war eben nichts zu machen – man mußte irgendwo landen und in ein anderes Flugzeug umsteigen.

Es ist komisch, aber man gewöhnt sich an eine solche Fliegerei. Allmählich kommt man so weit, daß man, selbst wenn man vor dem Kameraturm auf dem Taubenhügel vom Propellerstrahl erwischt wird und es einem zehn Meter über dem Boden die Maschine um die Achse reißt, denkt, ich bringe sie durch. Sie wird sich im letzten Moment fangen, wie noch jedesmal . . . und man kämpft wie ein Löwe mit der Steuerung, um das Flugzeug abzufangen.

Eines Tages begegnete ich einem irischen Piloten, der im Knopfloch seiner deutschen Fliegerjacke ein Büschel Heidekraut trug.

»Sie fliegen wohl etwas tiefer?« sagte ich scherzend.

Sein Gesicht war grau; es zeigte keinen Anflug eines Lächelns. »Ich dachte schon, diesmal hätte es mich erwischt. Ich kann von Glück sagen, daß ich noch am Leben bin.«

Sein Ton war so düster, daß mich eine gewisse makabre Neugier erfaßte. Das Heidekraut an seinem Jackenaufschlag stammte vom Abhang des Taubenhügels, und er hatte es mit dem Fahrgestell einer Fokker aufgegabelt.

»Das Letzte, woran ich mich erinnere, war der Propellerstrahl, und ich hab nur noch den Erdboden gesehen. Ich hab die Augen zugedrückt und mit aller Kraft den Knüppel zurückgerissen. Und da bin ich jetzt.«

Das Kamerateam bestätigte es am Abend. Die Fokker war, als sie an dem Turm vorbeiflog, ins Rollen gekommen und nach unten gerissen worden, vom Abhang abgeprallt und wieder in die Luft zurückgeschleudert worden. Die Kamera war gerade in die Gegenrichtung gedreht.

Eine der Maschinen in Weston war ein Zweisitzer, eine Caudron 277 *Luciole,* was uns mit *Glühwürmchen* übersetzt wurde. Es war ein plumper, schwerfälliger Doppeldecker mit einem Lewis-MG in der hinteren Kabine, das so montiert war, daß für den Schützen nicht genug Platz blieb, einen Fallschirm umzuschnallen. Hutchinson, der gerade mit dieser Maschine gelandet war, die ich übernehmen sollte, beschrieb sie mir in seinem reinen britischen Englisch: »Sie ist als Glühwürmchen ganz nett, aber ein Flugzeug wird nie daraus.«

Ich dachte darüber nach, als ich mich auf dem vorderen Sitz anschnallte, den Motor anließ und zu einem Einsatz startete, bei dem mich zwei Pfalz-Maschinen abschießen sollten. Es war ganz und gar keine erfreuliche Sache – viel zu realistisch.

Wie die große Mehrzahl der echten Zweisitzer aus dem Ersten Weltkrieg, war die arme Caudron ein Ungetüm, das sich selbst im Weg stand. Sie konnte weder wenden noch einen Sturzflug machen, und der Pilot sitzt direkt zwischen den Flügeln, so daß er weder nach oben noch nach unten schauen kann. Den Blick nach hinten versperrt der Bordschütze, und dem Piloten bleibt der Rest, ein Stückchen Himmel geradeaus vor und, durch Streben und Drähte zerschnitten, neben ihm.

Ich dachte, ich hätte begriffen, daß die Piloten einer zweisitzigen Maschine es anno 1917 schwer gehabt hatten, aber wie schwer, hatte ich keineswegs verstanden. Sie konnten nicht kämpfen, sie konnten nicht davonlaufen, sie merkten kaum, daß sie angegriffen wurden, bis ihre kleinen stoffbespannten Särge in Flammen standen, und außerdem hatten sie keinen Fallschirm, um auszusteigen. Vielleicht war ich in einem früheren Leben Pilot eines Zweisitzers gewesen, denn ich sagte zu mir:

»Das ist ein Film, Richard, das ist nur ein Film, für den wir Aufnahmen drehen«, doch ich hatte Angst, als ich angegriffen wurde. Die Pfalz-MGs züngelten mir entgegen, der Regisseur rief: »RAUCH, LUCY, RAUCH, RAUCH!« Ich drehte blitzschnell beide Rauch-Schalter, ließ mich in den Sitz zurückfallen und brachte mühsam die *Luciole* in eine langsame Abwärtsspirale.

Das war für mich das Ende der Szene, nicht mehr als das, aber ich schleppte mich wie eine erschöpfte Schnecke zum Flugplatz zurück.

Als ich zur Landung ansetzen wollte, sah ich plötzlich, wie eine Rotte Fokker Kurs auf mich nahm, und erstarrte vor Schreck. Es vergingen mehrere Sekunden, bis mir bewußt wurde, daß wir nicht das Jahr 1917 schrieben und daß ich nicht während meiner eigenen Platzrunde zu Asche verbrennen würde. Ich lachte nervös und brachte die Maschine so schnell wie möglich auf den Boden. Ich hatte kein Verlangen, den Zweisitzer noch einmal zu fliegen, und habe ihn auch nie wieder geflogen.

Niemand kam ums Leben in der Zeit, als ich für den Film *Von Richthofen and Brown* flog, es gab nicht einmal Verletzte. Zwei Flugzeuge wurden beschädigt; bei einer SE 5 brach beim Rollen die Fahrwerkachse, eine Pfalz machte einen Ringelpiez. Beide Maschinen flogen nach einer Woche schon wieder.

Die Kameras nahmen ungezählte Meter Farbfilm auf, die viele Stunden Film ergaben. Das meiste sah ziemlich zahm aus, aber immer, wenn ein Pilot wirklich Angst gehabt hatte und überzeugt gewesen war, daß er gleich mit einem anderen Flugzeug zusammenstoßen würde und diesmal seine Maschine sich nicht in niedriger Höhe fangen würde, war daraus auf dem Zelluloid eine aufregende Szene geworden.

Wir drängten uns in kleinen Gruppen zusammen, um uns die Aufnahmen vom Vortag auf dem kleinen Schirm der Movicola anzusehen. Kein Geräusch außer dem Surren des Projektors; es war still wie in einer Kleinstadtbücherei. Gelegentlich ein Kommentar: »Näher ran!« »Liam, warst du das in der Pfalz?« »Gar nicht so schlecht, das . . .«

Während die Dreharbeiten in die letzte Woche gingen, stürzten sich Scharen von Malern auf die deutschen Maschinen und bepinselten sie mit den bunten Farben, mit denen die Flugzeuge Richthofens und seiner Jagdstaffel bemalt gewesen waren. Wir flogen zwar die gleichen Maschinen wie vorher, aber es machte Spaß, in der knallroten Fokker zu sitzen, die auf der Leinwand als Richthofens Flugzeug erscheinen würde, oder in der schwarzen Pfalz, die Hermann Görings Maschine darstellte.

Einmal traf es mich, daß ich die Fokker in einer schmachvollen Szene fliegen mußte, in der die Engländer einen meiner Rottenkameraden abschossen. Ein andermal kam ich wieder als der ›rote Baron‹ Werner Voß zu Hilfe, dem ich eine SE 5 wegschoß, die ihm im Nacken saß.

Am nächsten Tag war ich Roy Brown, der in der Schlußszene des Filmes Richthofen (diesmal in einem Fokker-Dreidecker) verfolgte und abschoß.

Als ich nach diesem Flug aus der Kabine kletterte und meinen Fallschirm durch den stillen Abend zu unserem Wohnwagen trug, fragte ich mich, wie das klang: »Ich habe den ›roten Baron‹ abgeschossen.«

Es ging mir durch den Kopf. Wie viele Piloten können das von sich behaupten? »Hey, Chris«, sagte ich. Er lag ausgestreckt in seiner Hälfte des Caravans. »Ich habe den ›roten Baron‹ abgeschossen!«

Seine Antwort war sarkastisch knapp. »Hm«, meinte er nur. Er schlug nicht einmal die Augen auf.

Was heißen sollte: Na und? Wir fliegen doch nur für einen Film, und einen zweitklassigen außerdem, und wenn nicht die Szenen mit den Flugzeugen wären, würde ich zu Hause keinen Fuß über die Straße setzen, um mir den Streifen anzusehen.

In diesem Augenblick ging mir auf, daß es in einem richtigen Krieg das gleiche ist wie in unserem gespielten. Piloten machen in Kriegen oder bei Filmen nicht mit, weil sie vom Blutvergießen, den Sex-Szenen oder den zweitklassigen Plots angezogen werden. Wichtiger als der Film ist ihnen das Fliegen, wichtiger als der Krieg ist das Fliegen.

Es muß gesagt werden, auch wenn es wohl eine Schande ist: Weder Filmen noch Kriegen wird es jemals an Männern mangeln, die ihre Flugzeuge fliegen. Ich selber gehöre zu den vielen, vielen, die beides freiwillig getan haben. Doch gewiß werden wir einmal, in tausend Jahren, eine Welt bauen können, in der wir nur noch Krieg machen vor der Kamera eines Regisseurs, der ruft: »JETZT RAUCH, RAUCH!«

Wir brauchen dafür nicht mehr als den eigenen Willen, ein paar nachgebaute MIGS, ein paar alte Phantomjäger mit Kanonenattrappen, Raketen, die mit Sägemehl gefüllt sind und . . . Wenn wir es wirklich wollten, dann könnten wir, in tausend Jahren, ein paar großartige Filme machen.

Bittgebete

»Passen Sie lieber auf, was Sie sich erbitten«, hat irgendwann einmal jemand gesagt, »weil Sie es dann auch bekommen.«

Ich dachte an diesen Satz, als ich mit einer Fokker D-7 durch die große Luftkampfszene in dem Film ›Von Richthofen and Brown‹ kurvte, in dem ich eine kleine Rolle hatte. Die Szene hatte ordentlich und sicher ausgesehen, als wir sie an der Tafel im Besprechungsraum aufgezeichnet hatten. Aber jetzt, in der Luft, war die Sache unheimlich – vierzehn nachgebaute Jagdflugzeuge in einem kleinen Würfel Luft zusammengepreßt, jedes hinter einem anderen her; einige verloren die Position und tauchten blindlings zwischen den anderen weg; bunt blitzte das Sonnenlicht von den in allen Farben bemalten Maschinen, kurz und laut knallte der Motor einer Pfalz, als das Flugzeug unter mir und der Sicht entzogen in Flammen aufging; um mich herum Rauchspuren und der schwere Geruch von Feuerwerk im Wind.

An diesem Vormittag passierte keinem etwas, aber ich zitterte noch ein bißchen, als ich an den Spruch dachte, man soll aufpassen, was man sich erbittet. Denn in dem ersten Artikel, den ich, zwölf Jahre vorher, für ein Magazin geschrieben hatte, hatte ich den Wunsch geäußert, daß jene von uns, die das Fliegen in Maschinen mit geschlossenem Cockpit gelernt haben, die Chance bekämen, sich ein Flugzeug mit offener Kanzel zu mieten, nur so zum Spaß, ». . . und eine alte Fokker D-7 mit 150 modernen PS in der Nase zu fliegen«. Und jetzt, in diesem Augenblick hatte ich einen Helm und eine Schutzbrille auf, trug einen Fliegerschal und war Pilot eines gelb-blau-weißgrünen Flugzeugs, auf dessen Rumpf ein authentisches *Fok. D VII* gepinselt war. Als die Filmarbeit abgeschlossen war, hatte ich vierzig, nicht weniger als vierzig Stunden in alten Flugzeugen vom Typ Fokker, Pfalz und SE-5 hinter mir – meine Gebete waren so vollständig erhört worden, daß ich eine ganze Weile fliegen konnte, wie es mir wirklich am Herzen lag.

Ein paar Jahre nach meiner Bitte um die Fokker nahm mich bei einem Fly-in in Merced Chris Cagle in seiner J-3 Cub mit. Cagle hatte schätzungsweise in dieser Cub allein tausend Stunden hinter sich, und als wir durch den Nachmittag flogen, zeigte er mir, wie man mit dem Ding in der Luft stehenbleibt, Loopings und Rollen vollführt. Ich erinnere mich, wie ich durch die offene Tür den prallen Reifen sah, der wie eine große Doughnut ausschaute, und tief darunter die Erde, und wie ich dachte, was für ein tolles kleines Flugzeug und bei Gott, eines Tages werd ich mir auch eine Cub zulegen! Heute besitze ich eine, und sie hat große, pralle Reifen wie Doughnuts, und die Türen lassen sich im Fliegen öffnen, und ich schaue hinunter und erinnere mich. Siehe da, es ist wieder einmal so gekommen: Mein Bittgebet war in Erfüllung gegangen.

Immer wieder habe ich es beobachtet, in meinem eigenen Leben wie im Leben von Leuten, die ich kenne. Ich habe versucht, jemanden zu finden, der *nicht* bekommen hat, was er sich von Herzen gewünscht hat, aber bisher war die Suche vergeblich. Ich bin davon überzeugt, daß alles, was wir in unseren Gedanken wegpacken, eines Tages offen vor uns liegt, als lebendige Erfahrung.

In New York lernte ich ein Mädchen kennen, das in einer vollgepferchten Mietskaserne wohnte, umgeben von altem Beton und bröckelnden Ziegelmauern, von Frustration, Angst, Überfällen und Straßenkriminalität. Ich wunderte mich laut, warum sie nicht wegziehe, aufs Land gehe, nach Ohio oder Wyoming, wo sie einmal in ihrem Leben frei atmen und das Gras berühren könnte.

»Das könnte ich nicht«, sagte sie. »Ich weiß nicht, wie es dort ist.« Und dann sagte sie etwas sehr Ehrliches und Einsichtsvolles: »Wahrscheinlich ist meine Angst vor dem, was ich nicht kenne, größer als mein Haß auf das Leben, wie ich es jetzt führe . . .«

Lieber die Straßenkriminalität, lieber den Dreck, die Zustände in der U-Bahn und das Menschengewimmel, so lautete ihr Bittgebet, lieber all das als das Unbekannte. Und ihr Gebet wird erhört: Sie lernt nichts mehr kennen, was sie nicht schon kennt.

Plötzlich fiel es mir wie Schuppen von den Augen. Die Welt ist so, wie sie ist, weil wir sie so wollen. Nur wenn unser Wollen sich ändert, verändert sich auch die Welt. Worum wir in unseren Gebeten auch bitten – wir bekommen es.

Man braucht doch nur die Augen aufzumachen. Tagtäglich bieten sich die Schritte an, die zur Erfüllung unserer Gebete führen. Wir brauchen nur loszugehen und sie zu tun, einen um den andern. Die Schritte, die mich zu meiner Fokker führten, waren zahlreich. Vor Jahren half ich einem Mann mit seiner Zeitschrift und lernte ihn dabei kennen. Ihm bedeuteten alte Flugzeuge und Geschäftsabschlüsse und Filme alles, und er nützte die Chance, einer Filmfirma ein Geschwader von Jagdflugzeugen aus dem Ersten Weltkrieg abzukaufen. Als er davon erzählte, sagte ich, ich stünde zur Verfügung, falls er einmal für eine der Maschinen einen Piloten brauchte; das heißt, ich tat einen Schritt, der sich anbot. Ein Jahr später brauchte er zwei amerikanische Piloten zur Ergänzung der Gruppe, die in Irland die Fokkers flog. Als er mich anrief, war ich bereit, den Weg zu beenden, den ich mit jenem ersten Bittgebet um eine Fokker begonnen hatte.

Als ich vor ein paar Jahren im Sommer im Mittleren Westen ›barnstorming‹ – Schau- und Rundflüge – machte, sagte von Zeit zu Zeit ein Fluggast zu mir: »Sie haben ein herrliches Leben, Sie können weiterziehen, wohin Sie wollen, wann Sie wollen ... ich wollt, ich könnte das auch!« In diesem sehnsüchtigen Ton.

»Dann kommen Sie doch mit«, pflegte ich darauf zu sagen. »Sie können Karten verkaufen, die Leute hinter den Tragflächen halten, die Passagiere auf dem Vordersitz anschnallen. Vielleicht machen wir genug Geld zum Leben, vielleicht machen wir Pleite, aber Sie sind eingeladen.« Ich konnte es mir leisten, so zu reden, erstens, weil ich einen Kartenverkäufer immer gebrauchen konnte, und zweitens, weil ich die Antwort im voraus kannte.

Darauf zuerst Schweigen, dann: »Danke sehr, aber ich hab ja leider meinen Job. Wenn mein Job nicht wäre, würd ich...« Das bedeutete nichts anderes, als daß die Sehnsucht, die da jeder aussprach, gar keine echte Sehnsucht war. Jeder hatte in seinen Gebeten mehr um seinen Job gebetet als um ein ungebundenes Leben, so wie das Mädchen in New York um seine elende Mietskaserne statt um das frische Gras in Wyoming oder sonst etwas Unbekanntes.

Beim Fliegen geht mir das manchmal durch den Kopf. Wir bekommen immer, was wir erbitten, ob es einem gefällt oder nicht. Ausflüchte helfen nichts. Mit jedem Tag verwandeln sich unsere Gebete mehr in Wirklichkeit; wir sind das, was wir am meisten sein wollen. Mir kommt das alles ganz gerecht vor, ich kann durchaus nicht sagen, daß ich etwas daran auszusetzen hätte, wie die Welt beschaffen ist.

Rückkehr eines verlorenen Piloten

Wir flogen in niedriger Höhe über der Wüste von Nevada nach Norden, zwei Tagjäger im Formationsflug. Diesmal führte ich, und Bo Beavens Maschine war sieben Meter weit weg, neben meiner rechten Tragflächenspitze. Es war, wie ich noch weiß, ein klarer Morgen, und wir flogen knapp hundert Meter über der Erde dahin. Da mein Funkpeiler nicht richtig funktionierte, beugte ich mich nach vorn, überprüfte einen Unterbrecher, schaltete von ANT und LOOP und dann auf COMP, um zu sehen, ob die Nadel sich rührte. Als ich zu dem Schluß kam, daß es an der Antenne selbst liegen müsse und ich mich vielleicht darauf einstellen sollte, ganz ohne Funk auszukommen, meldete sich plötzlich im Kopfhörer Beavens Stimme. Es war weder ein Befehl noch eine Warnung . . . nur eine gelassene Frage: »Hast du vor, gegen diesen Berg zu fliegen?«

Ich fuhr hoch, und da vor uns war ein zerklüfteter kleiner Berg aus braunen Felszacken, Sand und niedrigem Gehölz, der schief und mit mehr als dreihundert Knoten in der Stunde auf uns zugeflogen kam. Beaven sagte nichts sonst. Er flog weiter neben mir her, machte keine Bewegung, um sich abzusetzen. Er hatte genauso gesprochen, wie er seine Maschine flog . . . wenn du weiter gradausfliegen willst, dann gibt's eben nicht ein Loch im Fels, sondern zwei.

Ich zog den Steuerknüppel zurück und fragte mich, woher der Berg so plötzlich aufgetaucht war. Er glitt hundert Fuß unter uns weg und war verschwunden, schweigend wie ein tödlicher dunkler Stern.

Ich vergaß diesen Tag nie, vergaß nicht, wie Beaven in seiner Maschine, Flügel an Flügel neben der meinen, dem Berg entgegenflog und sie erst über den Gipfel zog, als wir beide hochzogen. Einen Monat später war unsere Zeit in der Air Force zu Ende, und wir kehrten ins Zivilleben zurück. Natürlich versprachen wir uns, einander wiederzusehen, denn Leute, die fliegen, sehen einander auf jeden Fall wieder.

In meinen Heimatort zurückgekehrt, war ich zuerst traurig, daß es mit dem Hochleistungsfliegen vorbei war, aber dann stellte ich fest, daß die Sportfliegerei in Leichtflugzeugen die gleichen Anforderungen stellt. Ich entdeckte den Kunstflug in Formation, das Wettfliegen und Landungen abseits von Flugplätzen, alles mit kleinen Maschinen, die zum Starten und Landen nur ein Fünftel der Distanz benötigen, die eine F-100 braucht. Ich dachte bei dieser Beschäftigung, daß Bo wohl die gleichen Entdeckungen machen würde, daß auch er wieder flog.

Aber das war nicht so. Kaum hatte er die Air Force verlassen, war er verloren, kaum hatte er einen Arbeitsplatz in der Wirtschaft gefunden, war er tot, war er den qualvollen Tod des Piloten gestorben, der der Fliegerei den Rücken kehrt. Langsam erstickte er, der Geschäftsmann im blauen Anzug hatte sich in ihm breitgemacht, hatte ihn in einem luftlosen Winkel, hinter Bestellungen und Verkaufstabellen, Golfbeuteln und Cocktailgläsern, eingemauert.

Einmal, auf einem Flug nach Ohio, sah ich ihn. Es war lange genug, um mir die Gewißheit zu geben, daß der Mensch, der über seinen Körper gebot, nicht derselbe war, der damals an meiner Seite dem Berg entgegengeflogen war. Er war höflich genug, sich an meinen Namen zu erinnern und meinen Gruß zu erwidern, doch er hörte uninteressiert zu, als ich von Flugzeugen sprach, und wunderte sich, daß ich ihn so merkwürdig ansah. – Ja, sagte er, er sei natürlich Bo Beaven und er fühle sich ganz wohl in seinem Job als leitender Angestellter in einer Firma, die Wringmaschinen und Kunststoffartikel herstellte. »Die Nachfrage nach Wringmaschinen ist groß«, sagte er, »viel größer, als du vielleicht denkst.«

Auf dem Grund seiner Augen glaubte ich ein schwaches Verzweiflungssignal meines Freundes zu erkennen, der in diesem Mann gefangen war. Mir war, als hörte ich einen matten Ruf nach Hilfe. Aber in Sekunden war es vorüber, schon wieder verschwunden hinter der Maske des Geschäftsmannes an seinem Schreibtisch, hinter dem Namensschild *Frank N. Beaven*. Frank!

Als wir noch miteinander geflogen waren, gab jeder, der Bo mit »Frank« anredete, zu erkennen, daß er ihn nicht ausstehen konnte. Jetzt hatte der befangene Geschäftsmann, der vor mir stand, den gleichen Fehler begangen; er hatte nichts Gemeinsames mit dem Mann, der in ihm begraben war.

»Natürlich bin ich zufrieden«, sagte er. »Sicher, es war ja ganz lustig, in der '100 rumzufliegen, aber das konnte doch nicht ewig so weitergehen, oder?«

Ich flog dann weiter, und Frank N. Beaven kehrte zu seinem Job zurück, hinter seinen Schreibtisch, und wir hörten nichts mehr voneinander. Vielleicht hat Bo mir das Leben gerettet mit seiner kühlen Frage damals in der Wüste, aber als er mich als Lebensretter brauchte, wußte ich nicht, was ich sagen sollte.

Zehn Jahre nach unserem Abschied von der Air Force erhielt ich einen Brief von Jane Beaven. »Wird Sie vermutlich freuen zu hören, daß Bo sich endlich durchgerungen hat und zu seiner ersten Liebe, der Fliegerei, zurückkehrt. Bei American Aviation in Cleveland – er ist wie umgewandelt . . .«

Mein Freund Bo, dachte ich, verzeih mir. Zehn Jahre eingeschlossen, und nun brichst du durch die Mauer. Du bist doch nicht so leicht umzubringen.

Zwei Monate später landete ich auf dem Flughafen Cuyahoga County, Cleveland, und rollte mit meiner Maschine zur Fabrik der American Aviation, vor der hell gespritzte Yankees standen, die auf die Auslieferung warteten. Über die Rampe kam mir Bo Beaven entgegen. Er trug zwar weißes Hemd und Krawatte, aber es war nicht mehr der Businessman Frank, es war mein Freund. Nur noch ein paar kleine Reste der Frank-Maske waren zu bemerken, die er beibehalten hatte, weil sie ihm in seinem Job zweckdienlich waren. Doch sonst war der Mann, der eine Mauer zwischen sich und dem Himmel aufgerichtet hatte, wieder der alte, lebendig, gesund und munter und Herr über sich selbst.

»Ihr habt nicht zufällig eine dieser Maschinen nach Osten zu überführen? Vielleicht könnten du und ich sie hinbringen.«

»Wer weiß. Vielleicht haben wir grad eine, die weg muß.« Kein Muskel zuckte in seinem Gesicht, als er das sagte.

Sein jetziges Büro ist das des Einkaufsleiters, ein nicht übermäßig ordentlicher Raum mit einem Fenster, das auf die Montagehalle ging. Auf einem Aktenschrank steht das zerkratzte und zerbeulte Reklamemodell einer F-100, der das Pitotrohr fehlt, aber stolz steigt sie in den Himmel des Büros. An der Wand hängt ein Photo mit zwei Yankees im Formationsflug über der Wüste von Nevada. »Kommt's dir bekannt vor?« fragte er knapp. Ich wußte nicht, ob er die Wüste oder die zwei Flugzeuge meinte. Beides war mir bekannt, mir und auch Bo; der Geschäftsmann Frank hatte weder das eine noch das andere je gesehen.

Er führte mich durch das Werk. Er fühlte sich zu Hause in der Fabrik, wo das nahtlose Sportflugzeug aus totem Metall zum Leben erwacht, so wie er sich von den Ketten frei gemacht hatte, die ihn an den Boden gefesselt hielten. Er erklärte, daß die Yankee nicht vernietet, sondern nahtlos zusammengeschweißt wird, sprach über die Stärke der Wabenzelle des Kabinenteils, über Probleme der idealen Stahlplattenstärke und die Form eines Steuerrads. Ein Geschäftsmann, der über technische Details sprach, sicher, aber nun ging es um Flugzeuge.

»All right, Kumpel. Und die letzten zehn Jahre, wie waren die, wie haben sie eigentlich für dich ausgesehn?« sagte ich im Wagen und lehnte mich zurück. Er behielt die Straße aufmerksam im Auge und sah mich nicht an.

»Ich hab öfter darüber nachgedacht«, antwortete er bedächtig, »im ersten Jahr nach meinem Abschied von der Fliegerei, wenn ich morgens zur Arbeit ging, und es war ein bißchen trübes Wetter. Dann dachte ich an die Sonne, dort oben. Es war verdammt schwer.« Er nahm die Kurven schnell und ließ die Straße nicht aus den Augen. »Im ersten Jahr war's schlimm. Aber als das zweite vorbei war, hab ich fast nie mehr dran gedacht. Allerdings hörte ich doch manchmal ganz leise ein Flugzeug über der Wolkendecke oder sonst was und dachte dann ein bißchen dran. Oder wenn ich manchmal aus Geschäftsgründen nach Chicago fliegen mußte, und wir sind über die Wolken gekommen, dann ist mir das alles wieder eingefallen. Dann hab ich zu mir gesagt: ›Ja, das hast du früher oft erlebt, das war schön, das hat dir Spaß gemacht, das hat dir ein sauberes Gefühl gegeben und all das.‹ Aber dann, wenn wir gelandet sind, ich meine Sachen erledigt und auf dem Rückflug vielleicht geschlafen hab, dann hat mich das nicht beschäftigt, auch nicht am nächsten oder am übernächsten Tag.«

Die Schatten der Bäume zuckten über uns hinweg. »Ich hab mich nicht wohl gefühlt bei dieser Firma. Ich hatte nicht mit einem Produkt zu tun, von dem ich was verstand oder das mich interessierte. Es war mir egal, ob sie morgen wieder eine Wringmaschine oder eine Tonne regeneriertes Altgummi oder einen Lkw voll Plastikeimern verkaufen. Es war mir völlig gleichgültig.«

Wir hielten vor seinem Zuhause, einem weißgekalkten Haus, umgeben von Rasenflächen und einem Lattenzaun, im Schatten der Bäume der Maple Street in Chagrin Falls, Ohio. Er blieb noch einen Augenblick im Wagen sitzen.

»Aber versteh mich nicht falsch. Ich glaube nicht, daß ich irgendwann, höchstens wenn ich allein herumkurvte, an Dinge dachte, wie durch die dunkle Nacht ins Licht stoßen. Wenn ich die Sonne sah, dann sah ich, was ich erwartet hatte. Es war sehr hübsch, sehr angenehm, all die weißen, sauberen Wolkenköpfe zu sehen, hoch über den schmutzigen Wolken drunten. Aber ich glaube nicht, daß ich irgendwelche erhabenen, frommen Gedanken oder so was hatte, wenn ich flog.

Es hätte sich ganz sachlich abspielen können. Ich wäre durch die Wolken gestoßen und hätte im Geist gesagt: ›Schön, Herrgott, jetzt bin ich hier oben und seh alles, wie du es siehst.‹ Und Gott hätte gesagt: ›Roj‹*, und damit hätte es sich gehabt.

Oder er hätte auf seinen Mikro-Knopf gedrückt, um zu zeigen, daß er verstanden hatte.

Die Wolkenköpfe haben mich immer mit Ehrfurcht erfüllt. Und es war großartig, daß ich dort oben war, durch diese grandiose Szenerie kurvte, um eine große Gewitterwolke oder was ähnliches herumflog, während es für die Leute drunten auf der Erde nur darum ging, ob sie

---

* ›Roj‹, Kurzform für ›Roger‹, womit der Pilot bestätigt, daß er eine Funkmeldung verstanden hat.

38

den Regenschirm mitnehmen sollten oder nicht. An diese Dinge dachte ich öfter, wenn ich zur Arbeit ging . . .«

Während wir auf das Haus zugingen, suchte ich in meiner Erinnerung. Nein, so hatte er nie geredet, so was hatte er nie laut ausgesprochen, solange ich ihn kannte.

»Und heute«, sagte er nach dem Abendessen, »nun ja, American Aviation, davon wissen nicht viele. Die andern kennen entweder die Firma überhaupt nicht oder sie verwechseln sie und sagen, ›Ach, das ist der Laden, der grad Pleite macht oder Pleite gemacht hat.‹ Das kommt mir recht, denn dann kann ich meine Ansprache abziehen: ›Nein, er geht nicht pleite, denn das ist American Aviation. Unsere Leute sind Profis. . .‹ und all das. Und sie sind auch Profis. Das ist eine von den Sachen, die ich abstellen wollte, als ich den Job mit den Wringmaschinen aufgab – ich wollte nicht wieder arbeiten mit einem solchen Verein von . . . nun, ich wollte wohin, wo man mehr von der Sache versteht.«

Wir überprüften die Yankee für den Überführungsflug nach Philadelphia, und ich dachte daran, was Jane Beaven am Tag vorher zu mir gesagt hatte: »Ich kenne ihn nicht, ich werd ihn nie kennen. Aber Bo war ein andrer geworden, als er die Fliegerei an den Nagel hängte. Es hat ihm zugesetzt, er hatte nicht genug Anregung, er war gelangweilt. Er spricht ja nicht viel darüber, was in ihm vorgeht, er redet über nichts sehr ausgiebig. Aber als er endlich kündigte, standen ihm zwei ausgezeichnete Jobs offen. Der eine war bei einer großen Metallfirma, eine Lebensstellung, der andere bei American Aviation, die, soweit wir überhaupt was wußten, am nächsten Tag zusammenklappen konnte. Aber schon nach der ersten Vorstellung wußte ich, wohin es geht.« Sie hatte laut aufgelacht. »Natürlich hat er immer wieder gesagt: ›Die Metallfirma wär großartig und viel sicherer‹ und all das, aber mir hat er nichts vormachen können . . . Ich wußte, wohin die Reise ging.«

Die Yankee rollte zur Startbahn hinaus. Es war einer der ersten Flüge Beavens nach den Jahren, in denen er sich an die Erde hatte fesseln lassen. »Jetzt hast du's, Bo«, sagte ich, »dein Flugzeug.«

Er gab voll Gas, folgte dem Mittelstrich, und wir stellten fest, daß die Yankee auf einer Graspiste und an einem heißen Tag doch eine ziemliche Startlänge braucht. Wir hoben erst nach einem beträchtlichen Stück und sehr flach ab.

Die zehn Jahre ohne Übung machten sich bemerkbar, selbst an einem Mann, der einmal ein besserer Pilot gewesen war, als ich es je zu werden hoffen durfte. Er führte die Maschine nicht souverän, ging zu grob mit der Steuerung um, und die empfindliche kleine Yankee nickte und rollte unter seinen Händen.

Merkwürdigerweise aber war er seiner ganz sicher. Er wußte, daß er

39

das Flugzeug zu rauh behandelte, er wußte, daß er nur reagierte, aber er war sich auch sicher, daß sich das beim Fliegen bald geben und daß er schon nach einigen Minuten die Sache wieder beherrschen werde.

Er flog die Yankee so, wie er zum letzten Mal ein Flugzeug geflogen hatte – wie eine North American F-100 D. Wir gingen nicht in einer weiten, sanft geneigten Kurve auf Kurs, sondern wir legten uns knallhart hinein. Die Tragfläche bohrte sich steil in die Luft, es ging scharf in die Kurve, und sie kehrte wie mit einem wütenden Peitschenhieb in die Normalfluglage zurück.

Ich mußte lachen. Zum ersten Mal sah ich mit den Augen eines anderen Menschen, mit seinen Augen. Und was ich sah, war nicht die Yankee, ein kleines Zivilflugzeug, das mit 125 Meilen in der Stunde dahinkutschiert, mit einem 100-PS-Motor, der einen Festblattpropeller vor der Schnauze antreibt, sondern eine F-100, Modell D, einen einsitzigen Tagjäger mit 15 000 Pfund Schub, aus dessen Nachbrenner diamantene Sterne stoben. Ich sah die Erde drunten vorbeiflirren, sah den druckknopfbestückten Knüppel unter seiner Hand, diesen Zauberstab, den man nur zu berühren braucht, und schon dreht sich die Welt oder stellt sich auf den Kopf, oder der Himmel wird schwarz.

Die Yankee hatte nichts gegen dieses Spiel, denn ihr Steuerungssystem kommt ziemlich nahe an das der F-100 heran. Das Rad liegt leicht in der Hand und reagiert positiv wie das Steuer eines Ferrari-Rennwagens, so daß man in Versuchung gerät, schnelle Acht-Punkte-Rollen zu fliegen, nur so zum Spaß.

Bo entdeckte den Himmel wieder, der ihm einst so vertraut gewesen war. »Ob wir jemals zu einem eigenen Flugzeug kommen?« hatte Jane gesagt. »Ich hoffe es. Weil er dann fliegen würde. Ich kann's Ihnen nicht erklären, weil er nicht rausläßt, was in ihm vorgeht, aber ich glaube, er fühlt sich wohler, er hat mehr das Gefühl, daß er lebt . . . das klingt sehr kitschig, aber ich glaube, für ihn bekommt das Leben mehr Sinn, wenn er fliegen kann.« Für mich hörte es sich durchaus nicht kitschig an.

Bo peilte den Horizont an. »Sieht so aus, daß die Wolken dort aufreißen. Was meinst du, drüber oder drunter?«

»Du fliegst die Maschine.«

»Drunter.«

Er entschied sich dafür, weil es abwärts ging, was ihm Spaß machte. Er gab Vollgas, die Yankee legte die Flügel über dem Rumpf zusammen wie eine Fledermaus beim Schlafen, und wir rasten hinab, den Bäumen entgegen. Nun hatte Bo die Maschine ganz in der Hand, aber natürlich lächelte er nicht. Er fing sie ab, und wir schossen über der Pennsylvania Turnpike dahin, Richtung Osten.

»Er hat ein bißchen Angst, loszulassen und sich völlig festzulegen«,

hatte Jane über ihn gesagt. »Es ist ihm ein kleines bißchen unheimlich, sich wieder völlig an die Fliegerei zu binden, wie früher. Er will sich nicht gehenlassen. Aber Bo hat etwas Komisches: Er braucht nicht viele Worte zu machen, er kann sich im Fliegen ausdrücken.«

Ganz richtig, Jane. Es war alles zu spüren, während er flog: die zehn Jahre, die er auf der Erde gestanden hatte, der Freudenschrei, der ihm in der Kehle steckte, weil er jetzt wieder flog, und die Traurigkeit, daß wir nur den Auftrag hatten, die Maschine brav im Geradeaus- und Horizontalflug nach Philadelphia zu bringen statt in Loopings und langsamen Rollen. Er brauchte kein Wort zu sagen.

»Ich trete in den Yankee-Aeroklub ein«, hatte er mir erzählt. Und ein anderes Mal sagte er: »Es wär doch nicht zu teuer, sich eine Cub oder eine Champ zuzulegen, einfach um damit rumzufliegen? Und natürlich als Geldanlage; so wie heute die Preise steigen, wär es wahrscheinlich eine gute Investition.«

Wir gingen hinunter in die Platzrunde über dem Flughafen 3M, und da kam es wieder, daß ich mit seinen Augen sah: Vor uns die glatte, silberne Nase und der Pfeil des Pitotrohrs, und wir begannen mit einer Rauchfahne hinter uns den Endanflug mit 165 Knoten Tempo (bei tausend Pfund Treibstoff, für jedes weitere Tausend zwei Knoten mehr), und die Bremsklappen ausfahren, das Fahrwerk, die Landeklappen ...

Das Triebwerk der F-100 donnerte leise in unseren Ohren, 85 Prozent Umdr./Min. im Endanflug, Sinkrate halten, Gleitschutz, bereit sein, den Bremsfallschirm zu ziehen. Wir setzten auf, wir zwei in unserer 1959er-1969er F-100/Yankee in Nevada/Pennsylvania.

Dann zog er nach dem Aufsetzen die Schnauze hoch, viel zu stark, so daß wir beinahe mit dem Schwanzsporn die Piste streiften. »Bo, was machst du denn?« Ich hatte vergessen, daß wir damals die Nase hochzogen, um den Luftwiderstand zum Bremsen anszunützen und den Bremsfallschirm zu sparen.

»Eine saumäßige Landung«, sagte er.

»Yeah, das war heikel. Ich weiß nicht, Bob, ob du ein hoffnungsloser Fall bist oder nicht.«

Aber ich hatte doch Hoffnung. Weil mein Freund, der mir das Leben gerettet hatte und dann selbst so lange tot gewesen war, nun wieder flog. Er war wieder am Leben.

Wörter

Wir waren fünfzig Meilen nordwestlich von Cheyenne – Horizontal-
flug, 12 500 Meter Höhe. Leise summte der Motor der Swift vorn in der
Nase vor sich hin, wie er es schon seit drei Stunden tat, seit unserem
Start, und wie er es hoffentlich noch weitere dreißig Stunden Überland-
flug tun würde. Die Instrumente waren entspannt und zufrieden, prüften
Druck und Temperatur, Metall und Luft und sagten mir, daß alles in
Ordnung sei. Die Sichtweite war unbegrenzt. Ich hatte keinen Flugplan
eingereicht.

So flog ich hier oben dahin und dachte über Wortbedeutungen nach,
ohne den Schimmer einer Ahnung, was in viereinhalb Minuten passieren
würde. Ich schaute umher, auf die Berge und das Wüstenhochland, auf
Flughöhe und Öldruck, auf das Amperemeter und die ersten vereinzelten Wolken an diesem Tag und dachte über einige Wörter aus der
Fliegerei nach und darüber, was sie für die übrige Menschheit bedeuten.

Beispielsweise der *Flugplan*. Für denkende Menschen ist ein Flugplan
offensichtlich ein Plan für einen Flug. Ein Flugplan, das bedeutet eine
gewisse Ordnung, Disziplin, die Verantwortung, sich rational am Himmel zu bewegen. Ohne Flugplan zu fliegen, heißt für jeden vernünftigen
Menschen zu fliegen ohne Ordnung, Disziplin, Verantwortung und Ziel.

Öltemperatur fünfundsiebzig Grad Celsius . . . er gibt einem ein gutes
Gefühl, dieser vorn montierte Ölkühler der Swift.

Aber für die Federal Aviation Administration, die Bundesluftfahrtbehörde, so ging es mir durch den Kopf, ist ein Flugplan keineswegs ein
Plan für einen Flug. Es ist ein FAA-Formular Nr. 7233-1. Der Flugplan
ist ein Blatt Papier, 12,1 mal 20,3 cm, das eingereicht wird, um Suche
und Bergung in Gang zu setzen, wenn ein Flugzeug an seinem Zielflug-
platz überfällig ist. Für den, der Bescheid weiß, ist ein Flugplan ein Blatt
Papier. Wer nicht Bescheid weiß, hält einen Flugplan für einen Plan für
einen Flug.

Darüber dachte ich nach, westlich von Cheyenne. Ich erinnerte mich
an die Zeitungsmeldungen, die ich gelesen hatte: »Heute überrollte die
Düsentransportmaschine einer Fluggesellschaft auf dem Flughafen eine
leichte Übungsmaschine vom Typ Cessna, die abgestellt und festgemacht
war. Die Cessna, die plattgedrückt wurde, hatte keinen Flugplan eingereicht . . .«

Hatte keinen Flugplan eingereicht heißt in der Sprache der Presse:
Schuldig. Schuldig am Unfall. Recht geschehen.

Warum hat die FAA niemals für Reporter definiert, was ein *Flugplan* ist? Will sie in ihnen den Eindruck erwecken, daß jemand, der nicht auf dem Formular 7233-1 um Suche und Bergung ersucht hat, schuldig und für jeden Unfall verantwortlich sei? Merkwürdig, wie praktisch es ist, immer wenn etwas passiert ist, vor den Reportern zu erwähnen, daß das Leichtflugzeug keinen Flugplan hatte. Oder noch besser, auf die Frage »Hatte das kleine Flugzeug einen Flugplan?« zögernd und in einem schmerzlichen Ton zu antworten: »Tja, meine Herren – nein. So leid es uns tut, aber wir müssen zugeben, daß das Leichtflugzeug keinen Flugplan eingereicht hatte.«

Es waren jetzt nur noch zwei Minuten, bis das passierte, wovon ich keine Ahnung hatte. Motorinstrumente wie zuvor. Kurs 289 Grad. Höhe 12 460 Fuß. Meine Gedanken blieben bei Wörtern. Es gibt so viele, so viele Benennungen und Bezeichnungen, von den Zuständigen sorgfältig gewählt, daß mißtrauische Piloten fast meinen könnten, sie seien schlau gelegte Schlingen, in denen sich der Bürger fangen soll, der fliegen gelernt hat.

Kontrollturm. Der Fluglotse, der *Controller* heißt. Woher stammen diese Namen? Beide kontrollieren, das heißt beherrschen, überhaupt nichts. Die Leute in diesem Turm sprechen mit den Flugzeugpiloten, geben ihnen Daten durch. Was es an Kontrolle gibt, wird alles von den Piloten besorgt. Nur eine semantische Kleinigkeit, belanglos? Wie oft hat man nicht schon von Nichtfliegern gehört: »Was, Ihr Flugplatz hat keinen Kontrollturm? Ist das denn nicht *gefährlich?* Man kann sich vorstellen, was sie denken, wenn sie feststellen, daß ein Flugfeld ohne Tower die amtliche Bezeichnung *unkontrollierter Flugplatz* trägt. Versuchen Sie das einem Zeitungsreporter auseinanderzusetzen! Die Wörter allein zeigen ja schon, daß es zu einer Katastrophe kommen muß, daß Flugzeuge nur darauf warten, auf Schulen und Waisenhäuser herabzustürzen. Hier ist eine Beschreibung von Millionen und aber Millionen Starts, wie sie jeden Tag, jede Minute vor sich gehen: *Das Leichtflugzeug startete von einem unkontrollierten Flugplatz. Ohne Funkkontrolle. Ohne Flugplan.* Das sagt schon alles.

Luftstraßen, das klingt wie *Autobahn,* ein hindernisfreies Betonband auf der Erde, auf dem sich Autos rasch und rationell vorwärtsbewegen. Tatsächlich ist aber eine Luftstraße ein Kanal, der die Flugzeuge zwingt, am sonst grenzenlosen Himmel möglichst dicht hintereinander zu fliegen.

Quadrant-Höhen-Regel. Eine hochtechnische Bezeichnung für ein System, das bestenfalls garantiert, daß sich jede Kollision im freien Luftraum in einem Winkel von weniger als 179 Grad abspielt.

Auf andere Maschinen aufpassen. Es ist nur zu einfach. In einer Gesellschaft, die es ablehnt, dem Menschen zu vertrauen, in einer Zivili-

44

sation, welche von nie versagenden Blechkisten garantierte Sicherheit verlangt, nicht aber Vorsicht vom einzelnen, ist *Aufpassen* peinlich und würdelos. Es ist eben einfach primitiv, das ist der Grund.

Meine Zeit war abgelaufen. Ich flog exakt in 12 470 Fuß Höhe, dreißig Fuß unterhalb der vorschriftsmäßigen Quadrant-Höhe für Maschinen auf Westkurs. Ich befand mich in Victor 138, der Luftstraße von Cheyenne nach Medicine Bow, Wyoming.

Die andere Maschine befand sich gleichfalls in Victor 138, ebenfalls auf 12 470 Fuß Höhe, aber sie flog in einer Richtung, die direkt durch die Propellerhaube meiner Swift, durch die Kabine und das Hinterteil des Rumpfs und von dort aus durch das Leitwerk wieder ins Freie führte. Das andere Flugzeug befand sich dreißig Fuß unterhalb der exakt falschen Höhe. Ich hatte die Vorfahrt, aber er hatte die C-124, zu ihrer Zeit die größte viermotorige Transportmaschine der Welt.

Ich rieb mir die Augen. Dieser Mann ist doch ein Berufspilot, ein Pilot der Air Force! Und er fliegt auf MEINER Höhe. Er hat die verkehrte Höhe! Er fliegt ostwärts auf der Höhe, in der man nur mit Westkurs fliegen darf. Wie kann ein Berufspilot, wie kann er sich nur so täuschen, und in einem solchen Giganten von Flugzeug?

Es war kein Beinahe-Zusammenstoß. Die C-124 ist immerhin ein solcher Koloß von Eisen, daß man sie lange sieht, bevor es zu einem Beinahe-Zusammenstoß kommen kann. Aber trotzdem, da kam sie mir entgegen, genau auf meiner Höhe, hundert Tonnen Aluminiumstahl in der verkehrten Flugrichtung.

Wäre ich zufällig übermäßig lange mit meinen Karten beschäftigt gewesen und hätte der Riese tatsächlich die Swift pulverisiert, kann es keinen Zweifel geben, was darüber in den Zeitungen gestanden hätte. Erst hätte man lesen können, daß die Swift an der Tragflächenverkleidung des Transporters zerschellt sei, und vielleicht wäre die kleine Kerbe gezeigt worden, die der Aufprall hinterließ. Der Schluß der Meldung hätte vermutlich so gelautet: »Sprecher der Bundesluftfahrtbehörde bekundeten ihr Bedauern über den Vorfall, mußten jedoch auf Fragen einräumen, daß das Leichtflugzeug keinen Flugplan eingereicht hatte.«

Überlandflug in einer alten Kiste

Haben Sie manchmal das Gefühl, daß Ihnen etwas unbekannt ist, was alle andern wissen? Daß für alle Welt auf der Welt etwas ganz selbstverständlich ist, von dem Sie noch nie etwas gehört haben, als hätten Sie die Große Unterrichtsstunde am Himmel oder was Ähnliches versäumt?

Eines der elementaren Dinge, die in der Großen Unterrichtsstunde behandelt wurden, war offensichtlich die Grundregel, *daß man alte Flugzeuge nicht vom einen Ende des Landes zum andern fliegt.* Jedenfalls, wenn man seine fünf Sinne beisammen hat. Und dann kommt der gute Richard Bach daher, der die Unterrichtsstunde verpaßt hat.

Das Flugzeug, das ich haben wollte, war ein Doppeldecker von 1929, eine Detroit Parks P-2A Speedster mit offener Kabine, und es befand sich in North Carolina. Ich wollte es gegen meine Fairchild 24 eintauschen, und die stand in Kalifornien. Ist es also nicht die logischste Sache der Welt, die Fairchild nach North Carolina zu fliegen, dort den Doppeldecker abzuholen und damit nach Kalifornien zurückzufliegen? Wenn Ihnen das logisch vorkommt, dann haben Sie die Große Unterrichtsstunde ebenfalls verpaßt. Es wird uns immer geben, die zwei Prozent, die es nie mitbekommen.

Ich flog also, ahnungslos wie ich war, meinen Eindecker mit seinem sanft schnurrenden Motor und der geschlossenen Kabine mit ihren summenden Instrumenten nach Lumberton, North Carolina, und tauschte ihn gegen eine brüllende, fauchende, zugige Klappermühle von Doppeldecker, deren einziges zuverlässiges Instrument ein Öldruckmesser war, die nie etwas von einer elektrischen Anlage, geschweige denn einem Funkgerät gehört hatte und äußerst mißtrauisch gegen jeden Piloten war, der das Fliegen nicht auf einer JN-4 oder einer American Eagle gelernt hat.

In der Großen Unterrichtsstunde war sicher auch davon die Rede, *daß man schon ein toller Könner sein muß, um alte Doppeldecker bei Seitenwind auf einer betonierten Landebahn aufzusetzen.* Das erklärt, warum ich bei der Landung in Crescent Beach, South Carolina, plötzlich ein ungutes Krachen und Bersten hörte, als mir die Maschine beim Aufsetzen ausbrach, der rechte Teil des Hauptfahrwerks einknickte, das rechte Rad in die Binsen ging und die rechte untere Tragfläche sich in ein zerfetztes und zerknautschtes Knäuel verwandelte. Später hörte ich eine Weile dem fernen Rauschen des Atlantiks zu und noch später, als es dunkel geworden war, dem Regen, der traurig auf das Dach des Hangars trommelte, in den man meinen Trümmerhaufen geschleppt hatte. Und ich hatte nur noch 2600 Meilen vor mir. Ich hätte am liebsten einen Schierlingsbecher geleert oder mich von einer Brücke ins Meer gestürzt. Aber wir, die wir die Große Unterrichtsstunde versäumt haben, sind so hilflos und mitleiderregend, daß wir es irgendwie fertigbringen, trotz unserer Mängel und Schwächen durchs Leben zu krabbeln. In diesem Fall kam das Mitgefühl von dem vorigen Besitzer der Parks, Mr. Evander M. Britt, Hüter eines unversieglichen Brunnens südstaatlicher Hilfsbereitschaft. »Nun machen Sie sich mal keine Gedanken, Dick«, sagte er, als ich ihn anrief. »Ich komme gleich mit einem neuen Fahrwerk zu Ihnen hinunter. Ich hab auch noch einen Flügel hier, falls Sie ihn brauchen. Nur keine Aufregung, ich komme gleich hinunter.«

Und mit ihm fuhr durch den Regen Oberst George Carr, Barnstormer, Jagdflieger, Geschwaderkommodore und Restaurator alter Flugzeuge. »Was, mehr ist nicht kaputt?« sagte Carr, als er das Wrack sah. »Nach dem, was 'vander mir erzählt hat, dachte ich, Sie hätten etwas ernstlich beschädigt. Helfen Sie mir mit diesem Wagenheber, dann haben wir Sie morgen wieder in der Luft.«

Das bergende Netz der »Vereinigung der Freunde alter Flugzeuge« schloß sich um ihr bedrängtes Mitglied, und von Gordon Sherman, dem Präsidenten des Carolina-Virginia-Kapitels, kam, ein Geschenk des Himmels, ein schwer aufzutreibendes altes Rad von seiner Eaglerock für mein Fahrwerk. Schon nach wenigen Tagen waren die Parks und ich wie an dem Tag, an dem wir aus der Fabrik rollten. Und nachdem wir einiges über die Mischung von Seitenwinden und betonierten Landebahnen gelernt hatten, bedankten wir uns demütig bei unseren Wohltätern, nahmen ein Päckchen Notproviant von Oberst Carr entgegen und begannen die vor uns liegenden 2600 Meilen anzuknabbern.

Wir hatten auch an fünfunddreißig Jahren, dem Alter des Doppeldeckers, zu knabbern, und ich stellte fest, daß die Barnstorming-Piloten der Pionierzeit, die die Parks und ihre Schwestermaschinen geflogen hatten, die engste Bekanntschaft mit Schmieröl und Kälte schlossen. Ich erlebte es am eigenen Leib. Nach jedem Flugtag wird, ob auf einer Wiese oder einem Flugplatz, die Schmierpresse herausgeholt und das klebrige Zeug in sämtliche Kipphebelgehäuse gepreßt. Fünf Zylinder, zehn Kipphebel. Nach jedem Flug wird ein Lappen in die Hand genommen und das Fett weggewischt, das aus dem Motor auf alles dahinter gespritzt ist, auf Schutzbrille, Windschutzscheiben, Rumpf, Fahrwerk, Flossen. Es muß rasch abgewischt werden, ehe es hart wird. Der Wright-J-6-5-Whirlwind-Motor ist eine kleine ölige Persönlichkeit für sich und überzieht den Barnstormer, wenn er morgens zum Schmieren die Haube öffnet, mit einer zäh haftenden Schicht, dem Wahrzeichen seines Handwerks.

Daß die Luft kälter wird, je höher man fliegt, wußte ich natürlich. Ich hatte es an den Temperaturanzeigern meiner früheren Maschinen ablesen können. Nun aber lernte ich, daß es zweierlei Dinge sind, ob der Temperaturmesser KALT anzeigt oder ob einen die Kälte in der offenen Kabine überfällt, wenn sie schneidend durch Lederjacken und wollene Hemden dringt. Nur wenn ich mich dicht an die Windschutzscheibe duckte, konnte ich dem tosenden 100-Meilen-Wind entgehen, der einen wie mit eisigen Messern durchbohrte, und drei Stunden nacheinander so zusammengekauert dazusitzen, ist nicht unbedingt das Gemütlichste.

Als ich in diesen ersten Frühlingstagen 1964 nach Westen flog, machte ich eine große und elementare Entdeckung: Die Freude an dem Land, das man überfliegt, steht in direktem Verhältnis zu der Geschwindigkeit, mit der man darüber hinweggleitet. Als ich über den weiten Wiesen Alabamas von Gegenwinden aufgehalten wurde, sah ich zum erstenmal, daß im Frühling jeder Baum zu einer hellgrünen Fontäne wird, die glitzernde Blätter in die Sonne schüttet. Manche Weiden sehen aus wie die gepflegten Rasenflächen der exklusivsten Golfklubs, und ich mußte gegen die Versuchung ankämpfen, die Parks zu landen, so sehr lockte es mich, über den hellen, unberührten Grasteppich zu rollen. Die Parks war zwar überhaupt nicht überzeugt, daß ich würdig sei, ihr Pilot zu sein, aber von Zeit zu Zeit schenkte sie mir so einen Blick auf ihre Welt, einen Blick zurück, der mir zeigte, *wie es damals war*.

Eine verwitterte Farm nach der andern zog unter mir vorbei, jede thronte stolz am Ende ihrer eigenen ungeteerten Zufahrt, wachte über ihre Felder und Wälder wie einst, als die Parks noch jung gewesen war und all dies selbst zum erstenmal gesehen hatte. Auf mehr als einer Farmeinfahrt standen noch die Autos und Lastwagen der dreißiger Jahre, auf den Weiden grasten die Kühe von 1930, und ich wurde für

einen Augenblick zu dem frierenden, ölverschmierten Buzz Bach in Helm und Schutzbrille, Barnstormer an ungestörten Himmeln. Eine Illusion, so schön, daß sie für mich zur Wirklichkeit wurde.

Aber als ich kurz wegschaute, um eine Notiz auf den Rand meiner Straßenkarte zu kritzeln, zeigte die Parks unverhohlene Eifersucht. Während wir geradeaus und horizontal dahinflogen, schrieb ich: »Bäume sind grüne Springbrunnen« auf die Karte. Als die Bleistiftspitze bei »grü . . .« angekommen war, brummte der Motor viel lauter als vorher, und der Wind jaulte in den Verspannungen. Ich fuhr hoch, sah die Erde schräg und groß auf mich zukommen und hörte eine schwache Stimme sagen: »Wenn du mich fliegst, mußt du fliegen und darfst keine Notizen machen oder an andere Dinge denken . . .« Und tatsächlich konnte man es sich bei der Parks nicht leisten, die Hände vom Steuer zu lassen. Wie ich es auch versuchte, sie war nicht dazu zu bringen. Jedesmal, wenn ich leichtsinnig wurde und nicht mehr daran dachte, was sie brauchte, drehte sie sich unfehlbar in eine verrückte Lage.

Die Stunden gingen ineinander über, verschmolzen zu langen Tagen, in denen ich über die Szenerie des amerikanischen Südens dahinflog, der unter mir vorbeiglitt. Schon nach drei Stunden war die Windschutzscheibe der Vorderkabine mit Öl und Schmiere von den Kipphebeln bedeckt, aber die fünf Zylinder des Whirlwind-Motors donnerten unverdrossen vor sich hin und setzten keinen einzigen Takt aus.

Die Parks brachte mir etwas über andere Menschen bei, als sie fand, daß ich zum Lernen bereit sei. Laß die Städte hinter dir, sagte sie, und du wirst Leute finden, die Zeit für dich haben, die freundlich und herzlich sind. Nimm einen kleinen Ort wie Rayville in Louisiana. Lande dort auf dem kleinen Flugfeld, wenn die Sonne untergeht. Rolle zu einer kurzen Reihe von Flugzeugschuppen mit einer Treibstoffpumpe. Alles liegt verlassen da. Stell den Motor ab, neben einem Schild, auf dem ›Adams Flugdienst‹ steht und vor dem eine Grumman Ag-Cat und eine Piper PA-18 festgemacht sind. Steig aus der Kabine, streck dich gerade und fang an, das Kipphebelfett abzuwischen. Und plötzlich steht ein offener Transporter da und eine Stimme sagt: »Hallo, Sie.«

An der Wagentür steht ›Adams Flugdienst‹, und der Fahrer lächelt und hat einen alten Filzhut auf, dessen Krempe vorn hochgebogen ist.

»Dachte zuerst, Sie sind eine Stearman, als Sie über meine Farm geflogen sind, aber für eine Stearman waren Sie zu klein, und auch der Motor hat anders geklungen. Was ist das übrigens für eine Maschine?«

»Eine Detroit Parks. Ungefähr wie eine Kreider-Reisner 34, wenn Sie die kennen.«

Wir begannen uns über Flugzeuge zu unterhalten. Der Mann war Lyle Adams, Besitzer einer Firma, die aus Flugzeugen Insektenbekämpfungsmittel verstreut, ehemals Zureiter, Viehhüter und Charterpilot, der kleine Gruppen flog, die in unberührter Gegend angeln und jagen wollten. Beim Abendessen sprach Adams von der Fliegerei, von Gegenwinden und vom Ausbrechen bei der Landung, stellte Fragen, beantwortete Fragen. Er lud den frierenden, ölverschmierten Barnstormer zu sich ein, um ihn mit seiner Frau bekannt zu machen und ihm Photos von Flugzeugen und Flügen aus vergangenen Tagen zu zeigen.

Am nächsten Morgen um halb sechs holte er den Luftschiffer zum Frühstück ab und half ihm, den Motor in Gang zu setzen. Wieder ein Start, ein Flügelwackeln zum Abschied und lange, frostige Morgenstunden im ständig wechselnden messerscharfen Wind, während die Sonne in den Himmel stieg.

Wir folgten mehrere hundert Meilen dem Highway 80 durch die freie Natur des texanischen Westens, zumeist in fünf Fuß Höhe über der leeren Straße, um dem ständig wehenden Gegenwind zu entgehen. Überall um einen ist das weite Land, unablässig wartend beobachtet es jede Propeller-Umdrehung der Flugzeuge, die es zu überfliegen wagen. Ich dachte an meinen Notproviant und an meinen Krug Wasser und war froh, daß ich beides dabei hatte.

In der Ferne stand ein Gewitter auf seiner breiten, schiefen Säule aus schwerem, grauem Regen. »Ein Abenteuer erwartet uns!« sagte ich zu meiner Parks und zog den Sitzgurt fester. Wir hatten die Wahl, der Bahnlinie rechts zu folgen und das Gewitter zu vermeiden oder uns nach der Straße links zu halten und das Unwetter zu durchfliegen. Da ich es immer für eine gute Übung gehalten habe, eine Herausforderung anzunehmen, wenn sie sich anbietet, folgten wir dem Highway. Gerade als ich mich, sozusagen am Mast, festgeschnallt hatte und die ersten Regentropfen gegen die Windschutzscheibe prasselten, setzte der Motor aus. Ein Abenteuer auf einmal ist eigentlich genug, fuhr es mir durch den Kopf, und als wir scharf nach rechts drehten, fiel mir meine Notausrüstung ein. Die Wüste sah bedrohlich leer aus. Da sprang der Motor von selbst wieder an, stotternd und spuckend. Das Benzin kam durch, die Mischung war richtig, ich hatte genug Sprit im Tank. Die Magneten waren schuld. Sie waren naß geworden. Ich schaltete auf den rechten, worauf der Motor zu spucken aufhörte und wieder brav summte. Ich schaltete auf den linken, Ergebnis: Früh- und Fehlzündungen. Rasch wieder auf den rechten geschaltet. Die Karte, die Karte, wo ist die Karte? Der nächste Ort ist, laß sehn . . . (der Wind brüllt noch lauter in den Verspannungen) . . . ist Fabens, Texas, und zwanzig Meilen weiter westlich . . . zwischen hier und Fabens . . . (der Wind kreischt jetzt) . . . Nein, nicht jetzt, alte Kiste. Ich schau doch nur auf die Karte! Gibt's was dagegen zu sagen? Die Nase wieder zum Horizont hochziehen, das Trimmrad der Höhenflosse

50

einen Zacken nach oben... Fabens ist zwanzig Meilen von hier, und wenn ich der Bahnstrecke folge, geht es nach links... (der Wind beruhigt sich jetzt, wird leise, Schatten huschen über die Karte)... Schon gut! Schon gut! Bitte jetzt keine Scherereien. Siehst du denn nicht die Wüste drunten? Willst du an einem dieser Felsbrocken einen Flügel verlieren oder ein Rad?

Die Parks nahm wieder Vernunft an und schwenkte auf die Richtung der Bahnlinie ein, aber jedesmal, wenn ich mir angst machen wollte, stellte ich den Magnetschalter auf LINKS und horchte, wie der Motor zu spucken begann und aussetzte. Ich war erlöst, als ich Minuten später auf der Piste in Fabens aufsetzte, von der der Sand hochgewirbelt wurde. Unter einem Flügel breitete ich den Schlafsack aus, rollte Fallschirm und Jackett zu einer Art Kopfkissen zusammen und sank in einen traumlosen Schlaf.

Am nächsten Morgen waren die Magneten trocken und bereit zur Arbeit, die an diesem Tag aus siebenhundert Meilen Flug über die Wüste bestand. In unserm Land gibt es wahrhaftig eine ganz schöne Menge Sand. Und Felsen. Und Unkraut, das in der Sonne braun wird und verdorrt. Und Eisenbahngeleise, die sich schnurgerade wie umgestürzte Kiefern dem Horizont entgegendehnen.

Als wir über die Grenze nach Arizona flogen, begann der linke Magnet wieder Zicken zu machen. Das hieß fünfhundert Meilen nur mit dem rechten, zwischen den Truppenübungsgebieten südlich von Phönix, durch den Staubsturm über Yuma. Der linke Magnet machte mir schließlich überhaupt keine Angst mehr, wenn einer genügte, den Motor in Gang zu halten. Wenn der rechte auch ausfällt, sagte ich mir, setzt du auf der Highway 80 auf und holst die Notausrüstung heraus. Als ich Palm Springs in Kalifornien erreichte, funktionierte der linke Magnet wieder. Wahrscheinlich fällt er aus, wenn er heiß wird; läßt man ihn eine Zeitlang abkühlen, ist alles wieder in Ordnung.

Fast zu Hause, dachte ich. »Fast zu Hause«, sagte ich zu meiner Parks. »Dauert nicht mehr lange.«

Aber westlich des Gebirges standen Gewitter und Regen am Himmel, und heftige Winde fegten die Pässe herab. Wenn ich jetzt nur die Fairchild mit ihren Instrumenten und Funkgeräten hätte! Wir versuchten es mit dem Paß bei Julian, die Parks und ich, wurden aber fürchterlich durchgerüttelt und zur Strafe für unsere Frechheit in die Wüste zurückgetrieben. Wir versuchten, nach San Diego durchzukommen, und zum erstenmal in meinem Leben flog ich rückwärts, mit fünfundsiebzig Meilen in der Stunde. Ein Gefühl, so unheimlich, daß man einen Blick auf den Fahrtmesser wirft, ob es denn wahr sein kann. Die Parks war einfach nicht imstande, gegen den Wind westwärts zu fliegen. Also nach Norden, in einen langen, geradezu persönlichen Kampf mit dem Paß bei Banning und dem Mount San Jacinto. Du brutaler Koloß! dachte ich und schaute zum Gipfel hinauf, um den Gewitterwolken und Schneeschauer fegten. Wir versuchten es wieder gegen den Regen, und diesmal hatten die Magneten, voller Zorn auf den Berg, überhaupt nichts dagegen.

Dennoch war es ein zähes, langes Ringen, bis wir uns schließlich durchgekämpft hatten und auf der vom Regen aufgeweichten Piste in Banning landeten.

Eine Stunde später, ausgeruht und zu neuem Kampf bereit, sah ich über einer niedrigen Hügelkette im Westen die Wolkendecke aufreißen. Wir starteten und gerieten wieder in den Regen, einen Regen, der einen traf wie Stahlkügelchen und einem dann wieder die Schutzbrille rein und klar wusch. Und dazu Turbulenzen durch den Wind über den Hügeln, so daß der Motor immer wieder aussetzte, weil die negative Beschleunigung Treibstoff aus dem Vergaser zog.

Und mit einemmal war alles vorbei. Die letzte Hügelkette lag hinter uns, und vor uns hingen Wolken am Himmel, durch die riesige Bündel von Sonnenstrahlen brachen. Plötzlich war es, als flögen wir in das Gelobte Land, als hätte eine höhere Macht entschieden, daß die kleine Parks sich tapfer genug geschlagen habe und daß nun kein Kampf mehr nötig sei. Einen solchen Augenblick vergißt kein Pilot: nach dem grauen, pfeifenden, stahlharten Regen das Licht der Sonne; nach wütenden Turbulenzen spiegelglatte Luft; nach dräuenden Bergen und wütenden Wolken ein kleiner Flugplatz, eine letzte Landung, und man ist wieder daheim.

Wenn man diese Große Unterrichtsstunde versäumt, muß man selbst herausfinden, was es heißt, in alten Flugzeugen quer übers Land zu fliegen. Wenn es einem kein anderer beibringt, dann muß es ein Flugzeug tun.

Und die Moral von der Geschichte? Man kann alte Doppeldecker mit offener Kabine Tausende von Meilen weit fliegen und dabei etwas über sein Heimatland erfahren, was man noch nicht weiß, sich an die Stelle der Flugpioniere versetzen, denen die Fliegerei ihr Leben verdankt, man kann ein Stück von sich selbst kennenlernen. Und das ist vielleicht etwas, was einem keine Unterrichtsstunde jemals beibringen kann.

Stahl, Aluminium, Muttern und Bolzen

Ein Flugzeug ist eine Maschine. Es kann nicht leben. Es kann ebensowenig hoffen oder wünschen, hassen oder lieben.

Die Maschine, die ›Flugzeug‹ genannt wird, besteht aus zwei Teilen, dem ›Motor‹ und dem ›Flugwerk‹, beides aus gewöhnlichen Materialteilen, wie sie zum Bau von Maschinen verwendet werden. Kein Geheimnis, keine Zauberei, keine magischen Beschwörungen bringen es zum Fliegen. Es fliegt nach bekannten und feststehenden Gesetzen, an denen nichts zu ändern ist, unter keiner Bedingung.

Ein ›Motor‹ ist, kurz gesagt, ein Metallblock, in den bestimmte Löcher gebohrt sind und der mit bestimmten Federn, Ventilen und Zahnrädern bestückt ist. Er wird durchaus nicht lebendig, wenn er am vorderen Ende eines Flugwerks befestigt wird. Die Vibrationen, die durch einen Motor gehen, gehen auf die rasche Verbrennung von Treibstoff in seinen Zylindern, auf die Bewegungen seiner beweglichen Teile, auf die Kräfte zurück, die von den Umdrehungen des Propellers ausgelöst werden.

Ein ›Flugwerk‹ ist sozusagen ein Käfig aus Stahlrohren und Aluminiumblech. Es besteht aus Blech, Tuch und Draht. Aus Muttern und Bolzen. Ein Flugwerk wird nach den Berechnungen des Flugzeugbauers gebaut, eines sehr klugen und praktischen Mannes, der mit diesem Handwerk sein Brot verdient und nicht mit esoterischem Hokuspokus herumpfuscht.

In keinem Flugzeug gibt es auch nur ein einziges Teil, das nicht auf dem Reißbrett entworfen wurde. Es gibt kein Teilstück, das sich nicht in einfache Platten, Guß- und Schmiedestücke zerlegen ließe. Das Flugzeug ist eine *Erfindung*, es ist nicht *entstanden,* wurde niemals zur Welt gebracht. Ein Flugzeug ist genausogut eine Maschine, wie ein Auto eine Maschine ist, eine Kettensäge eine Maschine ist, eine Bohrpresse eine Maschine ist.

Will jemand was dagegen sagen, vielleicht einer der Flugschüler von heute, und behaupten, daß ein Flugzeug ein Geschöpf der Luft sei und deswegen besondere Kräfte besitze, die eine Bohrpresse nicht besitzt?

Falsch. Ein Flugzeug ist kein Geschöpf. Es ist eine Maschine, blind, gefühllos, kalt, tot. Jede Kraft, die von ihm ausgeht, der es unterliegt, ist eine bekannte Kraft. Eine Million Forschungs- und Flugteststunden haben uns alles gelehrt, was es über ein Flugzeug zu wissen gibt. Auftrieb-Gewicht-Schub-Luftwiderstand. Anstellwinkel, Druckzentren, benötigte Energie gegen verfügbare Energie und schädlicher Widerstand, der im Quadrat der Fluggeschwindigkeit steigt.

Und doch gibt es ein paar Piloten, die irgendwie glauben wollen, daß diese Maschine ein Tier, ein lebendes Wesen sei. Glauben Sie das nur nicht. Es ist absolut unmöglich.

Die Startleistung jedes Flugzeugs beispielsweise ist abhängig von Flächenbelastung, Leistungsbelastung, Tragflügelkoeffizienten sowie von Luftdichtenhöhe, Wind, Neigung und Oberfläche der Startbahn. Alle diese Dinge lassen sich mit Bandmaß und Testapparaten messen, und wenn sie in Tabellen eingetragen und in Computer eingefüttert sind, geben sie uns das absolute Minimum der Startlänge.

In den technischen Handbüchern, die bisher gedruckt wurden, findet sich kein Satz, kein Wort, nicht die leiseste Andeutung, daß die Leistung dieser Maschine möglicherweise durch die Hoffnungen oder Träume eines Piloten oder dadurch, daß er zu seinem Flugzeug nett ist, verändert werden könnte. Dies muß man sich unbedingt vor Augen halten.

Ich gebe Ihnen ein Beispiel, einen Piloten in einer bestimmten Situation. Sagen wir, er heißt . . . na . . . Everett Donnelly. Sagen wir, er lernte das Fliegen in einer 7AC Aeronca Champion N2758E.

Später, nehmen wir an, wurde Everett Donnelly bei United Air Lines Erster Offizier und danach Flugkapitän. Und so zum Spaß begann er nach der alten Aeronca Champ zu suchen, in der er Fliegen gelernt hatte. Nehmen wir an, er horchte sich um und schrieb Briefe und suchte anderthalb Jahre an vielen Stellen, und schließlich fand er die Überreste einer N2758E in einem eingestürzten Hangar auf einem stillgelegten Flugplatz. Sagen wir, er brauchte knappe zwei Jahre, um die alte Kiste wiederherzurichten, bis auf die letzte Mutter, den letzten Bolzen, die letzte Seilrolle und Schweißnaht. Und dann flog er diese Champ vielleicht zwei Jahre, und vielleicht lehnte er eine ganze Reihe guter Angebote von Leuten ab, die sie gern gekauft hätten, und vielleicht pflegte er sie mit aller Hingabe, weil sie ein Stück seines Lebens war und weil er sein Herz daran gehängt hatte.

Und dann, nehmen wir an, landete er eines Tages mit einer gebrochenen Ölleitung auf einer Wiese im Gebirge. Nehmen wir an, er flickte die Leitung, füllte Öl aus Dosen nach, die er immer dabei hatte, und war bereit, wieder zu starten.

Was jetzt kommt, müssen Sie genau lesen. Nehmen wir an, wenn Everett Donnelly jetzt nicht startet, begräbt ihn der Blizzard vom 8. Dezember 1966 unter seinen Schneemassen. Sagen wir, es führt keine Straße zu dieser Wiese, weit und breit kein Zeichen von Zivilisation. Und nehmen wir an, rings um die Wiese stehen sechzig Fuß hohe Kiefern und es herrscht Windstille.

55

Das also ist die Situation, die wir voraussetzen. Nun füttere ich diese Daten in einen Computer ein, der auf die Leistungsmerkmale dieser bestimmten Champion, auf die Terrainbeschaffenheit und die atmosphärischen Bedingungen auf dieser bestimmten Wiese programmiert ist. Der Rechner tickt ein paar Sekunden und spuckt dann das Resultat aus: Eine Mindestdistanz von 1594 Fuß ist notwendig, um ein Hindernis von sechzig Fuß zu überwinden, perfekte Starttechnik des Piloten vorausgesetzt.

Everett Donnelly, der es nicht so präzise weiß wie der Computer, sich aber im klaren ist, daß der Start nicht einfach sein wird, mißt die Entfernung von der Stelle, wo der Anlauf beginnt, bis zum Fuß der Bäume mit Schritten ab und kommt auf 1180 Fuß. Wenn er das Heck der Maschine zwischen zwei Bäumen durchzieht, läßt sich die Startlänge auf 1187 Fuß verlängern. Das bedeutet nichts. An der notwendigen Länge fehlen 407 Fuß.

Und jetzt betrachten wir uns ein paar Dinge, die die Startstrecke einer Aeronca Champion N2758E unmöglich verlängern können.

Nehmen wir an, Everett Donnelly denkt an den Blizzard, der im Anzug ist, denkt an den Tod in der Kälte und an die sichere Zerstörung seiner Maschine, wenn er nicht sofort diese Wiese verläßt.

Er denkt zurück an den ersten Tag, als er die Champ sah, wie sie, sonnenblumengelb gespritzt und die Kanten in einem verblichenen Tonrot abgesetzt, voller Schlammspritzer, nach dem Krieg auf einem kleinen Flugfeld in Pennsylvania mit Fluggästen oder -schülern startete. Er erinnert sich daran, daß er an den Wochenenden und den ganzen Sommer über gearbeitet hatte, um sich das Geld zu verdienen, damit er in dieser Maschine das Fliegen lernen konnte.

Er denkt an die Jahre, in denen er an der Champ gebastelt hat, und an Jeanne Donnellys ersten Flug in der Maschine und daran, daß sie in keinem andern Flugzeug als in einer N2758E fliegen mag.

Er denkt zurück an die erste Flugstunde seines Sohnes, an seinen ersten Alleinflug erst vor einer Woche, am Vormittag seines sechzehnten Geburtstages. Und er wirft den Propeller an und steigt in die Kabine und schiebt den Gashebel ganz nach vorn, und die Champs rollt an, in Richtung auf die Bäume am anderen Ende des Feldes, denn es ist Zeit, nach Hause zu fliegen.

Bitte glauben Sie mir, daß ich mich über Flugzeuge gründlichst orientiert habe, daß meine Rechnung stimmt. Ich habe das gesamte Wissen sämtlicher Luftfahrttechniker und Flugzeugbauer und Flugzeugmechaniker seit Beginn des Luftfahrtzeitalters berücksichtigt. Es gibt keine Theorie, die von diesen Leuten nicht geprüft und praktisch erprobt worden wäre.

Und jeder von ihnen und alle Daten sprechen eindeutig dagegen, daß es für Everett Donnelly die geringste Hoffnung gibt, seine Maschine von einer Wiese, die 407 Fuß zu kurz ist, in die Luft bringen. Es ist gescheiter, sich einzugraben, um vielleicht den Blizzard zu überstehen, klüger, die Maschine vom Sturm in Fetzen reißen zu lassen und zu versuchen, zu Fuß aus dem Gebirge herauszukommen; alles andere ist besser als der aussichtslose Versuch, ein Hindernis zu überwinden, das man nicht überwinden kann.

Ein Flugzeug, wie gesagt, ist eine Maschine. Das ist nicht meine Idee, ich hab es nicht so gewollt. Und auch nicht ich, der ich dies hier schreibe, sondern die Zehntausende brillanter Köpfe haben der Menschheit die Geschwindigkeit und die Technik des Fliegens geschenkt. Ich habe bei meinen Nachforschungen lediglich gefragt, ob irgend jemand glaube, daß ein Flugzeug mehr sei als eine Maschine. Und in tausend Büchern, auf einer halben Million Seiten, in ungezählten Diagrammen und Formeln findet sich kein einziges Wort, nicht der Schimmer einer unausgesprochenen Hoffnung, die gegen die mathematischen und physikalischen Berechnungen für Everett Donnellys Startstrecke sprechen könnte. Nicht eine einzige Stimme hat gesagt, wenn die richtigen Bedingungen gegeben seien, wenn ein Pilot sein Flugzeug liebe und dies an seiner Fürsorglichkeit zeige, dann könne es dies eine Mal, für einen ganz kurzen Augenblick, zu einem lebenden Geschöpf werden, das Liebe zu erwidern und diese Gegenliebe durch seine Flugleistung zu beweisen vermag.

Der Computer spuckte seine Antwort aus, und diese war endgültig. Die Zahl, die er nannte, war das absolute Minimum der Startstrecke: 1594 Fuß.

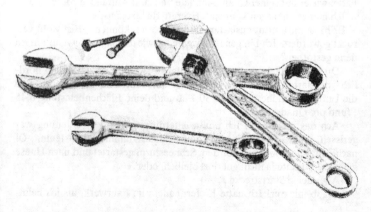

Ich versichere Ihnen, in der Rechnung ist kein Fehler. Die Champ könnte es auf keinen Fall über diese Bäume schaffen. Es wäre ganz und gar unmöglich. Nach präzisen Berechnungen muß sie in einer Höhe von achtundzwanzig Fuß über dem Erdboden bei einer echten Fluggeschwindigkeit von einundfünfzig Meilen in der Stunde gegen die Bäume prallen. Der Aufprall, der sich auf den rechten Hauptflügelholm konzentrieren würde, auf eine Stelle, zweiundsiebzig Zoll von der Tragflächenbefestigung am Rumpf entfernt, wäre so stark, daß Haupt- und Hinterholm einknicken würden. Die Trägheit des restlichen Flugzeuggewichts würde infolge der Schwerpunktverlagerung die Maschine nach rechts reißen und nach unten ziehen. Beim Aufprall auf den Boden würde der Motor aus der Halterung gerissen, sich nach hinten bewegen und Brandschott und Treibstofftank eindrücken. Das Benzin würde über den Auspuffkrümmer spritzen und zu einem explosiven Gemisch verdampfen, das durch die Auspuffflammen aus den geborstenen Zylindern entzündet würde. Der größte Teil der Maschine wäre in vier Minuten und siebenunddreißig Sekunden ein Raub der Flammen, genug oder auch nicht genug Zeit für den Insassen, aus der durch den Aufprall eventuell verursachten Bewußtlosigkeit zu erwachen und sich aus dem Flugzeug zu retten. Der letzte Punkt – ob diese Zeitspanne genügt – ist nicht zu klären, denn er gehört nicht in den Bereich von Aerodynamik und Streßanalyse.

Mein ganzer Bericht hat also nur den einen Sinn, Ihnen noch einmal vor Augen zu führen: Das Flugzeug, das Sie fliegen, ist eine Maschine. Wenn Ihnen etwas an ihm liegt und wenn sie es gut behandeln, ist es eine Maschine. Ein Flugzeug ist eine Maschine.

Es ist unmöglich, daß ich Everett Connelly heute vormittag gesehen hätte, wie er mit seiner Champ landete und zum Auftanken rollte.

Ich hätte nicht sagen können: »Everett, du bist ja tot!«

Er hätte mich nicht auslachen und antworten können: »Bist wohl verrückt geworden? Ich bin genauso wenig tot wie du. Sag mal, wann bin ich denn gestorben?«

»Du hast im Gebirge notlanden müssen, zweiundvierzig Meilen nördlich von Barton's Flat, und du hattest nur 1187 Fuß Startstrecke, und die Luftdichtenhöhe betrug 4530 Fuß und deine Flächenbelastung 6,45 Pfund pro Quadratfuß.«

»Ach das meinst du. Ich mußte allerdings notlanden. Ölleitung war gerissen. Aber ich hab sie mit einer Schlauchklammer abgeklemmt, Öl nachgefüllt und bin noch vor dem Schneesturm gestartet und nach Hause geflogen. Konnte ja nicht gut dort bleiben, oder?«

»Aber deine Startstrecke . . .«

»Glaub mir nur! Ich hatte Kiefernnadeln im Fahrwerk, als ich heim-

58

kam. Aber die brave alte Champ strengt sich hin und wieder ganz hübsch an, wenn ich nett zu ihr bin.«

Es ist undenkbar, daß so etwas geschehen wäre. Es ist undenkbar, daß so etwas jemals geschieht. Sollten Sie irgendwann gehört haben, daß so was irgendeinem Piloten passiert ist, sollte es Ihnen selbst passiert sein, es kann nicht passiert sein. Das wäre unmöglich.

Ein Flugzeug kann nicht zu einem lebenden Geschöpf werden.

Ein Flugzeug kann unmöglich wissen, was ›Liebe‹ ist.

Ein Flugzeug ist totes Metall.

Ein Flugzeug ist eine Maschine.

Das Mädchen von seinerzeit

»Ich möchte mitkommen.«

»Es wird eine kalte Angelegenheit werden.«

»Ich möchte trotzdem mit.«

»Und viel Wind und Öl, das rumfliegt, und so laut, daß du nicht denken kannst.«

»Ich weiß, hinterher werd ich's bereuen. Aber ich will trotzdem mitkommen.«

»Und nachts unter der Tragfläche schlafen und Gewitter und Regen und Dreck. Und essen wirst du in winzigen kleinen Cafés in winzigen kleinen Käffern.«

»Ich weiß.«

»Und schimpf nicht. Ich will nicht hören, daß du auch nur einmal schimpfst.«

»Ich versprech es.«

So erklärte mir meine Frau, nachdem sie Tage hindurch, deren Zahl ich nicht nennen könnte, heimlich mit ihrem Entschluß gerungen hatte, daß sie mich begleiten wolle. Sie wollte in der winddurchtosten Vorderkabine meines Barnstorming-Doppeldeckers an einem Flug teilnehmen, der über 3500 Meilen des ungezähmten amerikanischen Westens führen sollte – über die Großen Ebenen in das niedrige Hügelland von Iowa und über die Rocky Mountains und die Sierra Nevada wieder zurück nach Kalifornien.

Ich hatte meinen Grund für diesen Flug. Einmal im Jahr versammeln sich tausend klapprige, langsame, gebrechliche Flugmaschinen, Oldtimer aus alten Himmeln, für eine Woche auf dem Grasteppich eines Flugfelds mitten im sommerlichen Iowa. Dort unterhalten sich die Piloten über Freud und Leid, über lackierte Leinwand und umherspritzendes Öl, jeder dankbar für Freunde, die ebensolche verrückten Flugzeugfans sind wie er selbst. Sie bilden eine große Familie, diese Narren, und ich gehöre dazu; wir mußten uns wiedersehen, und das war für mich Grund genug hinzufliegen.

Für Bette war der Fall heikler. Als sie sich darum kümmerte, wer die Kinder zwei Wochen lang betreuen sollte, mußte sie zugeben, daß sie mitkommen wollte, weil der Flug ihr Spaß machen würde, weil sie dann sagen könnte, sie habe es geschafft. Das erforderte natürlich Courage, und ich fragte mich, ob es vielleicht nicht doch zuviel für sie wäre, und war überzeugt, daß sie keine Ahnung hatte, auf was sie sich einließ.

Ich hatte in dem Doppeldecker erst einen einzigen Langstreckenflug gemacht, als ich ihn von North Carolina zu mir nach Hause, nach Los Angeles, brachte, eine Woche nachdem ich ihn einem Sammler alter Flugzeuge abgekauft hatte. Auf diesem Flug hatte ich eine Bruchlandung, nicht weiter ernst, gemacht, hatte einmal der Motor gestreikt, hatte ich drei Tage in beißender Kälte und zwei Tage in glühender Hitze über der Wüste erlebt, wo es so heiß wurde, daß die Motortemperaturen ihr Maximum erreichten. Ich hatte es mit Winden aufnehmen müssen, die die Maschine rückwärts trieben, und einmal wegen der Wolken so tief heruntergehen müssen, daß meine Räder die Baumwipfel streiften. Dieser Flug, bei dem ich allein war, hatte mir mehr als genug Scherereien gebracht, und der jetzige, auf dem meine Frau mich begleiten wollte, war noch tausend Meilen weiter geplant.

»Du bist sicher, daß es wirklich dein Wunsch ist?« fragte ich, als ich den Doppeldecker im ersten schwachen Morgenlicht aus dem Hangar schob. Sie war ganz damit beschäftigt, unter unseren Schlafsäcken herumzukramen und die Notausrüstung noch um ein letztes Stück zu ergänzen.

»Ich bin mir sicher«, sagte sie abwesend.

Ich muß zugeben, daß ich eine gewisse unedle Neugier empfand, wie sie das Abenteuer nehmen würde. Keiner von uns beiden ist sehr aufs Campen oder die Freuden des primitiven Lebens versessen; wir lesen gern, wir gehen gern ab und zu ins Theater, und wir fliegen gern, weil ich Pilot in der Air Force war. Ich habe Spaß an meinem Flugzeug, aber auch große Achtung vor ihm. Erst am Tag vorher war ich mit der Reparatur des Motors fertig geworden, nachdem er in fünf Monaten fünfmal gestreikt hatte. Jetzt aber, so hoffte ich, würde er keine Zicken mehr machen. Trotzdem nahm ich mir fest vor, so zu fliegen, daß ich jederzeit eine flache Stelle im Gleitflug erreichen konnte, wenn der Motor wieder ausfiel. Ich getraute mich nicht, eine Gewähr dafür zu übernehmen, daß wir es überhaupt bis nach Iowa schaffen würden – die Chancen standen ungefähr fifty-fifty.

Doch sie ließ sich durch nichts beirren.

Während ich den alten Motor ankurbelte, bis er mit ohrenbetäubendem Getöse zum Leben erwachte und blauer Rauch aus dem Auspuff quoll, während ich die Instrumente überprüfte und unterdessen den Motor warmlaufen ließ, dachte ich für mich: Jetzt wird sich herausstellen, was für eine Frau du vor sieben Jahren geheiratet hast. Für Bette, die angeschnallt in der offenen Kabine saß, in der Fliegerkluft von 1929 unter einem dicken Pelzmantel, an dem schon der Propellerwind zerrte, hatte der Test begonnen.

Anderthalb Stunden später, bei einer Temperatur von minus zwei

Grad, schlossen sich uns zwei andere Oldtimer an, Eindecker mit geschlossener Kabine, die beide, wie ich wußte, ein Heizgerät hatten. Wir flogen in 5000 Fuß Höhe und mit einer Geschwindigkeit von neunzig Meilen in der Stunde. Ich ging näher an die Maschinen meiner Freunde heran und winkte ihnen zu, froh, sie bei mir zu haben. Falls unser Motor streikte, waren wir wenigstens nicht allein.

Nur ein paar Meter von den Eindeckern entfernt, konnte ich sehen, daß die Ehefrauen in Rock und Bluse waren. Ich fröstelte unter meinem Schal und der Lederjacke und fragte mich, ob Bette in dieser kühlen Morgenluft ihren Entschluß nicht schon bereue.

Unsere Kabinen waren zwar nur einen guten Meter auseinander, aber Wind und Motor vollführten einen derartigen Lärm, daß wir nicht einmal das Rufen des andern verstanden hätten. Wir hatten kein Funkgerät, keinerlei Kommunikationssystem zwischen den beiden Kabinen. Wenn wir uns etwas mitteilen wollten, mußten wir unsere Zuflucht zur Zeichensprache oder zu beschriebenen Zetteln nehmen, auf denen wacklige Buchstaben umhertanzten.

Im gleichen Augenblick, in dem ich mich fröstelnd fragte, ob mein umsorgtes Eheweib nun zugeben werde, daß alles ein blödsinniger Fehler gewesen sei, sah ich sie nach ihrem Bleistift greifen. Jetzt ist's soweit, dachte ich und versuchte mir vorzustellen, wie sie es ausdrücken würde. Würde sie schreiben: »Geben wir's auf?.« Oder: »Die Kälte ist nicht auszuhalten.«? Der Atem kam uns in weißen Frostwolken, die sofort über Bord geweht wurden. Oder nur ein schlichtes »Tut mir leid«? Kommt darauf an, wie kalt es ihr ist und wie sehr der Wind ihr zusetzt. Ich sah die Spritzer von Motorschmiere auf ihrer Windschutzscheibe und auch auf ihrer Schutzbrille, als sie sich umdrehte und mir mit ihrer kleinen Hand, die in einem dünnen Handschuh aus dem weiten Pelzärmel hervorkam, den Zettel reichte. Ich klemmte den Knüppel zwischen die Knie und langte nach dem zusammengefalteten Blatt. Wir hatten erst hundert Meilen hinter uns, und ich konnte sie in zwei Stunden wieder nach Hause bringen.

Nur ein einziges Wort stand drauf: »DOLL!« Und daneben hatte sie ein kleines lachendes Gesicht gezeichnet.

Sie schaute mir zu, und als ich aufblickte, lächelte sie mich an.

Was soll man sagen zu so einer Frau? Ich lächelte zurück, legte die Hand an den Helm und salutierte.

Drei Stunden später, nach einer kurzen Pause zum Auftanken, flogen wir über der Wüste von Arizona, mittendrin. Es war fast Mittag, und selbst auf 5000 Fuß Höhe blies der Wind noch heiß. Bette hatte den Pelzmantel ausgezogen, zusammengerollt und neben sich auf den Sitz gelegt. Der obere Teil wehte im Propellerwind. Eine Meile unter uns erstreckte sich die ›Wüste‹, so weit wie wir sehen konnten: keine einzige Pflanze, nur Haufen von Felstrümmern und Steinen, Meile um Meile Sand, wahrhaftig wüst und leer.

Wieder war ich froh, daß unsere Kameraden uns begleiteten. Wenn es dem Motor in diesem Augenblick einfiel zu streiken, war es einfach, die Maschine auf dem Sand aufzusetzen, sogar ohne sie zu beschädigen. Aber dort drunten war es glühend heiß, und ich dachte dankbar an den Krug Wasser, den wir in unserer Notausrüstung verstaut hatten.

Dann wurde es mir, mit Verzögerung, erst voll bewußt. Wie hatte ich nur zulassen können, daß meine Frau sich in die Vorderkabine setzte? Wenn der Motor ausfiel, würde sie, 500 Meilen fern von ihren Kindern, mitten in der größten Wüste Amerikas stehen, neben dem winzigen Fleck eines Doppeldeckers. Nichts als Sand und Schlangen und die sengende Weißglut der Sonne und nirgends ein Blatt oder ein verkümmerter Baum, so weit sie sehen konnte. Welche Blindheit, welche Gedankenlosigkeit, Verantwortungslosigkeit von mir, zuzulassen, daß diese junge Frau, meine eigene Ehefrau, in eine solche Gefahr geriet! Während ich mir die bittersten Vorwürfe machte, schaute Bette sich zu mir um und machte mit der Hand das Zeichen für ›Berg‹ – die Finger im Handschuh aufwärts gerichtet. Dann machte sie ein düsteres Gesicht, um zu zeigen, daß dies ein besonders tückischer Berg sei, und deutete nach unten.

Sie hatte recht. Aber der Berg war nur eine Spur tückischer als das übrige tote Land, das sich unter uns ausbreitete.

Doch als ich mir das Land betrachtete, erkannte ich, daß ich trotzdem recht gehabt hatte, sie hierher zu bringen. Als sie auf den Berg deutete, hatte meine Frau, die ich mit all meinen Kräften vor jeder Gefahr hatte behüten wollen, gezeigt, daß sie in diesen Stunden ihr Heimatland entdeckte und sah, wie es wirklich war. Solange sie es so nehmen konnte, mit Freude, nicht mit Furcht, mit Dankbarkeit und nicht mit Beklemmung, hatte ich das Recht, sie an diesem Abenteuer teilnehmen zu lassen. Ja, ich war froh in diesem Augenblick, daß sie mitgekommen war.

Arizona zog unter uns vorbei, und die Wüste wich widerstrebend und nur schrittweise höher gelegenem Land mit kärglichen Zwergkiefern. Dann kapitulierte sie plötzlich und ohne Übergang vor weiten Kiefernwäldern, kleinen Flüssen und vereinzelten Weiden mit weit verstreuten Rancherhäusern.

Der Doppeldecker zog ruhig durch die Luft, aber ich war nicht ruhig. Der Öldruckmesser benahm sich nicht, wie er sollte. Langsam sank der Druck von sechzig auf 47 Pfund. Das war zwar noch innerhalb der Grenzen, trotzdem aber nicht richtig, denn der Öldruck in einem Flugzeugmotor sollte kaum schwanken.

Bette in der vorderen Kabine schlief jetzt. Der Wind fegte ihr übers Gesicht, das auf dem zusammengelegten Pelzmantel ruhte. Ich war froh, daß sie schlief, und konzentrierte mich auf Gedanken, in denen ich mir Diagramme vorstellte, aus denen hervorging, was im Innern des Motors nicht richtig lief. Dann, in zweitausend Fuß Höhe, setzte er plötzlich aus. Die Stille war so unnatürlich, daß Bette aufwachte und nach dem Flugplatz Ausschau hielt, auf dem wir, wie sie meinte, gleich aufsetzen würden.

Es war keiner zu sehen. Wir waren fünfzig Meilen vom nächstgelegenen Flugplatz entfernt, und je angestrengter ich den Motor wieder in Gang zu setzen versuchte, an den Spritwählhebeln und Zündschaltern herumschaltete, desto klarer wurde mir, daß wir es bis dahin nicht schaffen würden.

Die Maschine verlor rasch an Höhe, und ich zeigte durch ein Flügelwackeln unseren Freunden an, daß bei uns ein kleines Malheur aufgetreten war. Sie kamen sofort heran, konnten aber nichts tun als zuzusehen, wie wir nach unten gingen.

Ein dichter Teppich von Wäldern bedeckte die Berge hinter und vor uns. Wir glitten in ein enges Tal mit einer Ranch und einer eingezäunten Weide am Talrand hinab. Ich nahm Richtung auf die Weide. Es war weit und breit das einzige ebene Stück Land.

Bette schaute zu mir her und zog die Augenbrauen hoch. Sie wirkte nicht geängstigt. Ich nickte ihr zu, daß alles in Ordnung sei und daß wir auf der Weide landen würden. Ich hätte es verstanden, wenn sie Angst gehabt hätte, denn mir an ihrer Stelle wäre es mulmig geworden. Dies war ihre erste Notlandung, für mich war es die sechste. Mit einem Teil meines Selbst beobachtete ich sie genau, um zu sehen, wie sie dieses Motorversagen aufnahm – ein Vorkommnis, das, soviel sie aus den Zeitungen wußte, unvermeidlich in einer Katastrophe enden mußte.

Vor uns lagen zwei Wiesen nebeneinander. Ich entschied mich für diejenige, die glatter aussah, und kreiste im Gleitflug noch einmal, ehe ich landete. Bette deutete neben die andere Wiese und zog wieder fragend die Brauen hoch. Ich schüttelte den Kopf. Nein, Bette, was du auch von mir möchtest. Laß mich jetzt nur die Maschine aufsetzen, diskutieren können wir später.

Der Doppeldecker verlor rasch an Höhe, überflog die Einzäunung und prallte hart auf die Erde. Er hob sich noch einmal in die Höhe, setzte wieder auf und rumpelte polternd über den unebenen, harten Boden. Ich konnte nur hoffen, daß nirgends versteckt Kühe lagen, denn am Hang waren einige zu sehen. Nachdem wir ein paar Sekunden ausgerollt waren, erledigte sich meine Besorgnis wegen der Kühe, denn nun standen wir still. Es herrschte völlige Ruhe, und ich wartete auf den ersten Kommentar meiner Frau zu ihrer ersten Notlandung. Ich versuchte mir vorzustellen, was sie sagen werde. »Jetzt ist's aus mit Iowa!« Oder »Wo ist der nächste Bahnhof?« Oder »Was tun wir jetzt?« Ich wartete.

Sie schob die Schutzbrille hoch und lächelte mich an.

»Hast du denn den Flugplatz nicht gesehen?«

»WAS?«

»Den Flugplatz, Schatz. Das kleine Feld dort drüben, hast du das nicht gesehn? Es hat einen Windsack und alles.« Sie hüpfte aus ihrer Kabine und deutete hin. »Schau doch.«

Tatsächlich, ich sah den Windsack. Mir blieb nur der schwache Trost, daß die einzige Piste des Flugfelds kürzer und unebener aussah als die Weide, auf der wir niedergegangen waren.

Jener Teil meines Selbst, der meine Frau beobachtete und prüfte, und das war in diesem Augenblick alles von mir, konnte nicht mehr an sich halten und brach in ein Lachen aus. Ich stand einer jungen Frau gegenüber, der ich nie begegnet war, die ich nie gesehen hatte. Eine schöne junge Dame mit zerzaustem Haar und Motoröl im Gesicht, das den großen weißen Abdruck der Schutzbrille einrahmte, schaute lausbübisch zu mir herauf. Ich war noch nie so hilflos verzaubert gewesen wie an diesem Nachmittag von dieser unglaublichen jungen Frau.

Ich konnte ihr nicht sagen, wie gut sie ihre Prüfung bestanden hatte. Der Test war in diesem Augenblick bestanden und vorbei, das Prüfungsbuch weggeworfen.

Eine Sekunde lang erzitterte der Boden, als unsere Begleiter in niedriger Höhe über uns hinwegdonnerten. Wir gaben ihnen durch Winken zu verstehen, daß uns nichts passiert und auch das Flugzeug heil war. Sie

66

warfen einen Zettel ab, auf dem stand, daß sie landen würden, wenn wir ein Zeichen machten. Ich winkte ihnen zu, sie sollten weiterfliegen. Wir waren in guter Verfassung. In Phoenix hatte ich ein paar Oldtimer-Freunde, die mir mit dem Motor helfen konnten. Die Eindecker flogen noch einmal im Tiefflug über uns weg, wackelten mit den Flügeln und verschwanden dann über den Bergen im Osten.

Am Abend, nachdem der Motor repariert war, traf ich mich wieder mit der hübschen jungen Frau, die in der Vorderkabine meines Flugzeugs mitflog. Wir entrollten unsere Schlafsäcke in der kalten Nacht, legten uns Kopf an Kopf, schauten hinauf in das wirbelnde, strahlende Zentrum unserer Milchstraße und sprachen darüber, was ein Geschöpf empfindet, das am Rand so vieler Sonnen lebt.

Mein Doppeldecker hatte mich in sein Geburtsjahr, 1929, zurück-geführt, und diese Hügel ringsum waren die Hügel des Jahres 1929, und auch diese Sonnen waren die Sonnen aus jenem Jahr. Ich wußte, was man fühlt, wenn man durch die Zeiten zurück reist, in die Jahre, bevor man geboren wurde, und sich dann in eine schlanke, dunkeläugige junge Geliebte in Fliegerhelm und Schutzbrille verliebt. Ich wußte, daß ich nie mehr in meine eigene Zeit zurückkehren würde. So schliefen wir, diese seltsame junge Frau und ich, in dieser Nacht am Rande unserer Milchstraße.

Der Doppeldecker ratterte weiter über Arizona und nach New Mexico hinein, diesmal ohne die Eindecker an seiner Seite. Es waren anstren-gende Flugtage; vier Stunden in der Kabine, eine kurze Rast, um ein Sandwich zu essen, den Tank aufzufüllen, ein Quart Öl nachzugießen, und schon wieder ging es weiter. Die vom Wind zerzausten Zettel, die meine Frau mir nach hinten reichte, zeigten, daß ihr Denken ebenso le-bendig und klar war wie ihr Körper. In ihren Gedanken spiegelte sich eine junge Frau, die auf eine neue Welt blickte, mit hellen, sehenden Augen.

»Die rote Ballon-Sonne hüpft in der Morgendämmerung über den Horizont, als hätte ein Kind die Schnur losgelassen.«

»Die Wassersprüher auf den Weiden sind am frühen Morgen gleich-mäßig aufgereihte weiße Federn.«

All dies hatte ich in zehn Jahren Fliegens gesehen und doch nicht ge-sehen, bis jemand anders, der es auch noch nie gesehen hatte, es in Worte faßte, auf Notizblätter schrieb und mir nach hinten reichte.

»Die ungegliederten Ranches von Neu-Mexico weichen nur langsam dem exakten Schachbrettmuster von Kansas. Die Spritze von Texas glei-tet inkognito unter dem Flügel vorbei. Nicht einmal eine Fanfare oder ein Bohrturm, daß man sie erkennt.«

»Mais von Horizont zu Horizont. Wie kann die Welt soviel Mais essen? Maisflocken, Maisbrot, Mais-Muffins, Maiskolben, Maisgemüse, Mais in Sauce, Maispudding, Mais, Mais, Mais.«

Hin und wieder eine sachliche Frage. »Warum fliegen wir auf die einzige Wolke am Himmel zu? Antworte!« Als ich die Frage mit einem Achselzucken beantwortete, wandte sie sich wieder dem Schauen und dem Nachdenken zu.

»Nimmt einem irgendwie den Spaß, wenn unten ein Zug vorbeifährt, und man kann Lok und Bremswagen zur gleichen Zeit sehen.«

Eine Präriestadt bewegte sich majestätisch auf uns zu, dampfte uns aus dem Ozean des Horizonts entgegen. »Wie heißt die Stadt?« schrieb sie.

Ich gab ihr den Namen durch Mundbewegungen an.

»HOMINY?« schrieb sie und hielt mir den Zettel vor die Windschutzscheibe. Ich schüttelte den Kopf und wiederholte den Namen.

»HOMLICK?«

Ich sagte ihn immer wieder, aber der Propellerwind riß jedesmal das Wort mit sich fort.

»AMANDY?«

»ALMONDIC?«

»ALBANY?«

»ABANY?«

Immer wieder sprach ich den Namen aus, schneller und schneller.

»ABILENE?«

Ich nickte, und sie spähte über den Kabinenrand auf die Stadt hinunter, um sie genauer in Augenschein zu nehmen.

Drei Tage flog der Doppeldecker ostwärts, zufrieden, daß er mich in seine Zeit entführt und mit dieser lebensvollen jungen Person bekannt gemacht hatte. Der Motor streikte kein zweites Mal, er machte nicht einmal Mucken, als wir auf dem letzten Stück nach Iowa hinein in kalten Regen gerieten.

»Begleiten wir dieses Gewitter bis nach Ottumwa?«

Ich konnte nur nicken und mir das Wasser von der Brille wischen.

Bei dem Meeting traf ich Bekannte und Freunde aus allen Gegenden des Landes. Meine Frau hielt sich still und zufrieden neben mir. Sie sprach wenig, hörte aber aufmerksam zu, und nichts entging ihren hellen Augen. Es schien ihr Spaß zu machen, daß der Wind mit ihrem nachtschwarzen Haar spielte.

Fünf Tage später traten wir den Rückflug nach Hause an. Mich erfüllte insgeheim die Furcht, daß ich zu einer Ehefrau zurückkehren müsse, die mir zu einer Unbekannten geworden war. Wieviel lieber würde ich bleiben und mit dieser Geliebten-Ehefrau durchs Land gammeln!

»Ein Fly-in«, schrieb sie auf ihrem ersten Zettel, über den Ebenen von Nebraska, Stunden nach unserem Aufbruch aus Iowa, »das sind einzelne

Menschen, der Weg, den sie gegangen sind, was sie getan und erlebt haben, wie ihre Pläne für die Zukunft aussehen.«

Und dann schwieg sie lange, schaute zu den zwei anderen Doppeldeckern hinüber, mit denen wir nach Westen zurückflogen, Abend für Abend in einen herrlichen, flammenden Sonnenuntergang.

Die Stunde kam, mußte kommen, da wir Ebenen, Berge und Wüste zum zweiten Mal überflogen und hinter uns gelassen hatten, mit ihrer Herausforderung, die sie schweigend an den Himmel schrieben. Auf Bettes letztem Zettel stand: »Ich glaube, Amerika wäre ein zufriedeneres Land, wenn jeder, sobald er achtzehn wird, einen Rundflug über das ganze Land machen dürfte.«

Die anderen Doppeldecker winkten zum Abschied und bogen in scharfen Kurven ab, ihren eigenen Flugplätzen entgegen. Wir waren daheim.

Als unsere Maschine wieder in ihrem Schuppen stand, fuhren wir still nach Hause. Ich war traurig, traurig, wie ich es bin, wenn ein Buch ausgelesen ist und ich von einer Heldin Abschied nehmen muß, die ich liebengelernt habe. Ob es sie wirklich gibt oder nicht, ich wollte, ich könnte mehr Zeit mit ihr verbringen.

Sie saß neben mir auf dem Beifahrersitz, aber in wenigen Minuten würde alles vorbei sein. Sie würde vor dem Schlafengehn ihr nachtschwarzes Haar ordentlich kämmen, fern vom Wind und dem Luftzug des Propellers, und wieder ganz in ihren Kindern aufgehen. Sie würde zurückkehren in diese behütete Welt, eine Welt des Immergleichen, die nicht von ihr verlangt, mit hellen Augen umherzuschauen, auf Berge in der Wüste hinabzublicken oder Sturmwinden in der Höhe zu trotzen.

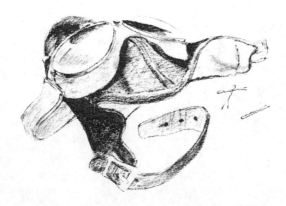

Zurückkehren in ein einförmiges Dasein, das niemals einen doppelten oder kreisrunden Regenbogen gesehen hat.

Aber das Buch war doch nicht ganz ausgelesen. Hin und wieder, ganz unerwartet, sieht mich meine Frau, die ich 1929 entdeckt und schon vor meiner Geburt geliebt habe, mit einem lausbübischen Funkeln in den Augen an, und um ihre Augen zeichnet ein ganz schwacher Hauch von Motoröl die Umrisse der Schutzbrille nach. Und dann verschwindet sie wieder, ehe ich ein Wort sage, bevor ich ihre Hand fassen und sie zu bleiben bitten kann.

Im Getriebe des Kennedy Airport

Als ich den Kennedy Airport zum ersten Mal sah, war mein Eindruck eindeutig: ein umbauter Raum, eine große Insel aus Beton, Sand, Glas und Farbe, mit Wippkränen, die ihre stählernen Nacken bogen, lange Balken zwischen die Zähne nahmen und sie durch die Luft zu neuen Bauten hievten, zu metallnen Dachgebälken, die in den kerosingeschwängerten Himmel ragten. Das stand für mich ganz außer Frage. Es war eine unfruchtbare, dunkle Wüste vor Tagesanbruch, es war ein Pandämonium und eine Vision der Rush hour des kommenden Jahrhunderts, wenn die Düsenriesen sich in Reihen von vierzig oder sechzig Maschinen hintereinander formierten und auf den Start warteten, wenn ankommende Maschinen mit fünfstündiger Verspätung landeten, Kinder weinend auf Gepäckstücken saßen und zuweilen auch ein Erwachsener weinte.

Aber je länger ich alles beobachtete, um so klarer wurde mir: Der Kennedy-Flughafen ist weniger ein umbauter Raum als ein in Beton und Eisen ausgedrückter Gedanke mit festen, scharfen Kanten an den Ecken; eine stolze steingewordene Idee, die Vorstellung, daß wir eine gewisse Herrschaft über Raum und Zeit besäßen. Und hier, in diesem umgrenzten Bezirk, so haben wir beschlossen, wollen wir uns alle versammeln und an diese Idee glauben.

Anderswo herrscht ein abstraktes Staunen über die immer kleiner werdende Welt und daß man in fünf Stunden in London sein kann, daß man zum Mittagessen noch in New York und zum Abendessen schon in Los Angeles ist. Hier aber ist es nicht mehr abstrakt, nicht mehr vage. Hier wird es zum Ereignis. Um 10.00 Uhr auf unserer Armbanduhr gehen wir an Bord unserer BOAC-Maschine, Flug 157, und erwarten, um 15.00 Uhr entweder unter den Opfern einer Flugzeugkatastrophe zu sein oder auf dem Londoner Flughafen zu stehen und einem Taxi zu winken.

Alles am Kennedy Airport wurde gebaut, um diese Idee Wirklichkeit werden zu lassen. Darum der Beton, der Stahl und das Glas, deshalb die Flugzeuge, der Lärm der Triebwerke. Sogar der Grund unter dem Flughafen wurde auf Lastwagen hergeschafft und in die Sümpfe der Jamaica Bay gekippt, um diesen Gedanken zur Realität zu machen. Hier werden keine großen Reden über das Schrumpfen von Raum und Zeit gehalten, hier geschieht es wirklich. Es geschieht mit einer Tragfläche, die durch die Luft schwirrt, mit dem grunderschütternden Brüllen von

Mammuttriebwerken, die auf vollen Touren laufen und sich hungrig in den Wind lehnen, die mit weit aufgerissenen metallnen Mäulern pro Minute zehn Tonnen Luft schlucken, kalt verschlingen, zwischen feurigen Ringen in eine Fackel verwandeln, bis die im Todeskampf schwarz wird, sie hundertfach schneller aus kohlschwarzen Nachbrennern ausstoßen, die leere Luft in Hitze, dann in Schub, dann in Geschwindigkeit verwandeln, bis die Maschine fliegt.

Der Kennedy Airport ist ein Zaubertheater, das Werk eines einzigartigen Magiers. Gleichgültig, was wir glauben, nach fünf Stunden wird London vor unseren Augen auftauchen, wir werden in New York vom Mittagessen aufstehen und in Los Angeles zu Abend essen.

Menschenmassen. Ich mag Massen nicht. Aber warum stehe ich dann hier auf einem der größten Flughäfen der Welt zur Zeit des stärksten Andrangs und beobachte den Trubel der Tausende von Menschen um mich herum und fühle mich glücklich und geborgen?

Vielleicht weil das eine Masse anderer Art ist.

Die Ströme der Menschen überall sonst in der Welt, die sich morgens und abends über Gehsteige ergießen, sich durch Untergrundbahnen, Bahnhöfe und Busbahnhöfe wälzen, sie bestehen aus Menschen, die genau wissen, wo sie sind und wohin sie wollen, die diesen Weg schon oft zurückgelegt haben und wissen, daß sie ihn wieder zurücklegen werden. Und da sie dies wissen, zeigt sich nicht viel Menschliches auf den Masken, die sie tragen – das Menschliche liegt dahinter, in ihrem Innern, ringt mit Problemen und denkt an vergangene und künftige Freuden. Diese Massen bestehen überhaupt nicht aus Menschen, sondern sie tragen Menschen mit sich, sie sind wie Fahrzeuge, in denen Menschen sitzen, hinter dicht geschlossenen Vorhängen. Und es gibt nicht viel zu sagen, wenn man einer Prozession verhängter Wagen zuschaut.

Die Massen auf dem Kennedy Airport aber kommen und gehen diesen Weg nicht jeden Morgen und Abend, und niemand ist sich ganz sicher, wo er nun eigentlich ist oder wo er nun eigentlich sein sollte. Das bringt es mit sich, daß man sich wie im Nebel bewegt, in einer Ausnahmesituation, in der man sich nicht scheut, einen wildfremden Menschen anzusprechen, nach der Richtung zu fragen, um Hilfe zu bitten oder sich um jemanden anzunehmen, der noch ein bißchen hilfloser ist als man selber. Die Masken sitzen nicht ganz so fest, die Vorhänge sind nicht völlig zugezogen, und man kann die Menschen dahinter sehen.

Während ich vom Balkon im ersten Stockwerk nach unten blickte, kam mir der Gedanke, daß dies die Menschen von überallher sind, die das Schicksal ihrer Nationen bestimmen, die der Geschichte den Weg weisen. Es war erstaunlich, die Intelligenz, der man an diesem Teil der

Menschheit begegnet, ihr Humor und ihre Achtung vor anderen. Dies sind die Menschen, die den Regierungen auf die Finger sehen, die ihre Stimme gegen Mißstände erheben und für Abhilfe sorgen; sie sind die Mitglieder des Obersten Gerichtshofes ihres Landes, mächtiger als jedes Tribunal und jedes Militärgericht, die jedes Unrecht, das ihre vereinigten Herzen erreicht, beseitigen können. Sie sind die Menschen, an deren Idealismus alle appellieren, die dem Guten zum Sieg verhelfen wollen. Für sie werden Zeitungen gedruckt, Kunstwerke geschaffen, Filme gedreht, Bücher geschrieben.

Es muß auch Verbrecher unter den Menschenmassen auf dem Kennedy Airport geben, kleinliche, schäbige, geldgierige und grausame Menschen. Aber sie sind gewiß nur eine verschwindend kleine Minderzahl. Warum würde ich sonst diese warme Zuneigung empfinden, wenn ich sie alle beobachte?

Hier in den Menschenströmen im Gebäude, wo die Fluggäste aus dem Ausland ankommen, bewegt sich beispielsweise ein dunkelhaariges Mädchen in weinroter Reisekleidung langsam durch die dichtgedrängte Menge, durch die es gern schneller vorankommen würde. Es ist ein Freitagabend, 20.14 Uhr. Sie arbeitet sich auf die automatischen Türen an der Nordwand des Gebäudes zu. Vielleicht ist sie gerade angekommen, vielleicht auch will sie abreisen. Ihr Gesichtsausdruck ist etwas zerstreut, sie achtet auf ihren Weg, aber nicht übermäßig; geduldig und mühselig arbeitet sie sich voran.

Jetzt hat die Menge rechts von ihr einem schweren, stählernen Gepäckkarren Platz gemacht, einem wandernden Berg aus Leder und Reisedecken. Sie bemerkt ihn nicht, sieht nicht, wie er auf sie zukommt. Jetzt muß auch sie dem Karren Platz machen, doch sie sieht ihn immer noch nicht, während sie auf die Tür zustrebt.

»AUFPASSEN BITTE!« ruft der Träger und versucht den Karren im letzten Augenblick noch abzubremsen, bevor er sie sanft rammt. Er lenkt ihn etwas zur Seite, und die eisernen Räder rollen eine Handbreit vor ihren Füßen vorbei.

Endlich sieht das dunkelhaarige Mädchen in dem weinroten Kostüm den Karren, hält mitten im Schritt inne und schneidet wortlos ein Gesicht – »Iiiiiih!«

Der Karren rumpelt vorüber, das Mädchen lächelt über seine Unachtsamkeit, lächelt entschuldigend den Träger an, weil es nicht aufgepaßt hat.

Er sagt etwas. »Sie müssen vorsichtig sein, Fräulein«, und dann gehen sie beide ihrer Wege, noch immer lächelnd. Sie verschwindet durch eine Tür, er durch eine andere, und ich stehe da, blicke ihnen nach und empfinde irgendwie ein zärtliches Gefühl für alle Menschen.

Die Leute auf dem Kennedy Airport beobachten, das ist, wie wenn man ein Feuer beobachtet oder das Meer betrachtet. Wochenlang stand ich dort, schweigend, hin und wieder ein Sandwich kauend, und schaute nur dem Treiben zu. In wenigen Sekunden erlebte ich in Begegnung und Abschied Zehntausende von Mitmenschen, die nicht wußten noch sich darum kümmerten, daß ich sie betrachtete. Sie gingen ihren Weg, gingen dem Geschäft nach, ihr eigenes Leben und das ihrer Völker zu gestalten.

Ich mag Massen nicht, aber manche Massen mag ich.

Auf dem Formular stand:
Lenora Edwards, neun Jahre alt. Spricht englisch. Alleinreisende Minderjährige; klein für ihr Alter. Adresse: Martinsyde Road, Kings Standing, 3B Birmingham, England. Sie trifft mit TWA ein und fliegt nach Dayton, Ohio. Bitte abholen und beim Umsteigen helfen. Kind macht einen dreiwöchigen Besuch bei seinem Vater. Eltern geschieden.

Ich verbrachte einen ganzen Tag bei der Traveler's Aid, wo man sich Reisender annimmt, weil ich schon immer etwas über die Traveler's Aid wissen wollte. Ich hatte die Helfer in ihren kleinen Büros auf Bahnhöfen gesehen, niemals aber, daß sie irgend jemandem geholfen hätten.

Marlene Feldman, eine hübsche Person, die früher Anwaltssekretärin gewesen war, nahm das Formular, gab mir eine Armbinde der Traveler's Aid und ging mir zum Gebäude voran, wo die Fluggäste aus dem Ausland ankommen. Der Flug mit dem kleinen Mädchen hätte an diesem Sonnabend, einem Feiertag, um 3.40 Uhr eintreffen sollen. Um sechs Uhr erfuhren wir, daß wir vielleicht bis sieben Uhr wissen würden, um welche Zeit die Maschine vermutlich landen werde.

»Sie wird ihren Anschluß wahrscheinlich nicht schaffen«, sagte Marlene in einem Ton, der einen auf das Schlimmste vorbereitet. Sie muß eine gute Anwaltssekretärin gewesen sein. Sie blieb ganz gelassen und beherrscht, nahm die Fäden der durcheinander geratenen Reiseplanung auf und versuchte, sie wieder zusammenzuknüpfen, Lenora Edwards zuliebe.

»Man kann jeden Tag hier sein, aber es fasziniert einen immer wieder, wenn man eine Maschine starten oder landen sieht. Es ist einfach schön. Und jedesmal wenn man eine aufsteigen sieht, sagt man zu sich: ›Ich wollte, ich säße drin . . .‹ Hallo, United? Hier spricht Traveler's Aid, wir brauchen einen späten Flug von Kennedy nach Dayton, Ohio . . .«

Es gab keinen späten Flug nach Dayton.

Um acht Uhr war die Maschine mit Lenora Edwards an Bord noch immer nicht gelandet. In den Flughafengebäuden drängte sich eine quirlende Masse von Fluggästen und Freunden von Fluggästen, die sie abholen gekommen waren. Die Luft war erfüllt von Motorengeräusch.

Marlene Feldman, den Telephonhörer in der Hand, hätte eigentlich um fünf Uhr Feierabend machen sollen. Jetzt war es halb neun. Sie hatte noch kein Abendessen gehabt.

»Kurzen Moment noch. Nur noch ein Anruf, dann gehn wir essen.« Sie wählte zum zwölften Mal die Nummer von TWA, und endlich erhielten wir die mutmaßliche Ankunftszeit . . . die Maschine mit Lenora würde in zwanzig Minuten ihre Fracht entladen.

»So, damit ist's vorbei mit dem Abendessen«, sagte Marlene. Was nicht ganz zutraf. Die Restaurants des Flughafens waren überfüllt, lange Schlangen standen davor, aber die Automaten waren kaum frequentiert. Sie zog sich ein Sunshine-Waffelsandwich mit Erdnußbutter und Käse, ich mir eine Tafel Hershey-Schokolade.

Wir fanden Lenora in der Menschenmenge beim Zoll, wo sie auf ihr Gepäck, einen weißen Koffer, wartete.

»Willkommen in Amerika«, sagte ich. Sie gab keine Antwort.

Mit Marlene dagegen sprach sie, mit einem sehr klaren britischen Stimmchen: »Ich nehme an, ich habe mein Flugzeug verpaßt, nicht?«

»Ja, leider, Kindchen, und die nächste Maschine geht erst morgen früh. Aber mach dir keine Sorgen. Wir werden alles für dich in Ordnung bringen. Hast du einen netten Flug herüber gehabt?«

Wir waren wie der Wind durch den Zoll, blieben nicht einmal am Tisch stehen, und ich konnte nur hoffen, daß der weiße Koffer, den ich trug, nicht mit Diamanten oder Heroin vollgepackt war. Ich hatte zwar nicht den Eindruck, aber man kann ja nie wissen.

Mittlerweile herrschte ein Gedränge wie in der Silvesternacht auf dem Times Square. Langsam kämpften wir uns zu Marlenes Büro durch. Entschuldigung. Entschuldigen Sie bitte. Könnten wir hier durch? Was dachte das kleine Mädchen wohl? Dieses Tohuwabohu, abgeholt von zwei wildfremden Menschen, der Anschlußflug verpaßt und erst morgen wieder eine Maschine. Aber sie war in keiner Weise aus der Ruhe gebracht. Wenn ich neun Jahre alt und hier wäre, dachte ich, mit fünf Stunden Verspätung in einem fremden Land, ich wäre völlig verzweifelt.

Marlene hatte wieder den Hörer in der Hand. Sie ließ sich per R-Gespräch mit dem Vater des Mädchens in Dayton verbinden. »Mister Edwards? Hier ist Traveler's Aid, Kennedy Airport. Lenora ist hier bei uns, sie hat den Flug nach Dayton nicht mehr geschafft. Gehen Sie also nicht zum Flugplatz. Sie bleibt die Nacht hier, wir kümmern uns darum. Ich rufe zurück, sobald ich Näheres weiß.«

»Wie fühlst du dich, Kindchen?« sagte sie und wählte eine andere Nummer.

»Ganz in Ordnung.«

75

Die Sache wurde geregelt. Lenora würde die Nacht im Intercontinental Hotel bleiben, zusammen mit einer TWA-Stewardeß aus der Maschine, mit der sie gekommen war. Die Stewardeß würde sie am nächsten Morgen zum Terminal der United Air Lines bringen.

Noch ein Anruf bei ihrem Vater, um ihm den Namen der Stewardeß und die Telephonnummer des Hotels mitzuteilen. »Lenora trifft in Dayton um 10.26 Uhr vormittags mit Flug 521 ein. Ganz recht. Ja, ja. Natürlich tu ich das«, sagte Marlene. »Nichts zu danken.«

»Okay, Lenora«, sagte sie, als sie aufgelegt hatte. »Ich hol dich morgen früh um 8.15 Uhr an der Hauptinformation im United-Terminal ab, und dann bringen wir dich zu deiner Maschine, in Ordnung?«

Die TWA-Stewardeß kam, um das Mädchen abzuholen. Als sie gingen, steckte Lenora das kleine Buch, in dem sie gelesen hatte, in ihre Handtasche zurück. Es hieß ›Tiere des Waldes‹.

»Ich dachte, Ihre Arbeit fängt erst um halb neun an, Marlene«, sagte ich. »Und kommen Sie nicht spät zum Schlafen, wenn Sie am Abend fünf Stunden länger gearbeitet haben?«

Sie zuckte die Achseln. »Halb neun, Viertel nach acht. Eine Viertelstunde hin oder her, das bringt mich nicht um.«

Der Kennedy Airport ist ein Aquarium. Der Flughafen ist auf den Grund eines riesigen Ozeans gebaut, und man gelangt zu ihm in kleinen luftgefüllten Fahrzeugen und betritt rasch luftgefüllte Räume unter dem Meer, die mit allem Notwendigen ausgestattet sind, jeder mit seinen eigenen Cafés, Restaurants, Buchgeschäften, Ruhe- und Aussichtsplätzen, von denen man die versunkenen Ebenen eines wäßrigen Universums betrachten kann.

Aus diesem Universum kommen die Fische dieses Ozeans herein. Sie schweben aus höheren Schichten herab, setzen in einer Kurve zur Landung an und lassen sich nieder, Schattengebilde, die in der sie umgebenden flüssigen Materie irisierend schimmern. Golden, silbern, rot, orangefarben, grün und schwarz, Salzwasser-Tropenfische in tausendfacher Vergrößerung, hundert Tonnen schwere Engelhaie, 450 000 Pfund schwere Seejungfern, stehen sie schräg vor unseren Gucklöchern, in verschiedenen Größen und Farben, und jede Fischfamilie drängt sich an ihren eigenen Futterplätzen zusammen.

Die meisten von ihnen länger als eine Lokomotive, mit gigantischen, über fünfzehn Meter langen, nach hinten gebogenen Flossen, an die zwanzig Meter hoch, gleiten sie gewichtig, langsam und mit unendlicher Geduld jeder in seine eigene Grotte. Sie sind allesamt sanfte Menschenfresser und imstande, hundert oder dreihundert Jonasse zu verschlingen, die sich mehr oder minder unbehaglich ihrem Schicksal ergeben und darauf vertrauen, daß die großen Fische wenigstens noch die nächste Reise freundlich bleiben werden.

Die Fische selbst haben keine Angst. Riesige Leviathan-Nasen ragen rechts vor unserer Scheibe in die Luft, und wir können den Tieren in die Augen blicken, sehen dort Zielstrebigkeit und Bewegung, wir beobachten, wie die Fische denken, wie sie sich bereit machen für eine neue Reise über den Ozean, von einem Kontinent zum andern.

Wenn der letzte Jonas verschluckt ist, beginnen die Kiemen zu atmen, die Schwanzflossen regen sich. Ganz behutsam setzen sich die Geschöpfe dieses Meeres in Bewegung, drehen sich, zeigen ihre Färbung und Zeichnung und entschweben zu einer Stelle, wo es, wie sie wissen, genügend Platz gibt für den langen, pfeilgeraden Anlauf, mit dem sie sich vom Meeresgrund aufschwingen.

Wir sehen sie, in der wäßrigen Ferne winzig klein, wie sie ihr Fischgehirn ganz auf diese Fahrt konzentrieren, alles andere vergessen und sich ihren Weg in die Strudel des Seewinds sprengen, wie sie in einer Wolke von Sand emporsteigen und blitzend nach oben streben, sich schräg legen, ihre Bahn finden und davoneilen, ihrem fernen Horizont entgegen, bis sie im Blau verschwinden.

Allmählich lernt der Beobachter sie kennen, die brummenden, den Planeten umkreisenden Fische, wie sie kommen und gehen, behutsam die Jonasse der Welt freigeben und ebenso behutsam aufnehmen. Mancher, der ihnen zusieht, ist zum Experten geworden und kennt ihre lateinischen Namen, ihre Lebensgewohnheiten und ihr Revier auswendig.

Andere wissen nicht viel mehr, als daß dies mächtig große Fische sind.

Vor Jahren, ehe die Flugzeuge Funkgeräte hatten und als die ersten Kontrolltürme gebaut wurden, hatte jeder Tower seine ›Biscuit gun‹, mit der der Fluglotse einen farbigen Lichtstrahl auf einen Piloten in seiner Maschine richten und ihm dadurch anzeigen konnte, was er tun sollte, blinkendes Grün bedeutete freie Rollbahn, gleichbleibendes Rot hieß Halt. Gleichbleibendes Grün: Landeerlaubnis.

Heute geschieht diese ganze Verständigung durch eine famose Funkanlage, was sehr gut funktioniert. Wenn eine Fluggesellschaft dreitausend Dollar für ein Funkgerät ausgibt, kann sie auch erwarten, daß es sehr gut funktioniert. Die ›Biscuit gun‹ ist überflüssig geworden.

Trotzdem war eine ›Biscuit gun‹ der erste Anblick, der sich meinen Augen bot, als ich die letzten Stufen der Treppe zu dem gläsernen Horst des Tower hinaufstieg. Sie hing an einem Flaschenzugseil von der Decke, regungslos und mit einer dicken Staubschicht bedeckt.

Ringsum an den Wänden dieser Kanzel, die etwa sechseinhalb Quadratmeter mißt, befinden sich Funk- und Radarkonsolen, Pulte mit Schaltern für die Startbahnbeleuchtung, Telephonen, die mit anderen Kontrollräumen verbinden, Teleautographen für Wettersequenzen, Skalen für Windgeschwindigkeit und -richtung. (Es ist mir immer merkwürdig vorgekommen, daß eine 100-Tonnen-Verkehrsmaschine noch immer so anfliegt, daß sie gegen den Wind landet. Man sollte doch meinen, daß wir gegenüber einem so substanzlosen Geist wie dem Wind gleichgültig geworden wären, aber dem ist nicht so.)

In diesem Raum arbeiten fünf Männer, vier von ihnen jung, der fünfte ein alter Hase, der Wachleiter, der bequem an seinem Tisch sitzt, während die anderen stehen und auf ihr Reich, den Kennedy Airport, hinabblicken.

Es ist kurz vor der Mittagsstunde dieses verhangenen Tages, und der Nebel hat sich wie in einer großen Schüssel über uns gesammelt. Nach Osten reicht die Sicht gerade noch bis zur Jamaica Bay, ebenso nach Süden, hinter der Startbahn 13 rechts. Nach Norden und Westen kann man nicht weiter sehen als bis zum Rand des Flughafens.

Der Tower ist die Spitze eines Maibaums, um den Verkehrsmaschinen auf ihren kreisförmigen Rollbahnen rollen – südlich des Kontrollturms im Uhrzeigersinn, nördlich im Gegensinn –, alle einer Bahn entgegen, die zum Anfang der Startbahn, 13 rechts, führt. Ihre Schwester, 13 links, ist nur Landungen vorbehalten, und jetzt gerade gibt es praktisch keine Landungen; 13 links führt ein Mauerblümchendasein und wirkt recht vereinsamt dort draußen im Nebel.

Die startenden Maschinen, die vorüberdonnern, gehen in einen übermäßig steilen Steigflug, und ich kann ein Stöhnen nicht unterdrücken, wenn ich beobachte, wie sie sich aufwärts krallen. Das ist Höchstleistung, mit solchen Starts verdient der Pilot sein Geld.

Für die Abflüge besteht jetzt eine Verzögerung von zwanzig Minuten, was zwanzig Minuten Warten in der Startschlange bedeutet, aber im Tower ist keine Unruhe zu spüren. Die Jüngeren haben Zeit, sich zu unterhalten, wer wann in Urlaub geht, Zeit zum Gähnen, sich eine Zigarette anzustecken in diesem durch Air-condition temperierten Würfel.

Weit drunten auf dem Boden hat man die Fontänen in dem spiegelnden Teich abgestellt. Die Abstellplätze weisen Lücken auf. Längs des Rings von Terminal-Gebäuden, der uns umgibt, steht ein schütterer Wald von Baukränen, die bei der Arbeit sind. Ich zähle drei auf dem neuen Areal nördlich von BOAC, vier bei National Airlines, drei bei TWA, zwei bei Pan American, wo Anbauten für die neuen Großraumflugzeuge der Gesellschaft geschaffen werden. Insgesamt sind fünfzehn

78

Kräne an der Arbeit, die Zement in großen Kübeln und stählerne Träger transportieren.

Der Wachleiter, der alte Hase, holt drei große Roggenbrotstullen mit Speck aus einer zerknitterten weißen Tüte und legt sie vor sich auf den Tisch. Der Lotse, der mit den rollenden Flugzeugen spricht, ruft ihm zu: »Eastern will die Abflugverzögerung wissen. Gibt's eine neue Zahl?«

»Mal sehn, sechs...«, sagt der Wachleiter zu sich selbst, dann: »Sagen Sie ihnen, eine halbe Stunde.«

Der Lotse der Rollkontrolle drückt den Knopf an seinem Mikrophon. »Eastern 330 – schätzungsweise eine halbe Stunde Verzögerung.«

Jeder der Lotsen hat einen Kopfhörer um, der auf seine eigene Funkfrequenz eingestellt ist, so daß ich nicht verstehen kann, was Eastern 330 darauf geantwortet hat. »Ja, verstanden« vermutlich.

»Das Sandwich ist gut«, sagt der Wachleiter behaglich, für die andern bestimmt. Seine Bemerkung löst eine Unterhaltung über die Konstruktion von Sandwichs aus, über Essen im allgemeinen, über heiße Hühnchen und Frankfurter Würstchen mit gebackenen Bohnen.

Vier Radarschirme gibt es in dem Kontrollturm.

Und ein Exemplar der »New York Post«.

Und die Tür zur Treppe geht auf, und ein Mann kommt gemütlich herauf. Er hat einen Zahnstocher im Mund, an dem er kaut.

»Da kommst du ja, Johnny«, sagt der Lotse der Rollkontrolle, »ich dachte schon, ich komme heute zu keinem Mittagessen.« Er erklärt seiner Ablösung einen Augenblick, welche Maschinen sich wo befinden, und übergibt ihm das Mikrophon. Die Ablösung nickt, macht eine Dose mit einem Soft drink auf und kaut an dem Zahnstocher weiter.

Weit weg, dort wo der Nebel beginnt, setzt gerade eine Boeing 707 auf der Landebahn 13 links auf.

Von hier sieht der TWA-Terminal aus wie der Kopf einer riesigen Wespe, mit geöffnetem Kiefer, während Körper und Flügel im Sand eingegraben sind. Sie beobachtet den Tower.

Jetzt warten zwanzig Maschinen hintereinander auf die Startfreigabe.

»Schau her, Johnny-Baby«, sagt der Abfluglotse und zeigt ihm einen Streifen Papier, auf dem Nummern stehen.

»Hm. Schon wieder ein *Hugenot*«, antwortet Johnny-Baby und sieht sich die Nummern an. »Sie drängen sich an den Gates.«

»Wir werden hier bald keinen Platz mehr haben, Bob, mit diesen vielen *Hugenots* . . . American 183, Sir, Sie werden hier drehen müssen, dieser Teil der Rollbahn ist gesperrt.«

Unten am äußeren Umkreis rollt eine 727 Trijet aus und dreht dann in verkrampfter Zeitlupenbewegung. Achtzig Meter weiter ist die Rollbahn eine aufgewühlte Masse nackten Erdreichs, auf dem Planierraupen vor und zurück rollen.

»Wenn sie uns nur den Flugplatz wiedergäben«, sagt Johnny.

»Sagen wir vierzig Minuten. Vierzig Minuten Verzögerung . . .«

Als ich später den Tower verließ, lag die Verzögerung bei einer Stunde, und vierzig Maschinen warteten hintereinander auf den Start.

Aus zwei getrennten Königreichen besteht dieses Kennedy-Land. Das eine ist das Reich des Fluggastes, in dem der Kunde König ist und jeder sich seinen Wünschen beugt. Der Fluggast herrscht über den Außenbereich, in den Hallen, in den Geschäften, in der Zollabfertigung, an den Ticketschaltern, in den Zweigstellen der Fluggesellschaften und in den hinteren neun Zehnteln jeder Passagiermaschine, wo die Stewardessen ihm Erfrischungen reichen und ihm das Gefühl der Geborgenheit geben.

Das restliche Zehntel des Flugzeugs ist das Reich des Piloten. Und Piloten sind faszinierend stereotype Leute. Fast immer handelt es sich um Männer, denen das Fliegen alles bedeutet, die nicht deswegen auf dem Flugdeck ihrer Düsenverkehrsmaschine arbeiten, weil sie ihren Fluggästen helfen wollen, das jeweilige Ziel zu erreichen, sondern weil sie gern fliegen und weil sie – die meisten jedenfalls – ihren Job gut machen und in keinem anderen besonders brauchbar wären. Die Ausnahmen von der Regel, diejenigen, die auch eine andere Arbeit gut machen würden, sind nicht die besten Piloten. Sie sind durchaus zu einer durchschnittlichen Leistung imstande, aber wenn wirklich fliegerisches Können verlangt wird (was heutzutage selten, aber doch noch vorkommt, freilich immer seltener), sind sie Fremde am Himmel.

Die besten Piloten sind diejenigen, die schon zu fliegen angefangen haben, als sie noch Jungen waren, die sich ihre goldbestickten Mützen nach einer turbulenten Vergangenheit erworben haben, nach schweren Zeiten und Fehlschlägen im erdgebundenen Dasein der Menschen. Da sie von ihrem Temperament her unfähig oder nicht willens waren, die Strenge und Eintönigkeit des College-Lebens auf sich zu nehmen, versagten sie oder gaben auf und machten das Fliegen zu ihrem Beruf. Sie traten ins Air Corps ein oder machten es auf die Ochsentour – sie fegten Hangarböden, füllten als Fliegerlehrlinge Tanks, verstreuten Schäd-lingsbekämpfungsmittel aus der Luft, machten Rundflüge, gaben Flug-stunden, zogen von einem Flugplatz zum andern, bis sie schließlich beschlossen, es bei einer Fluggesellschaft zu versuchen, denn bei dem Versuch war nichts zu verlieren, und wenn man Glück hatte, wurde man genommen.

Alle Piloten, in aller Welt, teilen den gleichen Himmel, aber die Pi-loten der Fluggesellschaften müssen mehr auf ihr Äußeres achten und sind einem strengeren Zwang unterworfen als alle anderen, Militärpi-loten eingeschlossen. Ihre Schuhe müssen blank poliert sein, sie müssen ein Halstuch tragen, stets freundlich zu allen Fluggästen sein, jede haus-eigene Vorschrift ihrer Gesellschaft und dazu die Bundesluftfahrtord-nung befolgen, dürfen niemals die Beherrschung verlieren.

Als Gegenleistung dafür bekommen sie a) mehr Geld für weniger Arbeit als sonst ein Angestellter und, am wichtigsten, b) das Privileg, großartige Maschinen fliegen zu dürfen, ohne sich deswegen bei irgend jemandem entschuldigen zu müssen.

Heute verlangen die großen Fluggesellschaften von ihren Pilotenan-wärtern Collegeausbildung und verlieren dadurch die besten Natur-talente an die Charter- und Frachtfirmen (die ohnedies bessere Piloten brauchen, weil es bei ihnen mehr Probleme gibt). Warum Collegeaus-bildung verlangt wird, ist unklar, denn der Pilot, der in Zoologie aus-gebildet ist, kann sich nur auf seinen Wissensstoff aus dem Fischkunde-Kurs 201 stützen, während die Piloten, die in der lebendigen Praxis ge-lernt haben und deren Zahl zwar gewaltig, aber im Abnehmen begriffen ist, ihre Maschinen dank einem Wissen, das aus Interesse und Liebe statt aus der Befolgung von Firmenvorschriften kommt, sicher ans Ziel brin-gen.

Der Pfad zwischen den beiden Reichen auf dem Kennedy Airport ist allenfalls eine Einbahnstraße ... keiner betritt das Reich des Piloten, der nicht selbst Pilot ist. Und genaugenommen ist dieser Pfad fast über-haupt nicht begehbar. Die besten Flugzeugführer fühlen sich auf dem Erdboden nur dann entspannt, wenn sie übers Fliegen sprechen können, was sie gewöhnlich auch tun.

Dies sieht man den Piloten im Kennedy Airport an, wenn sie Feier-abend haben, in ihrer konservativen Uniform und Schirmmütze, gleich-gültig in welchem Land ihre Gesellschaft beheimatet ist. Ihre Haltung ist meistens gezwungen und unsicher, sie schauen geradeaus vor sich hin und beeilen sich, das Reich des Fluggastes zu verlassen und in gemüt-lichere Bezirke zu kommen.

Jeder ist sich seiner Fremdheit in den Räumen und Hallen für die Fluggäste peinlich bewußt. Ihnen allen ist nichts so unbegreiflich wie ein Mensch, der lieber Fluggast ist als Pilot, der es fertigbringt, sich von Flugzeugen fernzuhalten, ja nicht einmal daran zu denken und dennoch glücklich sein kann. Fluggäste sind eine andere Rasse Menschen, und Piloten gehen ihnen aus dem Weg, soweit es die Höflichkeit erlaubt.

Man frage einen Piloten, wie viele echte Freunde er hat, die nicht Berufskollegen sind, und die Antwort wird ihm schwerfallen.

Alles, was auf einem Flughafen vor sich geht, aber keinen unmittelbaren Bezug zu seinem Job hat, läßt den Piloten herzlich gleichgültig – was ihn betrifft, existiert das Reich der Fluggäste eigentlich gar nicht, wenn er sie auch hin und wieder mit einem gewissen nachsichtigen, väterlichen Wohlwollen ansieht. Seine Welt ist heil, in ihr gibt es keine Zyniker und Amateure, und sie ist sehr einfach. Ihre Realitäten haben ihren Mittelpunkt in seinem Flugzeug und umfassen Windgeschwindigkeit und -richtung, Temperatur, Sichtweite, Zustand der Start- und Landebahn, Navigationshilfen, Lande- und Startfreigabe, Wetterverhältnisse auf dem Ziel- und Ausweichflughafen. Das ist so ungefähr alles.

Es gibt zwar noch ein paar andere Dinge – Dienstalter, die ärztliche Untersuchung jedes halbe Jahr, Prüfflüge und dergleichen mehr –, aber dies ist nur der Randbereich, nicht der Kern seines Reichs. Wenn drunten auf der Erde zehntausend Autos im Stau dahinkriechen, wenn Bauarbeiter streiken, wenn überall das organisierte Verbrechen ins Kraut schießt, wenn jährlich auf den Flughäfen Millionenwerte gestohlen werden, all dies berührt ihn überhaupt nicht. Für den Piloten besteht die einzige Realität in seiner Maschine und in den Kräften, denen sie im Flug ausgesetzt ist. Daraus erklärt sich, warum das Verkehrsflugzeug das sicherste Beförderungsmittel seit Beginn der menschlichen Geschichte ist.

Der Blick ins Weite

Vor etlichen Jahren beschäftigten Eisenbahngleise öfter meine Gedanken. Ich stand zwischen den Schienen und sah ihnen nach, wie sie in die Welt hinausstrebten, wie sie einander immer näher kamen und schließlich verschmolzen, nur fünf Meilen weiter im Westen, am Horizont. Ungetüme von Lokomotiven fauchten und donnerten in westlicher Richtung durch die kleine Stadt, und da eine Lokomotive ein Riese ist, der auf zwei Schienen, nicht nur auf einer läuft, war ich sicher, daß gleich hinter der Stelle, wo sie zusammenliefen, ein großer, dampfender Trümmerhaufen liegen mußte. Die Lokführer mußten tollkühne Männer sein, wenn sie lächelnd und winkend über die Kreuzung mit der Hauptstraße und dem sicheren Tod hinter dem Horizont entgegenfuhren.

Schließlich aber wurde mir klar, daß die Schienen jenseits unserer Stadt doch nicht zusammenliefen. Doch ich konnte meine ehrfürchtige Scheu vor den Männern der Eisenbahn erst an dem Tag überwinden, an dem ich zum ersten Mal in einem Flugzeug saß. Seitdem bin ich in allen möglichen Gegenden des Landes Eisenbahngleisen nachgeflogen, und nie sind die zwei Schienen zusammengekommen. Niemals. Nirgendwo.

Vor etlichen Jahren beschäftigten Nebel und Regen öfter meine Gedanken. Wie kommt es, daß an manchen Tagen die ganze Welt grau und naß ist, die ganze Erde unwirtlich, flach, ein trauriger Ort zum Leben? Ich fragte mich, wie es geschehen kann, daß der ganze Planet sich plötzlich in eine düstere Öde verwandelt und daß die Sonne, die gestern noch so hell geschienen hat, zu Asche wird. Bücher versuchten es mir zu erklären, aber erst als ich mit einem Flugzeug Bekanntschaft schloß, ging mir auf, daß ja nicht die ganze Erde unter einer Wolkendecke liegt – daß ich, auch wenn ich hier im strömenden Regen auf der Startbahn stand, durchweicht bis auf die Haut, nur durch die Wolkendecke hindurchzufliegen brauchte, um die Sonne wiederzufinden.

Das war allerdings nicht so einfach. Es gab bestimmte Regeln, an die ich mich halten mußte, wollte ich die Freiheit des klaren Himmels gewinnen. Wenn ich mir erlaubte, diese Regeln zu mißachten, wild um mich zu schlagen, wenn ich mir in den Kopf setzte, es ganz allein hinauf zu schaffen, wenn ich den Regungen des Körpers statt der Logik des Verstandes folgte, würde ich unweigerlich abstürzen. Um diese Sonne zu finden, muß ich selbst heute noch ignorieren, was meinen Augen und Händen richtig erscheint, und mich ganz auf die Instrumente verlassen, die ich vor mir habe, gleichgültig, wie merkwürdig mir erscheint, was sie

sagen, einerlei, wie gefühllos sie zu sein scheinen. Wenn ein Mensch durch Wolken zum Licht der Sonne durchbrechen will, hat er keine andere Wahl, als diesen Instrumenten zu vertrauen. Je dichter und schwärzer die Wolke, so stellte ich fest, um so länger und gehorsamer mußte ich mich auf diese Wegweiser und auf mein Geschick, ihre Sprache zu verstehen, verlassen. Immer wieder hat es sich gezeigt: Wenn ich nur Höhe gewann, dann konnte ich über jedes Gewitter gelangen und mich schließlich ins Sonnenlicht schwingen.

Als ich zu fliegen begann, machte ich die Erfahrung, daß Grenzen zwischen zwei Ländern, mit all ihren kleinen Straßen und Schranken und Übergangsstellen und *Verbotstafeln* aus der Luft nur sehr schwer zu erkennen sind. Von oben konnte ich nicht einmal sagen, wann ich die Markierungslinie zwischen zwei Staaten überflogen hatte oder welche Sprache dort unten in Mode war.

Ein Flugzeug legt sich nach rechts, wenn das rechte Querruder betätigt wird, gleichgültig ob es eine amerikanische oder sowjetische, eine englische, chinesische, französische, tschechische oder deutsche Maschine ist, einerlei, von wem sie geflogen wird oder welches Emblem sie auf der Tragfläche trägt.

All dies und noch mehr habe ich beim Fliegen erkannt, und für all dies gibt es ein Wort: Perspektive, der geweitete Blick. Die Perspektive, wenn wir hoch über den Eisenbahngleisen dahinfliegen, zeigt uns, daß wir uns um die Lokomotiven keine Sorgen zu machen brauchen. Die Perspektive zeigt uns, daß wir uns den Tod der Sonne nur einbilden, daß wir nur hoch genug zu steigen brauchen, um zu erkennen, daß sie uns niemals verläßt. Die Perspektive lehrt uns, daß die Schranken zwischen Menschen imaginäre Dinge sind, real allein durch unseren Glauben an ihr Vorhandensein, durch unsere Unterwürfigkeit und beständige Furcht vor ihrer Macht, uns einzuschränken.

Die Perspektive, das ist der große Eindruck für jeden, der zum ersten Mal in einem Flugzeug sitzt: »Schau dir den Verkehr dort unten an . . . die Autos sehn aus wie *Spielzeug*!«

Und sie *sind* ja Spielzeug, wie der Pilot entdeckt, während er fliegen lernt. Je höher man steigt, je weiter der Blick reicht, um so belangloser werden die Dinge und Krisen der Menschen, die sich an die Erde klammern.

Während wir unseren Weg auf diesem kleinen, runden Planeten gehen, tut uns von Zeit zu Zeit das Wissen wohl, daß man einen großen Teil dieses Weges fliegen kann. Vielleicht werden wir, am Ende unserer Reise, sogar feststellen, daß der weite Blick, den uns das Fliegen geschenkt hat, uns mehr bedeutet als all die Staubkörnchen entlang der langen Meilen, die wir in unserem Leben gewandert sind.

Das Vergnügen ihrer Gesellschaft

»Sie müssen auf diesen kleinen Metallbolzen da drücken ... den Vergaser unter Benzin setzen, sonst springt sie nicht an.«

Es war zu Beginn des zweiten Sommermonats und eine Minute nach Sonnenaufgang. Wir standen am Rand einer sechzehn Morgen großen Wiese, eine Meile nördlich von Felixstowe an der Straße nach Ipswich. David Garnetts Gipsy Moth, gerade aus dem Schuppen geholt, stand mit anmontierten Flügeln da, der Schwanzsporn war im Gras verborgen. Auf der Wiese erwachten gerade die ersten Vögel, Lerchen oder was Ähnliches. Es herrschte Windstille.

Ich drückte auf den Bolzen. Das schwache metallene Quietschen war das einzige von einem Menschen verursachte Geräusch an diesem Morgen, bis das Benzin aus dem Motor tropfte und ins dunkle Gras platschte.

»Sie können die hintere Kabine nehmen, wenn Sie wollen. Ich will jetzt losfliegen«, sagte er. »Auf den Kompaß aufpassen beim Einsteigen. Ich hab das Ding selber schon zweimal kaputt gemacht. Wenn es mir nicht so gemütlich wär, wie es da am Boden angeschraubt ist, würd ich's rauswerfen und mir einen besseren besorgen. Die Schalter auf ›aus‹.«

Er stand in seinem Fliegeranzug aus Tweed neben dem Propeller, nicht in besonderer Eile, und genoß den Morgen.

»Was, Sie haben Schalter in dieser Maschine, David?«

Ich kam mir wie ein blöder Yankee vor. Ich will ein Pilot sein und finde nicht mal den Magnetschalter.

»O ja. Entschuldigung, hab ich zu sagen vergessen. Außen an der Kabine, neben der Windschutzscheibe. Nach oben ist an.«

»Aha.« Ich schaute nach, sie waren nach unten gestellt. »Sie sind auf aus.«

Er zog den Propeller ein paarmal durch, ruhig und entspannt, mit der Gelassenheit eines Mannes, der das schon tausendmal getan hat und doch noch immer gern tut. Er hatte erst ziemlich spät im Leben fliegen gelernt und achtundzwanzig Flugstunden gebraucht, bis er schließlich seinen ersten Alleinflug auf der Moth absolvierte. Er tut sich damit nicht groß und sucht ebensowenig nach Ausreden. Das ist einer der besten Züge an David Garnett, daß er sich und der Welt nichts vormacht, und deshalb ist er ein glücklicher Mensch.

»Schalter an«, rief er. Ich knipste sie nach oben. »Okay.« Und sehr amerikanisch. »Sie kriegen Saft.«

»Wie bitte?«

»Schalter sind an.«

Er zog mit einer Hand und einer wohlgeübten Drehung des Handgelenks den Propeller rasch nach unten durch, und sofort sprang der Motor an. Er brummte kurz und leise auf und pendelte sich dann auf 400 Umdrehungen pro Minute ein. Er hörte sich an wie ein im Leerlauf schnurrender Innenbordmotor auf einem morgendlichen blauen See.

Garnett kletterte ziemlich unbeholfen in die vordere Kabine, machte den Lederhelm fest und setzte seine Meyrowitz-Schutzbrille auf – auf die er sehr stolz ist, denn es ist eine erstklassige Brille. Wenn er nicht fliegt, hängen Helm und Schutzbrille an einem Haken dicht über seinem Kamin in Hilton.

Ich ließ den Motor der Gipsy ein paar Minuten warmlaufen, schob dann sanft den Gashebel nach vorn, und wir rollten schaukelnd zu unserer Startbahn, der längsten Strecke auf der Wiese, die quer darüber führte. Da die Moth keine Bremsen hatte, warf ich beim Abheben rasch einen Blick auf die Magneten, und die Maschine machte mit Vollgas einen Satz in die Luft.

Es war ein wenig wie der Augenblick in einem spannenden Film, wenn er wegen des optischen Effekts von Schwarzweiß auf Farbe umschaltet. Als wir vom Gras abhoben, brach die Sonne durch und schüttete ihr Licht über ganz England, und es war seltsam, wie die Bäume und Wiesen ein sattes, tiefes englisches Grün, die Wege ein warmes Gold annahmen.

Ich spielte ein bißchen mit der Maschine, beschrieb eine gemütliche Acht, zog sie in eine Steilkurve, aber zumeist waren es nur kleine Kurven und ein Steigflug auf tausend Fuß Höhe und darauf steil im Gleitflug hinunter auf Meereshöhe, bis unter die Küstenklippen, um die Möwen herum.

Eine Stunde später kam der Dunst auf, und Wolken drückten ihn auf die Erde. Deshalb stiegen wir hoch in das Grau und hielten die Geschwindigkeit zwischen sechzig und siebzig Meilen, bis wir auf 3000 Fuß die Wolkendecke durchstießen, ». . . über einer Ebene aus Dampf«, wie David sagen würde. Glänzend strahlte die Sonne, schwarze Schatten von Streben und Drähten streiften die Flügel. Wir waren allein mit den Wolken und unseren Gedanken an diesem Morgen. Nur hin und wieder glitt drunten ein grünes Dreieck vorüber und rief uns in die Erinnerung, daß es die Erde noch gab, irgendwo in der Tiefe.

Schließlich stellte ich den Motor ab und machte es David nach, wie er es mir beschrieben hatte: ». . . ja, da waren die Hangars und das Flugfeld (und da waren sie, und zwei Meilen dahinter unsere Wiese) . . . Ich ließ die Maschine stark seitlich abrutschen, schoß aber trotzdem darüber

87

hinaus und kehrte wieder um . . . (ich tat das gleiche – wir waren noch immer zweihundert Fuß hoch, als wir über die Einzäunung kamen) . . . Diesmal war mein Anflug perfekt und die Landung merkwürdig weich, traumhaft. Ich war wieder auf der Erde, doch die Erde war unwirklich, ein unterirdisches Reich von Dunst und gedämpftem Sonnenlicht. Die Wirklichkeit war hoch über mir . . .«

Ich bin oft mit ihm zusammen geflogen, diesem Kameraden mit der sanften Stimme, und in dieser Zeit, wo es kaum echte Freunde gibt, wo man von Glück sagen kann, wenn man mehr als drei besitzt, ist David Garnett ein echter Freund. Wir lieben dieselben Dinge: den Himmel, den Wind, die Sonne; und wenn man mit jemandem zusammen fliegt, dem die gleichen Dinge wie einem selbst am Herzen liegen, kann man sagen, daß er ein wahrer Freund ist. Ein anderer in dieser Moth, den der Himmel gelangweilt hätte, hätte einem nicht nähergestanden als dieser Vertreter in der zwölften Sitzreihe einer Boeing 707, obwohl wir doch tausendmal zusammen fliegen.

In einem bestimmten Punkt kenne ich David Garnett sogar besser als seine eigene Frau, denn sie kann nicht ganz verstehen, warum er so viele Stunden in dieser lärmenden Klappermühle vergeudet, durch die der Wind braust und die einem das Gesicht voll Öl spritzt. Doch ich verstehe, was ihn dazu bringt.

Aber vielleicht das merkwürdigste an meiner Bekanntschaft mit David Garnett ist, daß wir zwar oft gemeinsam geflogen sind und ich ihn sehr gut kenne, aber keine Ahnung habe, wie der Mann aussieht oder ob er überhaupt noch lebt. Denn David Garnett ist nicht nur Pilot, er ist auch Schriftsteller, und man könnte sagen, daß die Gespräche, die wir miteinander geführt haben, und die Gegenden, in denen wir geflogen sind, sich alle zwischen dem abgegriffenen Einband seines Buches ›A Rabbit in the Air‹ finden, das 1932 in London erschienen ist.

Um einen Autor kennenzulernen, braucht man ihm natürlich nicht persönlich zu begegnen, man muß nur lesen, was er geschrieben hat. Nur auf dem bedruckten Papier ist er ganz klar, ganz wahrhaftig, ganz aufrichtig. Gleichgültig, was er in Gesellschaft aus Höflichkeit und Rücksicht auf die Konvention sagen würde, in dem, was er schreibt, enthüllt sich uns der Mensch im wahren Licht.

So schreibt Garnett beispielsweise, daß er nach seinen achtundzwanzig Flug- und sechsunddreißig Unterrichtsstunden am Ende seines ersten Alleinflugs nichts anderes tat, als lächelnd aus der Kabine seiner Moth zu klettern und die Maschine für weitere Flugzeit zu mieten. Das ist alles, was wir gesehen hätten, hätten wir damals, an jenem Mittwochnachmittag Ende Juli 1931, auf dem Flugfeld gestanden und den frischgebackenen Piloten beobachtet.

Aber hat ihn sein erster Alleinflug wirklich so unberührt gelassen? Um das festzustellen, müssen wir den Flugplatz verlassen.

»Auf halbem Weg nach Hause richtete ich an mich in dem hochnäsigen Ton, den ich so oft zu hören bekommen habe, die Frage: ›Sind Sie schon alleine geflogen?‹

›Ja.‹

›Sie sind alleine geflogen?‹

›Ja!‹

›Sie sind alleine geflogen?‹

›JA!‹«

Klingt das nicht bekannt? Erinnern Sie sich, als Sie fliegen lernten und nach jeder Stunde nach Hause fuhren, an das herablassende Mitleid, das Sie für all die anderen Autofahrer empfanden, die so fest an ihre kleinen Wagen und winzigen Autobahnen gefesselt waren? »Wie viele von euch kommen gerade aus einem Flugzeug? Wie viele von euch haben gerade noch über den Horizont geblickt, haben vor zehn Minuten auf einer schmalen Landepiste eine Schlacht gegen den wütenden Seitenwind gewonnen? Keiner, sagt ihr? Ihr Ärmsten . . . ICH SCHON.« Und Sie haben das Steuer Ihres Autos weggedrückt und dabei fast das Gefühl gehabt, daß es sich leicht von der Straße hebt. Wenn Sie sich daran erinnern, dann haben Sie einen Freund in David Garnett, und ihn kennenzulernen kostet Sie etwa einen Dollar in einem Bücherantiquariat.

Tausende von Bänden sind über das Fliegen geschrieben worden, aber das heißt nicht, daß wir in den Verfassern auch Tausende wahrer und enger Freunde hätten. Der Schriftsteller, ein seltener Fall, der auf einer Buchseite für uns lebendig wird, erreicht dies dadurch, daß er ein Stück von sich selbst gibt, daß er von Sinn und Bedeutung schreibt und nicht nur von Fakten und Dingen, die er erlebt hat. Die Schriftsteller, die so über das Fliegen geschrieben haben, findet man zumeist nebeneinander auf einem Ehrenplatz im Bücherregal.

Es gibt eine Unmenge von Fliegerbüchern aus dem Zweiten Weltkrieg, aber sie beschäftigen sich fast ausnahmslos nur mit Tatsachenbeschreibung und aufregenden Abenteuern, und der Verfasser scheut sich, hinter die Tatsachen zu blicken, einen Sinn hinter dem Erlebten zu suchen. Vielleicht befürchtet er, man könnte ihn für egozentrisch halten, vielleicht hat er vergessen, daß jeder von uns, sobald er nach einem lohnenden Ziel greift, zu einem Symbol allen menschlichen Strebens wird. Wenn David Garnett das Wort ›ich‹ schreibt, steht es nicht für einen einzelnen, nicht für einen auf sich selbst bezogenen David Garnett, sondern für uns alle, für unsere Träume und Wünsche, für die Anstrengungen des Lernens und für den ersten Alleinflug, den wir endlich in der Moth absolviert haben.

Eine solche Mischung von Tatsachenschilderung, Sinndeutung und reiner Aufrichtigkeit gibt einem Buch Gegenwart, sie setzt uns in die Kabine, die hier beschrieben wird, und führt uns unserer Bestimmung entgegen, zum Guten oder zum Schlechten. Und wenn man mit jemandem den gleichen Weg zu seiner Bestimmung wandert, dann wird er einem wahrscheinlich zum Freund werden.

Aus der Zeit des Zweiten Weltkriegs begegnet uns beispielsweise ein Pilot namens Bert Stiles in einem Buch, dem er den Titel »Serenade to the Big Bird« gab. Der große Vogel ist eine Fliegende Festung, eine Boeing B-17, die von England aus Kampfeinsätze in Frankreich und Deutschland flog.

Wenn wir mit Bert Stiles fliegen, wird man des Sterbens müde, das der Krieg bringt, müde der acht Stunden täglich auf dem rechten Cockpit-Sitz, in denen man sich mit der Maschine herumschlägt oder dasitzt und nichts tut, während sich der Kommandant mit der Maschine herumschlägt. Der Sauerstoff in unserer Maske wird stickig, schwarz, gelb und schweigend meldet sich die Flak, die Messerschmitts und Fokke-Wulfs in ganzen Wellen zwischen uns, im Frontalangriff, gelbes Feuer sprüht aus ihrer Bugkanone, und dumpfe Einschläge und Splitter überall in der Maschine, und »Wurf!«, und die gesamte High Squadron ist vom Himmel geholt, und ein schwerer Einschlag und eine orangerote Flamme aus der rechten Tragfläche und den Griff zum Löschen gezogen, und endlich der Kanal, Gott sei Dank der Kanal, und direkt hinein zur Landung auf Heimatboden und ein Fraß, der nach nichts schmeckt, und in die Klappe ohne Schlaf und dann gleich wieder Leutnant Porada, der knipst das Licht an und sagt raus mit euch, Frühstück um halb drei, Einsatzbesprechung um halb vier und Motoren anlassen und starten und dahocken auf dem rechten Sitz, während der Sauerstoff in unserer Maske stickig wird, und schwarz, gelb und schweigend meldet sich die Flak, die Messerschmitts und Fokke-Wulfs in ganzen Wellen zwischen uns, im Frontalangriff, gelbes Feuer sprüht aus ihrer Bugkanone . . .

Wenn man mit Bert Stiles fliegt, erlebt man kein ruhmreiches Abenteuer, und einen Bombereinsatz kann man nicht einmal Fliegen nennen. Es ist eine schmutzige, scheußliche Arbeit, die eben getan werden muß.

»Ich werd lange brauchen, bis ich mir über diesen Krieg klargeworden bin. Ich bin Amerikaner. Ich hatte das Glück, am Fuß der Berge von Colorado geboren zu werden. Aber eines Tages möchte ich sagen können, ich lebe in der Welt, und dabei soll es bleiben.

Wenn ich da lebend rauskomme, werd ich mich auf die Hosen setzen und etwas über Wirtschaft und Menschen und solche Dinge lernen müssen ... Letzten Endes zählen doch nur die Menschen, alle Menschen, in der ganzen Welt. Jedes Land ist für irgendeinen Menschen schön, jedes Land ist es für irgendeinen Menschen wert, daß man dafür kämpft. Also geht es nicht um das Land. Es geht um die Menschen. Darum geht es bei diesem Krieg, glaube ich. Recht viel weiter komm ich darüber nicht hinaus.«

Nach seinen Bombereinsätzen meldete sich Stiles freiwillig als Jagdflieger. Am 24. November 1944 wurde er abgeschossen, als er Begleitschutz bei einem Angriff auf Hannover flog. Er starb mit dreiundzwanzig Jahren.

Doch vor seinem Tod hatte Bert Stiles noch zweihundert Blätter Papier mit Aufzeichnungen bedecken können, und dabei wurde er zu einer Stimme, die wir in uns vernehmen, läßt er uns mit seinen Augen sehen, so daß wir dabei sind, wenn er schaut und fragt und ehrlich spricht über sein Leben und damit auch über das unsrige.

Der einzig wichtige Teil von Bert Stiles wurde vor dreißig Jahren neben einer Startbahn der Achten Air-Force-Division auf Papier festgehalten. Und jetzt, in dieser Minute, können wir dieses Papier berühren, und wir kennen die Menschen und sehen mit seinen Augen. Dieser wichtige Teil ist das, was jeden Mann zu dem macht, was er ist und was er bedeutet.

Um uns persönlich mit Antoine de Saint-Exupéry zu unterhalten, hätten wir eine Wolke von Zigarettenrauch durchdringen müssen, die ihn ständig umschwebte. Wir hätten ihm zuhören müssen, wie er sich um eingebildete Krankheiten Sorgen machte. Wir hätten am Flugplatz stehen müssen, mit der Frage: Wird er heute daran denken, das Fahrwerk auszufahren?

Aber sobald Saint-Exupéry keine Ausreden mehr hatte, nicht zu schreiben (und er hatte einen großen Vorrat davon), sobald er sein Tintenfaß im Chaos seines Zimmers fand, brachte er einige der schönsten und bewegendsten Gedanken, die jemals über den Menschen und das Fliegen geschrieben worden sind, zu Papier. Es gibt nur wenige Piloten, die, wenn sie seine Worte lesen, nicht zustimmend nicken und sagen: »Das ist wahr.« Die ihn nicht ihren Freund nennen werden.

»›Vor dem Bach mußt du dich hüten (sagte Guillaumet), der verdirbt den Grund. Zeichne ihn ein.‹ Und niemals werde ich diese tückische Schlange bei Motril vergessen! Nach nichts sah das Bächlein aus, sein leises Murmeln mochte höchstens einigen Fröschen zur Freude gereichen – und doch war es stets halb wach. Auf dem verheißenden Paradies des Notlandeplatzes lauert es auf mich, zweitausend Kilometer von hier im Grase versteckt. Gebt ihm nur Gelegenheit, und es macht aus mir eine lohende Feuersäule!

Auch die dreißig kriegerischen Hammel erwartete ich mit Fassung, die dort an der Hügelseite standen, immer angriffsbereit. ›Du denkst, die

Wiese ist frei, und schwupp, sausen dir die dreißig Viecher unter die Räder.‹ Und ich? Mit wundergläubigem Lächeln nahm ich die tückische Drohung hin.«

Bei den besten der Schriftsteller, die über das Fliegen geschrieben haben, könnte man vielleicht sehr schwierige und erhabene Gedanken erwarten. Aber dem ist nicht so. Ja, man kann sagen, je besser sie schreiben und je näher wir ihnen kommen, desto einfacher und klarer ist das, was sie uns zu sagen haben. Und seltsam, was sie uns geben, ist uns nicht so neu, es wird vielmehr aus der Erinnerung geweckt – wir haben es immer gewußt.

Im ›Kleinen Prinzen‹ beschreibt Saint-Exupéry diese besondere Freundschaft, die Piloten zu anderen Piloten empfinden können, die über das Fliegen geschrieben haben.

»›Adieu‹, sagte der Fuchs. ›Hier ist mein Geheimnis. Es ist ganz einfach: Man sieht nur mit dem Herzen gut. Das Wesentliche ist für die Augen unsichtbar.‹

›Das Wesentliche ist für die Augen unsichtbar‹, wiederholte der kleine Prinz, um es sich zu merken.«

Saint-Ex schreibt über dich und mich, denen das Fliegen das gleiche gibt, was es ihm gab, und die in der Welt des Fliegens nach den gleichen Freunden suchen. Wenn wir dieses Unsichtbare nicht sehen, wenn wir nicht erkennen, daß wir mit Saint-Exupéry und David Garnett und Bert Stiles und Richard Hillary und Ernest Gann mehr Gemeinsamkeiten haben als mit unseren Nachbarn von nebenan, sind sie ebensowenig unsere Freunde wie hunderttausend unbekannte Gesichter. Doch wenn wir den wirklichen Menschen kennenlernen, der auf dem Papier fortlebt, jenen Menschen, dem der lebende Sterbliche sein Leben widmete, dann

wird jeder dieser Männer für uns zu einem einzigartigen Wesen auf der Welt. Was das Wesentliche an ihnen und an uns ist, bleibt den Augen verborgen.

Ein Mann ist nicht deswegen unser Freund, weil er braunes Haar oder blaue Augen oder eine alte Narbe am Kinn von einem Flugzeugabsturz hat, sondern weil er die gleichen Träume träumt, weil das Gute, das er liebt, und das Böse, das er haßt, für uns das gleiche sind. Weil es ihm Freude macht, einem Motor zuzuhören, der an einem warmen, stillen Sommermorgen warmläuft.

Die Tatsachen allein sind bedeutungslos.

Tatsache: Der Mann, der die Uniform eines Kommandeurs der französischen Luftwaffe und den Namen *Saint-Exupéry* trug, kehrte von einem Aufklärungsflug über seiner Heimat nicht zurück.

Tatsache: Hermann Korth, Nachrichtenoffizier der deutschen Luftwaffe, trug am Abend des 31. Juli 1944, dem Abend, als nur Saint-Exupérys Maschine als vermißt gemeldet wurde, eine Meldung ein: »Telephonische Meldung . . . Vernichtung eines Feindaufklärers, der brennend ins Meer stürzte.«

Tatsache: Hermann Korths Bibliothek in Aachen mit ihrem Ehrenplatz für die Bücher von Saint-Exupéry wurde durch alliierte Bomben zerstört.

Tatsache: Beides konnte Saint-Exupéry nicht auslöschen. Nicht die Einschläge in seinem Motor, nicht die brennende Kanzel oder die Bomben, die seine Bücher zerfetzten, denn der wahre Saint-Ex, der wahre David Garnett, der wahre Bert Stiles sind nicht aus Fleisch und nicht aus Papier. Sie sind eine besondere Art des Denkens, in vielem unserem eigenen Denken verwandt und doch, wie der Fuchs des kleinen Prinzen, einzigartig in der ganzen Welt.

Und die *Bedeutung*?

Diese Männer, der einzige Teil von ihnen, der real und von Dauer ist, sind noch heute lebendig. Wenn wir ihre Gesellschaft suchen, können wir mit ihnen die Dinge betrachten, mit ihnen lachen und lernen. Ihre Bordbücher verschmelzen mit unseren eigenen, und sie zu kennen bereichert uns, im Fliegen wie in unserem Leben.

Diese Männer können nur sterben, wenn sie in der Vergessenheit versinken. Wir müssen für unsere Freunde das gleiche tun, was sie für uns getan haben – wir müssen ihnen leben helfen. Für den Fall, daß Sie dem einen oder anderen von ihnen noch nicht begegnet sind, darf ich mir erlauben, sie vorzustellen?

HARALD PENROSE, *No Echo in the Sky*

RICHARD HILLARY, *The Last Enemy* (auch als *Falling through Space* erschienen; deutsch: *Der letzte Sieg,* Düsseldorf–Wien 1972)

JAMES LIEWELLEN RHYS, *England is my Village*

MOLLY BERNHEIM, *A Sky of My Own*

ROALD DAHL, *Over to You*

DOT LEMON, *One-One*

SIR FRANCIS CHICHESTER, *Alone over the Tasman Sea*

GILL ROBB WILSON, *The Airman's World*

CHARLES A. LINDBERGH, *The Spirit of St. Louis* (deutsch: *Mein Flug über den Ozean,* Berlin–Frankfurt 1954)

ANNE MORROW LINDBERGH, *North to the Orient*

NEVIL SHUTE, *Round the Bend, The Rainbow and the Rose, Pastoral*

GUY MURCHIE, *Song of the Sky* (deutsch: *Wolken, Wind und Flug,* Berlin 1956)

ERNEST K. GANN, *Blaze of Noon* und *Fate Is the Hunter*

ANTOINE DE SAINT-EXUPERY, *Wind, Sand und Sterne* und *Der kleine Prinz* in: *Gesammelte Schriften,* Düsseldorf 1959

Ein Licht im Werkzeugkasten

Was jemand glaubt, so sagen die Philosophen, das wird für ihn auch zur Wirklichkeit. Jahrelang sagte ich immer wieder: »Ich bin kein Mechaniker.« Und deshalb war ich auch keiner. Ich verschloß mir selbst eine ganze Welt des Lichts, wenn ich sagte: »Ich weiß nicht mal, an welchem Ende ich einen Schraubenzieher anfassen muß.« Immer mußten andere Leute an meinen Flugzeugen basteln, ohne sie konnte ich nicht fliegen.

Dann legte ich mir einen verrückten alten Doppeldecker mit einem altmodischen runden Motor in der Nase zu, und schon bald mußte ich feststellen, daß diese Maschine nicht daran dachte, einen Piloten hinzunehmen, der nichts von der Persönlichkeit eines 175-PS-Wright-Whirlwind-Motors verstand, der keine Ahnung hatte, wie man hölzerne Rippen repariert und lackiertes Gewebe ausbessert.

Und so passierte mir, was einem im Leben nur ganz selten widerfährt: Ich lernte umdenken, ich lernte die Mechanik eines Flugzeugs.

Was alle anderen schon so lange gewußt hatten, war für mich eine ganz neue Offenbarung. Ein Motor zum Beispiel, der auseinandergenommen auf der Werkbank liegt, ist nicht mehr als eine Ansammlung seltsam geformter Teile, nichts anderes als kaltes, totes Eisen. Aber sobald dieselben Stücke zusammengesetzt und in einem kalten, toten Flugwerk montiert werden, verwandeln sie sich in ein neues Wesen, eine vollendete Skulptur, ein Kunstwerk, das jeder Galerie in der Welt zur Zierde gereichen würde. Doch zum Unterschied von allen Skulpturen der Kunstgeschichte erwachen dieser tote Motor und dieses tote Flugwerk zum Leben, wenn die Hand eines Piloten sie berührt, und vereinen ihr Leben mit dem seinigen. Jedes für sich allein, das Eisen und das Holz, das Tuch und der Mensch, sind an die Erde gekettet. Gemeinsam aber können sie sich in den Himmel schwingen und Sphären durchstreifen, in denen keiner von ihnen jemals zuvor gewesen ist. Dies war für mich eine überraschende Erkenntnis, weil ich immer gedacht hatte, die Mechanik eines Flugzeugs bestehe aus zerbrochenen Metallteilen und leisen Flüchen.

Es war alles im Hangar vor meinen Augen ausgebreitet, als ich die Augen aufschlug, wie ein Ausstellungsstück im Museum, wenn das Licht angeschaltet wird. Ich sah auf der Werkbank die Eleganz eines Halbzoll-Steckschlüssels, die schlichte, glatte Anmut eines Schraubenschlüssels, säuberlich vom Öl gereinigt. Wie ein junger Kunststudent, der an ein und demselben Tag zum ersten Mal die Werke van Goghs, Rodins und

Alexander Calders sieht, so bemerkte ich plötzlich die Kunstwerke der Firmen Snap-on and Craftsman und Crescent Tool Company, die schweigend und schimmernd in den abgenutzten Fächern des Werkzeugkastens warteten.

Die Kunst der Werkzeuge führte mich zur Kunst der Motoren, und mit der Zeit begriff ich schließlich den Whirlwind, wurde er mir zu einem lebendigen Freund mit Launen und Kapricen, verlor er das Geheimnisvolle und Unheimliche. Welch eine Entdeckung, als sich mir erschloß, was in diesem grauen Stahlgehäuse vor sich ging, hinter dem blitzenden Wirbeln des Propellers und dem ungleichmäßigen Knattern des Motors. Nun war es nicht mehr dunkel in diesen Zylindern, um diese Kurbelwelle – es war Licht geworden, und ich *verstand*! Ich hatte es begriffen: Ansaugen-Kompression-Kraft-Abgas. Ich sah die geölten Lager, die surrende, wirbelnde Wellen trugen; sorglose Ansaug- und gemarterte Auslaßventile, die in Mikrosekundenabständen vorwärts und rückwärts schnellten und neues Feuer ausspien und tranken. Ich sah das zerbrechliche Laderlaufrad, das sich pro Propellerrotation siebenmal summend dreht. Stangen und Kolben, Nockenringe und Kipphebel, alles begann mir klarzuwerden, wie es nach derselben einfachen Logik der Werkzeuge funktionierte, die es an seine Stelle montiert hatten.

Meine Studien führten mich dann zu Flugwerken, und ich lernte, was Schweißnähte und Spanten sind, Versteifungen und Rippennähte, Seilrollen und Seilführungsbuchsen, positive Flügelverwindung und Tragflügelabstand. Ich war schon jahrelang geflogen, aber an diesem Tag *sah* ich zum ersten Mal ein Flugzeug, beschäftigte mich mit ihm, nahm es wahr. All diese kleinen Einzelteile, die sich zu einem kompletten Flugzeug zusammenfügten – es war großartig! Übermächtig erfaßte mich der Wunsch, ein ganzes Feld voller Flugzeuge zu besitzen, weil sie so hübsch waren. Ich brauchte sie, damit ich um sie herumgehen und sie aus tausend verschiedenen Blickwinkeln betrachten konnte, in den tausend Lichtern von Dämmerung und Dunkelheit.

Ich begann, mir Werkzeug zu kaufen, und verteilte es auf meinem Schreibtisch, nur um es von Zeit zu Zeit anzuschauen und zu berühren. Die Entdeckung der Mechanik des Fliegens ist keine geringe Entdeckung. Ich verbrachte ganze Stunden im Hangar, hingerissen von den Flugzeugen, so schön wie aus Michelangelos Werkstatt, Stunden in Geschäften, wo ich Werkzeugkästen wie von Renoir gemalt bewunderte.

Das größte Kunstwerk ist ein Mensch, der im Fliegen sich selbst und seine Maschine beherrscht, der den Geist des Flugzeuges zwingt, sich mit seinem eigenen zu vermählen. Und doch habe ich, dank einem verrückten alten Doppeldecker, gelernt, daß ich nicht jeden Augenblick meines Lebens zu fliegen brauche, um Schönheit zu sehen und Kunst zu entdecken. Ich brauche nur das seidenglatte Metall eines 9/16-Zoll-Schraubenschlüssels zu berühren, durch einen stillen Hangar zu gehen, nicht mehr als die Augen aufzumachen für die großartigen Muttern und Bolzen, die mir schon so lange nahe sind.

Welch eigenartige, glanzvolle Schöpfungen sind Werkzeuge und Motoren, Flugzeuge und Menschen, wenn das Licht eingeschaltet wird!

Überall ist's okay

Es war, wie wenn jemand einen zentnerschweren Knallfrosch losgelassen hätte. Wie wenn er zwei Stunden nach Mitternacht die Lunte angezündet, das Ding in die Luft geschleudert hätte, hoch in das Dunkel über unseren Maschinen und über uns, die daneben im Heu schliefen, und schleunigst abgehauen wäre.

Eine Feuerkugel wie bei einer Dynamitexplosion riß uns durch ihr berstendes Krachen hoch. Wie Gewehrkugeln und Hagelschlossen prasselte der Regen auf unsere Schlafsäcke, schwarze Winde fielen uns an wie wildgewordene Tiere. Unsere drei Flugzeuge bäumten sich gegen das Seil auf, versuchten loszukommen, zerrten, schlugen aus und rissen wie verrückt daran, um mit diesem Wahnsinnswind hinauszutaumeln in die Nacht.

»Pack die Verstrebung, Joe!«

»Was?« Seine Stimme wurde vom Wind weggeweht, ging unter in Regen und Donner. Im Schein der zuckenden Blitze erschien er in bläulich-elektrischem Licht, ebenso wie die Bäume, die davonfliegenden Blätter und die fast waagrecht fallenden Regentropfen.

»Die Strebe! Pack die Strebe und halt sie fest!«

Er warf sich mit seinem ganzen Gewicht auf den Flügel, im gleichen Augenblick, in dem der Sturm Äste von den Bäumen riß – mit vereinten Kräften hinderten wir die Cub daran, uns beide unter ihre Fittiche zu nehmen und durch das Tal davonzurumpeln.

Joe Gioveno, ein junger Hippy aus Hicksville, Long Island, nahe bei New York, der bis dahin Gewitter nur als ein schwaches Donnergrollen kannte, das im Sommer manchmal hinter der Stadt zu hören war, klammerte sich mit der Kraft einer Pythonschlange an die Strebe. Wie mit persönlichen Feinden kämpfte er gegen den Wind, den Regen und die Blitze. In wirren, dunklen Kringeln wehte ihm das lange Haar um Gesicht und Schultern.

»Mann!« brüllte er, eine Sekunde bevor die nächste Dynamitladung hochging. »Da lernt man allerhand über Meteorologie!«

Nach einer halben Stunde war das Gewitter weitergezogen und ließ uns in einer warmen, dunklen Stille zurück. Wir sahen, wie es über den Hügeln im Osten am Himmel zuckte, und schauten besorgt nach Westen, ob es dort wieder blitzte, aber es blieb ruhig, und wir krochen schließlich wieder in unsere nassen Schlafsäcke. Obwohl wir einen feuchten Schlaf schliefen, bereute keiner von uns sechs dort draußen in der Nacht, daß er bei der ›Einladung zum Überlandflug-Abenteuer‹ mitgemacht hatte. Trotzdem war es eigentlich kein Abenteuer, kein verwegenes Unternehmen. Was uns dazu gebracht oder es zu uns gebracht hatte, war lediglich eine gemeinsame Neugier, wie die anderen Menschen aussehen, die auf unserem Planeten und in unserer Zeit leben.

Vielleicht wurde die Idee des ›Abenteuers‹ durch die Schlagzeilen in den Zeitungen oder von den Magazin-Artikeln oder von den Nachrichten im Radio geboren. Mit ihrem endlosen Gerede über die Entfremdung der Jugend und die Generationslücke, die sich zu einem unüberbrückbaren Abgrund entwickelt habe und daß die jungen Leute nur alles niederreißen und nicht wieder aufbauen wollten . . . vielleicht hat es damit angefangen. Als ich über all das nachdachte, mußte ich feststellen, daß ich solche jungen Menschen überhaupt nicht kannte, daß ich keinen kannte, der nicht bereit war, mit uns zu sprechen, die wir selbst gestern noch jung gewesen waren. Ich wußte, daß man jemandem eine Antwort geben muß, der einen nicht mit ›Hallo‹, sondern mit ›Frieden‹ anredet, aber ich wußte nicht recht, wie diese Antwort aussehen könnte.

Was würde geschehen, überlegte ich mir, wenn jemand mit einem kleinen stoffbespannten Flugzeug auf einer Landstraße landete und einem Anhalter mit Rucksack anböte mitzufliegen? Oder besser: Was würde passieren, wenn ein paar Piloten in ihren Flugzeugen Platz machten für ein paar Jungs aus der Stadt und sie auf einen Flug über hundert Meilen oder so mitnähmen, oder auch tausend Meilen, sagen wir; ein, zwei Wochen über die Hügel und Farmen und Ebenen Amerikas? Jungs, die noch nie das Land außerhalb ihrer High-school, fern von den Schnellstraßen, gesehen haben?

Wer würde sich verändern, die Jungen oder die Piloten? Oder vielleicht beide, und wie könnte diese Veränderung aussehen? Wo würde sich beider Leben berühren, und in welchen Punkten würde die Kluft zwischen ihnen so breit sein, daß sie einander nicht einmal durch einen Ruf erreichen könnten?

Was ein Einfall wert ist, läßt sich nur feststellen, wenn man ihn praktisch erprobt, und deshalb kam es zu der ›Einladung zum Überlandflug-Abenteuer‹.

Der erste Augusttag 1971 war ein trüber, dunstiger Tag – Nachmittag vielmehr, als ich auf dem Flugplatz Sussex, New Jersey, landete, um die anderen zu treffen.

Louis Levner besaß eine Taylorkraft aus dem Jahr 1946 und fand die Idee gut, einfach draufloszufliegen. Als Ziel wählten wir das EAA-Fly-in in Oshkosh, Wisconsin, Grund genug zu fliegen, auch wenn alle anderen in letzter Minute absagten.

Glenn und Michele Norman aus Toronto hörten von unserem Vorhaben. Sie waren zwar nicht gerade junge Hippys, kannten aber die Vereinigten Staaten noch nicht und wollten gern in ihrer Luscombe von 1940 das Land kennenlernen. Und als ich auf der Piste aufsetzte, standen da zwei junge Männer, die sich in ihrem Aufzug unverkennbar für jeden als Hippys präsentierten. Haare bis auf die Schultern, Stoffetzen als Stirnbänder, ausgewaschene Jeans und zu ihren Füßen Ruck- und Schlafsäcke.

Christopher Kask, ein nachdenklicher, friedfertiger Junge, der kaum den Mund aufmachte, wenn er unter Fremden war, hatte die Highschool mit einem Regents-Stipendium verlassen, einer Auszeichnung, die nur an die besten Schüler – zwei Prozent insgesamt – vergeben wurde. Er war sich jedoch nicht sicher, ob das College wirklich das Ideale sei, und auf ein Diplom hin zu studieren, nur um einen besseren Job zu bekommen, entsprach nicht seiner Vorstellung von echter Bildung.

Joseph Giovenco, höher gewachsen und anderen gegenüber offener, registrierte alles mit dem genauen Blick des Photographen. Er war überzeugt, daß das Video-Tonband eine künstlerische Zukunft habe, und damit wollte er sich beschäftigen, ab kommendem Herbst.

Keiner von uns hatte eine Ahnung, wie die Sache eigentlich gehen würde, aber es sah danach aus, daß uns der Flug Spaß machen würde. Wir trafen uns also in Sussex und betrachteten besorgt den Himmel, die Dunstschleier und Wolken. Wir machten nicht viel Worte, weil wir uns noch nicht sicher waren, wie wir miteinander reden sollten. Schließlich nickten wir einander zu, verstauten unsere Schlafsäcke, ließen die Motoren an, rollten rasch über die Startbahn und hoben ab. Das Motorengeräusch machte es unmöglich zu sagen, was die Jungs dachten, jetzt da wir in der Luft waren.

Ich selber dachte, daß wir bei diesem ersten Flug nicht sehr weit kommen würden. Über den Hügelketten im Westen hing eine schwere, graue Suppe, im Geäst der Bäume dampften dicke Nebelschwaden. Da uns der Weg nach Westen versperrt war, flogen wir südwärts, erst zehn Meilen, dann fünfzehn, und landeten schließlich, während die kochende Suppe um uns immer dichter wurde, auf einer kleinen Graspiste bei Andover, New Jersey.

Es war still hier, und ganz sachte begann es zu regnen.

»Nicht gerade, was man einen verheißungsvollen Anfang nennen könnte«, sagte jemand.

Aber den Jungen schien es nichts auszumachen. »Wieviel freies *Land* es in New Jersey gibt«, sagte Joe, »ich dachte, es ist *bewohnt*!«

Ich summte die Melodie von ›Mosquitoes, Stay Away from My Door‹, während ich meine Decke im Gras entrollte, und war froh, daß sich das scheußliche Wetter nicht uns allen auf die Stimmung geschlagen

100

hatte. Der morgige Tag würde hoffentlich schönes Wetter bringen und uns auf dem Weg über unsere Horizonte sehen.

Es regnete die ganze Nacht. Es regnete, wie wenn Kies auf stoffbespannte Flügel geschüttet würde. Zuerst schlugen die Tropfen mit einem trockenen Geräusch auf dem Gras auf, dann platschend, als der Grasboden sich in Morast verwandelte. Um Mitternacht hatten wir die Hoffnung aufgegeben, daß sich ein Stern am Himmel zeigen oder wir in dem Sumpf zum Schlafen kommen würden; um ein Uhr hatten wir uns in die Flugzeuge verkrochen, um wenigstens zu dösen. Um drei Uhr, nach Stunden ohne ein einziges Wort, sagte Joe: »Einen solchen Regen hab ich noch nie erlebt.«

Wegen des Nebels wurde es erst spät hell ... Nebel, Wolken und Regen begleiteten uns vier Tage nacheinander. Jedesmal, wenn wir die Wolkendecke nur ein wenig aufreißen sahen, stiegen wir auf, wir wichen Gewittern aus und machten Umwege, wir hüpften von einem kleinen Flugplatz zum nächsten, und nach vier Tagen hatten wir ganze zweiundsechzig von den tausend Meilen nach Oshkosh geschafft. In Stroudsburg, Pennsylvania, schliefen wir in einem Hangar, in Pocono Mountain in einem Flugplatzbüro, in Lehighton im Klubhaus einer Fliegerschule.

Wir beschlossen, ein Tagebuch unseres Fluges zu führen. Daraus und aus unseren Gesprächen in Regen und Nebel begannen wir einander ganz langsam kennenzulernen.

Joe war beispielsweise sofort überzeugt, daß Flugzeuge Charakter und Eigenschaften hätten wie Menschen, und scheute sich nicht zu sagen, daß das blauweiße dort hinten in der Ecke des Hangars ihn nervös mache. »Ich weiß nicht warum. Es kommt davon, wie es dasitzt und mich anschaut. Ich mag es nicht.«

Die Piloten hakten sofort ein und erzählten von Flugzeugen, die auf verschiedene Weise gezeigt hätten, daß sie lebende Geschöpfe seien, und angeblich Dinge vollbrachten, zu denen sie gar nicht imstande waren – nach einer unmöglich kurzen Startstrecke abhoben, wenn sie mußten, daß sie jemandem das Leben retteten, oder undenkbar lange Gleitstrecken schafften, wenn der Motor über unwegsamem Gelände aussetzte. Dann ging es darum, wie Flügel und Kontrollinstrumente und Motoren und Propeller funktionieren, und dann um überfüllte Schulen und Rauschgift auf dem Campus, dann wieder darum, wie es kommt, daß früher oder später im Leben Wirklichkeit wird, was man sich fest vorgenommen hat. Draußen der schwarze Regen – innen das Echo und Murmeln der Stimmen.

In das Tagebuch schrieben wir alles, was wir nicht aussprechen wollten.

»Das ist wirklich dufte«, schrieb Chris Kask am vierten Tag. »Jeder

Tag ist eine Kette von Überraschungen – wirklich *unglaubliche* Dinge passieren. Einer leiht uns seinen Mustang, einer seinen Cadillac, überall läßt man uns auf dem Flugplatz schlafen, und alle geben sich wirklich die größte Mühe, nett zu uns zu sein. Es ist egal, wo wir sind und ob wir überhaupt je nach Oshkosh kommen. Überall ist's okay.«

Die Freundlichkeit der Leute konnten die Jungs einfach nicht fassen.

»Ich bin öfter mit Chris in einen Laden gegangen oder auf der Straße hinter ihm her«, sagte Joe, »und hab die Leute beobachtet, wie sie ihn angeschaut haben. Sein Haar war so lang wie jetzt – nein, noch länger. Wenn sie an ihm vorbeigegangen sind, haben sie ihn angestarrt, manchmal sind sie sogar stehengeblieben und haben eine Grimasse geschnitten oder eine Bemerkung gemacht. Abfällig. Man hat den Abscheu in ihren Augen gesehen, und dabei haben sie nicht mal gewußt, wer er ist!«

Das veranlaßte mich, die Leute zu beobachten, wie sie unsere Hippys anschauten. Zuerst wenn sie sie sahen, waren sie immer schockiert, genauso wie ich reagiert hatte, als ich sie zum ersten Mal sah. Aber wenn einer von ihnen dazu kam zu reden, zu zeigen, daß er ein friedlicher Mensch war, der nicht vorhatte, Bomben zu schmeißen und alles in die Luft zu sprengen, dann verschwand diese feindselige Regung in weniger als einer halben Minute.

Einmal gerieten wir in schlechtes Wetter, über dem Bergland des westlichen Pennsylvania. Wir kehrten um, kreisten und landeten auf einer langen Wiese mit gemähtem Heu bei der Ortschaft New Mahoning.

Kaum waren wir herausgeklettert, erschien der Farmer in seinem Kleinlaster, der sanft knirschend über die nassen Grasstoppeln rollte.

»In Schwierigkeiten, was?« sagte er zuerst, dann runzelte er die Stirn, als er die beiden Jungen sah.

»Nein, Sir«, sagte ich. »Nichts Besonderes, die Wolken sind ein bißchen weit runtergekommen, und wir dachten uns, es wär vielleicht gescheiter zu landen, als eventuell dort gegen einen Berg zu fliegen. Sie haben hoffentlich nichts dagegen . . .«

Er nickte. »Macht gar nichts. Ihr seid alle in Ordnung, oder?«

»Dank Ihrer Wiese, ja. Wir sind okay.«

Wenige Minuten später kamen andere Kleinlaster und Autos auf dem Feldweg angehoppelt und über die Wiese auf uns zu; alle redeten neugierig durcheinander.

»Hab gesehn, wie er im Tiefflug über Nilssons Farm geflogen ist, und denk mir, bei dem stimmt was nicht. Dann sind die zwei andern hergekommen und runtergegangen, es ist ruhig geworden, und ich hatte keine Ahnung, was passiert ist!«

Die Männer von den Farmen, alle mit kurzgeschnittenem Haar und glattrasiert, warfen verstohlene Blicke auf die langen Haare und die

102

Stirnbänder und waren sich nicht sicher, was sie da vor sich hatten.

Dann hörten sie, wie Joe Giovenco zu Nilsson sagte: »Ist das eine Farm? Eine richtige Farm? Ich hab nie eine echte ... Ich bin aus der Stadt ... das ist doch nicht Mais, was da direkt aus der Erde wächst, oder?«

Auf den mißbilligenden Gesichtern erschien ein Lächeln, wie das Aufglimmen einer Kerze.

»Klar ist das Mais, mein Junge, und so wächst er, genau da. Manchmal hat man seine Sorgen. Der Regen jetzt zum Beispiel. Zuviel Regen und gleich darauf ein Mordswind, der alles niederwalzt. Dann hat man seine Sorgen, klar ...«

Irgendwie war die Szene ein guter Anblick.

Man sah ihnen an, was ihnen durch den Kopf ging. Die Hippys, die einen anständigen Kerl auf die Palme bringen, das sind diese aufsässigen Typen, denen der Regen oder die Sonne, das Land oder der Mais schnurzegal sind ... die Typen, die nichts anderes tun als das Land zugrunde richten. Aber diese Jungs da, die sind nicht von der Sorte – das sieht man doch gleich ...

Als es über den Bergkämmen hell wurde, boten wir einen Rundflug in unseren Maschinen an, aber niemand wollte so richtig. Darauf ließen wir die Motoren an, hüpften von der Heuwiese in die Luft, nahmen mit einem Flügelwackeln Abschied und flogen davon.

»Doll!« schrieb Chris an diesem Abend in unser Tagebuch. »Wir landeten auf einem Feld und unterhielten uns mit Farmern, die schwedischen und irischen Akzent sprachen – ich wußte gar nicht, daß es das in Pennsylvania gibt. Alle sind so nett zu uns. Richtig herzlich. Das hat mir die Augen geöffnet. Ich sperre mich längst nicht mehr so sehr. Nur keine Bange und sich darauf verlassen, daß die Dinge sich von selbst entwickeln. Alle meine Vorstellungen für die Zukunft sind ziemlich durcheinandergeraten. Es steht einfach nichts mehr so fest, und das ist gut so, denn es bringt einem bei, sich dem Fluß der Dinge zu überlassen.«

Von diesem Tag an segelten wir in reiner, blauer Luft über reinem, grünem Land, auf dem die Sonne wuchs, nach Westen.

Nachdem wir auf dem Boden so viel erklärt hatten, waren Chris und Joe bereit, sich jetzt selbst ans Steuer zu setzen. Ihre ersten Flugstunden galten dem Formationsflug.

»Etwas korrigieren, Joe. ETWAS KORRIGIEREN! Das andere Flugzeug muß ungefähr ... da sein. Okay? Jetzt ist's richtig, du fliegst. Etwas korrigieren jetzt. Und ein bißchen mehr Gas, etwas näher ran. ETWAS KORRIGIEREN!«

Schon nach ein paar Stunden konnten sie tatsächlich das Flugzeug in

Formation mit den anderen halten. Es war harte Arbeit für sie, sie machten es sich viel schwerer als notwendig, trotzdem aber lernten sie begierig und lagen nach dem Start schon auf der Lauer, um das Steuer an sich zu reißen und weiter zu üben.

Als nächstes nahmen sie sich den Start vor ... vorerst veranstalteten sie kleine Katastrophen, kurvten wie Eichhörnchen im Zickzackkurs über die Piste, sprangen im letzten Augenblick über die Startbahnbeleuchtung und die Schneemarkierungen. Als es glatter ging, übten wir das Überziehen und ein bißchen Abtrudeln, wenn es aus dem Formationsflug nach unten ging, und schließlich machten sie ihre ersten Landungen. Lerneifrig sogen sie alles ein, wie Schwämme, die man ins Meer wirft.

Auch wir lernten jeden Tag, Dinge aus ihrem Leben und ihre Sprache.

Wir übten uns im Hippy-Jargon, und mein Notizbuch wurde zu einem Wörterbuch dieses Idioms. Joe brachte mir mit Strenge bei, die Wörter mehr zu verschleifen – wir übten immer wieder, wie man sagt »Hey, man, was gibt's?«, aber es war schwieriger als der Formationsflug ... und ich schaffte es nie richtig.

»›Weißt ja‹, sagte Joe, »heißt ›Mhm oder dschu‹. ›Nur zu‹ heißt ›Du hast ja *so* recht‹ und wird nur bei selbstverständlichen Bemerkungen gesagt und meistens nur von Schwachköpfen.«

»Was bedeutet es«, fragte ich, »wenn ihr ›die Szene macht‹?«

»Ich weiß nicht. Ich hab sie nie gemacht.«

In meinem Wörterbuch standen zwar viele Ausdrücke aus der Drogensprache (Marihuana heißt auch Mary Jane, Gras, Pot, Stoff und Cannabis Sativa; ein »Nick« ist eine kleine Tüte Gras, die fünf Dollar kostet, »einen Trip machen« beschreibt das Gefühl, während man es raucht), aber keiner der beiden Jungs hatte Rauschgift zum Überlandflug-Abenteuer mitgebracht. Das wunderte mich, denn ich hatte gedacht, jeder Hippy, der etwas auf sich hält, müsse jeden Tag ein Päckchen Marihuana rauchen. Ich fragte die beiden danach.

»Man raucht meistens aus Langeweile«, sagte Chris, und damit war das Rätsel gelöst, warum ich sie nie ertappt hatte, wie sie Drogen nahmen. Wir hatten alle Hände voll zu tun, gegen Gewitter zu kämpfen, auf Heuwiesen zu landen, den Formationsflug, Start und Landung zu lernen – Langeweile konnte gar nicht erst aufkommen.

Mitten in meinen sprachlichen Übungen bemerkte ich, daß die Jungen angefangen hatten, sich ohne jedes Wörterbuch den Fliegerjargon anzueignen.

»Hey, man«, fragte ich Joe eines Tages, »dieser Ausdruck ›high‹, da fehlt mir der Durchblick. Wie verwendet man ihn, weißt schon, in einem Satz?«

»Man kann sagen ›Man, bin ich high‹. Es ist das Gefühl, wenn man Gras raucht, und wenn einem der Nacken in den Kopf rutscht.« Er überlegte eine Weile, dann hellte sich sein Gesicht auf. »Es ist das gleiche Gefühl, wenn ihr die trudelnde Maschine aussteigen laßt.« Plötzlich war mir klar, was high bedeutet.

Alle möglichen Fliegerausdrücke tauchten in ihrem Wortschatz auf. Sie lernten, wie man einen Propeller mit der Hand anwirft, um den Motor zu starten, sie verfolgten am zweiten Steuer, wenn wir die Maschine in der Kurve abrutschen ließen, verfolgten jede Landung auf einer Kurzpiste, jeden Start auf weichem Boden. Selbst Kleinigkeiten entgingen ihnen nicht. Eines Morgens hatte Joe alle Hände voll zu tun, als er Formation flog. Ich saß auf dem hinteren Sitz der Cub, und er rief mir zu: »Könntest du mir ein bißchen ›up trim‹ geben, bitte?« Er hörte es

105

nicht, aber ich mußte lachen. Noch eine Woche vorher hatte ›trim up‹ nichts anderes bedeutet, als den Christbaum schmücken.

Dann sagte Chris eines Abends am Kaminfeuer: »Wieviel kostet eigentlich ein Flugzeug? Wieviel Geld braucht man, um eine Maschine, sagen wir, ein Jahr lang zu fliegen?«

»Zwölfhundert, tausendfünfhundert Dollar«, sagte Lou zu ihm. »Wenn man zwei Dollar für die Stunde Flug braucht . . .«

Joe war überrascht. »Zwölfhundert Dollar!« Es folgte ein langes Schweigen. »Das ist ja für jeden nur sechshundert, Chris.«

Das Fly-in in Oshkosh war ein Rummelplatz, der keinen Eindruck auf sie machte. Nicht die Flugzeuge hatten sie gefangengenommen, sondern die Idee des Fliegens, die Vorstellung, sozusagen auf einem fliegenden Motorrad in die Luft zu steigen, Straßen und Verkehrsampeln hinter sich zu lassen und auf Entdeckungsfahrt über Amerika zu gehen. Mehr und mehr beschäftigten sich ihre Gedanken damit.

In Rio in Wisconsin legten wir unseren ersten Aufenthalt auf dem Rückflug ein. Dort machten wir mit dreißig Fluggästen Rundflüge über dem Städtchen. Die Jungen halfen den Leuten auf die Plätze, erklärten denjenigen, die nur zum Zuschauen gekommen waren, das Fliegen, und stellten fest, daß man sich damit durchaus sein Geld verdienen kann, auch wenn man kein eigenes Flugzeug besitzt. An diesem Nachmittag nahmen wir 54 Dollar von den Fluggästen und an Spenden ein, womit wir Benzin, Öl und das Abendessen für mehrere Tage kaufen konnten. Die Stadt gab uns ein Picknick mit allem Drum und Dran, mit Salaten, Hot dogs, gebackenen Bohnen und Limonade, und glich damit die Nächte aus, die wir nassen Schlafsäcken und hungrigen Moskitos geopfert hatten.

Hier verließen uns Glenn und Michele Norman, die weiter nach Südosten flogen, um sich mit Freunden zu treffen und sich noch in den USA umzusehen.

»Es gibt«, schrieb Chris in unser Tagebuch, »nichts, was poetischer und bittersüßer ist, als einen Freund in seiner Maschine wegfliegen zu sehen.«

Wir flogen nach Süden, nun zu viert in zwei Flugzeugen, nach Süden und nach Osten und wieder nach Norden.

Was das Gedränge am Himmel angeht, so sahen wir an diesem Montagnachmittag im Luftraum um Chicago ganze zwei Maschinen.

Was 1984 angeht, so sahen wir die Pferde und Karren der amischen Mennoniten von Indiana auf den Straßen unter uns und auf den Feldern Pflüge, die von Dreigespannen gezogen wurden.

An unserem letzten Abend landeten wir auf der Heuwiese von Mr. Roy Newton, unweit von Perry Center im Staat New York. Wir unterhielten uns eine Zeitlang mit ihm und baten ihn um die Erlaubnis, die Nacht auf seinem Grund und Boden verbringen zu dürfen.

»Klar können Sie hierbleiben«, sagte er. »Aber Sie machen natürlich kein Feuer, oder? Das Heu hier herum . . .«

»Kein Feuer, Mr. Newton«, versprachen wir. »Vielen Dank, daß wir hierbleiben dürfen.«

Später sagte Chris etwas Merkwürdiges. »Man könnte sicher auch als Mörder daherkommen, in einem Flugzeug.«

»Als Mörder, Chris?«

»Angenommen, wir wären im Auto gekommen oder auf Fahrrädern oder zu Fuß. Welche Chancen hätten wir gehabt, daß er so nett gewesen wäre und uns erlaubt hätte hierzubleiben? Aber in Flugzeugen und weil es dunkel wird, dürfen wir landen!«

Es hörte sich nicht fair an, aber genauso war es. Das ist ein Privileg, das man als Pilot genießt, und den Jungen entging es nicht.

Am nächsten Tag landeten wir wieder auf dem Flugplatz von Sussex in New Jersey, und das Überlandflug-Abenteuer war offiziell beendet. Zehn Tage, zweitausend Meilen, dreißig Stunden Flug.

»Ich bin traurig«, sagte Joe. »Jetzt ist alles vorbei. Es war dufte, und nun ist alles vorbei.«

Erst spät an diesem Abend schlug ich das Tagebuch noch einmal auf und bemerkte, daß Chris Kask noch etwas hineingeschrieben hatte.

»Ich habe *eine Unmenge* gelernt«, hatte er geschrieben. »Es hat mir die Augen für alle möglichen Dinge außerhalb unseres engen Gesichtskreises geöffnet. Ich habe jetzt eine neue Perspektive. Ich habe zu allem etwas mehr Abstand und kann es aus einem anderen Blickwinkel sehen. Etwas ist mir auf unserem Flug aufgegangen: Diese andere Einstellung ist nicht nur für mich wichtig, sondern für alle, die dabei waren, und für alle Leute, die wir kennengelernt haben. Das ist mir dabei bewußt geworden, ein überwältigendes Gefühl. Es hat viele faßbare und nicht faßbare Veränderungen in meinem Denken und in meiner Gefühlswelt bewirkt. Danke.«

Hier hatte ich meine Antwort, hier stand, was wir zu den jungen Menschen sagen können, die uns nicht mit ›Hallo‹, sondern mit ›Frieden‹ anreden. Wir können ›Freiheit‹ sagen, und wir können ihnen – dank einem alten, gebrauchten Sportflugzeug – zeigen, was wir damit meinen.

Zu viele blöde Piloten

»Es ist nicht so, daß zu viele Piloten rumfliegen«, hat ein kluger Kopf einmal bemerkt, »das Dumme ist nur, daß es zu viele blöde Piloten gibt.«

Wo ist ein Flieger, der anderer Meinung ist? Ungezählte Male bin ich genau auf der richtigen Höhe in eine Platzrunde geflogen, in perfekter Entfernung von der Landebahn im Rückenwindteil – exakt in der notwendigen Gleitdistanz, falls der Motor aussetzen sollte, alles ordentlich vorbereitet für den Querflug der Landekurve. Und dann schaue ich hinaus und traue meinen Augen nicht: Da kommt so ein Idiot im Endanflug dahergetrödelt, daß ihm beinahe das Gas wegbleibt, ohne auch nur im entferntesten an die Möglichkeit zu denken, daß sein Propeller vielleicht stehenbleiben könnte.

Aus war es mit meiner schönen Platzrunde. Ich zog die Nase meiner Maschine hoch und ging in den Langsamflug über, um zu retten, was von der Platzrunde noch zu retten war. Mehr als einmal hat sich mein Armaturenbrett anhören müssen, daß dort unter mir ein absoluter Holzkopf fliegt, der nicht daran denkt, daß er durch seinen gedankenlosen Anflug auch den aller anderen kaputtmacht, weil jeder sich alle Mühe gibt, Abstand zu ihm zu halten. Ich, ein Mensch voller Sanftmut, dem auf der Autobahn nie ein böses Wort entfährt, wenn die anderen die ärgsten Dummheiten machen, habe in der Luft geflucht über einen anderen Piloten. Wie kommt es dazu?

Ich fluche, weil ich auf eine gelegentliche Dummheit bei Leuten gefaßt sein muß, die auf der Erdoberfläche dahinkriechen, aber von jemandem, der sich herausnimmt, sich in den Himmel zu schwingen, nur Vollkommenes erwarte und fürchterlich enttäuscht bin, wenn er diese Erwartung nicht erfüllt.

Zu viele blöde Piloten? Ja, allerdings. Wäre doch nur jeder ein so guter Pilot wie ich und Sie, dann gäbe es heute nicht die Scherereien in der Luftfahrt und keine Zweifel an ihrer Zukunft.

Die Antwort heißt Schulung. Man muß diesem Holzkopf beibringen, eine anständige Platzrunde zu fliegen, indem man ihm einfach beim Endanflug das Gas ganz wegnimmt, dann wird er's schon kapieren. Man sollte neue Motoren bauen mit der Firmengarantie, daß sie wenigstens alle fünfhundert Stunden einmal streiken, dann hätten wir überall anständige Piloten am Himmel.

So fluche ich leise vor meinem Instrumentenbrett, passe auf, wo die

Übeltäter landen (natürlich so, daß die Maschine beim Aufsetzen springt), und blicke sie mit heimlichem Grimm an, wenn ich selbst gelandet bin. Aber sie sind geheilt, sobald sie aus ihrem Flugzeug geklettert sind, werden zu normalen Menschen, freundlich, liebenswürdig, heiter, ohne den Schimmer einer Ahnung, daß sie mir meine herrliche Platzrunde kaputtgemacht haben. Ich schaue sie an und gehe schließlich wortlos und kopfschüttelnd davon.

Dann aber, eines Tages, verdarb ich selbst eine Landung – ICH!

Zwar hatte ich keine Zuschauer, zwar würde ich mich natürlich nie wieder so blamieren, aber es war trotzdem beunruhigend. Es passierte in der Kleinstadt Mount Ayr, Iowa, bei Sonnenuntergang über einer schmalen Graspiste, und niemand war Zeuge außer ein paar Spatzen und einem Wiesenspärling.

Drei andere Maschinen flogen mit mir, gesteuert von, erstens, einem Charter-Piloten, zweitens einem Flugkapitän, der Urlaub hatte, und drittens einem College-Studenten im dritten Jahr, am Steuer seines ersten eigenen Flugzeugs.

Drunten auf dem Boden wurde es schon dämmrig, und ich machte mir etwas Sorgen wegen des Jungen. Ich setzte zur Landung an und hatte aus irgendeinem Grund höllische Schwierigkeiten, die Maschine beim Ausrollen in der Hand zu behalten – ich fuhrwerkte durch die Kabine, um das Flugzeug geradezuhalten, und die Piste reichte gerade aus. Der Flugkapitän kam als nächster herunter, und auch er landete unsicher und kam erst spät zum Stehen. Dann setzte der Charterpilot auf, und bei diesen schwierigen Verhältnissen war seine Landung ebenso schlecht wie die unsrige. Nun wurde mir um unseren Benjamin doch angst ... das war nicht leicht zu schaffen, hier zu landen, aber der arme Kerl mußte es fertigbringen, weil sonst die Nacht kam. Wir drei, die schon unten waren, kletterten aus unseren Maschinen und stellten uns nebeneinander, eine kleine besorgte Gruppe.

»Spence, das hat's aber in sich«, sagte ich zu dem Flugkapitän. »Glaubst du, der junge Stu wird's hinbringen?«

»Keine Ahnung. Am Ende der Piste sackt man gemein durch ...« Wir machten alle ein ernstes Gesicht und schauten nach oben.

Stu (Stuart) setzte nicht sofort zur Landung an. Er flog einmal tief über das Gras, und dann tat er etwas Merkwürdiges: Er machte eine Kehre und landete in der Gegenrichtung. Hübsch wie ein Amendola-Bild ... seine Maschine setzte auf allen drei Rädern auf, rollte ein kurzes Stück und blieb stehen. Uns dreien blieb der Mund offenstehen.

Während wir schweigend dastanden, stellte der Knabe seinen Motor ab und kletterte aus seiner Maschine.

»Was ist denn mit euch los?« fragte er in dem respektlosen Ton der unerfahrenen Jugend. »Wieso seid ihr mit Rückenwind gelandet? Hab ich was verkehrt gemacht? Man soll doch gegen den Wind landen, oder vielleicht nicht?«

Da wir weiter schwiegen, fing er wieder an. »Dick? Spence? John? Warum seid ihr mit Rückenwind gelandet?«

Es fiel mir zu, den Sprecher für die erfahrenen Piloten zu machen, für uns drei alte Hasen, die zusammen einiges mehr als 15 000 Stunden in unseren Bordbüchern hatten.

»Äh, du, wir sind deswegen mit Rückenwind ... äh ... wir sind mit Rückenwind gelandet, weil wir die Sonne nicht in die Augen kriegen wollten, weißt du, wird einem schwindlig, wenn man die Sonne so durch den Propeller in die Augen kriegt ...« Ich sprach gedämpft und rasch und hoffte, die anderen würden mir schnell beispringen und auf ein anderes Thema überleiten.

»Wie meinst du das?« sagte Stu verblüfft. »Die Sonne ist doch weg; die Sonne ist schon vor zehn Minuten hinter dem Hügel verschwunden! Sagt mal, meine Herren Piloten ... ihr seid doch nicht ... ihr seid doch nicht aus Versehen mit Rückenwind gelandet, oder? ... doch nicht aus Versehen?«

»Okay, nun ja, junger Mann, ich war der erste, und wenn du es unbedingt wissen mußt, ich bin aus Versehen mit Rückenwind gelandet, und Spence und John kamen hinter mir und haben das gleiche gemacht. So ist es passiert. Ich hab Hunger, Junge, es war ein langer Tag, stimmt's, Spence? Könnt jetzt wirklich einen Bissen vertragen, ihr nicht auch? Also, Junge, jetzt gehn wir mal die Straße lang und suchen uns was zum Abendessen ...«

»AUS VERSEHEN! Und der Windsack? Ihr alle drei, diese phantastischen Piloten ... AUS VERSEHEN MIT RÜCKENWIND GELANDET!« Die Jugend von heute, wie wenn sie es in der Schule beigebracht bekämen, einem solche Sachen unter die Nase zu reiben!

Er lachte laut auf und verstummte erst, als unsere strafenden Blicke ihm zeigten, daß wir die Sache gar nicht komisch fanden und ihn mit dem Kopf voran in den Fluß werfen würden, wenn er noch länger den Respekt vor Älteren vergessen sollte.

Und damit hat die Geschichte schon ihr Ende. Wie den alten Füchsen mit vierzig Jahren Flugerfahrung, die hin und wieder auf dem falschen Flugplatz landen, passiert es auch uns, daß wir uns wie Holzköpfe aufführen – dieser Blödian am Himmel, das sind wir selbst!

Was soll man tun, wenn ein Pilot, so gut wie Sie oder ich, hin und wieder einen Schnitzer macht?

Die Antwort ist die gleiche: Schulung. Aber in diesem Fall geht es darum, daß wir uns selbst beibringen: Gleichgültig, wie oft wir mit einer

Maschine gelandet oder aufgestiegen sind, wir können uns niemals leisten, die Sache lässig zu nehmen oder uns auf unsere Übung zu verlassen. Die Vertrautheit mit unserem Flugzeug muß mit der Erkenntnis verbunden sein: Je besser wir werden, desto unerträglicher und unverzeihlicher, wenn wir selbst Blödsinn machen.

Das nennt man Lernen. Keiner von uns drei alten Hasen ist in den drei Jahren seither mit Rückenwind gelandet, und es besteht eine gewisse Aussicht, daß uns das nie mehr passieren wird. Und wir verbürgen uns feierlich dafür, daß, zum Wohl und Gedeihen der Fliegerei, dieser Junge, Stu, wenn er zum erstenmal mit Rückenwind landet, zeit seines Lebens daran denken wird.

Denken Sie an Schwarz

Denken Sie an Schwarz. Denken Sie es sich oben und unten und überall um Sie herum. Kein Pechschwarz, nur eine Dunkelheit ohne Horizont oder Mond, die ihr eine Bezugslinie oder einen Lichtpunkt geben könnte.

Denken Sie an rot. Stellen Sie eine Flasche rote Limonade vor sich auf das Armaturenbrett. So daß man gerade noch zweiundzwanzig Instrumente mit geisterhaften Nadeln erkennt, die auf kaum sichtbare Ziffern weisen. Lassen Sie das Rot sanft nach links und rechts fließen. Wenn Sie hinsehen, können Sie eben noch Ihre linke Hand auf dem dicken Gashebel erkennen und die rechte, die den mit Druckknöpfen besetzten Griff des Steuerknüppels hält.

Aber schauen Sie nicht im Innern umher, schauen Sie hinaus, nach rechts. Drei Meter von der Plexiglashaube, die den Druck um Sie zusammenhält, blinkt ein rotes Licht.

Es ist am linken Flügelende der Maschine befestigt, die die Formation anführt. Sie wissen, daß es eine F86F ist, daß ihre Tragflächen in einem 35-Grad-Winkel zum Rumpf angewinkelt sind, daß ihr Rumpf ein J47-GE-27-Axialströmungstriebwerk, sechs MGs, ein Cockpit wie das Ihre und einen Mann beherbergt. Doch Sie müssen das alles guten Glaubens annehmen, denn Sie sehen nur ein schwaches rotes Licht, das blinkt.

Denken Sie an Geräusche. An das Wimmern eines Dynamos hinter Ihnen, geisterhaft, dumpf und unablässig. Irgendwo auf dem nur undeutlich erkennbaren Armaturenbrett vor Ihnen sagt Ihnen ein Instrument, daß der Motor auf 95 Prozent seiner Höchstdrehzahl läuft, daß ihm Treibstoff mit einem Druck von 200 Pfund pro Quadratzoll zugeführt wird; daß der Öldruck der Lager dreißig Pfund beträgt, daß die Temperatur des Triebwerkausgangs, hinter den Brennkammern und dem wirbelnden Turbinenrad, bei 500 Grad Celsius liegt. Sie hören das Wimmern.

Denken Sie an Geräusche. Denken Sie an das Knistern der elektrostatischen Ladung im Schaumgummi-Kopfhörer Ihres Sturzhelms, das auch drei andere Männer in einem Radius von zwanzig Metern hören. Ein 20-Meter-Radius in 36 000 Fuß Höhe, vier Männer, die alleinzusammen durch die dünne schwarze Luft rasen.

Drücken Sie mit dem linken Daumen auf den Knopf, und vier Männer können Ihre Stimme hören, können hören, wie Ihnen zumute ist, sieben Meilen über dem Boden, den Sie nicht sehen können. Über der dunklen

Erde, begraben unter sieben Meilen dunkler Luft. Aber Sie sprechen nicht, und die andern auch nicht. Vier Männer allein mit ihren Gedanken fliegen dahin, dem blinkenden Licht der Maschine nach, die ihre Formation anführt.

Sonst führen Sie ein ganz normales Leben, das Leben eines Alltagsmenschen. Sie gehen in den Supermarkt. Sie fahren zur Tankstelle. Sie sagen: »Heut abend wollen wir zum Essen ausgehen!« Doch hin und wieder sind Sie dieser Welt ganz fern. Fliegen Sie durch die hohen, schwarzen Bezirke unter einem sternenübersäten Himmel.

»Checkmate, Sauerstoffüberprüfung.«

Sie ziehen Ihre Maschine ein bißchen von dem blinkenden Licht weg und blicken in das fahle Rot Ihres Cockpits. In einer Ecke ist eine leuchtende Nadel, die auf zwei-komma-fünfzig zeigt. Jetzt drückt Ihr Daumen den Mikro-Knopf, Sie haben einen Grund zu sprechen.

Nach dem langen Schweigen klingen Ihnen die eigenen Worte fremdartig in den Ohren.

»Checkmate zwei, Sauerstoff normal, zwei-komma-fünfzig.«

Andere Stimmen aus der schwarzen Nacht:

»Checkmate drei, Sauerstoff normal, zwei-komma-dreißig.«

»Checkmate vier, Sauerstoff normal, zwei-komma-dreißig.«

Wieder tritt Stille ein, und Sie fliegen etwas näher an das blinkende rote Licht heran.

Was macht mich anders als den Mann, der hinter mir im Lebensmittelgeschäft ansteht? So fragen Sie sich. Vielleicht denkt er, ich bin anders, weil ich den ruhmreichen Job eines Düsenjägerpiloten ausübe. Wenn er mich sieht, denkt er an einen MG-Kamerafilm in der Wochenschau oder an einen Kondensstreifen bei einem Schaufliegen. Der Film und der Kondensstreifen gehören zu meinem Job, wie die Erstellung der Jahresbilanz zu seinem gehört. Mein Job macht mich durchaus nicht anders. Doch ich weiß, daß ich anders bin, denn ich habe eine Chance, die er nicht hat. Mir sind Bereiche zugänglich, die er niemals sehen wird, es sei denn, er schaut zu den Sternen hinauf.

Und trotzdem, nicht dies trennt mich von den Menschen, die ihr Leben unten auf der Erde verbringen – es ist die Wirkung, die dieser stille, einsame Bereich hoch am Himmel auf mich hat. Er vermittelt mir Eindrücke, die nirgends sonst ihresgleichen haben, die ein anderer niemals empfinden wird. Allein schon an die Realität des Raumes außerhalb dieses Cockpits zu denken ist ein merkwürdiges Gefühl. Elf Zoll rechts und elf Zoll links von mir beginnt ein Reich, wo der Mensch nicht leben kann, wo er nicht hingehört. Wir hetzen durch diesen Raum wie scheue Rehe über eine ungeschützte Wiese, in dem Wissen, daß wir mit dem Tod spielen, wenn wir stehenbleiben.

113

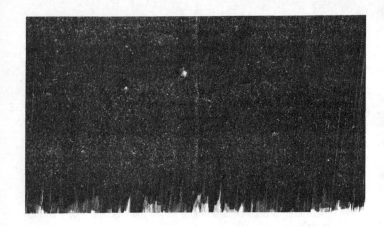

Man macht automatisch kleine Bewegungen mit dem Steuerknüppel, um den Abstand zu dem blinkenden roten Licht zu halten.

Wenn es nicht Nacht wäre, würden wir uns entspannt fühlen; ein Blick nach unten würde uns Berge und Seen, Highways und Städte zeigen, vertraute Dinge, zu denen wir hinabgleiten können, um Ruhe zu finden. Aber es ist nicht Tag, es ist Nacht. Wir schwimmen durch eine schwarze Flüssigkeit, die unsere Heimat, unsere Erde entrückt. Wenn jetzt der Motor streikt, gibt es keine Stelle, die wir im Gleitflug erreichen könnten, keinen Entschluß zu fassen, wohin wir uns wenden wollen. Mein Flugzeug kann hundert Meilen weit gleiten, wenn die Drehzahl auf Null fällt und der Auspuff kalt wird, aber die Vorschriften verlangen, daß ich den Schleudersitz betätige und an meinem Fallschirm durch das Dunkel hinabtreibe. Bei Tageslicht soll ich versuchen, die Maschine zu retten, auf einem Landestreifen aufzusetzen. Aber es ist Nacht, draußen herrscht Dunkelheit, und ich kann nichts sehen.

Der Motor brummt brav vor sich hin, Sterne leuchten ruhig am Himmel. Man fliegt dem blinkenden Licht nach, und es geht einem so manches durch den Kopf.

Wenn jetzt der Motor des Formationsführers versagte, was könnte ich tun, um ihm zu helfen? Die Antwort ist einfach: nichts. Er fliegt jetzt keine sieben Meter von mir entfernt, aber wenn er meine Hilfe brauchte, wäre ich ihm so fern wie über uns der Sirius. Ich kann ihn nicht in mein Cockpit holen oder seine Maschine in der Luft halten, kann ihn nicht einmal zu einem beleuchteten Flugfeld geleiten. Ich könnte seine Position an Bergungstrupps durchgeben, und ich könnte sagen »Viel Glück«, bevor er sich mit dem Schleudersitz ins Schwarze katapultiert. Wir fliegen zwar zusammen, sind aber dennoch allein wie vier Sterne am Himmel.

Man erinnert sich an eine Unterhaltung mit einem Freund, der genau das getan hatte, der in der Nacht aus seinem Flugzeug ausgestiegen war. Sein Motor war in Brand geraten, und die anderen, die in der Formation mitflogen, hatten nicht das geringste für ihn tun können. Als seine Maschine langsamer wurde und Höhe verlor, hatte ihn noch einer gerufen. »Wart nicht zu lange mit dem Aussteigen.« Diese hilflosen Worte waren das Letzte, was er hörte, bevor er sich in die Nacht sprengte. Sie kamen von einem Mann, den er gekannt hatte und mit dem er geflogen war, der mit ihm zu Abend gegessen und über die gleichen Witze gelacht hatte. Und jetzt sagte er: »Wart nicht zu lange ...«

Vier Männer, die zusammen durch die Nacht fliegen.

»Checkmate, Treibstoffüberprüfung.«

Wieder unterbricht die Stimme des Formationsführers das eintönige Motorengeräusch. Wieder steuert man etwas zur Seite und sieht nach, was die schwach sichtbare Nadel anzeigt.

»Checkmate zwei, 2100 Pfund«, ruft ihre Stimme wie die eines Fremden in das schwache Knistern der elektrostatischen Aufladung.

»Checkmate drei, 2200.«

»Checkmate vier, 2100.«

Man geht wieder näher heran an das blinkende rote Licht.

Wir sind erst vor einer Stunde gestartet, und schon sagt der Treibstoffanzeiger, daß es an der Zeit ist, nach unten zu gehen. Was der Anzeiger sagt, ist für uns Gesetz. Komisch, welchen Respekt wir vor diesem Benzinstandmesser haben. Piloten, die weder vor menschlichen noch vor göttlichen Gesetzen Achtung haben, respektieren dieses Instrument ohne Frage. Gegen sein Gesetz gibt es keine Auflehnung, keine vage Drohung mit Rache in einer fernen Zukunft. Es ist ganz unpersönlich. »Wenn du nicht bald landest«, sagt es kalt, »wird dein Motor in der Luft stehenbleiben und du wirst dich in die Dunkelheit hinauskatapultieren.«

»Checkmate, Überprüfung zum Sinkflug und Sturzflugbremsen ... jetzt.«

Schwarze Luft brüllt draußen, als die zwei Metallplatten der Sturzflugbremsen sich in den Luftstrom stellen. Das rote Licht blinkt noch immer, aber nun drückt man den Steuerknüppel nach vorn, um ihm nach unten zu folgen, der unsichtbaren Erde entgegen. Während abstrakte Gedanken in die Tiefe des Denkens fliegen, konzentriert man sich darauf, im steilen Sinkflug die Formation zu halten. Diese Gedanken gehören in hohe Sphären, denn während die Erde näher kommt, ist mehr zu tun, als nur die Maschine sicher zu fliegen. Höchst irdische, konkrete Gedanken, von denen das Leben abhängt, beschäftigen uns nun ganz.

Ein bißchen weiter weg, man ist zu nahe an seiner Tragfläche. Gleichmäßig fliegen, sich nicht von einem kleinen Luftwirbel aus der Formation bringen lassen.

Die Turbulenz rüttelt wie ein unpersönlicher Gegner an der Maschine, als wir zusammen Kurs nehmen auf die Doppelreihe weißer Lichter, die die wartende Landebahn markieren.

»Checkmate, Landeanflug beginnt, drei Meilen zur Landebahn.«

»Roger Checkmate, Sie sind der erste in der Platzrunde, Wind Westnordwest, vier Knoten.«

Komisch, daß wir in unseren luftdichten Cockpits, bei 300 Meilen Geschwindigkeit, noch immer über den Wind, den uralten Wind Bescheid wissen müssen.

»Checkmate löst sich zur Landung auf.«

Keine Gedanken jetzt, während man landet, nur Reflexe und eingeübtes Verhalten. Bremsen und Fahrwerk, Klappen und Gashebel; Sie fliegen in die Platzrunde, und eine Minute später hören Sie das beruhigende Pfeifen von Rädern auf Beton.

Denken Sie an weiß. Stellen Sie sich ein grelles, künstliches Weiß vor, das von polierten Tischplatten in der Pilotenbaracke widerspiegelt. An der Tafel hängt ein Zettel: »Geschwader-Feier . . . 21.00 heute abend. Bier, soviel jeder trinken kann – GRATIS!«

Sie sind wieder auf der Erde. Sie sind daheim.

Schule der Vollkommenheit

Ich war lange nach Westen geflogen. Westwärts durch die Nacht, dann südwärts, dann vermutlich ungefähr nach Südwesten, ich paßte nicht mehr auf. Man kümmert sich nicht allzuviel um Karten und Kurse, wenn man gerade einen Schüler durch einen Absturz verloren hat. Man fliegt alleine los, nach Mitternacht, und macht sich seine Gedanken darüber. Es war ein unvermeidlicher Unfall gewesen; wie es selten vorkommt, bildete sich mitten in der Luft Nebel, und fünf Minuten später war die Sicht von zehn Meilen auf null geschwunden. In der Gegend gab es keinen Flugplatz; er konnte nicht landen. Ausweglos. Als es hell wurde, sah ich, daß ich mich über einer gebirgigen Gegend befand, die ich nicht kannte. Ich mußte ein hübsches Stück weiter geflogen sein, als ich dachte, und beide Zeiger des Treibstoffanzeigers wackelten bei »Leer« hin und her.

Es war reines Glück, daß ich – im schwachen Morgenlicht und ohne Ahnung, wo ich war – eine grüne Piper Cub sah, die mich durch Flügelwackeln aufmerksam machen wollte und gerade einen winzigen Grasstreifen am Fuß eines Berges anflog. Sie setzte auf, rollte einen kurzen Augenblick und verschwand dann plötzlich in einer Felswand. Nichts mehr war zu sehen, nur Stille wie in einer entlegenen Einöde, und einen Moment lang dachte ich, ich hätte mir die Cub nur eingebildet.

Trotzdem war dieser kurze Grasstreifen die einzig mögliche Stelle, wo man mit einem Flugzeug landen konnte. Ich war froh, daß ich eine 150 genommen hatte und nicht die große Comanche oder die Bonanza. Ich flog langsam den Landeplatz an, der direkt zu dieser Granitmauer führte. Die Landung hätte nicht kürzer sein können, aber sie war nicht kurz genug. Gas weg, Landeklappen einziehen, Vollbremsung, doch wir rollten immer noch mit zwanzig Knoten Tempo, als mir schon klar war, daß wir gegen die Mauer prallen würden. Aber der Aufprall blieb aus. Die Mauer verschwand, und die 150 rollte in eine gewaltige Steinhöhle, bis sie stehenblieb. Die Höhle muß eine Meile lang gewesen sein, mit einer breiten, langen Start- und Landebahn. Flugzeuge aller Typen und Größen standen umher, alle mit einem scheckigen grünen Tarnanstrich. Die Cub, die vor mir gelandet war, stellte eben den Motor ab, und ein hochgewachsener Kerl in schwarzer Kluft stieg aus dem Vordersitz und winkte mir, ich solle neben seiner Maschine parken.

So wie die Dinge lagen, konnte ich seiner Aufforderung nur folgen. Als ich anhielt, tauchte vom hinteren Sitz der Cub eine zweite Gestalt

117

auf. Dieser Mann trug graue Kleidung; er konnte nicht älter sein als achtzehn und schaute mich mit nachsichtiger Mißbilligung an.

Als der Motor abgestellt war, begann der Mann in Schwarz zu sprechen, in einem tiefen, gleichmäßigen Ton, dem Ton eines Flugkapitäns. »Es ist sicher kein Spaß, einen Schüler zu verlieren«, sagte er, »aber das ist kein Grund, daß Sie selber beim Fliegen nicht aufpassen. Wir mußten dreimal vor Ihnen vorbei, bis Sie uns schließlich gesehen haben.« Er wandte sich dem jungen Burschen zu. »Haben Sie beobachtet, wie er gelandet ist, Mr. O'Neill?«

Der junge Mann nahm Haltung an. »Ja, Sir. Ungefähr vier Knoten zu schnell, brauchte zum Aufsetzen siebzig Fuß, sieben Fuß links von der Mittellinie . . . «

»Werden wir später analysieren. Wir sehen uns in einer Stunde im Projektionsraum.«

Der Jüngling nahm wieder Haltung an, neigte leicht den Kopf und verschwand.

Der Mann führte mich zu einem Aufzug und drückte den Knopf der siebten Etage. »Drake möchte Sie schon seit einiger Zeit sehen«, sagte er, »aber für Sie war es bis jetzt noch zu früh, ihn kennenzulernen.«

»Drake?« sagte ich. »Sie meinen Drake, den . . .«

Er lächelte wider Willen. »Ganz recht«, sagte er, »Drake, den Gesetzverächter.«

Einen Augenblick später glitt die Fahrstuhltür leise zischend auf, und wir schritten durch einen langen, breiten Gang, dessen Teppichbelag jedes Geräusch verschluckte. Die Wände waren mit Diagrammen und Bildern von Flugzeugen in der Luft geschmückt.

Also gibt es ihn wirklich, dachte ich mir. Also gibt es den Gesetzverächter wirklich. Wenn man eine Flugschule führt, hört man alle möglichen komischen Geschichten, und hin und wieder hatte ich von diesem Drake und seiner Fliegerbande gehört. Diesen Leuten, so ging das Gerücht, war das Fliegen zu einer echt und tief empfundenen Religion geworden, und ihr Gott war der Himmel selbst. Für sie, so hieß es, gab es nichts anderes als das Bemühen, die Vollkommenheit zu erlangen, die der Himmel ist. Aber der einzige Beleg für Drakes Existenz waren ein paar mit der Hand beschriebene Seiten, ein Bericht über die Begegnung mit ihm, der im Wrack eines Flugzeugs gefunden wurde, das bei einer Notlandung zu Bruch ging. Er war einmal als Kuriosität in einer Zeitschrift abgedruckt worden und dann in Vergessenheit geraten.

Wir traten in einen großen getäfelten Raum, so einfach möbliert, daß er schon wieder elegant war. An einer Wand hing ein originaler Amendola, der eine C3R Stearman zum Gegenstand hatte, an der anderen die präzise Darstellung eines A-65-Motors im Schnitt. Mein Begleiter

118

verschwand, und ich konnte mich nicht zurückhalten, mir die C3R genau anzusehen. Sie war ohne Fehl und Tadel, mit Haubenverschlüssen, den Rippennähten an den Flügeln, den Lichtreflexen auf der glänzenden Bespannung. Die Stearman vibrierte deutlich an der Wand, festgehalten im Augenblick vor dem Aufsetzen, dicht über dem Gras.

Wenn doch die Wirklichkeit so vollkommen sein könnte wie dieses Bild, dachte ich. Ich hatte an so vielen Seminaren teilgenommen, bei so vielen Podiumsdiskussionen in papageienhafter Wiederholung gehört: »Wir sind schließlich nur Menschen. Wir können nie vollkommen sein . . .«

Eine Sekunde lang wünschte ich, dieser legendäre Drake würde irgendein magisches Wort sprechen, mir sagen . . .

Er war ungefähr 1,80 Meter groß, schwarz gekleidet und hatte das magere, kantige Gesicht, das die Unabhängigkeit einem Menschen verleiht. Er konnte vierzig Jahre alt sein oder sechzig, es war unmöglich zu sagen.

»Der Gesetzverächter persönlich«, sagte ich überrascht. »Und Sie fliegen nicht nur, sondern können auch Gedanken lesen.«

»Durchaus nicht. Aber ich denke, Sie haben vielleicht die Ausreden für Schnitzer satt. Für Schnitzer«, sagte er, »gibt es keine Entschuldigung.«

Mir war, als wäre ich mein ganzes Leben lang durch Wolken aufwärts geflogen und jetzt, in diesem Augenblick, durchgebrochen. Wenn er nur den Beweis für diese Worte liefern konnte.

Doch plötzlich wurde ich sehr müde und schleuderte ihm meine ganze Verzagtheit entgegen. »Ich würde ja gern an Ihre Perfektion glauben, Drake. Aber bevor Sie mir nicht die perfekte Flugschule, das perfekte Team von Lehrern, ohne Schnitzer und Ausreden, zeigen, kann ich kein Wort von dem glauben, was Sie sagen.«

Es war meine letzte, meine allerletzte Hoffnung, eine Bewährungsprobe für diesen Führer dieser ganz besonderen Art von Gesetzverächtern. Wenn er jetzt schwieg oder wenn er seine Worte zurücknahm, würde ich ohne viel Federlesens meine Flugschule verkaufen und mit meiner Super Cub nach Nicaragua gehen, um dort meinen Lebensunterhalt zu verdienen.

Drake antwortete mit einem Lächeln, das nur eine halbe Sekunde dauerte. »Folgen Sie mir«, sagte er.

Er ging mir voran in einen langen Saal mit prachtvollen Bildern von Flugzeugen und Sockeln, auf denen Einzelteile von weltberühmten Maschinen ruhten. Dann ging es in einen engen Korridor, und plötzlich befanden wir uns in kühler Luft und im Sonnenschein am Rand eines steilen, mit Gras bewachsenen Abhangs. Die Grasböschung führte etwa

119

siebzehn Meter in die Tiefe, und dort, wo sie in den ebenen Boden überging, befand sich ein großes, flaumiges Quadrat wie aus Federn, mit
achtzig Meter Seitenlänge und vielleicht drei Meter hoch.

Ein grauhaariger, schwarz gekleideter Mann stand neben dem Feder-
haufen und rief die Böschung hinauf: »In Ordnung, Mister Terrell,
sobald Sie bereit sind. Aber keine Eile. Lassen Sie sich Zeit.«

Mister Terrell war ein etwa vierzehnjähriger Junge und stand links
von uns am Rand des Abhangs. Auf seinen Schultern ruhten zarte,
schneeweiße Flügel mit dreißig Fuß Spannweite von Spitze zu Spitze, die
einen durchsichtigen Schatten auf das Gras warfen. Er holte Luft, griff
nach vorn und packte die mit Isolierband angeklebte Querstange des
Fluggestells. Dann rannte er plötzlich los, kippte die Flügel nach oben
und segelte in die Luft. Er flog vielleicht zwölf Sekunden, wobei er wie
ein Kunstturner die Füße zusammenhielt und seinen Körper in langsamen Bewegungen schwang, die die weißen Flügel in der richtigen
Fluglage hielten. Elegant segelte er durch die Luft hinab.

In keinem Augenblick war er mehr als zehn Fuß über dem Hang, und
eine Sekunde, ehe seine Füße die Federn berührten, ließ er das Flug-
gestell los. Alles lief langsam, graziös und unbeschwert ab, sozusagen ein
Traumbild aus weißem Stoff und grünem Gras.

Schwach vernehmbar klangen Stimmen von der Wiese herauf. »Bleib
nur ein bißchen da sitzen, Stan. Laß dir Zeit. Erinnre dich, was für ein
Gefühl es war. Erinnre dich an alles, und wenn du fertig bist, bringen wir
die Flügel hinauf und fliegen wieder.«

»Ich bin schon fertig, Sir.«

»Nein, stell dir alles noch mal vor. Du stehst droben. Du greifst nach
der Stange. Du läufst drei Schritte nach vorn . . .«

Drake wandte sich ab und ging mir voran, wieder in einen langen
Korridor, in einen anderen Bezirk seines Reichs. »Sie haben nach einer
Flugschule gefragt«, sagte er. »Der junge Terrell fängt eben erst mit dem
Fliegen an, aber er hat zuvor anderthalb Jahre den Wind, den Himmel
und die Dynamik des Fliegens ohne mechanischen Antrieb studiert. Er
hat vierzig Gleiter gebaut. Mit Spannweiten von acht Zoll bis zu der, die
Sie gerade gesehen haben – 31 Fuß. Er hat sich selbst einen Windkanal
gebaut und in einem richtigen auf Etage drei gearbeitet.«

»Bei diesem Tempo«, sagte ich, »wird er ein ganzes Leben brauchen,
bis er fliegen lernt.«

Drake sah mich mit hochgezogenen Brauen an. »Natürlich wird er
das«, sagte er.

Wir wechselten hin und wieder die Richtung, gingen durch ein
Labyrinth von Sälen und Korridoren. »Die meisten Schüler wollen selbst
ungefähr zehn Stunden täglich an den Flugzeugen arbeiten, der Rest der

Zeit wird für andere Arbeit, ihre eigenen Studien, verwendet. Terrell zum Beispiel baut zur Zeit einen Motor nach eigenem Entwurf und lernt unten in den Werkstätten Gießen und mit den Maschinen Teile herstellen.«

»Nun hören Sie auf«, sagte ich. »Das ist ja alles recht hübsch, aber es hat doch keinen...«

»Praktischen Nutzen?« sagte Drake. Wollten Sie sagen, es hat keinen praktischen Nutzen? Überlegen Sie, bevor Sie's sagen. Überlegen Sie, der praktischste Weg, einen Piloten zur Perfektion zu bringen, besteht darin, ihm die Sache beizubringen, wenn er von der reinen Idee des Fliegens erfaßt ist – bevor er die Einstellung hat, ein Pilot sei ein Mann, der ein System bedient, der Knöpfe drückt und Hebel zieht, die so eine merkwürdige Maschine in der Luft halten.«

»Aber ... Vogelflügel ... «

»Ohne die Vogelflügel kann es keine Perfektion geben. Stellen Sie sich einen Piloten vor, der sich mit Otto Lilienthal nicht nur beschäftigt, sondern es Lilienthal nachgemacht hat, sich an seinen Vogelflügeln festgehalten hat und von einem Hügel in die Luft gesprungen ist. Dann stellen Sie sich denselben Piloten vor und daß er über die Brüder Wright nicht nur nachliest, sondern sich selbst einen Doppeldecker-Gleiter mit Motorantrieb baut und damit fliegt; einen Piloten, der in sich den gleichen Funken hat, der Orville und Wilbur Wright in Kitty Hawk befeuerte. Er könnte nach einiger Zeit ein ziemlich guter Pilot werden, finden Sie nicht?«

»Dann lassen Sie also Ihre Schüler die ... die ganze Geschichte des Flugs nachvollziehen?«

»Ganz recht«, sagte er. »Und der nächste Schritt nach den Gebrüdern Wright könnte ... « Er wartete darauf, daß ich den Satz vollendete.

»Eine ... eine ... Jenny sein?«

Wir bogen aus dem Korridor wieder ins helle Tageslicht und standen am Rand eines breiten, ebenen Feldes, mit vielen Schwanzspornspuren. Dort stand leise schaukelnd eine JN4 mit einem olivgrünen Tarnanstrich wie die Maschinen in der großen Höhle. Der OX5-Motor trieb mit dem Geräusch einer riesigen, leisen Nähmaschine, die ihre Nadel durch dicken Samt surren läßt, einen großen Holzpropeller an.

Ein Lehrer in schwarzer Kluft stand neben der hinteren Kabine.

»Ohne mein Gewicht, Mister Blaine«, sagte er zum Rattern der Nähmaschine, »wird sie ein bißchen leichter fliegen und ein bißchen rascher vom Boden wegkommen. Drei Landungen, dann bringen Sie sie wieder hierher.«

Einen Augenblick später holperte die Jenny gegen den Wind auf das Feld hinaus, wurde schneller, hob den Sporn knapp über das Gras, hielt ihn in dieser Lage, und schließlich stieg der ganze zerbrechliche Flugapparat langsam hoch, daß ich den reinen Himmel unter seinen Rädern sah.

Der Fluglehrer kam zu uns her und neigte den Kopf zu diesem merkwürdigen Gruß. »Drake«, sagte er.

»Ja, Sir«, sagte Drake. »Hält sich der junge Tom gut?«

»Durchaus. Tom ist ein guter Pilot – könnte es eines Tages sogar zum Lehrer bringen.«

Ich konnte nicht länger an mich halten. »Der Junge ist doch noch ein bißchen jung für diese alte Maschine, oder? Ich meine, was passiert, wenn ihm jetzt der Motor stehenbleibt?«

Der Fluglehrer sah mich erstaunt an. »Entschuldigen Sie, ich verstehe Ihre Frage nicht.«

»Wenn der Motor streikt!« sagte ich. »Das ist doch ein alter Motor. Er kann schließlich im Flug aussetzen.«

»Aber natürlich kann er aussetzen!« Der Lehrer blickte Drake an, als wäre er sich nicht sicher, ob ich aus Fleisch und Blut sei.

Der Führer der Gesetzverächter begann langsam und geduldig zu erklären: »Tom Blaine hat diesen OX5-Motor selbst überholt, er hat neue Teile dafür angefertigt. Er kennt seine schwachen Punkte, er weiß, auf welche Mucken er gefaßt sein muß. Vor allem aber kennt er sich mit Notlandungen aus. Er hat das Notlanden zu lernen angefangen, als er zum erstenmal mit einem Gleiter vom Lilienthal-Hügel flog.«

Es war, als wäre ein Licht angeschaltet worden; ich begann zu ver-

122

stehen. »Und danach«, sagte ich langsam, »geht es für Ihre Schüler mit Barnstorming und Wettfliegen und in Militärmaschinen weiter, durch die ganze Geschichte der Fliegerei.«

»So ist es. Auf diesem Weg fliegen Sie Gleiter, Segelflugzeuge, selbstgebastelte Maschinen, Hubschrauber, Jäger, Transportmaschinen, Turboprop-Maschinen, richtige Düsenflugzeuge. Wenn sie fertig sind, gehen sie in die Welt hinaus – und fliegen alles, was es zu fliegen gibt. Und wenn sie draußen firm sind, können sie, wenn sie wollen, als Lehrer hierher zurückkommen. Sie übernehmen einen Schüler und fangen an, an ihn weiterzugeben, was sie gelernt haben.«

»Einen einzigen Schüler!« Ich mußte lachen. »Drake, es ist klar, daß Sie niemals eine Flugschule unter Druck führen mußten, wo viel auf dem Spiel steht!«

»Was«, fragte er milde, »steht in Ihrer Flugschule auf dem Spiel?«

»Die Existenz! Wenn ich nicht laufend Piloten rausbringe und mir neue Schüler beschaffe, bin ich erledigt, bin ich draußen aus dem Geschäft!«

»Was bei uns auf dem Spiel steht, sieht ein bißchen anders aus«, sagte er. »Wir haben die Aufgabe, das Fliegen lebendig zu erhalten in einer Welt von Flugzeug-Chauffeuren – den Leuten, die aus Ihrer Schule kommen, denen es nur darum geht, geradeaus und horizontal von einem Flugplatz zum andern zu kommen. Wir bemühen uns darum, daß es auch in Zukunft noch ein paar echte Piloten in der Luft gibt. Es gibt nicht mehr viele, die nicht dieses Buch der Ausreden, die sogenannten ›Zwölf Goldenen Regeln‹ an ihrem Herzen tragen.«

Hatte ich ihn richtig verstanden? Griff Drake wirklich die ›Goldenen Regeln‹ an, die Frucht von soviel Erfahrung?

Drake las meine Gedanken. »Eure Goldenen Regeln bestehen nur aus ›Nein‹ und ›Nie‹«, sagte er. »Neunzig Prozent der Unfälle passieren unter den Bedingungen, auf die sie gemünzt sind, also muß man ihnen aus dem Wege gehen. Die logische Schlußkonsequenz, die man nicht gedruckt hat, heißt: ›Hundert Prozent der Unfälle werden durchs Fliegen verursacht, also muß man, um hundertprozentig sicherzugehen, auf dem Boden bleiben.‹ Übrigens ist Ihr Schüler wegen der achten Ihrer Goldenen Regeln umgekommen.«

Ich war wie vom Blitz gerührt. »Es war ein unvermeidlicher Unfall! Die Temperatur ist unter den Taupunkt gefallen, ohne daß es vorhergesagt war. Innerhalb von fünf Minuten hat sich ringsum Nebel gebildet. Jeder Flugplatz war zu weit weg.«

»Und die achte Regel schrieb ihm vor, niemals woanders als auf einem Flugplatz zu landen. In seinen letzten fünf Minuten mit Bodensicht überflog er 837 Landemöglichkeiten – glatte Felder und ebene Weiden –, aber es waren keine ›ausgewiesenen Flugplätze mit derzeit betreuter Lande- und Startbahn‹, und darum hat er überhaupt nicht an eine Landung gedacht, stimmt's?«

Ich schwieg lange. »Ja«, sagte ich dann.

Erst als wir in seinem Büro waren, sprach er wieder.

»Bei uns hier gibt es zweierlei, was es in Ihrer Flugschule nicht gibt. Wir streben nach Perfektion, und wir haben Zeit.«

»Und Werkstätten. Und Vogelflügel . . .«

»Das kommt davon, weil wir uns Zeit lassen, mein Freund. Die lebendige Geschichte, unsere motivierten Studenten, die Lehrer . . . sie sind alle hier, weil wir uns vorgenommen haben, ganz langsam unseren Piloten Können und Verständnis beizubringen, statt großartige Regeln aufzustellen.

Ihr draußen redet von Eurer ›Krise des Flugunterrichts‹, Ihr seid ganz verrückt damit beschäftigt, die Lizenzen sämtlicher Fluglehrer zu überprüfen. Aber das alles ist für die Katz, wenn man dem Lehrer keine Zeit mit seinem Schüler läßt. Vergessen Sie nicht, auf dem Boden lernt man fliegen. Und was man da gelernt hat, setzt man nur in die Praxis um, wenn man in ein Flugzeug steigt.«

»Aber die Tricks, was einem die Erfahrung beibringt . . .«

»Sicher. Notlandungen mit stehendem Propeller, Starts mit Rückenwind, Fliegen mit blockierter Steuerung, Blindlandungen bei Nacht, Außenlandungen, Niedrigflug über Land, Formationsflug, Flug nach Instrumenten und ohne Instrumente, Kehren in niedriger Höhe, flache Kurven, Trudeln, Geschicklichkeitsfliegen. Nichts davon wird gelehrt. Nicht weil Ihre Lehrer nichts vom Fliegen verstehen, aber sie haben

keine Zeit, ihren Schülern all das beizubringen. Ihr findet es wichtiger, daß man diesen Fetzen Papier, die Fluglizenz, hat, als daß man sein Flugzeug wirklich kennt. Wir sind anderer Meinung.«

Ich raffte meine letzten Argumente zusammen und warf sie ihm entgegen. »Drake, Sie leben in einer Höhle, Sie haben keine Beziehung zur Wirklichkeit. Ich kann meine Lehrer nur für die Stunden bezahlen, in denen sie fliegen, und sie können es sich nicht leisten, außerhalb dieser Zeit mit ihren Schülern auf dem Boden zu reden. Wenn ich mein Brot verdienen will, brauche ich meine Maschinen und Lehrer in der Luft. Wir müssen unsere Schüler rasch durchschleusen, wir geben ihnen die vierzig Stunden und ein Exemplar der ›Zwölf Goldenen Regeln‹, präparieren sie für die Flugprüfung, und dann geht's mit den nächsten Schwung von vorne an. Bei einem solchen System ist es unvermeidlich, daß hin und wieder ein Unfall passiert.«

Ich hörte mir selbst zu, und mit einemmal erfüllte mich ein tiefer Ekel. Das war kein anderer, der diese Worte sprach, der Schnitzer zu bemänteln versuchte, hier sprach ja ich selbst, sprach meine eigene Stimme. Der Tod meines Schülers war kein unvermeidlicher Betriebsunfall gewesen; ich hatte ihn umgebracht.

Drake sprach kein Wort. Es war, als hätte er sich geweigert, mir zuzuhören. Er nahm einen winzigen Gleiter von seinem Schreibtisch und katapultierte ihn mit einem genau berechneten Schwung in die Luft. Der Gleiter flog einen vollen Kreis nach links, setzte auf und kam genau in der Mitte eines kleinen weißen X, das auf den Boden gemalt war, zum Stehen.

Schließlich begann er zu sprechen. »Vielleicht sind Sie fast so weit, mir zuzugeben, daß die Lösung nicht in der Suche nach Entschuldigungen bestehen kann, wenn es bei Ihrem System zu Unfällen kommt. Die Lösung«, sagte er, »besteht darin, das System zu ändern.«

Ich blieb eine Woche in Drakes Höhle, und ich sah, daß er keinen Weg ausgelassen hatte, um zur Vollkommenheit im Fliegen zu gelangen. Lehrer und Schüler standen in einer sehr formellen Beziehung zu einander, auf dem Boden, in der Luft, in den Werkstätten und in den Räumen, wo jeder seine Spezialstudien betrieb. Ein unglaublicher Respekt vor den Männern und Frauen des Lehrpersonals, ja beinahe schon Ehrfurcht, erfüllte Drakes Reich. Drake selbst sprach seine Fluglehrer mit »Sir« an, und ihre Bewertungen konnten von den Schülern eingesehen werden.

Am Sonntagnachmittag gab es eine vierstündige Vorführung mit Formationsflügen von Flugzeugen, die die Schüler selbst gebaut hatten, und einer Kunstflugdarbietung in niedriger Höhe durch einen der bekanntesten Kunstflieger des Südwestens. Drakes Einfluß und Ideen hatten eine breitere Wirkung, als ich geahnt hatte ... Ich dachte an ein paar andere hervorragende Piloten, die ich kannte – Piloten, die Pestizide über Feldern abwarfen, Piloten, die im Gebirge, Flugkapitäne, die in ihrer Freizeit Sportmaschinen flogen. Konnte es sein, daß sie irgendeine Verbindung zu Drake, zu dieser Schule hatten?

Ich fragte ihn, aber er gab eine dunkle Antwort. »Wenn man an etwas glaubt, das so wahr ist wie der Himmel«, sagte er, »dann bleibt es nicht aus, daß man ein paar Freunde findet.«

Dieser Mann führt eine unglaubliche Flugschule, und als es für mich Zeit wurde, Abschied zu nehmen, sagte ich es ihm voller Bewunderung. Aber ein Gedanke ließ mich nicht los. »Wie können Sie sich das leisten, Drake? Das alles ist ja nicht vom Himmel gefallen. Woher bekommen Sie Ihr Geld?«

»Die Schüler bezahlen für ihre Ausbildung«, sagte er, als wäre damit alles erklärt.

Ich muß ihn ziemlich perplex angesehen haben.

»Oh, nicht am Anfang. Kein einziger Schüler hatte einen Penny in der Tasche, als er ankam. Sie wollten einfach fliegen, das war ihnen wichtiger als alles andere. Aber jeder Schüler zahlt hinterher soviel, wie nach seiner Meinung die Ausbildung wert war. Die meisten geben der Schule zehn Prozent von ihrem Verdienst, solange sie leben. Manche geben mehr, manche weniger. Im Schnitt kommen etwa zehn Prozent raus.

Und zehn Prozent von tausend Buschpiloten, von tausend Air-Force-Piloten, von tausend Flugkapitänen ... das gibt uns genug Benzin und Öl.« Wieder huschte dieses Halbsekundenlächeln über sein Gesicht. »Und ihnen gibt es das Wissen, daß wieder neue Piloten kommen werden, die mehr vom Fliegen verstehen, als nur ein Flugzeug zu steuern.«

Während ich nach meiner Karte mit Nord- und Ostkurs heimflog, beschäftigten mich seine Worte. Ich kam nicht davon los. » ... mehr vom Fliegen verstehen, als nur ein Flugzeug zu steuern«; sich Zeit für seine Schüler nehmen; ihnen das unschätzbare Können mitzugeben: die Fähigkeit zu fliegen.

Ich kann meine Schule ummodeln, dachte ich. Ich kann mir die Schüler aussuchen, statt jeden zu nehmen, der zur Tür hereinkommt. Ich kann ihnen sagen, sie sollen bezahlen, was ihnen die Ausbildung wert ist. Ich kann meinen Lehrern das Vierfache von dem zahlen, was ich ihnen jetzt gebe; die Arbeit des Fluglehrers zu einem Beruf statt eines Gelegenheitsjobs machen. Vielleicht dazu noch ein paar Unterrichtshilfen – einen auseinandergenommenen Motor, ein Schnittmodell des Flugwerks. Die Erfahrungen meiner Fluglehrer für die Schüler aufschreiben lassen. Stolz. Etwas Fluggeschichte in eigener Anschauung, etwas Kunst- und

Segelflug. Können. Nicht der Fetzen Papier, sondern echtes Verständnis.

Ich stellte an der Benzinpumpe den Motor ab, noch immer mit diesen Gedanken beschäftigt. Den Schüler aussuchen und ihm Zeit widmen.

Mein erster Fluglehrer erwischte mich, bevor ich noch aus der Maschine geklettert war.

»Sie sind ja wieder da! Wir haben eine ganze Woche nach Ihnen gesucht, von hier bis Cheyenne! Wir dachten, Sie seien tot!«

»Nicht tot. Ganz und gar nicht tot. Ich werd grad erst geboren«, sagte ich. Und um eine neue Tradition zu beginnen, setzte ich hinzu: »Sir.«

Südwärts nach Toronto

Viele Abenteuer in dieser Welt beginnen damit, daß die Abenteurer am Kaminfeuer im gemütlichen Wohnzimmer sitzen und nicht den Schimmer einer Ahnung haben, worauf sie sich einlassen. Sie strecken sich im gemütlichen Sessel aus, und Kälte, Nässe, Wind oder Gewitter existieren für sie nicht, und sie sagen, es sei eigentlich an der Zeit, daß jemand den Nordpol entdeckt. Sie lassen sich in einen Traum von kühnen Taten gleiten, und eine halbe Stunde später, noch immer träumend, setzen sie Räder in Gang, Landkarten entfalten sich, andere Abenteurernaturen lassen sich von ihnen beschwatzen, bis sie sagen: »Warum nicht?« und »Herrgott, man sollte es machen! Ich bin dabei!« – auch sie in der Trance eines Traumgespinsts, in dem Strapazen und Schwierigkeiten Wörter sind, die Hasenfüße im Wörterbuch nachschlagen.

Nun, schüren Sie das Feuer ein bißchen nach, setzen Sie sich her in diesen warmen Sessel und lassen Sie sich ein Abenteuer vorerzählen.

ZUM BARNSTORMING INS WINTERLICHE KANADA!

Was für ein hübscher Anblick, all diese kleinen schneebedeckten Städte nördlich von Amerika, wie sie sich zusammenkuscheln in dem langen milchquarzweißen Winter und darauf warten, daß jemand vom Himmel heruntersegelt, ihnen Farben bringt und die Aufregungen eines zehnminütigen Rundflugs über ihrer kleinen Stadt, drei Dollar pro Person! Und was für ein Ton, wenn der weiche, jungfräuliche Februarschnee unter der Berührung unserer Schneekufen seufzt! Hier gibt es keine Probleme wie beim Barnstorming im Sommer, kein endloses Suchen nach Weiden und Heuwiesen, die glatt genug und lang genug sind und nahe genug an der Ortschaft liegen . . . man kann ja überall landen! Die Seen sind bretteben gefroren, größer als hundert Kennedy-Flughäfen; jeder Acker, der im Sommer rauh oder mit junger Saat bedeckt ist, hat sich in eine glatte, perfekte Landebahn für unsere Cubs verwandelt. Laßt uns hier beweisen, daß es in der Welt noch Platz für den einzelnen gibt, Platz für den Mann, der den Strapazen des kanadischen Winters zum Trotz das Geschenk des Fliegens zu Menschen bringt, die niemals die Erde verlassen haben! Wie wär's damit? Die Kanadier hier oben sind schließlich Pioniernaturen, mit rotkarierten Mackinaw-Stutzern und blauen Wollmützen; in der einen Hand eine Axt, in der andern ein Kanu, verlachen sie jede Gefahr – dort wird keiner zögern, unsere Karten zu kaufen! Wir werden hinauffliegen, den Februar über bleiben und im März zurück sein – die freie wilde Natur ein Teil unserer Seele,

128

die Frontier in uns wieder lebendig geworden, so wie es früher einmal war!

Das war alles, was ich mir vorerzählen mußte, um überzeugt zu werden. Das und zweifellos Briefe von Glenn Norman und Robin Lawless, ehemaligen Holzfällern, die jetzt für Fluggesellschaften flogen und mich eingeladen hatten, eines Tages in Toronto vorbeizukommen.

Toronto! Wie sich das anhörte! Ein echter kanadischer Außenposten in den Schneefeldern. Ein Utopia für Barnstormer! Ich stand von meinem Sessel vor dem Kamin auf und holte die Karten heraus.

Toronto sieht auf der Karte ein bißchen größer aus, als man es von einem Außenposten in der wilden Natur erwartet, aber jenseits davon gibt es Tausende, viel kleinere – Meile um Meile. Fenelon Falls, Barrie, Orillia, Owen Sound, Pentanguinishe. Allein am Simcoe-See, dreißig Meilen von Toronto, liegen ein Dutzend Orte, und sie sind lediglich Ausfalltore zu den unzähligen Dörfern nördlich, östlich und westlich davon. Man stelle sich vor, daß man bei Tagesanbruch erwacht, aus seinem warmen Schlafsack unter dem Flügel um sich blickt und da auf dem Eis ein Schild erblickt, auf dem steht:

PENTANGUINISHE

Ich antwortete meinen kanadischen Freunden postwendend – ob sie interessiert wären, am »Flugzirkus im winterlichen Wunderland« als Führer durch die freie Natur teilzunehmen. Das Räderwerk des Abenteuers hatte sich in Bewegung gesetzt.

Am gleichen Tag schrieb ich Briefe an amerikanische Piloten mit Leichtmaschinen und den Kufen dazu und erwähnte, daß in Kanada im Februar Platz zur Verfügung stünde.

Russell Munson mit seiner Super Cub war sofort dabei, als er die Nachricht erhielt. Im Handumdrehen hatten wir einen Starttermin: am 29. Januar würden unsere beiden Maschinen mit ihren anmontierten Skiern in Toronto landen, am 30. Januar sollte es weitergehen, nach Norden, mitten hinein ins Abenteuer.

Wir bereiteten den Januar hindurch alles vor. Ich fand in einem Hangar in Long Island ein Paar gebrauchte Cub-Kufen, Munson trieb ein Paar neue von einer Fabrik in Alaska auf. In seinem Büro in New York gingen wir den Flug immer wieder durch – was mußten wir unbedingt mitnehmen?

Warme Sachen natürlich, und ehe eine Woche vorbei war, stiefelten wir auf dem Flugplatz in Anorak, doppelten Pullovern und isolierten Schneestiefeln herum. Flügel- und Motorüberzüge nähten wir einfach aus Kunststoffolie und Sackleinen zusammen. Muffs für uns, Motorenwärmer für die Cubs, aufblasbare Zelte, Raumfahrerdecken, Notausrüstung, Landkarten, Ersatzteile, Werkzeug, Öl in Dosen, Schlitten-

129

schellen für die Kufen. Es ist erstaunlich, wieviel Ausrüstung man für einen einfachen Barnstorming-Ausflug in die Einsamkeit Kanadas braucht.

Meine Maschine war milchweiß lackiert, was natürlich nicht ging; welcher Kunde würde eine weiße Cub bemerken, die auf einer Schneewehe steht. Die nächsten drei Tage verbrachte ich damit, Streifen von Klebeband auf der Oberseite der Flügel und am Heck anzubringen, während Ed Kalish über alles hellrote Farbe sprühte und sich an die Tage erinnerte, als er in God's Cape, nördlich der Hudson Bay, an seiner Maschine gewerkelt hatte.

»Kam da eines Tages hin«, sagte er unter einer roten Wolke von Dulux-Spray, »und es hatte mehr als zwanzig Grad unter Null!«

Mein Anorak, das wärmste Kleidungsstück, das ich besaß, war bis zu zehn Grad unter Null gedacht.

»Um die Motoren zum Laufen zu bringen, mußte ich mit der Lötlampe in den Auspuff rein, die Propeller rückwärts drehen und die Zylinder durch die Ventile aufwärmen.«

Noch am selben Tag kaufte ich mir eine Propangas-Lötlampe. Notfalls könnte ich mir ja den Anorak mit Laub ausstopfen.

Von den zwei Piloten, die ich eingeladen hatte, schrieb einer, er finde, Kanada im Winter, das könnte ein bißchen kühl werden, und ob ich nicht vorgehabt hätte, zum Barnstorming nach Nassau zu fliegen.

Als ich ihm dann zurückschrieb, der Flugzirkus solle nach Norden gehen, wünschte er mir viel Glück. Ich erinnere mich, daß ich fand, es sei ein merkwürdiger Grund, ein Abenteuer abzusagen, nur weil es ein bißchen kalt werden würde. Er hatte mich daran erinnert, daß die Cub keinerlei Kabinenheizung hatte, aber irgendwie ließ mich das völlig kalt.

Der andere Pilot, Ken Smith, sollte uns am 29. Januar in Toronto treffen.

Das machte insgesamt drei Cubs, drei Piloten und zwei Führer. Wir brauchten noch ein viertes Flugzeug, ein kanadisches, damit die Sache wirklich eine internationale Veranstaltung wurde, aber ich hatte keinen Zweifel, daß Dutzende kanadischer Piloten gern mitmachen würden, wenn wir in ihrem Land eintrafen.

Mitte Januar froren in ganz Kanada die Seen zu. In Neu-England war der Betrieb in den Wintersportorten eröffnet worden, und in Long Island fielen ein paar große Schneeflocken.

Am Zwanzigsten machte ich eine Probe, bei diesem leichten Schneetreiben im Freien zu schlafen. Die Außentemperatur betrug nur knapp sieben Grad minus, also einiges über dem, was uns in Kanada erwartete, aber eine Probe war auf jeden Fall gut. Minus sieben Grad, stellte ich fest, ist doch ziemlich frostig. Diese Entdeckung machte ich gegen drei

Uhr früh. Es lag nicht daran, daß das Zelt oder die Raumfahrerdecke nicht funktionierte, sondern die Kälte wartet erst lange und greift einen dann im Schlaf von unten her an, aus dem Boden. Sicher, ich konnte dagegen ankämpfen und mir einreden, daß ich es doch warm hätte, aber die Anstrengung, sich in die Sahara oder an ein großes Feuer im Garten zu versetzen, verlangte eine derartige Konzentration, daß fürs Schlafen keine Zeit mehr blieb. Um vier Uhr gab ich es auf und schleppte das Zelt mit dem ganzen Zeug wieder ins Haus. Nun kam mir zum ersten Mal der Gedanke, daß das Abenteuer, das wir vorhatten, zwar sicher sehr vergnüglich wäre, aber doch nicht im Winter. Wir waren dabei, uns geradewegs in eine »Überlebenssituation« zu stürzen, wie man das bei der Air Force nannte – es sind schon bei wärmeren Temperaturen, als sie im kanadischen Februar herrschen, Leute erfroren. Ich packte sofort noch eine Schlafdecke ein.

Norman und Lawless flogen zum Simcoe-See, um sich umzusehen. An diesem Tag war der See fest gefroren und die Temperatur minus vierunddreißig Grad.

Am 27. Januar erlebte Toronto den schlimmsten Blizzard des Jahrhunderts. Häuser wurden unter den Schneemassen begraben, Bergungsoperationen eingeleitet.

Wir waren erfreut über diese Nachricht; je höher der Schnee lag, um so näher konnten wir bei den Ortschaften landen. Ein Barnstormer kann gleich wieder nach Hause fliegen, wenn er nicht die Möglichkeit hat, nahe bei den Städten zu landen.

Ganz früh am Morgen des 29. Januar starteten Munson und ich unsere Motoren unter dem fahlen Streifen am Himmel, der die Morgendämmerung ankündigte. Blau quoll es in der Totenstille aus den Auspuffrohren. Der Sonnenaufgang ist ungefähr die Zeit, zu der es Abenteurern endlich zu dämmern beginnt, daß sie eine Verrücktheit vorhaben, wie ihnen ja jedermann sagt.

»Russ, ist dir klar, daß dieser ganze Flug ein Wahnsinn ist? Ist dir klar, in was wir uns da hineinstürzen? Leider muß ich zugeben, daß ich auf diese ganze Idee gekommen bin . . .« So wollte ich reden, aber ich hatte nicht den Mut dafür. In solchen Dingen sind Abenteurer Feiglinge.

Munson sagte auch nichts, während es am Himmel heller wurde und unsere Motoren warmliefen. Schließlich kletterten wir wortlos in unsere Maschinen, rollten über die verlassene Betonbahn und hoben mit Kurs nach Norden ab, über den Long Island Sound, über Connecticut. Die Außentemperatur auf 5000 Fuß Höhe betrug minus achtundzwanzig Grad, obwohl ich zugeben muß, daß es mir in der ungeheizten Kabine nicht kälter vorkam als drei- oder sechsundzwanzig Grad. Ich konnte

131

mir nicht vorstellen, daß ich diese Temperaturen einen ganzen Monat aushalten würde, und dann dachte ich an den Sommer, wenn die Straßen so heiß werden, daß man nicht barfuß gehen kann, und die Butter zu einer gelben Suppe zerläuft, wenn man sie nicht sofort in den Kühlschrank zurückstellt.

Bei unserem ersten, unserem allerersten Aufenthalt bemerkte ich, daß mein Motor anscheinend etwas Öl durch das Entlüfterrohr blies. Er verlor immer etwas Öl, aber diesmal war es mehr als sonst. Ich hakte die Verlängerung aus und ließ das Rohr im warmen Motorraum Luft holen.

Da seine Maschine Kreiselkompaß, VOR- und ADF-Empfänger hatte, führte Munson unseren Flug nach Toronto. Mein eigener Magnetkompaß war ungefähr so empfindlich wie ein Amboß, weshalb ich nur brav nebenher flog und die Landschaft genoß, die mit einem sanften Weiß bedeckt war. Warum also überkam mich, eine Stunde nach unserem zweiten Start, das Gefühl, daß wir keineswegs in Richtung Kanada flogen? Dieses Gebirge rechts, waren das nicht die Catskills? Und müßte der Hudson nicht eigentlich links von uns sein? Ich flog näher an Munsons Maschine heran, zeigte auf die Karte und blickte meinen Formationsführer fragend an. Er schaute her und zog die Augenbrauen hoch.

»Russ!« rief ich. »Fliegen wir nicht nach Süden? *Wir fliegen ja nach SÜDEN!*« Da er nicht verstehen konnte, was ich ihm zuschrie, blieb ich schließlich wieder zurück und folgte ihm, ohne mich zu mucksen, wie es sich für einen Rottenflieger gehört. Er fliegt ja, sagte ich mir, schon seit zehn Jahren, also muß ich im Irrtum sein. Wir folgen eben einem anderen Fluß. Ich merkte, daß er auf seiner Karte nachsah, was mich beruhigte. Er änderte den Kurs nicht. Also geht es doch nach Norden . . . ich bin derjenige, der die Richtung verloren hat, und nicht zum ersten Mal.

Aber nach einer Weile begann es wärmer zu werden. Drunten war weniger Schnee zu sehen.

Plötzlich erkannte die Super Cub, daß sie irgendwie einen fürchterlichen Fehler gemacht hatte. Sie legte sich scharf nach rechts, änderte den Kurs um 160 Grad und ging dann nach unten, um auf einem kleinen Flugplatz neben dem Fluß zu landen. Es war doch der Hudson. Zum ersten Mal hatte ich mich verflogen ohne eigene Schuld!

»Mach dir nicht soviel draus«, sagte ich milde, als wir gelandet waren, »aber wir werden halt lange brauchen, bis . . .«

Es tat mir sofort leid, denn er war ganz verstört.

»Ich weiß nicht, was mit mir los war! Ich bin dem Highway nachgeflogen und hab bemerkt, daß Kompaß und VOR nicht ganz stimmen, aber ich war sicher, daß es der Highway ist! Ich bin einfach dagesessen und hab nicht aufgepaßt. Ich sah den Kompaß, aber ich hab nicht drauf geachtet!«

Es war nicht schwierig, das Thema zu wechseln. Der Bauch meiner Maschine war überall mit Öl verschmiert, das in der vergangenen Stunde herausgespritzt war. Auch Fahrwerk und Motorhaube waren mit der hart gefrorenen Schmiere bedeckt. Ein kaputter Ring vielleicht oder ein Kolbenriß? Wir berieten, ob wir umkehren sollten, um der Sache nachzugehen, aber es hörte sich nach Kapitulation an.

»Fliegen wir nur weiter«, sagte ich. »Wahrscheinlich nur Unterdruck am Ende des Entlüfterrohrs, und es zieht mehr raus, als es sollte.«

Munson flog genau dem Hudson mit Nordkurs nach, bog über Albany nach links ab und schlug die direkte Richtung nach Toronto ein. Eine Stunde nachdem wir Albany überflogen hatten, sank mein Öldruck um ein Psi, dann um zwei. Immer wenn in einer meiner Maschinen der Öldruck sank, verhieß das nichts Gutes ... ich machte Munson ein Zeichen, nach unten zu gehen, und fünf Minuten später landeten wir auf dem nächsten Flugplatz.

Wieder ein Quart Öl weniger. Die Aussicht auf vierzig Stunden Flug über die menschenleere Öde Kanadas, mit einem Motor, der seinen Lebenssaft in den Himmel verspritzte, war nicht das Abenteuer, das ich mir ausgedacht hatte. Es ist durchaus in Ordnung, daß man beim Barnstorming auf einen Motorschaden gefaßt ist, aber etwas ganz anderes, dachte ich mir, und nicht gerade klug, wenn man weitermacht, obwohl man weiß, was auf einen zukommt. Ob ich weitermachte oder umkehrte, kapitulieren würde ich in jedem Fall. Aber dann lieber am warmen Ofen sitzen als in einer kalten Baumkrone in Pentanguinishe. Außerdem, erfuhr ich bei der Flugsicherung, tobte an der Grenze schon wieder ein Blizzard.

Ich füllte Öl nach und startete südwärts, erstaunt, daß ich traurig war, weil ich es mir hatte entgehen lassen, in der Kälte umzukommen. Wenn man ein Abenteuer, wie verrückt es auch ist, einmal angefangen hat, muß man es durchstehen, egal, was es bringt. Das gehört dazu.

Anderthalb Stunden später fiel der Öldruck um fünf Pfund, dann um zehn, und dann waren wir auf Null. Es blieb nichts übrig, als im Gleitflug die Startbahn zu erreichen, von der wir vor Tagesanbruch abgehoben hatten.

Der Motorschaden bestand nicht nur in einem Kolbenriß oder einem gesprungenen Kolbenring. Sämtliche Zylinder hatten sich übermäßig ausgedehnt, zuviel sogar für Chromstahl. Man bot mir vier überholte Zylinder an, das Stück zu 85 Dollar, dazu Kolbenringe zu 32 Dollar und Dichtungsringe ...

Als ich das Geld für die Ersatzteile beisammen hatte, war in Kanada der Frühling eingezogen. Der Schnee auf dem Gras schmolz, auf den Feldern sprossen die Saaten, in den Seen verwandelte sich das Eis in blaues Wasser.

Was sagen Sie zu *diesem* Abenteuer? Droben in Kanada tobt und stürmt der Winter, und man kann ihm Trotz bieten und ihn verwünschen und dennoch den ganzen Monat am Kaminfeuer sitzen ... ein Glas auf Abenteuer und Abenteurer! Und nächstes Jahr, stoßen wir drauf an, geht es zum Nordpol!

Die Katze

Es war eine Katze, eine graue Angorakatze. Sie hatte keinen Namen und saß in sorgfältig gewählter Haltung im hohen Gras am Ende der Start- und Landebahn, wo sie den Jagdflugzeugen zusah, die zum erstenmal auf französischem Boden landeten.

Die Katze zuckte mit keiner Wimper, wenn die zehn Tonnen schweren Düsenjäger vorüberfauchten, das Bugrad noch in der Luft, der Brems- fallschirm in Bereitschaft, aus seinem Häuschen unter den Auspuffrohren herauszuspringen. Mit ihren gelben Augen schaute sie gelassen zu, begutachtete die Qualität der Landungen, horchte mit den leicht abste- henden Ohren auf das schwache ›Puff‹, wenn zuletzt der Bremsfall- schirm aufblühte, und drehte nach jeder Landung ruhig den Kopf, um Endanflug und Aufsetzen der nächsten Maschine zu beobachten. Ab und zu kam es zu einer harten Landung, und die Katze kniff einen Augen- blick ganz leicht die Augen zusammen. Ihre weichen Tatzen spürten das Zittern des Erdreichs, wenn eine Maschine nicht gegen den Seitenwind hielt und blaue Schwaden vom gemarterten Gummi des Fahrwerks hoch- stiegen.

Drei volle Stunden an diesem kalten Oktobertag beobachtete die Katze die Landungen, bis siebenundzwanzig Maschinen aufgesetzt hatten, der Himmel wieder leer und das letzte Wimmern auslaufender Motoren in den Abstellboxen erstorben war. Dann stand sie plötzlich auf, ohne ihren anmutigen Körper nach Katzenart zu strecken, schritt davon und verschwand im hohen Gras. Die Tactical Fighter Squadron 167 war in Europa eingetroffen.

Wenn eine Jägerstaffel nach fünfzehn Jahren der Nichtexistenz reak- tiviert wird, gibt es einige Probleme. Da sie nur einen kleinen Kern erfahrener Flugzeugführer für dreißig Maschinen hatte, ging es vor allem um die Leistungsfähigkeit der Piloten. Vierundzwanzig Mann ihres fliegenden Personals hatten im Jahr vor der Reaktivierung die Schießausbildung abgeschlossen.

»Wir schaffen es, Bob, und wir werden's ordentlich machen«, sagte Major Carl Langley zu seinem Staffelkapitän. »Es ist nicht das erste Mal, daß ich Einsatzoffizier bin, und ich sage dir, ich hab noch nie eine Gruppe Piloten gesehen, die mehr Eifer zeigen, dieses Geschäft zu lernen, als die, die wir jetzt hier haben.«

Major Robert Rider schlug mit der Faust leicht gegen die rauhe Holz- wand seines künftigen Quartiers. »Das gebe ich zu«, sagte er. »Aber wir

135

beide haben einen harten Job vor uns. Wir sind hier in Europa, und du kennst ja das europäische Wetter im Winter. Abgesehen von unseren Kettenführern hat der junge Henderson mehr Schlechtwetterpraxis als alle andern Piloten in der Staffel, und auch er hat nur elf Stunden. Ganze elf Stunden! Carl, würde dich das freuen, eine Kette mit diesen Piloten in vier alten F-84 durch ein 20 000 Fuß hohes Gewitter zu führen? Oder zu einer GCA-Landung auf nasser Landebahn und bei Seitenwind?« Er blickte zum Fenster hinaus, dessen Scheiben Schmutzstreifen zierten. Hohe Wolkendecke, gute Sicht darunter, registrierte er unbewußt. »Ich werde diese Staffel führen, und zwar anständig; aber ich sag dir, ich kann mir nicht helfen, bevor die neue 167 wirklich ein einsatzfähiger Laden ist, werden vermutlich einige unserer Jungs an Berghängen zerschellt sein. Darauf freu ich mich nicht.«

Carl Langleys eisblaue Augen funkelten, weil er sich gefordert fühlte. Er leistete sein Bestes, wenn er eine Aufgabe hatte, die jeder andere als unerfüllbar bezeichnet hätte. »Sie haben die Kenntnisse. Sie kennen den Instrumentenflug wahrscheinlich besser als du und ich, wo sie alles grad erst gelernt haben. Es ist nur die Erfahrung, die ihnen noch fehlt. Wir haben einen Linktrainer. Das Ding können wir zehn Stunden täglich laufen lassen und unseren Piloten jeden Instrumentenanflug auf jeden Flugstützpunkt in Frankreich eintrichtern. Sie haben sich freiwillig zur 167 gemeldet und sie wollen für die Staffel etwas leisten. Es liegt an uns, sie in Form zu bringen.«

Der Staffelkapitän mußte plötzlich lächeln. »Wenn du so sprichst, kann ich dir fast vorwerfen, daß du selber voller Eifer bist.« Er legte eine Pause ein und sagte dann langsam: »Ich erinnere mich an die alte 167, 1944 in England. Wir hatten damals die neue Thunderbolt und haben ihr unseren kleinen Talisman, die Angorakatze, an den Rumpf gemalt. Wir hatten vor nichts Angst, was die Luftwaffe aufbieten konnte. Einsatzeifer im Frieden heißt vermutlich Tapferkeit im Krieg.« Er nickte Major Langley zu. »Will nicht behaupten, daß wir mit dieser alten Kiste nicht eine Menge Kalamitäten in der Luft haben werden oder daß wir nicht eine gehörige Portion Glück brauchen, bis die Jungs die Staffel wieder auf die Beine stellen«, sagte er. »Aber her mit deinem Linktrainer, und morgen gehen die Übungen los. Dann werden wir langsam sehen, was in unseren Burschen wirklich steckt.«

Einen Augenblick später stand Major Robert Rider allein in seinem Büro, in dem es langsam dunkel wurde, und dachte an die alte 167. Voll Melancholie. Er dachte an Oberleutnant John Buckner, der in seiner brennenden Thunderbolt eingeschlossen noch zwei ahnungslose Fokke-Wulf angriff und eine von ihnen mit in die harte Erde Frankreichs nahm. An Oberleutnant Jack Bennett, mit sechs Abschüssen ein Held der

Staffel, der über Straßburg eine ME 109 rammte, die drauf und dran war, einer schwer beschädigten B17 den Rest zu geben. An Oberleutnant Alan Spencer, wie er seine Thunderbolt zurückbrachte, die vom Flakfeuer so schwer mitgenommen worden war, daß man ihn nach der Bruchlandung mit Schneidbrennern aus dem Wrack befreien mußte. Rider hatte ihn nach der Bruchlandung im Lazarett besucht. »Es war die gleiche 190, die Jim Park erwischt hat«, sagte Spencer in seinem blütenweißen Bett. »Am Rumpf läuft's schwarz herunter. Und ich sag zu mir: ›Heute, Al, bist entweder du dran oder er, aber einer von uns zwei schafft's nicht nach Hause.‹ Der Glückliche war ich.« Alan Spencer meldete sich wieder zum Einsatz, als er aus dem Lazarett entlassen wurde, und kehrte von seinem nächsten Feindflug über Frankreich nicht mehr zurück. Niemand hörte ihn über Funk, keiner sah, daß seine Maschine getroffen wurde. Er kehrte einfach nicht zurück. Trotz ihres auf den Rumpf gemalten Maskottchens hatten die Piloten keine neun Leben. Nicht einmal zwei.

Einsatzeifer im Frieden ist Tapferkeit im Krieg, dachte Rider und blickte abwesend auf die Narbe, die über den Rücken seiner linken Hand, der Gashebel-Hand, lief. Sie war weiß und breit, eine Narbe, wie sie nur nach der Bekanntschaft mit einer Kugel aus dem MG einer Messerschmitt zurückbleibt. Wenn wir es durch den Winter schaffen wollen, ohne einen Piloten zu verlieren, dann braucht es mehr als Einsatzeifer. Was wir brauchen, sind fliegerisches Können und Erfahrung. Mit diesen Gedanken beschäftigt, ging er hinaus in die wolkenverhangene Nacht.

Für Leutnant Jonathan Heinz vergingen die Tage wie im Flug. Dieses ganze Gerede über schlechtes Wetter und daß der Winter in Europa es in sich hat, war Quatsch, reiner Quatsch. Der November war schön, die Sonne lachte vom Himmel. Es ging schon auf den Dezember zu, und die Basis hatte erst vier Tage mit niedriger Wolkendecke erlebt, die die Piloten mit dem neuesten Instrumenten-Quiz des Einsatzoffiziers verbrachten. Das war zu einer festen Einrichtung bei der Staffel geworden; jeden dritten Tag ein neues Quiz, zwanzig Fragen, eine falsche Antwort erlaubt. Wenn man einen Test nicht bestand, hieß das weitere drei Stunden Arbeit mit den Instrumentenhandbüchern, bis man den Ausweichtest schaffte, wieder eine falsche Antwort erlaubt.

Heinz drückte den Starter seiner betagten Thunderstreak, wurde, als die Maschine zuverlässig anzog, in den Sitz gedrückt und rollte hinter Bob Henderson zur Startbahn. Doch, dachte er, so lernt man die Instrumente kennen. Zuerst mußten alle die drei Stunden nachsitzen und verfluchten den Tag, an dem sie sich zur Tactical Fighter Squadron 167 gemeldet hatten. ›Taktische Instrumenten-Staffel‹ nannten sie sie. Dann be-

137

kam man den Bogen raus, und irgendwie wußte man immer mehr von den Antworten. Jetzt kam es ziemlich selten vor, daß man die drei Stunden nachsitzen mußte.

Ein leises Poltern war im Motorengeräusch zu hören, als Heinz vor dem Start die Motorsiebe zurückschob, aber alle Motoreninstrumente waren normal, und merkwürdige Geräusche und leises Poltern sind bei einer F84 nichts Ungewöhnliches. Komisch aber war, daß Jonathan Heinz zu einer Zeit, da er sonst für nicht viel andres Augen hatte als für die Instrumente und die Maschine seines Verbandführers, die bei Vollgas und angezogenen Bremsen ungeduldig schaukelte, eine graue Angorakatze sah, die ruhig am Rand der Startbahn saß, nicht weit vor seinem Flugzeug. Die Katze muß stocktaub sein, dachte er. Der Motor seines Triebwerks, mit dem dicken, schwarzen Gashebel unter seiner behandschuhten Linken verbunden, schickte fauchend und brüllend blaues Feuer durch die Turbinenschaufeln aus rostfreiem Stahl, um einen Schub von 8700 Pfund zu entfesseln.

Er war bereit zum Anrollen und nickte Henderson zu. Dann drückte er, ohne eigentlichen Anlaß, den Mikro-Knopf unter seinem linken Daumen am Gashebel. »Dort am Rand der Startbahn ist eine Katze«, sprach er in das Mikrophon, das in den grünen Gummi seiner Sauerstoffmaske eingebaut war. Es folgte ein kurzes Schweigen.

»Roj, die Katze«, sagte Henderson im ernsten Ton, und Heinz kam

sich etwas albern vor. Er sah den Offizier der mobilen Flugsicherung in seinem Miniatur-Tower rechts an der Startbahn nach seinem Fernglas greifen. Warum hab ich nur so was Blödsinniges gesagt, dachte er. Ich werd auf diesem Flug kein Wort mehr sagen. Funkdisziplin, Heinz, Funkdisziplin! Er löste die Bremsen, als er Hendersons weißen Helm nicken sah, und die zwei Maschinen nahmen Fahrt auf, wurden immer schneller und hoben vom Boden ab.

Acht Minuten später sprach Heinz wieder. »Sahara Leader, bei mir brennt eine Lampe, daß hinten was heißläuft, und die Drehzahl liegt etwa fünf Prozent zu hoch. Hab Gas weggenommen, Lampe brennt noch immer. Bitte nachsehen, ob bei mir Rauch rauskommt.« Wie ruhig deine Stimme ist, dachte er. Du redest zwar zuviel, aber wenigstens in ruhigem Ton. Sechzig Stunden in der 84, das macht einen ruhig. Nur mit der Ruhe jetzt und versuch zu vermeiden, daß du dich über Funk wie ein kleines Kind anhörst. Ich werde umdrehen und die Außentanks abwerfen, einen simulierten Anflug mit Triebwerkschaden fliegen und landen. Unmöglich, daß die Maschine brennt.

»Nichts zu sehen von Rauch, Sahara Zwei. Wie steht's jetzt?«

Heinz, mit ruhiger Stimme: »Drehzahl steigt weiter, Leader. Kraftstoffdurchfluß und Auspufftemperatur schwanken hin und her. Ich werde jetzt die Tanks abwerfen und landen.«

»Okay, Sahara Zwei, ich achte auf Rauch und übernehme den Funk,

wenn's recht ist. Aber stellen Sie sich drauf ein, auszusteigen, wenn die Kiste zu brennen beginnt.«

»Roj.« Ich bin bereit auszusteigen, dachte Heinz. Muß nur die Armlehne des Schleudersitzes hochstellen und auf den Knopf drücken. Aber ich glaube, ich bringe die Maschine doch noch zu Boden. Er hörte, wie Henderson einen Notspruch abgab, und als er langsam nach unten ging, sah er, wie die roten Feuerlöschwagen aus ihren Garagen und zu ihren Bereitschaftsplätzen an den Rollbahnen rasten. Er spürte am Gashebel, wie die Drehzahl stieg. Es wird ziemlich knapp werden. Ich werd die Tanks im Endanflug abwerfen, bevor ich auf 500 Fuß heruntergehe, werd die Nase hochziehen und mich herauskatapultieren. Unter 500 Fuß muß ich's drauf ankommen lassen, so oder so. Er zog den Gashebel zurück, um auf eine Drehzahl von 58 Prozent zu kommen, und das schwere Flugzeug sank rascher durch die Platzrunde. Landeklappen herunter. Ich hab die Piste doch noch erreicht . . . Fahrwerk heraus. Die Räder rühren sich nicht! Er war nun unter 400 Fuß. Ein Poltern, wumms-wumms. Die Tourenzahl schnellt hinauf.

»Bei Ihnen kommt hinten eine Menge Rauch raus, Sahara.«

Hab ich's nicht gewußt! Die verdammte Kiste wird mir unter dem Hintern explodieren, und jetzt ist's zu spät auszusteigen. Was mache ich nun? Er drückte den Knopf zum Abwerfen der Treibstofftanks, und die Maschine machte einen kleinen Satz nach oben, um 4000 Pfund Benzin erleichtert. Ein scharfes Knirschen hinter ihm aus dem Motor. Plötzlich bemerkte er, daß der Öldruck auf Null stand.

Der Motor ist eingefroren, Heinz! Du kannst mit einem eingefrorenen Motor die Maschine nicht steuern. Was jetzt, was jetzt? Der Steuerknüppel erstarrte und wurde unbeweglich unter seinen Händen.

Der Offizier in der beweglichen Flugsicherung wußte nichts von Heinz' eingefrorenem Motor. Er wußte nicht, daß Sahara Zwei sanft nach rechts rollen und umgekehrt auf der Piste aufschlagen würde oder daß Jonathan Heinz hilflos und dem Tod geweiht war. »Neben der Landebahn sitzt eine Katze«, sagte der Flugsicherungsoffizier, mit dem milden, gelassenen Humor eines Mannes, der weiß, daß die Gefahr vorüber ist.

Da ging es Heinz plötzlich auf. Wie Schuppen fiel es ihm von den Augen – die hydraulische Notpumpe, die elektrische Pumpe! Die Maschine begann zu rollen, noch ein paar hundert Fuß über dem Boden. Seine behandschuhte Hand riß den Schalter der Pumpe auf EMERG, und sofort wurde der Steuerknüppel wieder lebendig. Tragflächen horizontal, Nase aufwärts, Nase aufwärts und eine prachtvolle Landung vor der mobilen Flugsicherung. Zumindest kam sie Heinz prachtvoll vor. Gas weg, Bremsfallschirm raus, Benzinzufuhr aus, Batterie aus, Cockpit-

140

dach auf und sich bereitmachen, aus der Kiste rauszuspringen. Die riesigen Feuerlöschwagen mit den grellen roten Lampen auf dem Dach über dem Fahrersitz donnerten neben ihm her, als er auf dreißig Meilen abgebremst hatte. Seine Maschine war völlig still, so daß Heinz den Lärm der Löschwagenmotoren hören konnte, die sich anhörten wie große Innenbordmotoren, die überdreht werden. Einen Augenblick später kam sein Flugzeug zum Stehen, er löste blitzschnell den Gurt, sprang aus dem Cockpit hinunter und suchte Deckung hinter einem Löschwagen, der dicken weißen Schaum auf ein großes verfärbtes Stück Aluminium hinter der Flügelwurzel spritzte.

Das Flugzeug wirkte unglücklich, unwillig, Mittelpunkt solch konzentrierter Aufmerksamkeit zu sein. Aber es war am Boden und noch ganz. Heinz war gesund und munter und würde nicht wenig gefeiert werden. »Hübsch hingekriegt, du As«, würden die anderen Piloten zu ihm sagen und wissen wollen, was er gefühlt, gedacht und getan hatte und wann, und es würde die routinemäßige Untersuchung des Vorfalls geben, die zu keinem anderen Ergebnis kommen konnte als einem »Gut gemacht, Leutnant Heinz«. Keiner würde ahnen, daß ihn nur ein paar Sekunden vom Tod getrennt hatten, weil er, wie ein blutiger Anfänger, die hydraulische Notpumpe völlig vergessen hatte. Völlig vergessen . . . und was hatte ihn daran erinnert? Was hatte so plötzlich den Gedanken an den roten Schalter geweckt, im letzten rettenden Augenblick? Nichts. Er war ihm einfach gekommen.

Heinz sann noch ein bißchen nach. Nein, der Gedanke war ihm nicht einfach so gekommen. Die Flugsicherung hat die Katze an der Landebahn erwähnt, und da ist mir die Pumpe eingefallen. Das ist eine merkwürdige Geschichte. Ich würde dieser Katze gern einmal begegnen.

Er blickte die lange, weiße Landebahn entlang. Er konnte keine Katze sehen. Selbst der Flugsicherungsoffizier mit seinem Fernglas konnte vorhin keine Katze gesehen haben. Die Staffel zog ihn später unbarmherzig wegen seiner ominösen Katze auf, aber in diesem Augenblick war weder neben der Landebahn noch auf dem ganzen Gelände irgend etwas Ähnliches wie eine graue Angorakatze zu sehen.

Kaum eine Woche später passierte es wieder, einem anderen Leutnant. Jack Willis hatte seinen ersten simulierten Feindflug in der F 84 beinahe hinter sich, nachdem er sich gründlich mit ihr auskannte. Der Flug war gut abgelaufen, aber jetzt, in der Platzrunde, wurde es heikel. Seitenwind mit zwanzig Knoten, wo kam der her? Wir hatten zehn Knoten Rückenwind beim Start, und jetzt dieser Seitenwind mit zwanzig Knoten. Er brachte im Rückenwindteil der Platzrunde die Maschine in Horizontallage. »Tower, bitte noch mal den Wind«, sprach er ins Mikrophon.

»Roj« – die Angabe vom Kontrollturm war völlig überflüssig. Der Wind kam ganz genau von der Seite.

»Okay, Zwei, auf den Seitenwind aufpassen«, sagte Major Langley und rief: »Eagle Eins im Anflug auf Basis, Fahrwerk ausgefahren, Druck da, Bremsen überprüft.«

»Landung freigegeben«, antwortete der Lotse.

Willis griff mit der behandschuhten Linken nach vorn und schob energisch den Fahrwerkhebel auf DOWN. »Okay, okay«, dachte er, »das ist kein Problem. Ich werd einfach beim Abfangen den rechten Flügel nach unten drücken, auf dem rechten Rad aufsetzen und dann gleich viel Seitenruder geben. Viel Seitenruder.«

Er nahm Kurs auf die Landebahn und drückte den Knopf des Mikrophons. Bin bisher noch von keiner Landebahn abgekommen und hab's auch jetzt nicht vor. »Eagle Zwei im Anflug . . .« Die Anzeige für das rechte Rad des Hauptfahrwerks, das grüne Lämpchen, das jetzt leuchten müßte, blieb aus. Das linke Rad war ausgefahren, ebenso das Bugfahrwerk. Aber das rechte Rad des Hauptfahrwerks war noch eingezogen. Im durchsichtigen Plastikgriff zur Bedienung des Fahrwerks leuchtete das rote Warnlämpchen, und das Quäken des Warnsignals, das anzeigte, daß mit dem Fahrwerk etwas nicht in Ordnung war, erfüllte das Cockpit. Er hörte es in seinem Kopfhörer, während er den Mikro-Knopf drückte. Über Funk hörten auch die Lotsen im Tower das Signal. Er ließ den Knopf los und drückte ihn dann wieder. »Eagle Zwei fliegt im Tiefflug an; ersuche um Fahrwerküberprüfung durch mobile Sicherung.«

Ein komisches Gefühl, daß mit der Maschine etwas nicht in Ordnung ist. Das Fahrwerk funktioniert doch sonst so gut. Hundert Fuß über der Landebahn brachte er das Flugzeug in Horizontallage und flog an dem kleinen Glas-Tower vorbei. Der Flugsicherungsoffizier stand draußen, im Herbstgras, das sich in Wellenbewegungen wiegte. Willis beobachtete ihn einen Augenblick lang, als er vorbeiflog. Der Offizier benützte kein Fernglas. Dann war er verschwunden, und die einsame F-84 fegte über das andere Ende der Landebahn, über Eagle Eins hinweg, die sicher gelandet war.

»Ihr rechtes Hauptfahrwerk ist nicht ausgefahren und hängt fest«, meldete sich in dürrem Ton die Flugsicherung.

»Roj. Werd das Fahrwerk noch mal ein- und ausfahren.« Willis war mit dem ruhigen Ton seiner Stimme zufrieden. Er ging auf tausend Fuß Höhe, zog das Fahrwerk ein und fuhr es wieder aus. Das ›Safe‹-Lämpchen des rechten Rads wollte noch immer nicht aufleuchten, während das rote Warnlicht in dem Plastikgriff hartnäckig weiterbrannte. Viermal probierte es Willis, und jedesmal blieb das rechte Rad blockiert. Er zog den Griff einen halben Zoll heraus und drückte ihn auf EMERG

DOWN. Von rechts war ein schwaches Klicken zu hören, trotzdem aber änderte sich nichts. Allmählich wurde ihm mulmig. Es war keine Zeit mehr, daß die Löschwagen einen Schaumteppich auf die Landebahn legten, falls er gezwungen war, mit dem blockierten rechten Fahrwerk zu landen. In diesem Zustand auf einer harten, trockenen Piste aufzusetzen, mußte unweigerlich mit einer Bruchlandung enden, sobald die rechte Tragfläche den Beton streifte und die Maschine sich überschlug. Die einzige Alternative hieß Aussteigen. Jetzt heißt's sich entscheiden, dachte er. Aber gegen alle Vernunft beschloß er, noch einmal den Platz zu überfliegen – vielleicht war diesmal das Rad unten.

»Es ist immer noch droben«, sagte der Flugsicherungsoffizier, noch bevor Willis den Miniatur-Tower passiert hatte. Grün und frisch wogte das Gras hin und her, und plötzlich bemerkte er einen kleinen grauen Fleck am Rand der Landebahn. Die Überraschung durchfuhr ihn, als er erkannte, daß es eine Katze war. Heinz' glückbringende Katze, dachte er, und lächelte grundlos unter seiner Sauerstoffmaske. Nun war ihm wohler. Und von weiß Gott woher kam ihm ein Gedanke.

»Tower, Eagle Zwei meldet einen Notfall. Ich drehe noch eine Runde und werd versuchen, auf dem linken Rad zu bouncen, um das rechte runterzuholen.«

»Verstanden. Sie melden Notfall«, antwortete der Kontrollturm. Dem Tower ging es vor allem darum, seiner Pflicht nachzukommen, das heißt, das Läutsignal zu geben, bei dessen Ertönen die Rettungsmannschaften zu ihren roten Löschwagen stürzten. Nachdem diese Pflicht erfüllt war, mußte sich der Kontrollturm mit der Rolle eines Beobachters begnügen, der zwar mit Anteilnahme zusah, aber kaum helfen konnte.

Jack Willis fühlte sich seltsamerweise wie neugeboren, voll Zuversicht, daß alles gutgehen werde. Bei starkem Seitenwind von rechts auf dem linken Rad zu bouncen war ein Kunststück, das Piloten mit mehr als tausend Stunden Flugerfahrung vorbehalten war, und Willis hatte gerade erst vierhundert hinter sich, davon 78 in der F84.

Diejenigen, die seinen nächsten Anflug beobachteten, nannten ihn das Werk eines alten Profi. Die linke Tragfläche nach unten gedrückt, Seitenruder scharf nach rechts, mit einer Steuerung, die bei Landegeschwindigkeit nur mäßig reagierte, ließ Leutnant Jack Willis seine schwere Maschine sechsmal auf dem linken Rad des Hauptfahrwerks springen. Beim sechsten Mal rutschte das rechte Rad plötzlich nach unten und klinkte ein. Das dritte grüne Lämpchen strahlte auf.

Die Seitenwind-Landung danach war vergleichsweise einfach. Die Maschine setzte sauber auf dem rechten Rad auf, dann auf dem linken und zuletzt auf dem Bugrad. Beim Ausrollen Seitenruder ganz nach links, leichtes Bremsen auf dem linken Rad, während die Maschine langsamer wurde und versuchte, gegen den Wind zu drehen – das Manöver war geglückt. Die Rettungsmannschaften in ihren klobigen weißen Asbestanzügen hatten nichts zu tun bekommen und fühlten sich fehl am Platz, weil alles so normal ablief. »Hübsch gemacht, Eagle Zwei« war alles, was der Tower dazu bemerkte. Und die graue Angorakatze, die die Landung mit gar nicht katzenhaftem, man könnte fast sagen professionellem Interesse beobachtet hatte, war verschwunden. Die Tactical Fighter Squadron 167 brachte sich allmählich in Kampfform.

Der Winter kam. Vom Meer her zogen tiefhängende Wolken auf und wurden ständige Begleiter der Hügelspitzen, die den Flugstützpunkt umgaben. Es regnete viel, und als der Winter vorrückte, ging der Regen in Eisregen und schließlich in Schnee über. Die Start- und Landebahn wurde eisglatt, und es waren Bremsfallschirme und sehr sorgfältiges Bremsen notwendig, um die schweren Maschinen auf der Betonbahn zu halten. Das hohe smaragdgrüne Gras verlor Farbe und Leben. Aber eine Jägerstaffel legt nicht die Hände in den Schoß, weil der Winter kommt, es gibt immer zu fliegen und zu üben. Es kam zu manchen Zwischenfällen, wenn die neuen Piloten mit Schwierigkeiten in ihren Maschinen konfrontiert wurden oder die Wolken tief hingen, aber sie hatten mit den Instrumenten umgehen gelernt, und irgendwie saß die graue Angorakatze jedesmal am Rand der Landebahn, wenn eine in Bedrängnis geratene Maschine aufsetzte. Für die Piloten war sie einfach »die Katze«.

An einem kalten Nachmittag – Wally Jacobs setzte gerade ohne Schwierigkeiten auf, mit einem Schaden am hydraulischen System und nach einem Anflug mit nicht funktionierenden Landeklappen und Sturzflugbremsen, durch eine Wolkendecke, die bis auf 500 Fuß herabreichte – wollte Hauptmann Hendrick, der Dienst als Sicherungsoffizier hatte, die Katze fangen. Sie saß regungslos da, blickte die Landebahn entlang und schaute Jacobs' Maschine nach, die eben vorbeigefegt war. Hendrick schlich sich von hinten heran und hob die Katze sanft hoch. Bei seiner ersten Berührung verwandelte sie sich in eine zuckende, graue Kugel. Hendrick spürte, wie ihm eine Kralle blitzartig über die Wange fuhr. Die Angorakatze entwand sich ihm, sprang auf die Erde und war sofort im hohen, dürren Gras verschwunden.

Fünf Sekunden später versagten die Bremsen von Wally Jacobs' Maschine, und sie rutschte mit siebzig Knoten Fahrt von der Landebahn in den nicht ganz festgefrorenen Dreck. Die Bugfahrwerkstrebe wurde sofort abgerissen. Das Flugzeug verschwand hinter einer Wand von hochgewirbeltem Schlamm, drehte sich, wobei das rechte Rad des Hauptfahrwerks einknickte und der Abwurftank aufriß, und rutschte nach siebzig Meter rückwärts. Jacobs sprang sofort aus dem Cockpit und vergaß sogar, den Gashebel zurückzureißen. Eine Sekunde später stand die Maschine in hellen Flammen. Sie brannte in einem wahren Feuerwerk aus, und mit ihr ging ein Rekord an Flugsicherheit zugrunde, wie ihn keine andere Jägerstaffel in Europa aufzuweisen hatte.

Die Untersuchung endete mit dem Ergebnis, daß Leutnant Jacobs daran schuld sei, daß die Maschine von der Landebahn abgekommen war und daß er aus Nachlässigkeit den Gashebel nicht zurückgezogen habe, was dazu geführt habe, daß der noch laufende Motor das Feuer entzündete. Hätte er nicht, wie ein völlig unerfahrener Pilot, vergessen, den Motor abzustellen, hätte die Maschine wieder fliegen können.

Der Befund der Kommission fand bei der Staffel nicht viel Beifall, aber die Zerstörung der Maschine wurde auf das Versagen des Piloten zurückgeführt. Hendrick erzählte sein Erlebnis mit der Katze, und durch die Staffel ging eine ungeschriebene, aber bindende Weisung: Keiner durfte sich jemals wieder der Angora-Katze nähern. Von da an war nur noch selten die Rede von ihr.

Aber gelegentlich kam es doch noch vor, daß ein junger Leutnant, wenn er eine Maschine mit einem Schaden durch eine tiefe Wolkendecke herunterbrachte, beim Tower anfragte: »Ist die Katze da?« Der Flugsicherungsoffizier suchte dann den Landebahnrand nach der regungslos dasitzenden grauen Angorakatze ab, nahm das Mikrophon und sagte: »Sie ist da.« Und die Maschine setzte auf.

Es ging tiefer in den Winter. Die jungen Piloten wurden älter,

145

sammelten Erfahrung. Und während die Wochen vergingen, sah man die Katze immer seltener am Rand der Landebahn. Norm Thompson kam mit einer Maschine zurück, an der Windschutzscheibe und Cockpitdach völlig vereist waren. Die Katze wartete nicht an der Landebahn, doch der GCA-Anflug war Profi-Arbeit, die Frucht von Übung und Erfahrung. Thompson machte eine Blindlandung, warf das Cockpitdach ab, um sehen zu können, und rollte ohne Zwischenfall aus. Jack Willis, der inzwischen 130 Stunden in der F-84 geflogen war, kam in einer Maschine zurück, die bei einer MG-Schießübung in felsigem Gelände durch Querschläger schwer beschädigt worden war. Er schaffte eine glatte Landung, obwohl die Katze nirgends zu sehen war.

Das letzte Mal zeigte sich die Katze im März an der Landebahn. Es handelte sich wieder um Jacobs. Er funkte, daß bei ihm der Öldruck abfalle und daß er versuchen wolle, die Piste zu erreichen. Die Wolkenunterdecke lag hoch, auf dreitausend Fuß, als er mit Radarführung durchkam und die Landebahn unter ihm rief.

Major Robert Rider war mit seinem Stabswagen zur mobilen Flugsicherung gerast, als er die Meldung erhalten hatte, daß die Maschine in Schwierigkeiten sei. Jetzt ist es soweit, dachte er. Ich werde Jacobs sterben sehen. Er schloß gerade die Glastür hinter sich, als der Pilot anfragte: »Ist die Katze zufällig bei euch unten?«

Rider griff nach dem Fernglas und suchte den Rand der Landebahn ab. Die Angorakatze wartete gelassen. »Katze ist da«, sagte der Staffelkapitän in ernstem Ton zum Flugsicherungsoffizier, und ebenso ernst wurde der Bescheid an Jacobs weitergegeben.

»Öldruck auf Null«, sagte der Pilot sachlich-kühl. Dann: »Motor eingefroren, Knüppel rührt sich nicht mehr. Ich werd's mit der Notpumpe versuchen.« Einen Augenblick später sagte er unvermittelt: »Nein, doch nicht. Ich steig aus.« Er steuerte sein Flugzeug in Richtung auf den dichten Wald im Westen und katapultierte sich ins Freie. Zwei Minuten später lag er im gefrorenen Erdreich eines umgepflügten französischen Ackers, und langsam wie ein müder weißer Schmetterling, ließ sich um ihn sein Fallschirm nieder. So rasch war alles vorüber.

Die Untersuchungskommission stellte später fest, daß beide hydraulischen Systeme völlig blockiert waren, als die Maschine aufschlug. Die Notpumpe, so fand man heraus, hatte vor dem Absturz versagt, und das Flugzeug prallte mit eingefrorener und unbeweglicher Steuerung auf. Jacobs wurde für seinen klugen Entschluß belobigt, mit der angeschlagenen Maschine keine Landung zu versuchen.

Aber das war erst später. Als Jacobs' Fallschirm hinter einem niedrigen Hügel niederging, senkte Rider sein Fernglas und richtete es auf die graue Angorakatze, die plötzlich aufstand, sich wohlig streckte

146

und die Krallen in den gefrorenen Boden grub. Die Katze, stellte er fest, war keine vollendete Skulptur. An ihrer linken Flanke, von den Rippen zur Schulter, zeichnete sich eine breite weiße Narbe ab, die das kampfgraue Fell beim Strecken nicht bedecken konnte. Der Kopf wandte sich anmutig her, während Rider durchs Fernglas sah, und die bernsteinfarbenen Augen blickten den Kommandeur der Tactical Fighter Squadron 167 offen an.

Die Katze blinzelte, einmal und ganz langsam, man könnte fast sagen belustigt. Dann schritt sie davon und verschwand zum letzten Mal im hohen Gras.

Die Schneeflocke und der Dinosaurier

Haben Sie sich jemals mit der Frage beschäftigt, wie einem Dinosaurier zumute war, wenn er in einer Teergrube des Mesozoikums gefangen saß? Es war ihm genauso zumute, wie es Ihnen zumute wäre, wenn Sie im Winter auf einer Heuwiese im nördlichen Kansas hätten notlanden müssen, den Motor repariert und den Versuch gemacht hätten, auf einem Teppich von Naßschnee wieder zu starten. Hoffnungslos.

Sie müssen es immer wieder versucht haben, diese armen Stegosaurier und Brontosaurier. Sie werden wie verrückt um sich geschlagen und mit aller Kraft gekämpft haben, daß der Teer in sämtliche Richtungen flog, bis die Sonne unterging und die Dunkelheit hereinbrach und sie schließlich so ermattet waren, daß es eine Erlösung war, den Kampf aufzugeben und sich zum Sterben hinzulegen. Genauso ist es für ein Flugzeug im Schnee – auf einer malerischen, glatten, nur fünfzehn Zentimeter hohen Schneedecke.

Da es bald dunkel werden muß und die nächste Ortschaft meilenweit entfernt ist, bleibt dem Piloten, wenn er nicht sterben will, als Alternative nur eine kalte Nacht im Schlafsack, in der unguten Erwartung neuer Stürme. Aber davon abgesehen, war es nicht fair, daß ich hier im Schnee in der Falle saß. Ich hatte keine Zeit dafür. Zwanzig Startversuche hatten mir nicht mehr eingebracht als die Erkenntnis, welche Macht eine Schneeflocke, milliardenfach multipliziert, besitzt. Das schwere, nasse Zeug verwandelte sich unter dem Fahrwerk in eine dicke Brühe, die in harten Strahlen gegen die Streben und Flügel meiner geliehenen Luscombe spritzte. Vollgas brachte nicht mehr als neunundreißig Meilen pro Stunde, während wir für den Start mindestens fünfundvierzig brauchten. Wie ein Dinosaurier im Atomzeitalter war mein Flugzeug und ich mit ihm in dieser einsamen Öde gefangen.

Während zwischen den Startversuchen der Motor abkühlte, trampelte ich, erbittert über diesen ungerechten Zufall, eine schmale weiße Startbahn über die Wiese und überlegte, ob ich wohl bis zum nächsten Frühling in der Kabine werde kampieren müssen.

Jeder neue Startversuch fegte den Schnee mühelos unter die Räder, türmte ihn zugleich aber daneben auf, so daß sich dreißig Zentimeter tiefe Furchen bildeten. Durch diese Geleise zu rumpeln, darüber hinaus und wieder hinein, war, als versuchte man mit einem störrischen Raketenmotor zu starten. Waren wir in den Furchen, beschleunigten wir wie verrückt, aber kamen wir nur fünf Zentimeter ab, bums – die Nase

148

kippte nach unten, ich wurde auf meinem Sitz nach vorn gerissen, und wir verloren im Bruchteil einer Sekunde zehn Meilen Tempo. Ich hatte nur einen Gedanken: Stück um Stück mußt du dir eine Startbahn schaffen, bis wir schließlich abheben können, sonst heißt es, den Rest des Winters hier verbringen. Aber es war hoffnungslos. Wäre ich ein Dinosaurier gewesen, ich hätte mich hingelegt, um zu sterben.

Wenn man Oldtimer fliegt, ist man auf eine gelegentliche Notlandung gefaßt. Es ist nichts Besonderes, gehört zum Spiel, und kein vernünftiger Pilot fliegt eine alte Maschine so, daß er nicht notfalls bis zu einem geeigneten Landeplatz gleiten kann. In meinen paar Flugjahren hatte ich siebzehnmal notlanden müssen, kein einziges Mal war es mir unfair erschienen, jedesmal war ich mehr oder weniger darauf vorbereitet gewesen.

Diese Notlandung aber war eine andere Sache. Die Luscombe, die ich flog, war kaum ein altes Flugzeug; sie brachte mehr Leistung als ultramoderne Maschinen mit mehr PS und hatte einen der zuverlässigsten Motoren überhaupt. Ich flog diesmal nicht zum Spaß oder übungshalber, sondern war geschäftlich von Nebraska nach Los Angeles und zurück unterwegs. Ich hatte den Flug fast schon beendet, und dies war nicht die richtige Zeit für eine Notlandung. Noch ärgerlicher war die Sache, weil der Motor noch nie gestreikt hatte. Der Defekt bestand in einem gebrochenen Verbindungsstück zwischen Gashebel und Gestänge, das fünfzig Cent kostete. So kam es, als auf dem letzten Stück meines Geschäftsflugs der Motor in den Leerlauf zurückfiel – während mich in Lincoln eine Verabredung erwartete –, zu meiner ersten unfairen Notlandung.

Und nun, nachdem ich den Schaden behoben hatte, kam ich nicht vom Boden weg, und es war nur noch eine Stunde bis Sonnenuntergang, die Zeit, zu der Dinosaurier sterben müssen.

Zum ersten Mal in meinem Leben verstand ich die Piloten moderner Maschinen, die ihre Flugzeuge als geschäftliche Nutzgegenstände betrachten und nichts von solchen Dingen wie Kunstflugtraining und das Üben von Notlandungen wissen wollen. Sie haben kaum zu befürchten, daß ihnen der Motor streikt oder ein kleines Verbindungsteil bricht. Es ist fair, daß derartige Dinge dem Sportpiloten passieren, der auf solche Bagatellen achtet, die nur die Eingeweihten interessieren, und Spaß daran hat, darauf gefaßt zu sein – aber nicht mir auf meinem Geschäftsflug, wenn mich Leute am Flugplatz erwarten und ich für Punkt sechs Uhr zum Abendessen verabredet bin. Weil eine Notlandung für einen Mann, der in Geschäften unterwegs ist, einfach unfair ist, ging mir langsam auf, daß er sie schließlich auch für unmöglich hält.

Ich beschloß, noch einen Versuch zu machen, vor Einbruch der Dunkelheit von dieser kleinen Wiese in Kansas wegzukommen. Für meine Verabredung war ich bereits zu spät dran, aber das war dem Schnee herzlich gleichgültig. Und ebenso der Kälte, der Wiese oder dem Himmel. Den Teergruben waren ja auch die Dinosaurier gleichgültig gewesen. Teergruben sind Teergruben, und Schnee ist Schnee – der Dinosaurier muß selbst zusehen, wie er sich befreit.

Beim einundzwanzigsten Startversuch endlich, in wirbelnden Schneeschleiern, schaffte die Luscombe eine Spur, die lang genug war, kam mühsam auf fünfundvierzig Meilen pro Stunde, schüttelte sich, kam ins Schlingern, stolperte in die Luft, berührte den Schnee wieder, schüttelte ihn ab und flog.

Ich dachte über all dies nach, als wir mit Kurs auf Lincoln über die Schatten der Abenddämmerung dahinbrausten. In meinem Bordbuch standen nun achtzehn Notlandungen, und nur eine davon war unfair.

Keine schlechte Bilanz.

MMRRrrrauKKKkrältschkAUM oder die Party
in La Guardia

Ist es schon einmal vorgekommen, daß Sie plötzlich aufwachen und sich auf dem Geländer einer hohen Brücke finden oder auf dem Dachsims eines hundertstöckigen Büroturms und unsicher über dem gähnenden Abgrund schwanken und sich erstaunt fragen, wie Sie eigentlich hierhergekommen sind, bereit zum Sprung in die Tiefe? Und daß die Antwort aus einer ganzen Salve von Gründen besteht – hier Krieg und dort Haß und überall der Kleinkrieg zwischen den Menschen und daß nur das elende Geld zählt und jede Wiese ein Müllplatz und jeder Fluß eine Kloake ist und niemand sich um Recht oder Unrecht kümmert, keiner für das Gute eintritt statt für das Böse, für Rücksichtnahme statt Brutalität? Irgendwo ist wohl etwas schiefgegangen, und man ist in die falsche Welt hineingeboren worden, in eine Welt, wie man sie ganz und gar nicht gewollt hat, und die einzige Möglichkeit, sie zu ändern, besteht darin, sich irgendwo hinunterzustürzen und zu hoffen, daß man drunten in den Eingang zu einem anderen und besseren Leben fällt, in dem man sich bewähren kann, das einem Freude schenkt und die Chance, etwas Lohnendes zustande zu bringen.

Nun, warten Sie einen Augenblick, bevor Sie springen. Denn ich habe Ihnen etwas zu erzählen. Es handelt von zwei verrückten Leuten, die eigentlich in die Klapsmühle gehörten und ohne weiteres Freunde von Ihnen sein könnten. Die den Entschluß faßten, nicht in die Tiefe zu springen, sondern die Welt zu packen und einmal richtig durchzuwalken, bis sie so ist, wie sie sie haben wollen.

Der Mann heißt Jack Kramer und ist Pilot. Die Frau heißt Eleanor Friede und ist Verlagsredakteurin. Sie nahmen sich die Welt vor, indem sie eine Fluggesellschaft aufzogen.

Die Firma East Island Airways wurde gegründet, weil Jack Kramer einen zweimotorigen Bamboo Bomber Cessna T 50, Baujahr 1941, gesehen hatte, der auf einem Flugplatz abgestellt war und vergammelte, und weil er ihn retten wollte.

Die Firma East Island Airways wurde gegründet, weil Eleanor Friede von New York zu ihrem Haus am Strand von Long Island kommen wollte, ohne sich im Sommer vier Stunden lang Stoßstange an Stoßstange durch das Gewühl quälen zu müssen.

Die Firma East Island Airways wurde gegründet, weil Mrs. Friede Mr. Kramer kennenlernte, als sie Flugunterricht nahm, und weil er nicht lange danach in ihr Haus gestürmt kam und rief, er habe einen Bomber entdeckt, der gerettet werden müsse, und er würde die Hälfte des Geldes aufbringen, wenn sie die andere aufbrächte, und sie könnten doch etwas damit anfangen, daß es sich bezahlt mache, aber kommen Sie jetzt doch mit, stellen Sie den Herd ab und kommen Sie mit und sehn sich dieses Flugzeug an, und Sie werden es wunderschön finden, Eleanor, und vielleicht sollten wir uns nicht einbilden, daß wir eine Menge Geld damit machen, aber es muß andre Leute geben, denen der Verkehr ebenfalls auf den Wecker geht, und vielleicht bringen wir genug zusammen, daß wir mit dem Geld für die Tickets aus dem Schneider sind, und wir könnten den Bomber retten!

Und so sah Eleanor Friede den dicken alten zweimotorigen Bomber, wie er da im Sonnenschein wartete, und fand ihn hübsch und ebensoviel Gefallen an ihm wie Jack Kramer, wegen seiner Majestät, seines Charmes und seines Stils. All dies hatte er, und er kostete 7000 Dollar, zu einer Zeit, als andere Bomber für 4000 oder 5000 zu haben waren. Aber die anderen Bomber mußten nicht vor Besitzern gerettet werden, die sie nicht liebten, und 7000 Dollar durch zwei geteilt machte nur 3500 pro Kopf. Damit war die East Island Airways geboren.

Es gab bereits Lufttaxi-Firmen, die vom New Yorker Flughafen La Guardia aus nach East Hampton in Long Island flogen. Na und?

Die anderen Firmen hatten moderne Maschinen; jede von ihnen hatte sogar mehrere moderne Maschinen. Allerhand.

Der Bomber würde von Grund auf inspiziert und höchstwahrscheinlich umgebaut werden müssen, und das würde teuer kommen, könnte den größten Teil des Geldes aufzehren, das die beiden sich zusammengespart hatten. Interessant.

Man müßte die nötigen Papiere beschaffen und hätte eine Unmenge Arbeit, die Firma zu gründen, die Voraussetzungen für die Betriebserlaubnis zu schaffen, die Versicherungskosten zu kalkulieren und Policen abzuschließen. Allerdings.

Statistiken, die Logik, der gesunde Menschenverstand, sagen einem ohne den Schimmer eines Zweifels, daß dabei kaum ein Cent zu verdienen, viel wahrscheinlicher hingegen ein Dollar, vielleicht sogar viele Dollar, zu verlieren wären. Bemerkenswert.

Mr. Kramer war Präsident und Chefpilot. Mrs. Friede war Vorstandsvorsitzender, Sekretär und Schatzmeister in einer Person.

Nun hatte diese Welt, in der wir leben, die uns hin und wieder dazu treibt, von einer Brücke springen zu wollen, für diese Dreistigkeit nicht viel übrig. Sie hatte auch nicht viel dagegen, aber sie verhielt sich kalt und uninteressiert, wie es so ihre Art ist. Sie begann der East Island Airways mit blinder Neugier zuzusetzen, und wartete, wann sie zusammenklappen würde.

»Der Preis des Flugzeugs war die geringste Ausgabe«, sagte Mrs. Friede, »es war so viel wie nichts. Ich zeige Ihnen die Bücher, wenn Sie sie sehen wollen. Ich hab sie versteckt.«

Kramer arbeitete mit einer Reparaturfirma in Long Island fünf Monate an dem Bomber, erneuerte den Rumpf, installierte Funkgeräte, riß das Innere heraus und ersetzte es durch eine neue Ausstaffierung.

»Sie kennen den Ausdruck, man soll niemals schlechtem Geld gutes nachwerfen?« sagte er. »Wir hatten einen ähnlichen: Schlechtem Geld *immer* gutes nachwerfen. Wir hatten uns darauf eingestellt, eine gewisse Summe auszugeben, um den Bomber in Form zu bringen, aber als die Rechnung kam, sagte ich *neuntausend Dollar*? Neuntausenddreihundert Dollar. Es war nicht zu fassen. Manchmal saßen wir wie betäubt am Tisch und fragten uns . . . wirklich . . . hm.« Seine Stimme verlor sich in der Erinnerung, und die Vorstandsvorsitzende fuhr fort.

»Alle, *alle* haben uns gewarnt, wir hätten nicht genug Kapital, und eine Flugfirma mit einer einzigen Maschine, das wäre unser Ruin und könnte nicht gutgehen. Und sie konnten es beweisen – sie brauchten es uns nicht zu beweisen, wir wußten es ja. Aber keiner von uns beiden verdiente sein Geld damit, das zunächst einmal. Und wenn wir Geld hineinsteckten, das wir brauchten, um Rechnungen oder sonst was zu bezahlen . . . äh . . . nun, tatsächlich *haben* wir Geld hineingesteckt, das wir für Rechnungen gebraucht hätten . . . aber wir ließen die Rechnungen warten und sind irgendwie nicht verhungert.«

Als der Bomber endlich flugbereit war, hochgemut mit den Buchstaben EIA bemalt, hatte er die beiden Partner 16 500 Dollar gekostet. Halbiert war dies für jeden nur 8250 Dollar. Aber das Geld war nicht verloren, die Ersparnisse hatten sich nicht in Luft aufgelöst. East Island Airways war stolzer Besitzer eines Flugzeugs!

Flugverbindung mit Komfortmaschine zu den Hamptons – für eine nicht zu große Gruppe.

Sie sind eingeladen, Stammitglied der Gesellschaft EAST ISLAND AIRWAYS *zu werden.*

Die East Island Airways besteht aus einem wunderschönen, großen, mit Lederbespannung ausgekleideten Flugzeug. Nicht neu. Nicht einmal sehr elegant (siehe Photo). Aber von der Luftfahrtbehörde voll zugelassen und eine verwöhnte Schönheit. Bequem. Bei uns muß man nicht über die Fluggäste steigen, sondern findet eine Geräumigkeit, die Sie mit diesen Meilen von Teppichboden an eine gepflegte Packard-Limousine erinnert. Wir starten von La Guardia und rauschen mit 140 Meilen pro Stunde in fünfundvierzig Minuten nach East Hampton . . .

153

Die Mitgliedsgebühr betrug hundert Dollar, der 100-Meilen-Flug kostete einfach fünfzehn Dollar.

Die Sache klappte nicht. Niemand wollte mitmachen. Neugierig setzte die Welt ihren Druck an und horchte auf ein Knacken im Gebälk.

»Ich bin überzeugt, eine Menge Bekannte von Eleanor erwarteten, daß sie umsonst mitfliegen könnten. Ich glaube, wenn die Leute einen Prospekt kriegen, in dem steht, daß man ein Flugzeug hat, dann denken sie, der Laden hat eine Menge Geld, und was zählt es schon, ob einer mehr oder weniger mitfliegt. Anfangs war es uns egal, uns lag daran, daß sie wußten, daß es uns überhaupt gibt.«

Das hörte sich nicht an wie ein Knarren im Gebälk und mußte einer auf erbarmungslose Konkurrenz eingestellten Welt verwunderlich klingen. Nicht viele Fluggesellschaften fliegen gratis, nur damit die Passagiere wissen, daß es die Firma gibt.

»Bis zum 4. Juli ging das Geschäft sehr zäh, aber dann haben wir plötzlich eine Menge Leute befördert. Wir haben alles per Charter gemacht, die Leute haben angerufen und die Maschine gechartert. Diese Sache lief ziemlich gut, da wir am Anfang genug nette Leute kennenlernten, so daß wir drei oder vier Tage in der Woche voll ausgelastet waren. Und wir hatten Charterflüge bis nach Neu-England und Maine und so weiter. Wir hatten ziemlich zu tun.«

Komisch. Die kaltherzige, gefühllose Welt setzte ihren Druck an, und die einzige Reaktion hörte sich merkwürdigerweise wie das Geräusch der Welt an, wenn auch ein bißchen unsicher.

»Die Leute haben immer darauf gewartet, daß die Maschine abstürzt,

154

und sie wollten, daß sie nicht funktioniert. Sie sei alt und es könne doch unmöglich gehen, aber es geht, und sie fliegt und fliegt, und nach einiger Zeit wissen sie nicht mehr, was sie denken sollen. Sie sagen sich, wenn Dinge alt sind, dann sind sie vielleicht besser als neue.

Ein Flugzeug aus Holz kennt keine Ermüdung. Es gibt Schwierigkeiten mit zweimotorigen Beeches, es gibt Schwierigkeiten mit der 310, sie landen alle beim Schrotthändler, alle wegen Problemen mit dem Metall. Und in zwanzig Jahren werden die Leute hören: ›Wird Sie 100 000 Dollar kosten, Ihr Metallflugzeug wieder herzurichten‹, und daneben hockt der Bomber, lacht sozusagen still in sich hinein und sagt: ›Hättest du nicht auch gern Holme aus Holz?‹

Wir nahmen genug ein. Die Leute sagten immer: ›Das ist doll, Sie machen doch bestimmt einen Haufen Geld.‹ Und ich darauf: ›Natürlich, natürlich‹, weil ich nicht darauf eingehen konnte, daß wir in Wahrheit nicht viel Geld verdienten, was die Leute nicht verstanden hätten.

Es war die Tour, wie man das System bloßstellt. Alle anderen Firmen haben versucht, die Fluggäste mit ihren schnellen Maschinen einzufangen, die riesige Strecken fliegen konnten, und dann wurden die Passagiere nur hineingestopft, zusammengepfercht, mit dem Gepäck auf der Nase und all dem Zeug. Niemand außer uns dachte daran, eine so alte Maschine einzusetzen, und keiner hat geglaubt, daß sie länger als eine Woche halten würde.

In La Guardia kannten sie sie nach einiger Zeit. Anfangs war ihnen nicht klar, um was es sich da handelte – immerzu hieß es: ›Sagen Sie noch mal einen Flugzeugtyp!‹ Wenn wir eine Instrumentenlandung machten und mit neunzig Knoten den Landekurs herunterkamen, sagten die Burschen: ›Wieso ist eine zweimotorige Cessna so langsam? Sie können doch schneller fliegen!‹ Und ich hab gesagt: ›Klar könnte ich, aber dann brächte ich die Räder nicht runter.‹ Sie kamen nicht drauf, daß es eine *ur*alte zweimotorige Cessna war, keine . . . sie dachten, es sei eine alte Cessna 310. ›Nein, es ist eine *uralte* Cessna‹, bis es ihnen aufging – ›Aha, AHA! *Die* meinen Sie.‹«

»Weißt du noch, Jimmy«, fragte die Vorstandsvorsitzerin, »wie wir zur Landung runtergingen und der Tower gesagt hat: ›Zweimotorige Cessna im Endanflug, ist das eine Maschine mit Metallflügeln?‹ Und wie du gesagt hast: ›Negativ. Stoffflügel.‹ Und der Typ sagt: ›Was? Die glänzen aber!‹«

»Yeah. Wir haben uns zum Beispiel mit einem Lotsen unterhalten, der uns erzählt hat: ›Hey, ich hatte einen Onkel, der hat sie im Krieg geflogen.‹ Und dann fing er noch mal an: ›Boy . . .‹, aber da kam United dazwischen und wollte wissen, wann mit der Freigabe zu rechnen ist, und der Junge wurde in die Wirklichkeit zurückkatapultiert.«

Aber das Geld. Der größte Hammer, den die Welt besitzt, um eine Firma kaputtzuschlagen, ist das Geld. Man muß wendig sein, ein bißchen durchtrieben und hart im Nehmen, wenn man gegen die Konkurrenz bestehen will, sehr durchtrieben und hart im Nehmen, wenn man es weiter als die andern bringen will. Beides war nicht der Ehrgeiz von East Island Airways. In jenem ersten Sommer nahm die Firma 2148 Dollar von ihren Fluggästen ein. 6529 Dollar gab sie für Betriebskosten aus. Ergo verlor sie 4381 Dollar.

Das deutet auf einen hoffnungslosen Zustand, eine Katastrophe, wenn – aber nur dann – der Hauptzweck einer Firma darin besteht, Geld zu bringen. Doch die ganze feindliche Welt – all die nüchternen Facts of life – konnte sozusagen nur ohnmächtig mit den Zähnen knirschen. Denn East Island Airways ist ein Unternehmen, das nicht nach den Gesetzen der Welt, sondern nach seinen eigenen geführt wird.

»Ich hab mit Maury, meinem Steuerberater, darüber gesprochen«, sagte Mrs. Friede, »und er hat gesagt: ›Sie haben doch nicht vor . . . das ist als Geldanlage eine Verrücktheit, und Sie haben doch hoffentlich nicht die Absicht, damit Gewinn zu machen?‹ Aber dann sagte er: ›Nun ja. Sie geben ja kein Geld in den Nachtklubs aus, und jeder braucht so was, und wenn es ein Flugzeug ist, in Ordnung. Sie können es sich leisten, eine gewisse Summe für Ihr Vergnügen auszugeben, und wenn Sie es darin finden, dann meinetwegen. Sie haben meinen Segen, ich beneide Sie.‹« Sie lächelte, ein freies, gelassenes Lächeln, das der Welt trotzte. »Profit zu machen war nie das Motiv, Spaß haben schon, und in dieser Hinsicht war es ein großer Erfolg. Ich hab den Bomber wirklich liebgewonnen.«

Spaß. Wenn Ihr Hauptmotiv darin besteht, Spaß zu haben, und das Geld erst an zweiter oder dritter Stelle kommt, dann hat es die Welt ziemlich schwer, Sie auf Null zu bringen.

Als East Island Airways auf dem Weg über das Geld nicht zu bezwingen war, versuchte die Welt es mit Betriebsschwierigkeiten – Wetter, Wartung, Start- und Landeverzögerungen.

»Ich erinnere mich, wie ich einmal zu spät dran war«, sagte Kramer. »LaGuardia war gesperrt, wegen eines Gewitters, und alle andern Air-Taxi-Flüge waren für diesen Abend eingestellt worden. Ich war auf dem Flugplatz Republic Field in Long Island, und Eleanor wartete mit den Fluggästen in LaGuardia auf mich. Ich rief stündlich LaGuardia an und versuchte den Lotsen dazu zu bringen, daß er sagte, sie hätten weniger als eine Stunde Landeverzögerung. Ich hatte, während ich in Republic wartete, nichts zu knabbern als einen trockenen Käse-Kräcker, und als ich schließlich durchkam und in LaGuardia eintraf, da feierten die eine Party! Einer hatte einen ganzen Delikatessenladen leergekauft, das

ganze Zeug in einer Schachtel verstaut und die zum Flughafen rübergeschleppt. Wie ich reinkomme, sagt der zu mir: ›Hier, Roastbeef, möchten Sie was davon?‹ Und gibt mir einen Batzen Roastbeef, und ich hatte die ganze Zeit nichts als diesen einzigen Käse-Kräcker gegessen. Ich sage: ›Wir fliegen los – jetzt. Die Maschine fliegt – jetzt.‹ Sie haben ihr Gepäck geholt und sind rein wie der Blitz, aber ihre kleine Party ist sofort weitergegangen. ›Ruhe bitte‹, hab ich gesagt. Ich warf Eleanor einen bösen Blick zu, und alle sind ruhig geworden.«

»Er hat mir im Lauf der Zeit viele böse Blicke zugeworfen«, sagte Mrs. Friede, und ich wußte genau, welche echt waren. »Er hat eine Menge Lärm und Unfug in der großen Hinterkabine geschluckt, solange es ihn beim Fliegen nicht störte. Wenn aber ein Fluggast mit einer Zigarette leichtsinnig wurde . . . nun ja, wir haben den Leuten Bescheid gesagt, und damit hatte es sich.«

Schließlich kam die merkwürdige, gnadenlose Welt sozusagen doch an ihr Ziel. Als die Versicherungsprämien für Lufttaxis auf das Doppelte stiegen, von 1500 Dollar für eine Sommersaison auf 3000, wurde es zuviel. Doch die beiden Partner wirken keineswegs geschlagen.

»Ich glaube nicht, daß wir den Bomber diesen Sommer wieder im Pendelverkehr einsetzen werden«, sagte Kramer. »Es könnte sein, daß ich irgendwo einen Job annehmen muß. Aber hin und wieder wird er nach LaGuardia hineinhuschen, mit diesem krächzenden Geräusch, das es beim Rollen von sich gibt und an dem die Flugzeugwarte ihn sofort erkennen. Sie sagen zu mir Sachen wie . . . ich komme abends an, und sie sagen: ›Meine Güte, wissen Sie, diese . . . sehn Sie die *Flammen,* die aus dem Auspuff rauskommen!‹ Und dieser Lärm – MMRRrrrauKKK-krältschkAUM –, krächzend und weiß Gott wie, und sie sagen: ›Junge, das ist hübsch!‹ Wo der Bomber hinkommt, überall scheint er die Leute fröhlich zu machen.

Und die Zukunft? Ich finde, es würde der Firma Cessna nicht weh tun, wenn sie die Promotion für eines der wirklich großartigen Flugzeuge übernähme, die sie gebaut hat. Das wär doch was, wenn sie sagen könnten: ›Hier ist ein dreißig Jahre alter Bamboo Bomber, der soeben um die ganze Welt geflogen ist.‹ Also, ich möchte damit um die Welt fliegen. Denn die Maschine hat einen Flug um die Welt verdient.«

Man hat das komische Gefühl, daß Kramer irgendwie seinen Wunsch verwirklichen wird, wenn auch East Island Airways an dem Flug vermutlich keinen Cent verdienen, sondern vielleicht sogar Geld verlieren wird.

Das also war die Geschichte von East Island Airways. Wenn Sie wollen, können Sie jetzt meinetwegen von diesem Sims springen. Ich dachte mir nur, Sie sollten wissen, daß diese beiden Leute entdeckt haben, daß die Alternative zum Springen in einem Lachen besteht und dem Entschluß, nach den eigenen Wertvorstellungen und nicht nach denen der Welt zu leben. Sie haben sich ihre eigene Realität geschaffen, statt in der Wirklichkeit anderer unglücklich zu sein. Wie East Island Airways zeigt, ist die Erde nicht dazu da, von einer Brücke aus hinunterzuspringen, sondern um sie herumzufliegen.

Und dieses krächzende Geräusch, das Sie in der Nacht hören, das ist der dreißig Jahre alte Bamboo Bomber. Er rollt wieder einmal zu einem Start in seine Abenteuer, hinter sich blaue Flammen, die aus dem Auspuff züngeln. Er schmunzelt vergnügt und regt sich nicht weiter darüber auf, ob es der Welt paßt oder nicht, was er treibt.

Ein Evangelium nach Sam

Ein alter Guru muß es vor zehntausend Jahren zu einem Jünger gesagt haben. »Weißt du, Sam, es wird niemals einen Menschen geben, der jemals mehr besitzt als seine eigenen Gedanken. Weder Menschen noch Wohnungen, noch Dinge werden wir durch unermeßliche Zeiten als unser eigen behalten. Eine kleine Weile mit ihnen gehen, das können wir, doch früher oder später wird jeder von uns seinen wahren Besitz ergreifen – was wir gelernt haben, wie wir denken – und für sich auf einsamen Pfaden wandeln.«

»So ist das«, muß Sam gesagt und all diese Worte auf Lotusrinde geschrieben haben.

Warum also war ich – Tausende von Jahren, nachdem diese Weisheit aufgezeichnet worden war – traurig, als ich Papiere unterschrieb, mit denen ich mich von einem Doppeldecker trennte, der zu einem Stück meines Lebens geworden war? Es stand außer Zweifel, daß es geschehen mußte. Wo ich jetzt wohne, bin ich auf drei Seiten von Wasser umgeben, an der vierten von einem dichtbesiedelten Wohngebiet. Der Flugplatz hat zwar, gottlob, keinen »Kontrollturm«, besteht jedoch aus einer betonierten Start- und Landebahn; die ist für eine Landung des Doppeldeckers wie gebuttertes Glas, mit Streifen aus Beton, gegossen in einen Dschungel von Eichen ohne eine einzige Landemöglichkeit, sollte der Motor beim Start aussetzen. Ich war neunhundert Meilen von dem Ort weggezogen, wo der Doppeldecker zu Hause war und je länger ich ihn im Hangar stehenließ, um so schlimmer wurde es; er fiel wohnungssuchenden Spatzen und textilhungrigen Mäusen anheim. Es blieb keine andere Wahl, wenn mir etwas an diesem Flugzeug lag und wenn ich wollte, daß es sein Leben am Himmel führte, als es an jemanden zu verkaufen, der es gut und oft fliegen würde. Warum war ich dann so traurig in dem Augenblick, als ich die Papiere unterschrieb?

Vielleicht weil ich mich an die sechs Jahre erinnerte, die wir zusammen geflogen waren. Ich dachte zurück an einen Tag in Louisiana, in der Morgendämmerung, als mit einem Mal alles schiefging, als der Doppeldecker nach einer unmöglich kurzen, nur dreißig Meter langen Startstrecke plötzlich fliegen mußte, wenn er nicht an einem Erdwall zerschellen sollte. Er hatte noch nie vorher so rasch abgehoben, er hat es seither nie mehr getan, aber dies eine Mal geschah es – er streifte den Wall und war in der Luft.

Ich erinnere mich an den Tag, als wir beim Barnstorming in Wiscon-

sin mit der Flügelspitze ein Taschentuch aufheben wollten. Ich rammte die Maschine in das Erdreich, das ich für Gras gehalten hatte, bohrte den Propeller mit hundert Meilen pro Stunde in den Dreck, verbog einen Flügel und riß ein Rad aus der Halterung. Aber der Doppeldecker wurde nicht zu einem Ball aus Blech und Stoff zusammengeknüllt; im gleichen Augenblick hüpfte er in die Luft, drehte sich in den Wind und glitt wieder nach unten, zu der kürzesten und weichsten Landung, die wir jemals zusammen gemacht haben. Fünfundzwanzigmal streifte der Propeller den Boden, doch statt auf dem Rücken zu landen oder die Flügel zu zerfetzen, sprang der Doppeldecker hoch und landete federweich.

Ich erinnerte mich an die Hunderte von Fluggästen, mit denen wir von Kuhweiden aufgestiegen waren und die noch nie in ihrem Leben eine Farm aus der Luft gesehen hatten, bis der Doppeldecker und ich daherkamen, um ihnen für drei Dollar die Chance dafür zu geben.

Es war traurig, von diesem Flugzeug Abschied zu nehmen, trotz des Wissens, daß man niemals etwas wirklich besitzt. Es war traurig, weil es mit diesen Flügen nun vorbei, weil eine reiche, erfüllte Periode meines Lebens abgeschlossen war.

Die Maschine, die ich dafür eintauschte, ist eine 85-PS-Clip-Wing-Cub. Eine ganz andere Persönlichkeit als der Doppeldecker; leicht wie dreißig Fuß Dacron, auf einen Fichtenholzrahmen gespannt, blinzelt sie nicht einmal, wenn wir auf Beton landen. Wir sind schon 300 Fuß über den Baumwipfeln, wenn das Startbahnende unter uns liegt. Sie fliegt fröhlich Kunststücke, an denen ein Doppeldecker niemals ehrliche Freude haben könnte.

Trotzdem waren das alles Beschönigungen, trotzdem erfüllte mich eine trübe Melancholie, eine wehmütige Trauer, daß der Doppeldecker und ich voneinander Abschied genommen hatten und daß ich an diesem Abschied schuld war.

Dann eines Tages, nachdem ich draußen über dem Meer langsame Rollen geübt hatte, ging mir eine einfache Sache auf, die die meisten Leute entdecken, die ein Flugzeug verkaufen müssen. Ich erkannte, daß jedes Flugzeug nicht nur ein einziges Wesen ist, sondern aus zwei getrennten besteht. Das objektiv Sichtbare, Flugwerk, Stahl und Holme, ist das eine Flugzeug. Aber das subjektive Wesen, das Flugzeug, mit dem man Abenteuer geteilt hat, mit dem uns dieses enge persönliche Band verknüpft, das ist eine ganz andere Maschine. Diese fliegende Maschine ist unsere atmende Vergangenheit, ist so wirklich unser eigen wie unsere Gedanken. Sie läßt sich nicht verkaufen. Der Mann, dessen Name jetzt auf der Zulassung des Doppeldeckers steht, ist nicht Eigentümer des Doppeldeckers, den ich besitze, der damals durch die sommerliche Abenddämmerung zu einer Heuwiese bei Cook in Nebraska hinabglitt, während der Wind in den Verspannungen seufzte und der Motor leise wie eine Windmühle summte und über die Straße neben der Wiese schwebte. Ihm gehört nicht die Erinnerung an das Geräusch, als in Iowa der Nebel sich auf den oberen Flügeln in Regentropfen verwandelte, die dumpf auf die Bespannung der unteren Flügel fielen und mich, der neben dem niedergebrannten Lagerfeuer vom vorhergehenden Abend lag, aus dem Schlaf weckten. Der neue Besitzer hat nicht die genußvollen Schreckensschreie mitgekauft, die junge weibliche Fluggäste in Queen City, Missouri, in Ferris, Illinois, in Seneca, Kansas, ausstießen, wenn sich der alte Doppeldecker steil in die Kurve legte und sie das Gefühl hatten, als ginge es vom Rand eines Scheunendaches in die Tiefe.

Dieser Doppeldecker wird mir immer gehören. Der Käufer wird immer seine eigene Cub behalten. Was Sam von seinem Guru lernte, das brachte mir der Himmel bei, und es war kein Grund mehr, traurig zu sein.

Die Dame in Pecatonica

Wissen Sie noch aus Ihrer Kindheit, wie wichtig es für einen war, daß man geliebt und bewundert wurde? Wie herrlich es war, hin und wieder der Held auf dem Sportplatz zu sein, auf den die Mädchen schauten und dem die andern Jungs dankbar waren, weil man einen Punkt rausgeholt oder der Mannschaft Ansehen verschafft hatte? Und dann kommt die Fliegerei daher, und seltsam, all das wird auf den Kopf gestellt.

Ich war im Sommer 1966 beim Barnstorming in Pecatonica/Illinois. Es war für einen Wochentag gut gelaufen, vom Abendessen bis zum Sonnenuntergang hatten wir dreißig Passagiere geflogen, und nun war gerade noch Zeit für einen einzigen Flug, bevor es zu dunkel wurde. Die Leute waren noch da, saßen in ihren geparkten Autos oder standen mit Freunden beisammen und schauten unsere Maschinen an.

Ich stand neben dem Flügel meines Doppeldeckers und rief im Dämmerlicht zu den Zuschauern hin: »Noch ein einziger Flug, Leute; der letzte Flug heute – bester Flug des Tages, jetzt gleich! Kein Aufschlag, nur drei Dollar! Nur für zwei Passagiere Platz!«

Niemand rührte sich.

»Sehn Sie sich diesen Sonnenuntergang an, das herrliche Rot dort oben! Doppelt so hübsch, wenn Sie es vom Himmel selbst aus sehen! Steigen Sie in diese Kabine, und gleich sind Sie mittendrin!«

Die Hügel und Bäume waren bereits dunkle Silhouetten am Horizont, anzusehen wie Scherenschnitte. Aber niemand wollte mitfliegen. Ich konnte nichts tun – hier stand ich mit einem herrlichen, wunderbaren Geschenk, bereit, es zu teilen, aber die Welt war nicht daran interessiert.

Ich versuchte noch einmal, die Leute zu überzeugen, dann gab ich es auf. Ich startete den Motor und hob ab, um ganz allein den Sonnenuntergang zu betrachten.

Ich hatte, wie es erstaunlicherweise manchmal vorkommt, nicht gewußt, wie wahr ich sprach. Auf 1500 Fuß Höhe blieb der Bodendunst zurück, und von hier aus, in kristallklarer Luft und im letzten Licht der Sonne, bot sich der Blick auf ein Meer aus flüssigem, dunklem Gold, aus dem sich die Hügelspitzen wie samtgrüne Inseln erhoben. Noch nie hatte ich dieses Bild so klar und rein gesehen. Der Doppeldecker und ich stiegen allein in die Höhe, ins Schauen verloren, eingetaucht in die Farben dieser lebendig gewordenen Zeit.

Etwa auf 4000 Fuß beendeten wir unseren Steigflug, unfähig, uns dem Augenblick nur passiv hinzugeben. Die Nase hob sich, die rechten Flügel

senkten sich, und ohne Gas kippten wir in einen Messerflug, der sanft in einen Looping und danach in eine Faßrolle überging. Der silberne Fächer des Propellers drehte sich langsam um seine Achse, während wir uns der Erde näherten, die einmal unter, einmal über uns war. Wir flogen aus reiner Freude daran, durch die Luft zu schweben, von Dankbarkeit erfüllt gegenüber dem Himmel, dem Symbol des Göttlichen, der es so gut mit uns meinte. Wir empfanden zugleich Demut und Stolz und neue Liebe zu dieser bittersüßen, schmerzlich-schönen Sache, die man Fliegen nennt.

Der reine Wind umströmte uns mit diesem fröhlichen Pfeifen, wenn man einen Looping oder eine Rolle beendet hat, und dann wurde er sanft und ruhig, floß weich über uns hinweg, wenn wir am obersten Punkt unserer großen lässigen Fächer-Turns angekommen waren und beinahe in der Luft stehenblieben.

Mein Doppeldecker und ich, die wir beide so viele Abenteuer gemeinsam erlebt hatten – Stürme und Sonne, rauhe und friedvolle Stunden, gute wie schlechte Flüge –, ließen uns schließlich in dieses reine Goldmeer gleiten. Wir sanken tief hinein, fingen dann den steilen Sturzflug ab und schwebten zur Landung auf dem dunklen Gras.

Ich schaltete den Motor ab, und der Propeller drehte sich noch ein paarmal traurig, bis er stehenblieb. Eine lange Minute blieb ich in meiner Kabine sitzen, machte nicht einmal den Fallschirm los. Auf der Wiese herrschte Stille, obwohl die Leute noch da waren. Sie waren wohl geblieben und hatten zugeschaut, wie dort oben die letzten Sonnenstrahlen an unseren Flügeln blitzten.

Dann wurde die Stille unterbrochen, ich hörte durch die Abendluft die Stimme einer Frau, die laut zu einer anderen sagte:

»Er hat Mut wie zehn Männer, diese alte Kiste zu fliegen!«

Es war, als hätte einen ein Schlag mit einem Eisenrohr getroffen.

O ja, ich war der Held. Ich wurde geliebt und bewundert. Ich stand im Mittelpunkt. Aber ich war nichts als angewidert davon, angewidert von dieser Frau, die mir zugleich schrecklich und in der Seele leid tat. Weib – hast du denn keine Augen? Geht dir denn gar nichts auf?

So geschah es in Pecatonica/Illinois, im Sommer 1966, in der Kabine eines gerade gelandeten Doppeldeckers, daß ich erkannte: Nicht die Liebe und Bewunderung anderer Menschen schenkt einem die Freude am Leben. Diese Freude kommt daraus, daß ich, ich selbst, Liebe und Bewunderung für alles empfinde, was für mich selten, gut und schön ist – an meinem Himmel, in meinen Freunden, wenn ich meinen Doppeldecker anfasse, dieses lebendige, beseelte Wesen.

». . . Mut wie zehn Männer« hatte diese Frau gesagt, ». . . diese alte Kiste zu fliegen . . . diese alte Kiste . . .«

Mit den Möwen stimmt was nicht

Ich habe die Möwe immer bewundert. Sie wirkt so frei und ungehemmt, wenn sie fliegt. Ich dagegen zapple mich ab und veranstalte einen Riesenlärm, nur um mich am Himmel zu halten. Die Möwe ist der Künstler, ich bin der Dilettant.

Doch in der letzten Zeit mache ich mir so Gedanken über die Möwe. Zwar beherrscht sie Hochziehen, Sturz- und Kurvenflug mit einer Anmut, die mich vor Neid erblassen läßt, aber das ist auch alles, was sie bietet – Hochziehen, Sturz- und Kurvenflug. Keine Spur von Kunstflug. Entweder hat sie keine Initiative oder keinen Mumm. Und beides paßt nicht zu einem wirklichen Könner in der Luft. Ich will ja nicht zu anspruchsvoll sein, keine Achterrollen oder Kleeblätter gleich am Anfang, aber ein schlichter Looping oder eine bescheidene langsame Rolle, das ist doch nicht zuviel verlangt.

Ich war, als leidenschaftlicher Möwenbeobachter, oft ganz sicher, daß ein junges Talent, dem ich gerade zuschaute, mir gleich etwas vorführen werde. Kreischend kam es zum Wasser herabgeschossen, steigerte das Tempo, daß jeder Pilot hätte zufrieden sein können, und zog hoch . . . hoch . . . hoch, bis es schien, als würde es geradewegs in den Himmel hineinfliegen. Ich stand da und murmelte: »Reinziehen!« Aber jedesmal schien etwas nicht richtig zu laufen. Man konnte sehen, wie die Möwe Gas wegnahm und der Bogen flacher wurde. Sie rollte aus und mischte sich unter die Menge ihrer Artgenossen, wie von tiefer Scham erfüllt, weil sie gekniffen hatte.

»Du siehst so aus, als könntest du alles«, dachte ich mir dann, »aber setz dir einen Spatzen auf den Schwanz, und ich wette, du kannst ihn nicht abschütteln.«

Andere Vögel haben eine gewisse Fertigkeit im Präzisionsfliegen und ein paar Flugkunststücke entwickelt. Wildgänse fliegen manchmal eine passable Formation, was Erwähnung verdient. Manche Gänse haben aber offensichtlich Angst vor einem Zusammenstoß in der Luft. So mancher Formationsflug wurde dadurch verdorben, daß Nummer vier oder Nummer fünf zu großen Abstand hielt und kilometerweit hinter den anderen herzuckelte. Wenn man dazu das Gequassel der andern rechnet, die den Nachzügler auffordern, aufzuschließen, kann man das Ganze nur schlampiges Fliegen nennen. Kein Wunder, daß sie von Jägern abgeschossen werden.

Der unwahrscheinliche Pelikan kommt beinahe als Kunstflieger in

Betracht. Er beherrscht ein sauberes, halbes S, versagt aber vor einer Bedingung des Manövers: rechtzeitig abfangen. Er macht anscheinend nicht einmal den Versuch dazu und landet in einer weißen Gischtfontäne im Wasser. Er ist ein Spielverderber.

Das führt uns zu der Möwe zurück. Wir können für Pelikan und Wildgans, Wasserdrossel und Zaunkönig Entschuldigungen finden, aber die Möwe ist ganz offensichtlich für den Kunstflug geschaffen. Man betrachte sich ihre Qualifikationen:

1. starke Flügel und Holme in der richtigen Proportion,
2. leicht instabile Konstruktion,
3. hohe Fluggeschwindigkeit,
4. niedrige Überziehgeschwindigkeit,
5. robuster Bau,
6. hochentwickelte Manövrierfähigkeit.

Aber all diese Vorzüge sind nutzlos, weil die Möwe nicht aggressiv fliegt. Sie begnügt sich ihr ganzes Leben lang damit, nur immer wieder die gleichen Grundmuster zu fliegen, die sie in den ersten fünf Stunden in der Luft gelernt hat. So bewundere ich zwar die Möwe und ihren schwerelosen Flug, doch wenn ich den Geist des Wagemuts aufgeben müßte, um mit ihr zu tauschen, würde ich mich heute wie morgen für meine geräuschvolle Kabine entscheiden.

Hilfe, ich komme von einer Idee nicht los!

Ganz am Anfang, als ich fliegen lernte, muß etwas schief gegangen sein. Ich erinnere mich, wie schwer es mir fiel zu glauben, daß diese kleinen Maschinen wirklich *von der Erde* abheben, daß sie eben noch fest wie ein Billardtisch oder ein Auto oder ein bunter Würstchenstand auf dem Boden stehen und gleich darauf *in der Luft* sind. Es wollte mir nicht eingehen, wie es möglich war, daß ich hier am Zaun des Flugplatzes stand und sie direkt über mich wegflogen und nichts sie mit dem Boden verband, überhaupt nichts.

Öfter kam es vor, daß ich um ein Flugzeug herumging, es berührte, beklopfte, ein bißchen am Flügelende schaukelte. Und es stand einfach da und sprach stumm: Siehst du, Herr Flugschüler? Ich hab keine Geheimnisse. Keine Zaubertricks, keine verborgenen Drähte. Es ist ganz reale Zauberei, Flugschüler. Ich kann zufällig fliegen.

Ich konnte es nicht glauben. Vielleicht glaube ich es noch immer nicht, bis auf den heutigen Tag. Irgend etwas Geisterhaftes ging mit mir vor sich, unheimlich, geheimnisvoll und überirdisch, und so ist es vielleicht gekommen, daß ich mich in diesem Winkel eingemauert habe und nun hier eingesperrt bin und nicht hinauskomme.

Es ist immer schlimmer geworden. Nichts am Fliegen ist für mich selbstverständlich, nichts gewöhnlich und alltäglich. Ich kann einfach nicht zum Flugplatz fahren, in mein Flugzeug steigen, den Motor anlassen, starten, irgendwohin steuern, landen und es dabei bewenden lassen. Ich beneide die Piloten, die leichthin in ihre Maschinen springen und zu einem Geschäfts-, Charter- oder Unterrichtsflug starten, oder diejenigen, die das Fliegen als Sport betrachten und kein solches Theater darum zu machen brauchen. Aber ich bin gefangen, komme von der Idee nicht los, daß das Fliegen etwas höllisch Ehrfurchtgebietendes und Kosmisches sei, und so bin ich auf einem Flugplatz außerstande, die einfachsten Dinge zu tun, ohne mir einzubilden, daß die Sterne ihren Lauf verändern, nur weil ich sie tue.

Zum Beispiel . . . Moment. Ich fahre zum Fliegen hinaus, und bevor ich noch aus dem Auto steige, ja bevor ich den Flugplatz sehe, fällt mein Blick auf das Schild FLUGHAFEN, und schon geht es los. FLUGHAFEN. Ein *Hafen in der Luft,* wie ein Seehafen ein Hafen des Meeres ist . . . Und ich denke über die kleinen Schiffe nach, die durch den Himmel zu diesem einen von all den möglichen Häfen segeln, der ihnen offensteht, die jetzt diesen einen Ort auswählen, um zur Erde zurückzukehren. Die auf dieser Grasinsel aufsetzen, die eigens und geduldig auf sie gewartet hat, und dann an ihre Stellplätze rollen, wo sie leicht im Wind schaukeln wie kleine Schiffe in ihren Häfen.

Ich bin noch nicht einmal *da*, ich sehe nur das Flughafenschild und vielleicht in der Ferne eine Cessna 172, die im Endanflug bodenwärts schwebt, hinter den Straßenbäumen im Vordergrund verschwindet, unterwegs zu einem – wie ich weiß – großen, ebenen Platz zum Landen. Wo kommt diese Cessna her und wohin fliegt sie weiter? Welche Stürme und Abenteuer hat dieser Pilot bisher und in dieser Maschine bestanden? Vielleicht viele, vielleicht wenige Abenteuer, aber sie waren zusammen droben an diesem weiten, gewaltigen Himmel, und sie sind davon anders geworden, und jetzt sind sie aus ihm zu diesem einen kleinen Hafen herabgeflogen, ausgerechnet zu dem Hafen der Luft, der vor mir liegen wird, sobald ich diese letzte Biegung hinter mir habe.

Ich kann einfach nicht das Wort »Flughafen« so hinsagen und dann zum Rest des Satzes übergehen. Es geht mir immer »Flughafen... Flughafen...« im Kopf herum, und so fahre ich weiter und nehme entweder die falsche Abzweigung oder komme von der Straße ab oder erschrecke irgendeinen Unschuldigen, der gerade aus der Tankstelle herausfährt. Ein Flugplatz ist für mich so aufregend, daß ich es nicht

wagen kann, anzuhalten oder darüber nachzudenken oder auch nur das Wort auszusprechen, sonst sind die Chancen eines normalen Flugs so ziemlich dahin, bevor ich noch aus meinem Auto steige.

Doch als der Wagen endlich anhält, sehe ich als erstes mein kleines Flugzeug, das mich erwartet. Und ich kann es nicht fassen ... Das ist ein FLUGZEUG, und es gehört MIR! Unglaublich. All diese verschieden geformten Teile und Stücke, so sorgfältig zu einer solch schönen, reinen Skulptur zusammengefügt, sie können nicht mir gehören! Ein Flugzeug ist zu schön, als daß man es besitzen könnte, es ist wie der Mond oder die Sonne. Man kann sich nicht satt sehen daran. Schau, wie dieser Flügel geschwungen ist, wie der Rumpf in die Seitenflosse übergeht, das funkelnde Glas, das Sonnenlicht, das von Metall und Bespannung widerspiegelt ... nein, das gehört in den Hauptsaal des Museums für moderne Kunst!

Und wenn ich mich auch mühselig für das Geld zu seiner Anschaffung abgerackert habe oder wenn ich es in meinem Keller aus Holzlatten wieder zusammengebaut oder wenn ich mich ihm so ausschließlich gewidmet habe, daß es kein normales Leben mehr für mich gab ... Und wenn ich keinen Dollar ausgegeben habe für Alkohol oder Zigaretten oder Kinobesuche oder Bowling oder Golf oder Motorboote oder Essen im Restaurant oder neue Wagen oder Aktien oder für das Sparkonto ... Und wenn mir noch soviel an diesem Flugzeug liegt, mir allein und sonst niemandem auf der Welt ... Auch das ändert nichts, es ist trotzdem unglaublich, daß etwas so Herrliches auf der Welt passieren kann, das mir ein Flugzeug als Eigentum schenkt.

Ich denke darüber nach. Schaue die Instrumente an und das Funkgerät, berühre das Handrad, die Treibstoffzufuhrregler und die Schalter für die Navigationslichter, die Sitzpolsterung, betrachte die kleinen Ziffern auf dem Fahrtmesser und die Reaktion der Nadel des Höhenmessers, wenn ich am Knopf drehe, lausche dem Wind, der ganz sanft übers Gras weht und um die Biegungen des Flugzeugs – und mir nichts, dir nichts ist eine halbe Stunde vergangen. Ich sitze da, ganz allein in dem Flugzeug, das noch auf der Erde steht, bewege mich kaum, spreche kein Wort. Ich sehe es nur an und berühre es und denke über dieses Wesen nach und darüber, was es vermag, daß es fliegen kann, und eine halbe Stunde ist wie eine halbe Sekunde vergangen, bevor die Flugzeuguhr auch nur einmal getickt hat.

Es kann fliegen. Überallhin. Und ich weiß genau, was meine Hände und Füße zu tun haben mit all den Knöpfen und Hebeln und Pedalen, genau in welcher Reihenfolge, damit ich die Maschine zum Leben erwecke und tatsächlich die Erde verlasse und irgendein Ziel auf dem Globus, wo ich nur will, ansteuern und, wenn ich es wirklich erreichen

170

will, erreichen kann. Einerlei, wo es liegt. Von diesem Platz aus, wo ich gerade sitze. In dieser Maschine. New York, Los Angeles, Kanada, Brasilien. Frankreich, wenn ich einen Ersatztank einbaue, und dann weiter nach Italien und Griechenland und Bahrein und Kalkutta, Australien und Neuseeland. Wohin ich nur will. Es ist so schwer zu glauben, und doch ist es wahr, und niemand, der fliegt, wird auch nur den Schimmer eines Zweifels daran haben. Jeder andere kann es als eine Tatsache hinnehmen, die tausend- und abertausendmal erwiesen ist, ich aber sitze hier in meiner Kabine, und noch einmal vergeht eine halbe Stunde mit dem Ticken der Borduhr, und ich kann es noch immer nicht glauben. Ich verstehe es, das schon, aber ich kann ehrlicherweise nicht sagen, daß ich es fasse, daß ich mit einemmal glaube, ein Flugzeug kann fliegen.

Das ist nur ein Anfang, noch nicht einmal ein Abheben. Wieviel bedeutet dieses eine Wort »Flugzeug«! Wie kann irgend jemand ein Flugzeug nicht gern haben, wie kann er sich davor fürchten, wie kann er es nicht schön finden? Es ist mir unbegreiflich, daß es einen lebenden Menschen, irgend jemanden irgendwo auf der Erde geben kann, der imstande ist, dieses Geschöpf aus Kurven und Flügeln anzusehen und dann unberührt wegzugehen.

Schließlich kommt doch der Zeitpunkt, an dem ich mich überwinde, den Motor in Gang zu setzen, den Propeller zum Drehen zu bringen, aber ich kann Ihnen sagen, es braucht dazu eine übermenschliche Konzentration. Weil ich zu diesem Griff hinunterlange und darauf STARTER steht. Starter. Das, was etwas startet, in Bewegung setzt, womit die ganze Reise hinauf in den Himmel beginnt, über jeden Horizont auf der Erde. Starter. Wenn ich ihn berühre, ändert sich aufs neue mein ganzes Leben. Dinge werden in Gang gesetzt, die sonst niemals geschehen würden. Geräusche werden auf unserem Planeten zu hören sein, wo sonst Stille herrschen würde; Winde werden pfeifen und aus dieser und jener Richtung kommen, wo sonst unbewegte Luft wäre, Bewegungen das Bild verwischen, das sonst in unbewegter Klarheit zu sehen wäre. Starter. Es ist so unfaßlich, daß ich hier sitze, die Hand halb danach ausgestreckt, und ich schlucke und zittere und frage mich, ob ich das denn darf, ob ich die göttliche Erlaubnis habe, alle diese Ereignisse, die den Kosmos verändern werden, in Gang zu setzen. Vor mir wartet der Griff, und darauf steht das Wort STARTER, ja, schwarze Buchstaben auf elfenbeingelbem Kunststoff, Buchstaben, die abgenützt sind, weil sie im Lauf der Jahre so oft berührt wurden.

Wenn man diesen Griff anfaßt, erwacht ein ganzer eigener Kosmos: der Motor. MOTOR. Jetzt noch toter, kalter Stahl, doch im nächsten Augenblick, wenn es dein Wille ist, warmes Leben: geölte Lager drehen sich, Funken zucken durch das Dunkel, aalschwarze Leitungen pulsie-

ren, Ventile erwachen zum Leben, es raucht und donnert und surrt, und vorn der rasende, funkelnde, Wind erzeugende Wirbel, der Propeller heißt. PROPELLER, Luftschraube. Er schraubt sich vorwärts. Wohin? In Räume, unberührt vom Menschen, in Geschehnisse, die uns alle auf die Probe stellen, an denen wir unseren Wert als Menschen ermessen können, die das Schicksal in die Hand nehmen...

Sie sehen, in was für eine Falle ich geraten bin. Ich bin unfähig zum einfachsten Handgriff auf dem Flughafen (oh, Flughafen, Hafen der Lüfte, Zuflucht der kleinen Archen, die über den Himmel segeln!), unfähig, einfach in das Flugzeug (wunderreiche Maschine, gebaut aus magischen...) zu steigen und den verflixten Motor (kosmisches...) zu starten (in Bewegung zu...), ohne daß gleich die ganze Welt in goldener Pracht erstrahlt und Trompeten in den Himmeln erschallen und Engel um die Wolken schweben und in einem Chor von 20 000 Stimmen Halleluja singen, die männlichen Engel mit tiefen, die weiblichen mit hohen Stimmen, alles so wunderbar und herrlich, daß mir die Tränen in die Augen kommen und ich ganz aufgelöst bin vor Freude, Lobpreisung und Dankbarkeit gegenüber dem Geist des Universums – und dabei habe ich noch nicht einmal den Starter berührt!

So geht es mir mit allem, was irgendwie mit dem Fliegen zu tun hat. Wenn ich beispielsweise nach dem Abheben nur einen ganz kurzen Augenblick Gas wegnehme, bin ich wieder verloren. ABHEBEN. Abheben – das Abstreifen der Fesseln und Ketten, die jahrhundertelang unsere Väter und Vorväter an die Erde schmiedeten, wie zuvor schon das wollige Mammut und den Stegosaurier und die Bäume und die Felsen. Heute besitzen wir die Macht, uns von diesen Fesseln zu befreien, uns dort am Anfang der Startbahn aufzustellen, den Gashebel nach vorn zu schieben, langsam anzurollen und immer schneller zu werden, schließlich die Nase hochzuziehen – und klirrend und rasselnd fallen die Ketten ab. Das können wir. Wir können abheben. Wir können fliegen, zu jeder Zeit, zu der wir wollen.

Oder Fluggeschwindigkeit. Ich brauche nur an so ein einfaches Wort wie FLUGGESCHWINDIGKEIT zu denken, und schon bin ich droben im Wind, meine Arme sind Flügel, und ich fühle die Luft, das Tempo, die Fluggeschwindigkeit, die mich emporträgt, weit hinauf über die Wolken, fort von allem, was falsch, und hin zu allem, was wahr ist, in den sauberen, reinen, offenen, ehrlichen Himmel. Und wieder erschallen die Trompeten, wieder singen diese verflixten Engel, diesmal von Fluggeschwindigkeit. Hundert Meilen pro Stunde auf der Scheibe, warum muß ich daran etwas Besonderes finden? Was ist denn weiter dabei? Aber nein, nie, keine Aussicht. Es muß alles großartig sein.

Sie sehen also, wie es mit mir steht. Hangar. Treibstoff. Öldruck. Startbahn. Flügel. Auftrieb. Steigflug. Höhe. Wind. Himmel. Wolken. Luftstraße. Kurve. Überziehen. Gleitflug. Sogar Fluggesellschaft und Flugdienst und immer weiter und weiter. Sie sehen, wie ich gefangen bin, wie eine Ratte in der Falle.

Es wäre ja nicht so schlimm, und ich habe es lange für mich behalten, denn wenn ich die Rolle des Märtyrers spielen soll, will ich sie demütig annehmen und die Last dieses seltenen Leidens tragen, um all deren willen, die fliegen.

Jetzt aber spreche ich doch, weil ich ab und zu gesehen habe, wie andere Piloten gelandet sind, den Motor abgestellt haben und länger in ihrer Maschine sitzen blieben, als für die Eintragungen ins Bordbuch notwendig ist. Es war fast so, als empfänden sie ein Nachgefühl der Größe. Und gestern habe ich einen Mann kennengelernt, der ungescheut zugab, daß er manchmal eine halbe Stunde früher am Flugplatz ist, in seine Cherokee 180 steigt und einfach so eine Weile in seiner Kabine sitzt, bevor er auch nur den Motor anläßt und zum Start hinausrollt.

Ich war über diese Bekanntschaft hoch erfreut. Weil ich jetzt diesem Mann die Märtyrerrolle abtreten werde. Weil ich diese furchtbare Bürde nicht mehr tragen, nicht mehr diesen Engeln zuhören kann.

Ich werde ganz einfach zu meinem Flugzeug hinausfahren, in die Kiste reinklettern und nach dem Starter langen und einfach so nach dem Starter . . . langen . . . nach dem . . . Starter . . . Hm. Der Starter ist wirklich eine herrliche Schöpfung, wenn man mal eine Minute darüber nachdenkt. Was startet er eigentlich? Es macht einem so Gedanken . . .

Warum Sie ein Flugzeug brauchen ... und wie man dazu kommt

Sollten Sie selber Flugzeuge fliegen, haben Sie es vermutlich immer einmal wieder, in langen Abständen, gefühlt, wenn Sie zufällig einen besonders denkwürdigen Flug erlebten oder in einem Gewitter in einem willkommenen Hafen Zuflucht fanden oder einen Freund trafen, den Sie sonst nicht getroffen hätten und der irgend etwas übers Fliegen wußte, was für Sie wichtig war. Wenn Ihnen derartiges so oft passiert ist wie einigen anderen, dann könnten Sie zu denen gehören, die gewissermaßen an einen Ruf des Himmels glauben, an einen Geist des Fliegens, der manche Menschenkinder ruft, wie die freie, wilde Natur, die einen ruft, und die See die anderen.

Sollten Sie noch nicht fliegen, haben Sie diesen Geist vielleicht gespürt, wenn Sie plötzlich gemerkt haben, daß Sie als einziger auf der Straße zu einem Flugzeug am Himmel hinaufschauen, daß Sie als einziger langsamer werden, wenn Sie an einem Flugzeug vorbeifahren, oder manchmal sogar anhalten, um die kleinen eisernen Vögel zu beobachten, die zur Erde herabschweben oder sich wieder in die dünne Luft schwingen.

Hier folgt eine grobe Skizze der meisten Leute, die fliegen, und wenn Sie an einem Flugplatz anhalten und Flugzeugen zuschauen, dann trifft diese Skizze auch auf Sie zu.

Leute, die fliegen, fühlen sich nicht wohl in ihrer Haut, wenn sie sich blind darauf verlassen müssen, daß sie von sorglosen anderen Leuten dorthin gebracht werden, wohin sie wollen. Bahnen, Omnibusse, Linienmaschinen sind unzuverlässig, haben manchmal Verspätung, und dann sitzt man fest, wo man gar nicht sein will. Autos können nur fahren, wo es Straßen gibt, und die Straßen sind mit Verkehrsschildern gesäumt. Leute, die fliegen, möchten jede Maschine, die sich voranbewegt, selbst in der Hand haben, möchten selbst den Kurs bestimmen, dem sie folgt.

Leute, die fliegen, haben ein gewisses Bedürfnis nach dem Anblick einer Erde, die nicht von Menschen wimmelt. Sie wollen sie so sehen, mit einem einzigen, umfassenden Blick, wollen sich damit vergewissern, daß es noch eine freie Natur gibt, die nicht mit einem Ziergartenzaun umgeben ist.

Leute, die fliegen, schätzen es, daß am Himmel keine Ausflüchte gelten, daß in der Luft nicht Reden zählt, sondern Wissen und Handeln. Jeder von ihnen hat einen zweiten Menschen in sich, der ihm kühl zusieht, wie er handelt und fliegt, der bemerkt, wenn man glücklich ist und wie man sich dann verhält. Dieser innere Mensch läßt sich nicht täuschen oder beschwindeln, und der Flieger ist von stiller Dankbarkeit erfüllt, daß sein innerer Beobachter ihn doch zumeist als einen annehmbaren, beherrschten Menschen beurteilt.

Leute, die fliegen, haben die Ahnung, daß eine Zukunft voller Abenteuer auf sie wartet. Sie sind nicht auf die verschwommene Erinnerung an längst vergangene Abenteuer angewiesen, an die einzigen Augenblicke, da sie wirklich gelebt haben.

Bei anderen Gemeinsamkeiten handelt es sich um Kleinigkeiten; Leute, die fliegen, messen ihre Wochenendausflüge nicht in zehn oder zwanzig, sondern in Hunderten von Kilometern; sie benutzen manchmal ihr Flugzeug, weil es ihnen geschäftlich nützlich ist; sie finden Weitblick in der Luft, wenn sie eine beengende Woche hinter sich haben.

Die immer vorhandene Grundgemeinsamkeit zwischen Leuten, die fliegen, besteht darin, daß jeder von ihnen den Weg des Fliegens gewählt hat, daß es jedem Bedürfnis ist, in seinem eigenen Leben die Herrschaft über Raum und Zeit zu demonstrieren. Wenn dies auch für Sie gilt, dann ist Ihr Wunsch, eines fernen Tages ein Flugzeug zu besitzen, keine müßige Träumerei, sondern er entspringt einem Grundbedürfnis Ihrer Natur, das Sie, wie manche Flieger sagen, nur zum Schaden Ihres Menschseins mißachten können.

Doch es gibt noch ein anderes Wesen in uns, das es nicht gut mit uns meint, das unser Verderben will. Es ist die Stimme, die spricht: »Wirf dich vor den Zug, spring von der Brücke, nur so aus Neugier, spring doch . . .« Zu jenen, die zum Fliegen geboren sind, spricht diese Stimme anders: »Schlage dir das Fliegen aus dem Kopf. Du kannst dir doch unmöglich ein Flugzeug leisten. Denk doch praktisch. Bleiben wir auf der Erde. Und was weißt du denn schon von Flugzeugen?«

Es ist ein seltsames, übervorsichtiges Wesen. Und es stimmt ja – neunzig Prozent der Leute, die heute Sportmaschinen besitzen, können sie sich eigentlich nicht leisten. Sie brauchen das Geld für Heim und Familie, fürs Sparkonto, Geldanlage und Versicherungen. Aber jeder von ihnen ist eines Tages zu dem Schluß gekommen, daß für ihn ein Flugzeug wichtiger ist als jede andere Sache, die Geld kostet. Für sie alle gehört das Fliegen zu Heim und Familie, ist es zugleich Sparkonto, Geldanlage und Versicherung.

Der kritischste Punkt beim Kauf eines Flugzeugs ist der Augenblick, in dem der Entschluß gefaßt wird, daß es nichts Wichtigeres gibt, als ein Flugzeug zu finden. Alles andere ist nur unvermeidliche Konsequenz. Weder Zeit noch Geld, noch die Geographie können einen hindern, denn der Kauf eines Flugzeugs ist fast ausschließlich ein geistiger Prozeß, unheimlich für den Betroffenen wie für den Beobachter. Wenn der Entschluß einmal gefaßt ist, werden Sie feststellen: Je mehr sich Ihre

Gedanken mit dem Flugzeug beschäftigen, desto mehr tritt es auch in Ihr Leben ein. Ja, eigentlich findet Ihr Flugzeug Sie, nicht umgekehrt.

Sobald Ihnen klar ist, daß Sie es brauchen, läuft der Prozeß rasch und automatisch ab. Was für eine Maschine? Neu oder alt? Hoch- oder Tiefdecker? Zwei- oder Viersitzer? Kompliziert oder einfach? Stoffbespannung oder Metall? Bug- oder Spornrad? Robust oder zierlich? Schnell oder langsam? Wenn Sie diese Fragen beantwortet haben, spüren Sie schon die ersten Vibrationen Ihres Flugzeugs um sich herum. Es hat sich aus dem Wunsch, der am Anfang stand, in Bücher und Fachzeitschriften mit Artikeln über verschiedene Flugzeugtypen verwandelt, hat sich verwandelt in ausgeschnittene Annoncen und das berühmte gelbe Fachblatt ›Trade-A-Plane‹ aus Crosville, Tennessee, mit seinen Listen von Tausenden von Flugzeugen, die in allen Gegenden des Landes zum Verkauf oder Tausch angeboten werden.

Wenn Sie Ihre Wahl getroffen haben, ob es eine schlichte 800-Dollar-Taylorcraft sein soll oder eine 30 000-Dollar-Beechcraft, vollgestopft mit Funkgeräten und Instrumenten, dann erscheint Ihre Maschine im nächsten Stadium häufig als Miniaturnachbildung, ehe sie plötzlich in voller Größe vor Ihnen steht.

Ein Flieger, den ich kannte, beschloß, sich eine Maschine zuzulegen. obwohl er nicht einmal zehn Dollar auf der Bank hatte. Er nahm sich vor, eines Tages Besitzer einer klassischen kleinen Piper Cub, Baujahr 1946, zu sein: einfaches Leichtflugzeug, zweisitziger Hochdecker mit Tuchbespannung und Spornrad. Die Preise für eine Cub lagen zwischen 800 und 2200 Dollar. Er beschäftigte sich in seinen Gedanken mit der Maschine, sah sie oft und liebevoll im Geist vor sich.

Er gab 98 Cent für ein Bastelmodell des Flugzeugs aus (mit Steuer kam es auf einen Dollar ein Cent), das er an zwei Abenden zusammenbaute und an einem Bindfaden von der Decke hängen ließ. So war es in Miniaturgestalt in sein Leben eingetreten und drehte sich mit jedem Lufthauch bald hierin, bald dorthin.

Er studierte »Trade-A-Plane«, er verbrachte seine Wochenenden auf Flugplätzen, er unterhielt sich mit Mechanikern und Piloten über Cubs, er schaute Cubs an und er berührte sie. Das Bastelmodell drehte sich in der Luft.

Dann geschah etwas Seltsames.

Ein Freund von ihm erwähnte, daß seine Firma ihm fünfhundert Dollar gegeben hatte, um ein Flugzeug für geschäftliche Zwecke zu mieten. Der Flieger kannte von seinen Wochenendausflügen eine Cub, die für tausend Dollar zu haben war, borgte sich von einem Bekannten fünfhundert Dollar, legte sie mit den fünfhundert seines Freundes zusammen, kaufte die Cub und lieh sie seinem Freund für den Auftrag.

Der Auftrag wurde erledigt, die Schuld schließlich abbezahlt, und heute ist er Besitzer einer ausgewachsenen Piper Cub, Baujahr 1946, in der er fliegen kann, und außerdem einer kleinen Cub, die noch immer von seiner Zimmerdecke baumelt.

Ein anderer nahm eine Cessna 140 ins Visier. Eine besonders hübsche 140 stand auf einem Flugplatz in der Nähe, aber er hatte die dreitausend Dollar nicht, die sie wert war, und selbst zu diesem Preis wollte der Eigentümer sie nicht verkaufen. Aber dieser Mann war derart auf eine Cessna 140 versessen, hatte solches Gefallen an der Persönlichkeit dieser bestimmten Maschine, daß er den Besitzer fragte, ob er sie polieren dürfe, nur um ihr nahe zu sein. Der Eigentümer lachte und kaufte ihm eine Dose Polierwachs.

Nun ist es keine leichte Arbeit, ein Ganzmetallflugzeug zu polieren, aber eine frisch polierte, glänzende Cessna ist wirklich ein hübscher Anblick. So war es nur recht und billig, daß der Besitzer dem Polierer als Bezahlung für seine Mühe anbot, ihn auf einen Flug mitzunehmen. Sie wurden Bekannte, dann Freunde, und heute gehört ihnen die polierte Cessna gemeinsam.

Jeder, der heute ein Leichtflugzeug besitzt, hat irgendwann den gleichen Weg zurückgelegt: Entschluß, Studium von Zeitschriften, Suche, Entdeckung, und schließlich kam es dazu, daß er entweder Allein- oder Miteigentümer der Maschine wurde, die er heute fliegt.

Scharf aufpassen, raten die Flugzeugbesitzer, immer Ausschau halten nach Zufallsmöglichkeiten, die einem über den Weg laufen. Im Zufall zeigt sich ein Hauch dieses seltsamen, unsichtbaren Geistes, der den Fliegerhimmel beherrscht und Sie vielleicht zeit Ihres Lebens ganz leise gerufen hat.

Eine Pilotin, die von den Terminschwierigkeiten beim Mieten eines Flugzeugs die Nase voll hatte, beschloß, sich eine eigene Maschine zuzu-

legen. Sie kam zu dem Schluß, daß für sie ein Flugzeug wichtig genug sei, um ihre Ersparnisse dafür auszugeben, daß das Fliegen einen höheren Stellenwert in ihrem Leben habe als Geld, das auf der Bank liegt. Sie sah sich Dutzende von Maschinen an, in Zeitschriften und auf Flugplätzen, fand aber nirgends genau den Typ, der ihr vorschwebte, wenn sie ihn auch auf eine Maschine einengte, die ganz aus Metall war und zwei Sitzplätze hatte. Doch nichts entsprach ihr, sie fühlte sich zu keinem Flugzeug hingezogen, das sie bei ihrer Suche gesehen hatte.

Dann, an einem Sonnabend, als sie gerade von einem Flugplatz wegfahren wollte, schwebte eine Luscombe Silvaire zur Landung herab und rollte zu einem Platz neben dem Restaurant. Diese Maschine gefiel ihr, sie hatte irgend etwas an sich, das zu ihr zu passen schien. Zwar war nichts von einem Zettel zu sehen, auf dem sie zum Kauf angeboten wurde, aber sie fragte trotzdem den Besitzer, ob er zufällig daran denke, sein Flugzeug zu verkaufen.

»Wenn Sie mich fragen«, sagte er, »ich seh mich tatsächlich ein bißchen nach etwas Größerem um. Die Luscombe ist eine prima Maschine, aber sie hat nur für zwei Leute Platz. Ja, ich könnte mir überlegen, ob ich sie verkaufe . . .«

Die Pilotin flog das weiße Flugzeug, fand noch mehr Gefallen daran, als sie feststellte, wie es sich in der Luft verhielt, und wußte, daß dies die Maschine war, nach der sie gesucht hatte. Die beiden mußten einiges arrangieren, sich darauf einigen, daß der bisherige Besitzer die Maschine benutzen konnte, bis er seinen Viersitzer gefunden hatte, aber die Luscombe gehörte ihr.

Überlegen Sie mal. Wäre sie nicht genau zu dieser Zeit genau an diesem Tag auf genau diesen Flugplatz gekommen, so daß sie, schon im Aufbruch, die Luscombe genau bei diesem Endanflug sah, hätte sie sie versäumt. Hätte der Wind aus der Gegenrichtung geweht, hätte sie sie nicht landen sehen. Wäre der Besitzer an diesem Tag zwei Minuten später gestartet, um auf dem Flugplatz eine Tasse Kaffee zu trinken, sie hätte die Luscombe nicht gesehen.

Aber alles hat sich so gefügt. Die Kette merkwürdiger Zufälle, in denen sich der Geist zeigt, der uns ruft und uns dorthin führt, wo die wahre Erkenntnis ist, fügte sich zusammen, und heute fliegt unsere Pilotin eine schneeweiße Luscombe Silvaire, die sie braucht und die sie liebt.

»Meine Arbeit nimmt mir die ganze Woche weg«, sagt sie, »mein Flugzeug gleicht es am Wochenende aus.«

Spitzen Sie, wenn Sie Ihr Flugzeug suchen, bei folgenden Worten die Ohren: »Ach, das ist doch keine Maschine für Sie. Diese Art Flugzeug finden Sie in der Gegend hier überhaupt nicht.« Diese Worte bedeuten, daß Sie schon sehr nahe dran sind. Ich hörte sie über die Fairchild 24, eine Woche bevor ich meine Fairchild 24 fand. Ich hörte sie Jahre später wieder, als ich die Fairchild gegen einen Doppeldecker vertauschen wollte und kurz danach tatsächlich auch vertauschte. Vergessen Sie nicht, ». . . nicht die geringste Aussicht« heißt ». . . Sie stehen ja praktisch davor.«

Der ganze Kniff bei der Suche besteht darin, daß Sie die Augen offenhalten und es im übrigen diesem alten unheimlichen Geist des Fliegerhimmels überlassen, die Dinge so einzurichten, daß Sie, wenn Sie selbst nicht aufpassen, gegen einen Flügel des Flugzeugs rennen, das Ihnen als Besitz zugedacht ist. Der Geist läßt sich nicht unterdrücken. Wenn Sie noch nicht fliegen gelernt haben, Ihnen aber am Fliegen mehr als an allem anderen liegt, dann werden Sie es auch lernen. Gleichgültig, wer Sie sind, wie alt Sie sind oder wo Sie leben, wenn es wirklich Ihr Wunsch ist, dann werden Sie fliegen. Es hört sich unheimlich an, aber es funktioniert.

Es funktioniert selbst dann, wenn es einen langen Umweg braucht. Zum Beispiel lernt heute fast jeder neue Pilot auf modernen Maschinen mit Bugrad fliegen, die so gebaut sind, daß sie sowohl am Boden wie in der Luft einfach zu bedienen sind. Infolgedessen sind die älteren Flugzeuge mit Spornrad in den Ruf ungebärdiger, unberechenbarer Dämonen geraten, die für Start und Landung das Können eines Genies verlangen, die sich überschlagen und als Trümmerhaufen landen, wenn der Pilot auch nur einen Moment unachtsam wird. Und doch kommt es häufig vor, daß Piloten mit moderner Ausbildung sich Maschinen mit Spornrad kaufen, aus dem einfachen Grund, weil sie so viel billiger sind und viel mehr Leistung bringen als Flugzeuge mit Bugrad. Der Geist des Fliegerhimmels hat sie mit Dämonen zusammengeführt, Auge in Auge.

Nicht sehr nett von ihm, seinen eigenen ausgewählten Kindern Steine in den Weg zu legen. Aber der Geist murmelt etwas davon, daß Ängste dazu da seien, daß man sie überwindet. Und so steht der Pilot, weil er ein Flugzeug braucht, weil er unbedingt ein Flugzeug haben muß, um auf dem Weg der Erkenntnis weiterzuschreiten, als Besitzer einer Maschine mit Spornrad da, über die er fürchterliche Gruselgeschichten gehört hat.

Er nähert sich seinem Flugzeug mit dem ganzen Enthusiasmus, mit dem ein Reitschüler sich Old Dynamite in seinem Stall nähert. Aber wie der Reiter schön langsam Gedanken und Verhalten seines Pferdes kennenlernt, entdeckt, daß es Angst vor umherfliegenden Papierfetzen und eine Vorliebe für Karotten hat, daß man manchmal nachlässiger sein kann und dann wieder sehr aufmerksam sein muß, wenn man auf dem Hengst sitzt, so entdeckt auch der Pilot, daß ein Flugzeug mit Spornrad, wenn es richtig behandelt wird, anregender und lustiger zu fliegen ist als jede Maschine mit Bugrad. Wenn man den begeisterten Blick eines Flugschülers sieht, der feststellt, daß er mit seiner ›lahmen Kiste‹ umgehen kann, bekommt man eine Ahnung, was der Geist des Fliegerhimmels von Anfang an beabsichtigt hatte.

Wenn Sie diesen Ruf vom Himmel hören, wie es vielen Tausenden Menschen geschieht, ob sie fliegen oder nicht, ob sie ihm folgen oder nicht, dann brauchen Sie ein Flugzeug, um eine echtere Selbstverwirklichung zu finden, als Sie sie jemals gefunden haben. Wenn Sie dies wissen und Ihr Bestes tun, um fliegen zu lernen und sich Ihr Flugzeug zu verschaffen, wenn Sie darauf vertrauen, daß dieser verrückte Geist für die seltsamen, unmöglichen, unheimlichen Zufälle sorgt, wie er es bei jedem getan hat, der heute fliegt, dann ist Ihnen die Erfüllung im Fliegen, die Sie brauchen, gewiß.

Luftfahrt oder Flug

Wenn man sich die Fliegerei ansieht, muß man den Kopf schütteln: So viel geht da gleichzeitig vor sich, und die ganze Geschichte ist so fremdartig und kompliziert, und die vielen Individualisten, die sich wegen lächerlicher Meinungsverschiedenheiten gleich in die Haare geraten . . .

Wieso sollte sich, so fragt man sich, irgend jemand in dieses Tohuwabohu stürzen, nur um Pilot zu werden?

Bei dieser Frage legt sich der Tumult sofort, und tiefes Schweigen verbreitet sich. Die Piloten starren einen verblüfft an, weil die Antwort doch sonnenklar ist.

»Weil Fliegen Zeit spart, deswegen«, sagt schließlich der Pilot, der aus Geschäftsgründen fliegt.

»Weil's Spaß macht, sonst zählt nichts«, meint der Sportflieger.

»Quatschköpfe!« sagt der Berufspilot. »Jedes Kind weiß doch, daß man damit am besten sein Geld verdient.«

Dann fangen die anderen wieder an, sprechen alle zur gleichen Zeit und schreien, damit man auf sie hört.

»Frachtgüter befördern!«

»Felder besprühen!«

»Ausflüge machen!«

»Leute herumfliegen!«

»Abschlüsse machen!«

»Sehenswürdigkeiten anschauen!«

»Verabredungen einhalten!«

»Rennen gewinnen!«

»Neue Dinge lernen!«

Sie haben einander wieder an der Kehle und streiten sich erbittert herum, welcher Aspekt der Herrlichkeit des Fliegens noch heller strahlt als alle anderen. Man kann nur mit den Achseln zucken und weggehen – »Was konnte ich anderes erwarten? Sie haben alle den Verstand verloren.«

Darin liegt mehr Wahrheit, als man glaubt. Die pure Vernunft muß abtreten, wenn ein Flugzeug auf der Bühne erscheint. Es ist zum Beispiel kein Geheimnis, daß eine Unmenge von Geschäftsflugzeugen gekauft wird, weil irgend jemand in der Firma ein Faible für Flugzeuge hat und gern eines zur Verfügung hätte. Wenn dieser Wunsch vorhanden ist, fällt es nicht schwer, Gründe zu finden, warum die Firma sich eine Maschine zulegen sollte, denn ein Flugzeug ist ja auch ein sehr nützliches Arbeitsgerät, das Zeit spart und Geld bringt. Aber am Anfang war der Wunsch, und die Vernunftgründe wurden erst später konstruiert.

Andererseits gibt es noch immer einige Manager, die eine irrationale Angst vor Flugzeugen haben, so wie andere eine irrationale Zuneigung zu ihnen empfinden. Gleichgültig, ob damit Zeit gespart werden kann oder ob es Geld einbringt, sie lassen keinen Zweifel daran, daß ihre Firma auf keinen Fall irgendwelche fliegenden Maschinen braucht.

Für viele, viele Menschen in aller Welt hat ein Flugzeug einen eigenen Charme, dem die Zeit nichts anhaben kann, was eine einfache Testfrage zeigt. Wie viele Dinge, lieber Leser, gibt es heutzutage auf der Welt, die Sie sich wirklich mit allen Fasern Ihres Herzens wünschen, mit der gleichen tiefen Sehnsucht, wie Sie sie nach einer blausilbernen Harley-Davidson hatten, als Sie gerade sechzehn wurden?

So oft verlieren wir, wenn wir älter werden, die Fähigkeit, etwas zu wünschen. Den meisten Piloten liegt überhaupt nichts daran, welches Auto sie fahren, wie das Haus genau aussieht, in dem sie wohnen, oder welche Form oder Farbe ihre Umwelt hat. Es ist für sie nicht von welterschütternder Bedeutung, ob sie irgendein materielles Besitzgut haben oder nicht. Und doch kann man im allgemeinen erleben, daß eben diese Männer ihre ganze Sehnsucht auf ein bestimmtes Flugzeug richten und große Opfer dafür bringen.

Von der Vernunft her gesehen, können sich die meisten Piloten die Maschinen, die sie besitzen, gar nicht leisten. Sie verzichten auf den Zweitwagen, ein neues Haus, auf Golf, Bowling und drei Jahre Mittagessen, nur um ihre Cessna 140 oder die gebrauchte Piper Comanche zu halten, die im Hangar auf sie wartet. Ihr Herz hängt an diesen Flugzeugen, es hängt fast verzweifelt an ihnen. Mehr als an der Harley-Davidson.

Die Welt des Fliegens ist eine junge Welt, in der Gefühle und leidenschaftliche Bindungen an Flugzeuge und passionierte Einstellungen zu Flugzeugen herrschen. Es ist eine Welt, die so stark beschäftigt ist, daß sie keine Zeit für abgeklärte Reflexionen über sich selbst hat, und sich, wie alle Jugend, nicht allzu sicher über ihren eigenen Lebenssinn und Daseinsgrund ist.

So besteht zum Beispiel ein gewaltiger Unterschied zwischen »Luftfahrt« und »Fliegen«. So groß ist dieser Unterschied, daß es sich praktisch um zwei getrennte Welten handelt, die herzlich wenig Gemeinsames haben.

Die »Luftfahrt«, mit weitem Abstand die größere dieser beiden Welten, umfaßt die Flugzeuge und die sie bedienenden Menschen, die nicht um ihrer selbst willen fliegen. Der große Vorteil der »Luftfahrt« liegt auf der Hand: Flugzeuge können aus einer sehr großen Entfernung eine sehr

183

kleine machen. Wenn ein Flug von Miami nach New York nur ein Katzensprung ist, dann kann man diesen Katzensprung drei- oder viermal in der Woche machen, nur um die Szenerie oder das Klima zu wechseln. Für die »Luftfahrt«-Fans ist es nicht nur nach New York ein Katzensprung, sondern ebenso nach Montreal, Phoenix, New Orleans, Fairbanks und La Paz.

Sie stellen fest, daß sie nach einem sehr bescheidenen Ausbildungspensum für den Umgang mit der nicht allzu schwierigen Mechanik des Flugzeugs und dem nicht allzu komplizierten Element der Luft ständig ihrem unersättlichen Appetit nach neuen Eindrücken, neuen Geräuschen, neuen nie erlebten Erlebnissen Nahrung geben können. Die »Luftfahrt« bietet heute Atlanta, morgen St. Thomas, übermorgen Sun Valley und überübermorgen Disneyland. Hier ist das Flugzeug ein ungemein praktisches, schnelles Beförderungsmittel, das es möglich macht, daß man in Des Moines zu Mittag und in Las Vegas zu Abend ißt. Der ganze Planet ist für den »Luftfahrt«-Fan nichts anderes als ein großes Paradies köstlicher Angebote, und solange er lebt, kann er sich jeden Tag ein neues zu Gemüt führen.

Für ihn ist sein Flugzeug um so zweckdienlicher, je schneller, bequemer und leichter es zu fliegen ist. Der Himmel ist überall der gleiche Himmel, nicht mehr als das Medium, durch das er sich seinem Ziel entgegenbewegt. Der Himmel ist für ihn nur eine Straße, und niemand achtet auf die Straße, solange sie nur nach Xanadu führt.

Der »Flieger« hingegen ist ein ganz anderer Mensch. Dem Mann, dem es ums Fliegen geht, geht es nicht um ferne Orte über dem Horizont, sondern um den Himmel selbst; nicht darum, daß eine lange Entfernung zu einer Flugstunde zusammenschrumpft, sondern um das Flugzeug selbst, diese unwahrscheinliche Maschine. Er bewegt sich nicht durch Distanzen, sondern durch die Phasen der Befriedigung, die es ihm gewährt, sich ganz allein in die Luft zu erheben; sich selbst und sein Flugzeug so gut zu kennen, daß er, auf seine eigene, einsame Weise nahe an das herankommt, was man Vollkommenheit nennt.

Die »Luftfahrt« mit ihren Luftstraßen und elektronischen Navigationsstationen und summenden Autopiloten ist eine Wissenschaft. Das »Fliegen«, mit seinen pustenden Doppeldeckern, mit Kunst- und Gleitflug, ist eine Kunst. Der »Flieger«, dessen Habitat am häufigsten die Kabine eines Flugzeugs mit Spornrad ist, hat mit Slippen und Trudeln und Notlandungen aus niedriger Höhe zu tun. Er weiß, wie er seine Maschine mit dem Gashebel und den Kabinentüren fliegen muß. Für ihn ist jede Landung eine Ziellandung, und er knurrt, wenn er nicht glatt auf allen drei Rädern aufsetzt und das Spornrad nicht eine kleine Wolke Kalkstaub von seiner Zielmarkierung auf dem Gras aufwirbelt.

184

»Fliegen« herrscht immer dann, wenn ein Mensch und sein Flugzeug das Äußerste hergeben müssen. Das Segelflugzeug auf seinem Wärmeschacht, das versucht, sich länger in der Luft zu halten als alle anderen Segelflugzeuge und jedes Teilchen der aufsteigenden Luft so gut wie möglich auszunutzen – das ist »Fliegen«. Die großen Mustangs und Bearcats aus den Beständen der Air Force des Zweiten Weltkriegs, die mit vierhundert Meilen in der Stunde die Geraden ihrer Rennstrecke entlangkeuchen und beim Wenden die karierte Leinwand an den Orientierungsmasten streifen – das ist »Fliegen«. Der einsame kleine Doppeldecker, der an einem lang vergangenen Sommernachmittag hoch am Himmel unermüdlich Faßrollen übte – auch das ist »Fliegen«. Beim »Fliegen«, um es noch einmal zu sagen, geht es nicht darum, die Distanz von hier nach Nantucket zu überwinden, sondern die Distanz von hier zur Perfektion.

Obwohl er nur einer sehr kleinen Minderheit angehört, ist dem »Flieger« nicht nur seine eigene Welt, sondern auch die der »Luftfahrt« zugänglich. Jeder »Flieger« kann sich in die Kabine jedes beliebigen Flugzeugs setzen und es genauso wie sein Kollege aus der anderen Welt an jedes beliebige Ziel fliegen. Er kann jederzeit, wenn er dazu Lust hat, Distanzen überwinden.

Ein »Luftfahrt«-Pilot hingegen kann sich nicht einfach in der Kabine eines Segelflugzeugs oder eines Kunstflug-Doppeldeckers festschnallen und die Maschine gut fliegen, ja überhaupt fliegen. Dahin führt für ihn nur ein einziger Weg: die gleiche lange Ausbildung beginnen, die ihn ironischerweise in einen »Flieger« verwandelt haben wird, wenn er das Können erworben hat, mit solchen Flugzeugen umzugehen.

Ganz im Unterschied zu dem relativ einfachen Prozeß, durch den man das Bedienen eines Flugzeugs erlernt, türmt sich das »Fliegen« vor dem

Anfänger wie ein gewaltiger Berg des Unbekannten auf. Wo »Flieger« sind, kann man oft den Ausruf hören: »Herrgott, das werd ich niemals alles lernen!« Das ist natürlich wahr. Der professionelle Kunst- oder Segelflieger, der jahrelang jeden Tag übt, wird niemals, nicht einmal zu sich selbst sagen: »Ich kann alles.« Wenn er einmal drei Tage nicht fliegt, merkt er am vierten, wenn er wieder in seiner Maschine sitzt, daß er Rost angesetzt hat. Und selbst wenn er so gut war wie noch nie, ist er sich bewußt, daß er noch an sich zu arbeiten hat.

Wenn diese beiden Welten zusammentreffen – nicht in ein und demselben Menschen, »Luftfahrer« und »Flieger« zugleich –, dann stieben die Funken. Für den »Luftfahrer«, der die Entfernungen bezwingt, ist der »Flieger« eine Verkörperung der Verantwortungslosigkeit, ein ölverschmierter Atavismus aus den Tagen der Fliegerei, bevor die »Luftfahrt« entstand – ihn würde man der Öffentlichkeit zuallerletzt vorführen, wenn man das Gedeihen der Luftfahrt im Auge hätte.

Für den »Flieger«, der nach fliegerischem Können strebt, ist die Welt der »Luftfahrt«, die solches Können nicht verlangt, bereits zu groß gediehen. Die armen »Luftfahrer«, sagt er, kennen ihre Maschinen gar nicht richtig, wenn sie irgendein Manöver außer dem Geradeausflug ausführen. Sie sind es, die jeden Tag herunterfallen, weil sie sich nicht darum kümmern, ihre Maschinen oder die verschiedenen Gesichter des Himmels kennenzulernen. Sie sind es, die bedenkenlos in eine Schlechtwetterzone hineinfliegen, ahnungslos, daß diese Wolken, wenn man nicht nach Instrumenten fliegen kann, tödlich sind wie Methangas.

»Niemand ist so blind wie der, der nicht sehen will«, zitiert der »Flieger«, wenn er mit kaum verhülltem Abscheu über einen Piloten spricht, der nicht seinen fanatischen Eifer teilt, jedes Flugzeug, das er berührt, genauestens kennenzulernen und völlig zu beherrschen.

Der »Luftfahrer« glaubt, die Sicherheit in der Luft werde durch richtige Gesetze und die strenge Durchsetzung der Vorschriften bewirkt. Der »Flieger« glaubt, perfekte Sicherheit in der Luft bedeute die Fähigkeit des Piloten, ganz Herr über sein Flugzeug zu sein; seiner Ansicht nach wird einem Flugzeug, wenn man es ganz in der Hand hat, niemals etwas passieren, es sei denn, der Pilot will es so und sorgt selbst dafür.

Der »Luftfahrer« versucht möglichst jede Vorschrift zu befolgen, die er kennt. Der »Flieger« ist häufig in der Luft, wenn die Vorschriften es verbieten, weigert sich aber auch ebenso oft, unter Bedingungen zu fliegen, die gesetzlich durchaus zulässig sind.

Der »Luftfahrer« glaubt voll Zuversicht, daß sein modernes Triebwerk bestens konstruiert ist und niemals aussetzen wird. Der »Flieger« ist überzeugt, daß jeder Motor streiken kann, und hält sich immer in Gleitdistanz zu einem geeigneten Landeplatz.

Über beiden wölbt sich derselbe Himmel, das gleiche Prinzip hält die beiden Männer und die beiden Maschinen in der Luft, aber die beiden Einstellungen sind weiter voneinander entfernt, als sich in Meilen messen ließe.

So steht der Neuling schon in der allererrsten Stunde, die er in der Luft ist, vor einer Wahl, die getroffen werden muß, auch wenn er sich vielleicht gar nicht bewußt ist, daß er eine Entscheidung fällt. Jede der beiden Welten hat ihre eigenen Freuden und ihre eigenen Gefahren. Und jede bringt ihre ganz eigenen Freundschaften hervor, die überall im Leben eine wichtige Rolle spielen.

»So, wir hätten es wieder mal gegen die Schwerkraft geschafft.« In diesem gängigen Ausspruch, wie man ihn gern nach einem beendeten Flug hört, klingt etwas von der Bindung zwischen dem Piloten, jedem in seiner eigenen Welt, an. Im Fliegen stellt sich der Pilot allem, was ihm der Himmel bietet. Himmel und Flugzeug stellen ihm gemeinsam eine Herausforderung, und der Pilot, »Luftfahrer« oder »Flieger«, hat sich entschlossen, diese Herausforderung anzunehmen. Der »Luftfahrer«, der so weite Entfernungen zurücklegt, hat überall im Land Freunde, die ähnlich denken wie er; sein Freundeskreis hat einen Radius von tausend Meilen. Sein Kollege aus der anderen Welt, der »Flieger«, schließt seine eigenen verschworenen Freundschaften, als Mitglied einer defensiven Minderheit, die von der Richtigkeit ihrer Grundsätze überzeugt ist.

Fliegen, warum? Fragen Sie den »Luftfahrer«, und er wird Ihnen von fernen Ländern erzählen, zu denen Sie sein Flugzeug bringt, daß Sie sie mit allen Sinnen erleben können. Er wird Ihnen erzählen von der kristallnen blauen See, die um Nassau wartet, von den hell erleuchteten, lauten Spielkasinos und dem friedlichen, stillen Fluß in Reno, von dem bis zum Horizont reichenden Lichtermeer des nächtlichen Los Angeles, von den Speerfischen, die in Acapulco aus dem Meer springen, von geschichtsträchtigen Dörfern in Neu-England, von flammenden Sonnenuntergängen über der Wüste, wenn Sie über den Guadalupe-Paß nach El Paso fliegen, vom Blick auf den Grand Canyon und den Meteorkrater und die Niagarafälle und Grand Coulee. Er wird Sie auffordern, in sein Flugzeug zu steigen, und ein paar Augenblicke später werden Sie mit zweihundert Meilen in der Stunde nach irgendeinem beliebten Restaurant mit prachtvoller Aussicht unterwegs sein, wo der Küchenchef ein guter Freund von ihm ist. Und wenn Sie nach dem Rückflug durch die Nacht wieder auf dem Flugplatz ankommen, wird er seine Maschine verschließen und sagen: »Das Fliegen ist schon lohnend. Es ist mehr als lohnend. Nichts kommt da ran.«

Fliegen, warum? Fragen Sie den »Flieger«, und er wird um sechs Uhr morgens an Ihre Haustür klopfen, und schon ist er mit Ihnen auf dem

Flugplatz und schnallt Sie in der Kabine seines Flugzeugs fest. Er wird Sie in dichten blauen Motorqualm hüllen oder in das sanfte, lebendige Schweigen eines Segelflugs; er wird die Welt in seine Hände nehmen und sie vor Ihren Augen in alle Richtungen verdrehen. Er wird eine Maschine aus Holz und Stoff berühren und für Sie zum Leben erwecken; Sie werden nicht durch ein Kabinenfenster sehen, wie schnell Sie fliegen, sondern die Geschwindigkeit im Mund schmecken, spüren, wie sie an Ihrer Schutzbrille vorüberdonnert, und sehen, wie der Wind Ihren Schal zaust. Statt die Flughöhe an einem Höhenmesser abzulesen, werden Sie sie als einen hohen, breiten luftgefüllten Raum erleben, der am Himmel beginnt und senkrecht in die Tiefe bis zum Gras auf dem Erdboden reicht. Sie werden auf versteckten Wiesen landen, die noch nie einen Menschen oder ein Flugzeug gesehen haben, und Sie werden aufwärts segeln über einen Bergkamm, von dem der Schnee in langen, dunstigen Schleiern hinabweht.

Sie werden sich nach dem Abendessen in einen weichen Sessel zurücklehnen, in einem Raum, dessen Wände mit Flugzeugaufnahmen bedeckt sind, und sehen, wie hitzige Streitgespräche über die Perfektion des Fliegens die Gesichter der Könner ringsum bewegen wie ein sturmgepeitschtes Meer. Gegen Sonnenaufgang beruhigt sich dann dieses Meer, und der »Flieger« setzt Sie in der Frühe zu Haus ab. Todmüde fallen Sie ins Bett und träumen von Tragflächen und Thermik-»Schnüfflern« und Präzisionsflug. Große Sonnen rollen durch Ihren Schlaf, und unter Ihnen gleitet das bunte Schachbrett des Landes dahin.

Wenn Sie erwachen, sind Sie vielleicht bereit, sich so oder so zu entscheiden, für die »Luftfahrt« oder für das »Fliegen«.

Selten wird man einen Menschen treffen, der die glühende Begeisterung eines Piloten erlebt hat, ohne davon in irgendeiner Weise be-

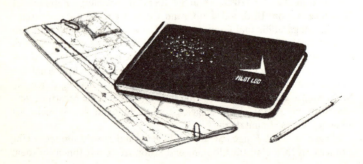

rührt worden zu sein. Die einzige Erklärung dafür, warum dies möglich ist, liegt im Unerklärlichen, in diesem seltsamen, fernen Zauber um die Maschinen, die Menschen durch die Lüfte tragen.

»Luftfahrt« oder »Fliegen«, wählen Sie. Es gibt nichts auf der ganzen Welt, was beidem gleichkommt.

Eine Stimme im Dunkeln

Schon seit langem, seitdem ich zum ersten Mal den Starter einer Flugmaschine berührte, möchte ich wissen, was ein Flugzeug eigentlich ist. Tausend Stunden, in denen ich mit Flugzeugen durch gutes und nicht ganz so gutes Wetter geflogen bin, haben mir ein bißchen gezeigt, wessen sie fähig sind und was manche von ihnen nicht können. Ich habe gelernt, was zusammengehört, damit daraus ein Flugzeug wird, und einigermaßen begriffen, wie es zusammengefügt wird. Ich weiß, daß die Außenhaut mit den Holmen vernietet ist und daß diese wiederum durch Nieten mit den Rippen und Spanten verbunden sind. Von Mechanikern habe ich gelernt, daß die Propeller auf die Motoren abgestimmt werden und daß Turbinenschaufeln in ausgeglichenen Paaren montiert werden. Ich habe gehört, daß manche Flugzeuge mit Verpackungsdraht zusammenhalten und andere Bolzen brauchen, die ganz präzise verdreht werden müssen.

Und dennoch habe ich bei alledem niemals begriffen, was ein Flugzeug eigentlich ist oder inwiefern es von jeder anderen Maschine verschieden ist.

Vor ein paar Tagen, am sechsten Jahrestag meines ersten Fluges, habe ich in der Nacht die Antwort gefunden. Ich ging auf einer Düsenjäger-Basis hinaus zu den abgestellten Maschinen und lehnte mich an die Tragfläche eines alten Freundes. Die Nacht war sehr still und mondlos. Im schwachen Licht der Sterne und von zwei blinkenden roten Hindernislichtern zeigte sich der Umriß eines schwarzen Hügels neben der Start- und Landebahn, und ich sog den Duft von Flugbenzin, das Sternenlicht, den Geruch des Aluminiums und die unbewegte Nachtluft ein. In der Stille sprach ich zu meinem Freund, zufällig eine T 33, und stellte ihm ohne Umschweife die Fragen, auf die ich keine Antwort gefunden hatte.

»Was bist du für ein Wesen, Flugzeug? Was ist das an dir und deiner ganzen großen Familie, das so viele Männer dazu gebracht hat, alles im Stich zu lassen und zu dir zu kommen? Warum verschwendest du edles menschliches Lieben und Sorgen an dich, wo du doch nichts anderes bist als soundsoviel Pfund Stahl und Aluminium und Benzin und hydraulische Flüssigkeit?«

Eine leichte Brise säuselte vorüber und pfiff zwischen den Rädern des Fahrwerks leise vor sich hin. Klar wie eine Stimme im Dunkeln kam die Antwort der T 33, als wollte sie mir geduldig etwas sagen, was sie mir schon immer gesagt hatte, seitdem wir einander begegnet waren. »Was«, fragte sie, »bist du denn anderes als soundsoviel Pfund Fleisch und Blut und Wasser? Bist du nicht mehr als nur das?«

»Natürlich«, sagte ich und nickte im Dunkeln. Und lauschte dem einsamen Murmeln einer ihrer Schwestern droben am Himmel, die mit sanftem, luftigem Gesang ihre Bahn durch die Nachtstille flog.

»So wie du mehr bist als dein Körper, so bin auch ich mehr als mein Körper«, sagte die T 33 und schwieg wieder. Ihre schön geschwungene Seitenflosse erschien immer wieder im Umriß, wenn der geteilte Strahl des Scheinwerfers auf dem Tower sie auf seinem endlosen Rundgang traf.

Sie hatte recht. Sowenig Charakter und Leben eines Menschen zwischen den Einbanddecken eines Anatomie-Lehrbuches zu finden sind, so wenig sind Charakter und Leben eines Flugzeugs auf den Seiten eines aeronautischen Handbuchs zu finden. Die Seele seines Flugzeugs kann der Pilot niemals sehen oder berühren, doch er fühlt sie – wenn es Lust hat zu fliegen; wenn es etwas mehr leistet, als technisch eigentlich vorgesehen ist; wenn die von Einschlägen durchlöcherte Masse zerfetzten Metalls dennoch nicht aufgibt und mit drei kaputten Propellern auf einem englischen Flugplatz landet. Nicht das Metall, sondern die Seele seiner Maschine motiviert seinen Wunsch, sie zu fliegen und ihren Namen auf die Haube zu pinseln. Und diese Seele gibt Flugzeugen eine Unsterblichkeit, die man auf jedem Flugplatz spüren kann.

Die Luft über den Start- und Landebahnen, gepeitscht von Propellerblättern und im heißen Brüllen eines schimmernden Abgasrohrs verbrannt, gehört zur Unsterblichkeit eines Flugzeugs. Die ruhigen blauen Lichter, die nachts längs der Rollbahnen leuchten, gehören dazu und ebenso der Windmesser auf dem Tower und die weiße Farbe der Startbahnnummern auf dem Beton. Sogar die einsame Graspiste am Ende einer hundert Meilen langen Ebene lebt in der stillen Hoffnung auf das Geräusch eines näherkommenden Flugzeugs und auf schwarze Räder, die auf dem Gras aufsetzen.

Wir können eine DC 8 statt einer Nieuport Veestrutter in die Luft katapultieren, von einem zwei Meilen langen Eisenbeton-Band statt von einer sumpfigen Weide, aber der Himmel, über den die DC 8 flüsternd zieht, ist der gleiche Himmel, an dem einst Glenn Curtiss, Mick Mannock und Wiley Post flogen. Wir können Inseln aus dem Meer sprengen und die Karrenwege der Pionierzeit in Superhighways mit sechs Fahrbahnen verwandeln, doch der Himmel bleibt derselbe Himmel, der er immer war, mit den gleichen Risiken und den gleichen Erfüllungen für den, der über ihn fliegt.

Wahres Fliegen, lehrte mich mein Freund, das ist der Geist eines Flugzeugs, der den Geist seines Piloten in das hohe, reine Blau des Himmels hinaufführt, wo sie sich vereinen, um gemeinsam die Herrlichkeit der Freiheit zu erleben. Wie Lastautos und Eisenbahnzüge sind auch die Flugzeuge zu selbstverständlichen Arbeitspferden geworden, und ihre Seele und ihr Charakter sind nicht mehr so leicht zu erkennen wie einst. Aber sie sind nicht verlorengegangen.

Zwar gibt es keinen Wirtschaftszweig, der nicht vom Flugzeug profitiert, zwar gibt es Tausende sachlicher Gründe, eine Maschine zu fliegen, aber am Anfang stand das Fliegen um des Fliegens willen. Wilbur und Orville Wright schufen das motorgetriebene Flugzeug nicht, um Frachtgüter zu transportieren oder Luftkämpfe auszutragen. Sie erfanden es aus dem gleichen eigennützigen Motiv, das Lilienthal veranlaßte, sich an den tuchbespannten Bambus-Flügeln seiner Gleiter in die Luft zu schwingen. Das ist Fliegen in seiner reinsten Form, wozu dann die Freude am Flug als Fortbewegung durch die Luft tritt, ein Ziel für sich. Und manchmal stellen wir wieder die Frage: »Was bist du für ein Wesen, Flugzeug?«

Barnstorming heute

Als Stuart MacPherson die zwei Passagiere vorn festgeschnallt und die
kleine Halbtür der mit Leder ausgekleideten Kabine geschlossen hatte,
blieb er einen Augenblick im Propellerstrahl neben meiner Windschutzscheibe stehen.

»Die zwei fliegen zum ersten Mal, und der eine hat ein bißchen
Angst.«

Ich nickte, zog die Brille über die Augen und drückte den Gashebel
nach vorn, so daß Motorlärm und Wind aufbrüllten.

Was für tapfere Leute! Sie kämpfen gegen die Angst an, die ihnen all
die Überschriften in den Zeitungen eingejagt haben, sie vertrauen sich
einem fast vierzig Jahre alten Flugzeug und einem Piloten an, den sie
noch nie gesehen haben, um zehn Minuten lang genau das zu tun, wovon
sie bisher immer nur geträumt haben – fliegen.

Die Räder rumpeln hart über den rauhen Boden, als wir anrollen . . .
eine Spur rechtes Seitenruder jetzt, und der Boden verschwimmt zu
einem grünen Filz unter uns . . . den Steuerknüppel ein bißchen zurück,
und weg ist das Donnern, mit dem der Doppeldecker seinen Anlauf
nimmt . . .

Der sonnenhelle Doppeldecker streift die Gräserspitzen, zerreißt und
zerteilt die warme Sommerluft mit dem wirbelnden Propeller und den
Drähten zwischen den Flügeln und steigt auf, dem Himmel entgegen.
Meine tapferen Fluggäste schauen einander im tosenden Wind an und
lachen.

Wir lassen das Gras unter uns; es geht höher, über die irischgrünen
Maisfelder; noch höher, über einen Fluß mit baumbewachsenen Ufern,
der sich im sommerlichen Illinois verliert. Das winzige Heimatstädtchen
lagert sanft neben dem Fluß, gekühlt von vielen hundert laub- und
schattenreichen Bäumen und einer leichten Brise vom Wasser. Hier sind
seit dem frühen 19. Jahrhundert Menschen geboren worden, ihrer Arbeit
nachgegangen und gestorben. Da liegt es, neunhundert Fuß unter uns,
während wir in der Brise kreisen, mit ihrem Hotel, ihrem Café und ihrer
Tankstelle, ihrem Baseball-Feld und den Kindern, die auf dem schatti-
gen Rasen vor den Häusern für drei Cent Limonade verkaufen.

Lohnt dieser Anblick die Tapferkeit? Das können allein die Fluggäste
beantworten. Ich fliege nur den Doppeldecker. Ich versuche nur zu beweisen, daß ein herumvagabundierender Barnstorming-Pilot heute
sein Brot verdienen kann.

»SEHEN SIE SICH IHRE STADT AUS DER LUFT AN!« So lauten die ersten Worte, mit denen wir uns an die Einwohner von hundert Kleinstädten wenden. »KOMMEN SIE MIT UNS IN SPHÄREN, WO NUR VÖGEL UND ENGEL FLIEGEN! FLIEGEN SIE MIT EINEM GEPRÜFTEN, ECHTEN DOPPELDECKER MIT OFFENER KABINE, SPÜREN SIE DEN KÜHLEN WIND, DER HOCH ÜBER IHRER STADT WEHT! DREI DOLLAR DER FLUG! SIE HABEN GARANTIERT NOCH NICHTS ÄHNLICHES ERLEBT!«

Wir waren von einer Kleinstadt zur nächsten geflogen, manchmal zusammen mit einem zweiten Flugzeug, manchmal nur der Fallschirmspringer und ich in unserem Doppeldecker. Durch Wisconsin, Illinois, Iowa, Missouri und noch einmal Illinois. Bezirksjahrmärkte, Highschool-Abschlußfeiern und stille Tage in den stillen Wochen im sommerlichen Amerika. Die kühlen Städtchen an den Seen im Norden, die ausgedörrten Landstädtchen im Süden; wir brummten dahin, eine helle Libelle von Doppeldecker, die die Verheißung neuer Perspektiven und des Blicks über den Horizont brachte.

Doch mehr als unsere Passagiere schauten wir selbst über den Horizont und stellten fest, daß auf der anderen Seite die Zeit stehengeblieben war.

Wann genau die Zeit beschlossen hatte, in den Kleinstädten des Mittleren Westens stehenzubleiben, ist nicht leicht zu sagen. Aber dies geschah offensichtlich in einer schönen Stunde, in einem glücklichen Augenblick, als die Minuten plötzlich nicht mehr ineinander übergingen, als die echten Dinge aufhörten, sich zu verändern. Ich glaube, daß die Zeit eines Tages im Jahr 1929 stehengeblieben ist.

Da stehen die großen, dickstämmigen Bäume des Parks wie schon immer. Alles ist noch da, der Musikpavillon, die Main Street mit dem hohen Randstein und das Emporium-Kaufhaus mit seiner Glasfront, den bemalten Holzwänden, einem Schild aus Blattgold und einem vierflügeligen Ventilator, der die Luft in Bewegung hält. Weiße, mit Schindeln gedeckte Kirchen; offene Veranden in der Dämmerung; Männer mit Heckenscheren, die die grüne Grenze zwischen zwei Häusern stutzen. Die gleichen Fahrräder liegen auf der rechten Seite neben den gleichen grau gestrichenen Holzstufen. Und wir fühlten uns, als wir über dieses Land flogen, als Teil dieser bewahrten Stimmung, als ein Teil des gleichgebliebenen Musters, als ein Faden, ohne den das Gewebe des Kleinstadt-Lebens nicht vollkommen gewesen wäre. 1929 waren die Barnstormer in ihren schieferweißen, Öl verspritzenden Doppeldeckern im Mittleren Westen herumgeknattert, auf Heuwiesen und kleinen Grasflächen gelandet und hatten allen, die eine Abwechslung wollten, eine Abwechslung gebracht, alle beeindruckt, die bereit waren, sich beeindrucken zu lassen.

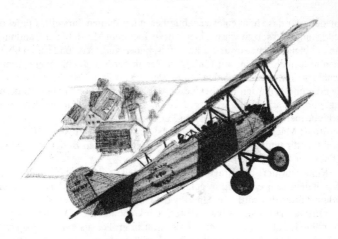

Das Geräusch unserer Wright aus dem Jahr 1929 fügte sich harmonisch in die Musik dieser gemütlichen Städtchen, in denen die Zeit stehengeblieben war. Selbst die gleichen Jungen wie damals kamen heraus zu uns, und hinter ihnen liefen die gleichen schwarzgefleckten Hunde her.

»Ui! Das ist ja ein richtiges Flugzeug! Tommy, schau! Ein richtiges Flugzeug!«

»Woraus ist es gemacht, Mister?«

»Dürfen wir uns in den Pilotensitz setzen?«

»Paß auf, Billy! Sonst zerreißt du die Leinwand!«

Ehrfürchtiges Staunen in den Augen, ohne daß ein Wort gesprochen wird.

»Wo kommen Sie denn her?«

Die schwierigste aller Fragen. Wo kamen wir her? Wir kamen von daher, woher die Barnstormer immer kommen – von irgendwoher jenseits des Horizonts hinter der Wiese. Und wenn wir wieder gehen, dann werden wir über den Horizont verschwinden, wie immer.

Aber jetzt fliegen wir, und meine zwei tapferen Fluggäste haben vergessen, wie eine Schreckensmeldung in der Zeitung aussieht.

Gashebel zurück, der Motor wird leise. Vorn an der Nase des Flugzeugs wirbelt silbern glänzend der Propeller, pfeifend rauscht die Luft über die Flügel und durch die Verspannung. Wir kreisen jetzt über dem Feld, wo wir landen werden, und sehen eine Gruppe von Jungen, einen Hund, und einen olivfarbenen Haufen aus Schlafsäcken und Kabinenplanen, der das Heim eines vagabundierenden Piloten darstellt. Pfeifend und summend setzen wir in einer Kurve über dem Maisfeld zur Landung an ... gleiten sanft abwärts, und, bums, haben aufgesetzt und rollen über den holprigen Boden, mit fünfzig Meilen in der Stunde, mit vierzig, mit zwanzig, mit zehn, und dann wird der geschwärzte Motor wieder lebendig und zieht den Doppeldecker, der auf seinen hohen alten Rädern unbeholfen schaukelt, wieder dorthin, wo alles angefangen hat. Ich schiebe meine Schutzbrille auf den Lederhelm.

Stuart MacPherson ist neben uns, bevor wir ausgerollt sind, öffnet die Kabinentür und hilft den Fluggästen wieder auf festen Boden. »Wie hat Ihnen der Flug gefallen?«

Eine heuchlerische Frage. Wir wissen, daß es ihnen gefallen hat, so wie jedem sein erster Flug gefallen hat, seit den Tagen, bevor in den Kleinstädten des mittleren Amerika die Uhr stehengeblieben ist.

»Prima! Hübscher Flug, Mister, dankschön.« Der Angesprochene wendet sich ab. »Lester, dein Haus ist nicht größer als ein Maiskolben! Wirklich prima. Unsere Stadt ist ja viel größer, als man denkt. Man kann die ganze Straße deutlich sehen. Es ist wirklich großartig. Dan, du solltest's mal probieren.«

Während der Motor leise vor sich hinsummt und der Propeller sich gemütlich dreht, geleitet Stu die nächsten Fluggäste zur vorderen Kabine, schnallt sie mit den Sicherheitsgurten fest und schließt die Tür. Ich ziehe die Schutzbrille herab, drücke den Gashebel nach vorn, und wieder beginnt für zwei Leute ein neues Erlebnis.

Tagsüber gibt's nicht viel zu tun. Stu und ich schlendern durch das Städtchen, das im Mittagsschlaf liegt, ein faszinierendes Museum. Da ist Franklin's 5-10-25-Cent-Laden mit einer Messingklingel an der Tür, die an einer Feder hängt, und bunten Bonbons hinter der Glasscheibe des Ladentisches, die darauf warten, in knisternde weiße Tüten geschaufelt zu werden. Wir gehen durch lange, schmale Gänge mit schmalen, abgetretenen Dielen, erfüllt von einem Duft, in dem sich Zimt, Staub und Notizbücher zusammenmischen.

»Kann ich Ihnen behilflich sein, boys?« sagt der Ladenbesitzer. Martin Franklin kennt jede einzelne der 733 Seelen dieses Städtchens beim Namen, aber es würde zwanzig Jahre dauern, bis er uns begrüßen würde wie Einheimische, und obwohl unser Flugzeug von 1929 nur eine Viertelmeile die Maple Street hinunter wartet, kann es einen Piloten und einen Fallschirmspringer nicht zu Einheimischen eines Städtchens in Illinois machen. Piloten und Fallschirmspringer sind niemals, waren niemals und werden niemals in einem Städtchen einheimisch sein.

Wir kaufen beide eine Postkarte und gehen über die heiße, menschenleere Straße hinüber zu »Al and Linda's Cafe«.

Wir verzehren unsere Hamburger, die sorgsam in dünnes weißes Papier gehüllt aus der Küche kommen, trinken unsere Milkshakes, zahlen und gehen wieder. Ob dies alles wirklich ist, dessen sind wir uns nicht sicher, sicher aber, daß wir »Al and Linda's Cafe« schon einmal gesehen haben, vielleicht irgendwann im Traum.

Als der Nachmittag zu Ende geht, verändert sich alles. Wir spazieren die Maple Street zurück bis dorthin, wo der Ort aufhört, zurück zu unserer Art von Wirklichkeit. Hierher kommen die Menschen, die immer gleich bleiben, um in unserem Doppeldecker rückwärts durch die Zeit zu fliegen und aus der Vergangenheit zu den Dächern ihrer Häuser hinabzuschauen.

Ein immergleicher Sommer. Der Morgen klar, abends Wolkengebirge am Himmel und in der Ferne Gewitter. Sonnenuntergänge, die das Land in einen goldenen Dunst hüllen und später einem rabenschwarzen Dunkel weichen, über dem das funkelnde Feuerwerk der Sterne strahlt.

Eines Tages wurde alles anders. Wir verließen die kleinen Städte, in denen die Zeit stillsteht, und versuchten in einem Ort von zehntausend Einwohnern mit Barnstorming und Rundflügen anzukommen. Die Graspiste war ein Flugplatz, die Wände des Flugplatzbüros waren mit Tabellen und Flugvorschriften bedeckt. Es war nicht das gleiche.

Es ist nicht zu machen. Ein Doppeldecker, der über einer größeren Stadt fliegt, ist einfach ein Flugzeug wie die anderen auch. In einem Ort mit zehntausend Einwohnern trabt die Zeit stolz dahin, und wir sind Anachronismen, die man nicht bemerkt. Die Leute auf dem Flugplatz sehen uns schief an und überlegen immer wieder, ob es nicht unerlaubt ist, mit einem solchen alten Flugzeug Rundflüge anzubieten.

Stu, mit Helm und Schutzbrille, schnallt sich an seinem Fallschirm fest und klettert auf den Vordersitz. Er sieht aus, als hätte er ein Attentat auf den Mount Everest vor, nicht einen Absprung über einer kleinen Stadt in Missouri. Der Sprung ist unsere letzte Hoffnung, Fluggäste anzulocken, und unsere künftigen Beziehungen zu größeren Orten hängen von seinem Erfolg ab. Wir kreisen auf 4000 Fuß und gehen auf 4500 Fuß in den Geradeausflug über, während in der ganzen Stadt die Pfeifen der Fabriken anzeigen, daß der Arbeitstag vorüber ist. Aber für uns gibt es keinen Feierabend. Nur das beharrliche Geräusch des Motors und des Windes, während wir in die Kurve gehen, aus der der Absprung erfolgen soll. Stu schaut abwesend hinaus, und ich frage mich, woran er jetzt denkt.

Er rührt sich auf seinem Sitz, und damit wird es ungemütlich für mich. Gewöhnlich fliegen wir zwischen den Fallschirmabsprüngen siebzig bis hundertmal mit Fluggästen, und auch dann kann ich mich nicht daran gewöhnen, daß mein Passagier auf dem Vordersitz den Sicherheitsgurt

197

löst und hinaus auf den Flügel klettert, im brausenden Wind, eine Meile über dem Erdboden. So etwas darf einfach nicht sein, und trotzdem passiert es jetzt, da ein riesiger Abgrund zwischen Flügel und Erdboden gähnt, und mein Freund schließt sorgfältig die Tür hinter sich, dreht sich um und packt eine Flügelstrebe und den Kabinenrand, während er beobachtet, wie das Ziel näher kommt.

Der Doppeldecker mag solche Augenblicke gar nicht. Er schüttelt und bockt heftig, da die lästige Gestalt auf dem Flügel den Windwiderstand des fliegenden Kastens erhöht. Ich trete stark auf das rechte Seitenruder und sehe, als ich über meine linke Schulter blicke, die Seitenflosse beben. Gemischte Gefühle. Das wird ein scheußlich langer Sprung, aber ich wollte, er würde rasch machen und abspringen, um das Flugzeug zu retten. Wenigstens sind der Flugplatz und die Stadt unter uns. Wenn nur zehn Prozent der Leute in dieser Stadt mit uns fliegen wollten, für drei Dollar pro Person . . .

Stu springt. Das Flugzeug rüttelt nicht mehr. Er ist sofort weg, die Arme weit zu einem – wie er es nennt – »Kreuz« ausgebreitet. Im Fallen dreht er sich um die Achse, aber der Fallschirm geht nicht auf.

Ich lege die Maschine scharf auf die Seite und drücke die Nase nach unten, um ihm zu folgen, obwohl er mir gesagt hat, daß er mit 120 Meilen in der Stunde nach unten stürzt und ich keine Chance habe, ihn noch zu erwischen. Schon ist viel Zeit vergangen, und er fällt noch immer, die Silhouette eines schwarzen Kreuzes, das senkrecht nach unten rast, dem harten Grund der grünen Erde entgegen.

Wir haben vorher darüber Witze gerissen. »Stu-babe, wenn dein Fallschirm nicht aufgeht, dann flieg ich einfach zur nächsten Stadt weiter.«

Er plumpst wie ein Stein nach unten. Obwohl ich direkt über ihm bin, sehe ich, daß seine Fallgeschwindigkeit phantastisch ist. Noch immer kein Fallschirm zu sehen. Irgendwas ist schief gegangen.

»Zieh doch, Stu!« Meine Worte werden so schnell weggerissen wie mein Freund. Sie nützen nichts, sie werden nie gehört, und doch muß ich sie sagen. »Los, Junge, zieh schon!«

Aber er zieht nicht. Der Hauptfallschirm öffnet sich nicht, der Hilfsschirm auch nicht. Sein Körper behält die gleiche Haltung, ein kleines schwarzes Kreuz, das sich nach rechts dreht und senkrecht in die Tiefe rast. Es ist zu spät. Ich schauere vor Kälte in der warmen Sommerluft.

In der allerletzten Sekunde sehe ich, wie der vertraute blauweiße Hilfsfallschirm aus der Packhülle herauskommt. Aber zu langsam, quälend langsam. Die helle, orangefarbene Fallschirmkappe flattert hilflos in der Luft, aber dann geht ganz plötzlich der Fallschirm auf und schwebt anmutig und sachte wie Löwenzahnflaum über einer Sommerwiese abwärts.

Ich bemerke plötzlich, daß der Doppeldecker in einen rasanten Sturzflug übergegangen ist. Der Motor brüllt, die Verspannungen kreischen. Die Kraft des Windes macht den Steuerknüppel schwer beweglich. Ich gehe in eine Sturzspirale über dem geöffneten Fallschirm über und bin nach einer halben Minute auf gleicher Höhe. Er hatte ja noch Zeit gehabt ... er ist noch tausend Fuß über dem Erdboden!

Ich umkreise den lustigen Fallschirm und den Springer mit seiner Schutzbrille, der zehn Meter darunter baumelt. Er winkt, und ich antworte ihm mit einem Flügelwackeln. Gott sei Dank hast du's geschafft, Junge, aber hast du nicht doch ein bißchen spät die Leine gezogen? Darüber sollte ich mit ihm reden.

Ich halte meinen Kreis in der Luft, während er nach unten geht. Er biegt die Knie ab, wie er es auf den letzten fünfzig Fuß immer tut – eine letzte gymnastische Bewegung vor dem Aufprall. Dann scheint es, daß er die letzten zwanzig Fuß sehr rasch fällt, als ob jemand die Luft aus seinem Fallschirm gelassen hätte, und er prallt auf die Erde und rollt sich beim Aufschlag zusammen. Der Baldachin des Fallschirms wartet noch einen langen Augenblick und senkt sich dann langsam wie ein großes, leuchtendes Bettuch.

Stu ist sofort wieder auf den Beinen, zieht die Fangleinen ein und winkt, daß alles in Ordnung sei. Der Absprung ist beendet.

Ich fliege noch einmal flügelwackelnd über ihn weg und setze zur Landung an, um die Fluggäste aufzunehmen, die uns nach einem Fallschirmabsprung nur so zuströmen.

Heute aber wartet niemand auf einen Flug. Am Rand des Flugplatzes steht ein Dutzend Autos, aber niemand kommt zu uns her.

Stu verstaut rasch seinen Fallschirm und geht dann zu den Autos hin. »Noch Zeit für einen Flug heute. Die Luft ist angenehm ruhig. Haben Sie Lust, die Stadt von oben zu sehen?«

»Nein.«

»Ich fliege nie.«

»Machen Sie Witze?«

»Wir haben kein Geld mit.«

»Vielleicht morgen.«

Als er zurückkommt, liege ich ausgestreckt im Schatten unter einem Flügel.

»Hier hat man anscheinend nicht viel fürs Fliegen übrig.«

»Auf ein paar mehr oder weniger kommt's nicht an. Willst du noch heut abend hier weg oder morgen?«

»Du fliegst die Maschine.«

Es kommt einem komisch vor. Diese Stadt ist anders, aber das ist eigentlich nicht das Merkwürdige. Schließlich war bisher jeder Ort anders.

199

Es ist eine andere Zeit. Diese Stadt lebt im Jahr 1967. 1967 – das Jahr hat scharfe Kanten und Ecken, die uns ins Fleisch schneiden, es wirft uns aus unserem Element. Wir gehören nicht in dieses Jahr. Vom Highway her, der am Flugplatz vorbeiführt, hört man das Summen des Verkehrs. Moderne Maschinen landen und starten, alle aus Metall, mit breiten Instrumentenbrettern und vielen Funkgeräten, getrieben von neuen und leise laufenden Motoren.

Für einen vagabundierenden Piloten ist im Jahr 1967 kein Platz, andererseits aber doch, es kommt auf den Ort an.

»Hauen wir von hier ab.«
»Und wohin?«
»Nach Süden. Irgendwohin. Nur weg von hier.«

Eine halbe Stunde später sind wir droben im Wind, im Geräusch des Motors und im Rauschen des Propellers. Stu ist umgeben von allem möglichen Gerät, die Spitze unseres FLY-$-3-Schildes und der blau-

weiße Hilfsschirm, in der Packhülle, schauen über den Kabinenrand. Die Sonne scheint über die rechte Seite der Flosse zu uns herein, also sind wir mit Südostkurs nach irgendwohin unterwegs. Es ist völlig egal, wohin wir fliegen; wichtig ist nur, daß wir jetzt fliegen.

Und plötzlich sind wir wieder da. Wieder ein Städtchen mit Bäumen und Kirchturmspitzen, einem breiten Feld im Westen, einem kleinen See. Eine Stadt, die wir noch nie gesehen haben und doch bis ins kleinste Detail kennen. Wir kreisen dreimal über der Kreuzung der obligaten Maple Street mit der Main Street und sehen, daß ein paar Leute zu uns heraufschauen und ein paar Jungen zu ihren Fahrrädern rennen. Eine Kurve nach Westen, und einen Augenblick später – der Propeller dreht sich leise, als ich das Gas wegnehme – rollen unsere alten Räder sanft durch das alte grüne Gras, und die alte Erde rüttelt uns wieder durch.

Stu ist sofort mit dem Schild draußen und geht mit großen Schritten auf die Straße und die ersten Neugierigen aus dem Städtchen zu. »SEHEN SIE SICH IHRE STADT AUS DER LUFT AN!«

Ich höre ihn, während ich unsere Schlafsäcke und die Motorhülle aus den Kabinen hole. Seine Stimme kommt klar durch die klare Sommerluft.

»KOMMEN SIE MIT UNS IN SPHÄREN, WO NUR VÖGEL UND ENGEL FLIEGEN! SIE HABEN GARANTIERT NOCH NICHTS ÄHNLICHES ERLEBT!«

Wir sind wieder da, wohin wir gehören. Wir waren noch nie hier, doch wir sind daheim.

Ein Stück Erde

Ein Flugplatz hat eine Stimmung, die es auf keinem anderen Stück Erde geben kann. Gleichgültig, wie das Land heißt, auf dessen Boden er liegt, ein Flugplatz ist ein Ort, sichtbar und fühlbar, der eine Realität hervorruft, die man nur denken und empfinden kann.

Kommen Sie hinaus auf den Flugplatz, eine Stunde bevor Sie fliegen, und sehen Sie sich ihn an, ehe Sie sich um den Ölstand und die Scharniere des Höhenruders kümmern und den Hauptschalter auf AN stellen. Da steht eine Reihe von Sportmaschinen, da steht eine kecknasige Cessna 140 mit ihrem sorgfältig befestigten silbernen Leinwandüberzug über der Windschutzscheibe. Sie ist nicht nur ein Flugzeug, nicht nur der Gegenwert von 2000 Dollar in Nieten und Bolzen, sondern für einen Menschen der Schlüssel zu Entspannung und Zufriedenheit, eine Chance, den Problemen der Menschen zu entrinnen, die ihr Leben an die Erde gefesselt verbringen. Am nächsten Sonnabend oder vielleicht jeden Dienstagnachmittag nimmt er die Hülle über der Windschutzscheibe ab und löst die Halterung. Er ruft: »Startbereit!« und vergißt ganz, daß wieder einmal ein Atomkrieg droht. Solche Kümmernisse und sorgenvolle Gedanken an Strafzettel und Steuerbefreiungsformulare fegt der Propellerstrahl auf das Gras hinter dem Spornrad. Dann ist der Besitzer der Maschine fort, und die Seile, die sein Flugzeug festhielten, liegen lose auf der Erde.

Drunten in der Reihe neben dem Hangar steht ein zweimotoriges Leichtflugzeug, das den Namen einer Firma trägt. »Nach den ersten vier- oder fünftausend Stunden hängt einem das Fliegen zum Hals raus«, sagt der grauhaarige Pilot der Firma gern. Doch hin und wieder lächelt er ein bißchen, wenn seine hellglänzenden Propeller herumzuwirbeln beginnen, und wenn er nicht das Gegenteil behauptet hätte, würde man sagen, daß ihm das Fliegen überhaupt nicht zum Hals heraushängt.

Sehen Sie sich an irgendeinem Morgen, wenn niemand fliegt, die Start- und Landebahn an. Sie liegt still und verlassen da, nicht mehr als ein Asphaltfeld. Was also gibt ihr das Geheimnisvolle, das beinahe Unheimliche des Unbekannten?

Sie ist die Schwelle zum Flug. Eine Start- und Landebahn ist eine Konstante, die sich nur dort findet, wo das Fliegen die Erde berührt. In der ganzen Vielfalt eines Landes, mit all seinen Straßen und Feldern, Bergen und Ebenen, ist Fliegen nur dort möglich, wo es eine Bahn zum Starten und Landen gibt. Ohne sie ist auch die betriebsamste Stadt isoliert. Die kleinste Farm spürt die Berührung des Lebens, wenn ihre ungeteerte Zufahrt sich als Piste eignet. Sie mag lange Wochen einsam daliegen, aber wenn ein Stück Erdboden Geduld haben kann, dann hat es dieses kurze Stück Staubstraße. Denn es kommt zuverlässig die Zeit, da ein Pilot und sein Flugzeug sich von allen Stellen auf der Erde diesen Platz aussuchen, hier niedergehen und mit den Rädern Staubwolken aufwirbeln, um zu landen.

Sind Sie schon einmal mitten auf einer leeren Start- und Landebahn gestanden? Wenn ja, dann wissen Sie, daß die Stille das merkwürdigste daran ist. Flugplätze sind heute zum Synonym für Betriebsamkeit und Lärm geworden, aber selbst die Start- und Landebahnen eines internationalen Flughafens sind Stätten des Schweigens. Das Geräusch eines Triebwerks, das zum Start warmläuft und in den Gebäuden am Vorfeld die Fenster zum Klirren bringt, wird zum Flüstern einer weit weg summenden Fliege, wenn man es von der Startbahn hört. Das Schnarren von Stimmen und Funksignalen ist nur in den Cockpits zu hören; die Startbahn selbst nimmt keine Kenntnis von Wörtern, die im UKW-Funk begraben liegen. Auf der Startbahn ist es still wie in einer Kathedrale, und nur wenn man danach horcht, kann man Geräusche hören, die von außerhalb ihres Bereichs hereindringen. Selbst die kleinen Steine und Kiesbrocken längs der Start- und Landebahn sind von eigener Art, sie gehören in die Welt des Fliegens und sind der Erde ebenso fremd, wie es die Bahn selbst ist.

Wenn Sie auf diesem breiten, asphaltglatten Feld stehen, stehen Sie auf den Spuren von Hunderten von Landungen, ausgeführt von allen möglichen Piloten in allen möglichen Flugzeugen. Die langen, spitz zulaufenden Streifen stammen von Rädern unter einem Mann, der weit die Landebahn entlangblickte, aber wußte, daß unter ihm die Reifen noch gut zehn Zentimeter tiefer gehen mußten, bevor die Maschine aufsetzte. Dieser Mann hat zehntausend Landungen hinter sich gebracht und weiß viel über viele Orte, wo Lande- und Startbahnen liegen.

Überall sieht man auf der Asphaltdecke kurze, dünne schwarze Linien, denn am Rand des Feldes befindet sich eine Schule, wo das Fliegen gelehrt wird. Diese schwarzen Linien stammen von Leuten, die ganz mit der Mechanik des Landens beschäftigt waren, ganz darauf konzentriert, die Abdrift auszugleichen, den Knüppel noch weiter zurückzunehmen, um die Räder über dem Boden zu halten, bereit, jederzeit auf die Seitenruderpedale zu treten und . . .

Auf halber Länge der Landebahn sieht man zwei dicke schwarze Streifen auf dem Asphalt. Sekunden, nachdem sie erschienen waren, erhitzte sich die Luft ein paar Handbreit über der Decke von rauchenden Bremsscheiben, die sich gegen wirbelnden Stahl preßten. Im Erdreich

203

sind Furchen zu sehen, die in hart gewordene schwarze Streifen übergehen, wo es an die Landebahn stößt. Gleich hinter der Mittemarkierung ist eine Kurvenspur, die plötzlich dort abbricht, wo der Asphalt aufhört; das Gras, das dahinter wächst, sieht aus, als sei es genauso gewachsen wie all das andere Gras neben der Start- und Landebahn. Aber natürlich stimmt das nicht. Es war einmal niedergewalzt und zermalmt unter einer Wolke von Gras, Staub und Gummirauch, die zu dem zerfetzten Reifen eines Jagdflugzeugs aus Kriegsbeständen führte.

All dies bewahrt die Bahn geduldig in ihrem Gedächtnis, zusammen mit der Erinnerung an die leuchtende Nachtbefeuerung, die die niedrigen Nachtwolken zerriß und die Schatten der Gräser auf den Rand der Startbahndecke warf, und an das scharfe Bild eines Waco-Doppeldeckers, der umgedreht im Scheitel eines Loopings stand, mit seinen unbeweglichen Propellerflügeln, während die Zuschauer stumm hinaufblickten. Auch die Splitter, die umherflogen, als ein altes Schulflugzeug mit defektem Fahrwerk aufsetzte und sich überschlug.

Von hier ist mehr als ein junger Mann gestartet, um seinen Traum wahrzumachen, die Wolken von oben zu sehen. Unter dem dunklen Teppich der Gummispuren auf der Landebahn verbergen sich die Streifen, die von der ersten Landung eines Mannes mit goldbestickter Mütze stammen, der heute als routinierter Flugkapitän auf der Strecke New York–Paris fliegt. Auch die eingekerbten Spuren sind noch da, die vor langer Zeit die Maschine eines Jungen aus unserem Heimatort hinterließ, der zum letzten Mal gesehen wurde, als er sich ganz allein in dem Kampf gegen sechs gegnerische Jäger stürzte. Ob diese Jagdmaschinen Spitfires oder Thunderbolts oder Focke-Wulf 190 waren, spielt für das

Asphaltfeld keine Rolle. Es bewahrt unparteiisch das Gedächtnis eines Tapferen.

Das ist die Start- und Landebahn. Ohne sie gäbe es keine Fliegerschule am Rande des Feldes, nicht die Reihen der abgestellten Maschinen, keinen UKW-Funk, der über das Gras hin- und herwechselt, keine Landebahnbefeuerung, die durch die Nacht strahlt, keine Cessna 140 mit der Windschutzscheibenhülle, die ordentlich über das Plexiglas gezogen ist.

Flugschüler und Profis; Schulflugzeuge, Verkehrsmaschinen und Militärflugzeuge. Männer, die ihre Spuren am Himmel und manche, die sie an einem abgelegenen Berggipfel hinterlassen haben. Ihr Geist spricht aus der majestätischen Kreisbewegung des Scheinwerfers, aus den schwarzen Streifen auf der Startbahn, aus dem Motorenlärm startender Flugzeuge. Dieser Geist lebt im Bereich jedes Flugplatzes, von Adak bis Buenos Aires und von Abbeville bis nach Portsmouth. Dieser Geist ist die Stimmung eines Flugplatzes, die es auf keinem anderen Fleck Erde geben kann.

Bitte nicht üben!

Üben fand sie langweilig. Es ist doch so doll, einfach zu fliegen! Sehn Sie sich diesen Himmel an! Was für ein Tag! Die Felder alle wie weicher Samt, und das Meer . . . das ist mein Meer! Fliegen wir doch eine Weile einfach so, nicht jetzt Langsamfliegen üben, und . . . sehn Sie sich doch dieses Meer an!

Was soll man zu so einer Flugschülerin sagen? Es war ihre eigene Maschine, ihr eigenes neues Aircoupé, und der Himmel klar wie Luft, die die ganze Nacht vom Regen gewaschen wurde. Was soll man tun? Ich wollte zu ihr sagen: Sehn Sie, Sie haben an einem Tag im Flugzeug doch viel mehr Freude, sobald Sie die Maschine richtig in der Hand haben. Studieren Sie sie jetzt, lernen Sie sie wirklich kennen, und Sie machen alles wie im Schlaf; später . . . werden Sie sich federleicht fühlen, entspannt und am Himmel zu Hause.

Aber ich konnte sie beim Geräusch des Motors nicht mehr überzeugen als mit den vielen Versuchen, die ich in der Ruhe auf dem Boden angestellt hatte. Sie war so darauf versessen loszustürmen, sich in die Herrlichkeit des Fliegens zu stürzen, daß ich es als eine unerträgliche Hemmung empfand, einen Schritt nach dem anderen zu tun, an Dinge wie Überziehen und Steilkurven und das Üben von Notlandungen zu denken. Also flogen wir eine Zeitlang umher, und ich blickte auf die Felder hinaus, aufs Meer und diesen traumklaren Himmel und fragte mich sorgenvoll, was ihr an diesem schönen Tag passieren würde, wenn der Motor streikte.

»Okay«, sagte ich schließlich. »Bevor wir landen, üben wir eine einzige Sache. Tun wir so, als ob wir nach dem Abheben gerade höher steigen, und der Motor setzt aus, genau dann. Stellen wir mal fest, wieviel an Höhe Sie brauchen, um die Maschine umzudrehen, zur Landebahn zurückzubringen und zu einer Landung mit Rückenwind anzusetzen. Okay?«

»Okay«, sagte sie, aber ohne echtes Interesse.

Ich machte ihr eine Landeschleife bei streikendem Motor vor und brauchte 150 Fuß dafür, vom Aussetzen des Motors bis kurz vorm Aufsetzen. »Jetzt sind Sie dran.« Sie pfuschte beim ersten Mal und verlor vierhundert Fuß. Beim zweiten Versuch waren es dreihundert. Der dritte klappte, sie zog mit meinen 150 Fuß gleich. Aber sie war nicht richtig bei der Sache, und als wir ein paar Minuten später landeten, sprach sie immer noch von dem herrlichen, wunderschönen Tag.

206

»Wenn Sie vom Fliegen etwas haben wollen«, sagte ich, »dann müssen Sie's gut können.«

»Das werde ich. Sie wissen, wie genau ich vor dem Flug alles nachprüfe. Aus sämtlichen Tanks lasse ich jeden Tropfen Wasser ab – mich läßt mein Motor beim Start nicht im Stich.«

»Aber es ist möglich. Es ist schon passiert! Mir selber!«

»Sie fliegen ja diese alten Kisten, bei denen der Motor sowieso immer streikt. Ich hab einen neuen Motor...« Sie sah meinen Gesichtsausdruck. »Na schön. Das nächste Mal üben wir eben ein bißchen mehr. Aber war das nicht der herrlichste Tag im ganzen Jahr?«

Drei Wochen später flog sie allein in ihrem Aircoupé, und ich saß in der Swift, neben mir die Kamera, als unsere zwei Maschinen zur Startposition rollten, auf die Bäume zu. Es war wieder ein herrlicher Tag wie aus dem Bilderbuch, und ich hatte versprochen, ihr Flugzeug zu photographieren, wie es über die Felder schwebte.

Sie startete zuerst, und als ihr Aircoupé in die Luft stieg, rollten wir, die Swift und ich, mit Vollgas an, um ihr zu folgen.

Ich hatte gerade abgehoben und zog das Fahrwerk ein, als ich bemerkte, daß das Aircoupé auf zweihundert Fuß Höhe nach rechts statt nach links bog.

Was macht sie jetzt? dachte ich.

Das Aircoupé stieg nicht mehr. Es verlor an Höhe, legte sich über den Bäumen in die Kurve. Der Propeller drehte sich langsam wie eine Windmühle. Gänzlich unerwartet hatte ihr Motor, nachdem er ohne Mucken warmgelaufen war, beim Abheben ausgesetzt.

Ich war starr. Hilflos sah ich ihr zu. Sie ist doch eine Flugschülerin! Es ist nicht fair! Es hätte *mir* passieren müssen!

Sie hatte vor oder neben sich keine Stelle gehabt, auf der sie hätte landen können, nur einen dichten Eichenwald. Wenn er niedriger gewesen wäre, hätte sie die Maschine zwischen die Bäume setzen müssen. Aber jetzt kehrte sie um und versuchte, den Flugplatz zu erreichen.

Sie hatte null Chancen, die ganze Strecke bis zur Hauptlandebahn zu schaffen, aber möglicherweise war die Querbahn breit genug...

Ich war auf hundert Fuß Höhe, als das Aircoupé in der Gegenrichtung vorbeiglitt, mit leicht schräg gelegten Flügeln. Um Mannshöhe schaffte sie es über die letzten Bäume. Sie schaute starr geradeaus, ganz auf die Landung konzentriert.

Die Swift schwenkte hart unter mir herum, als ich sofort umdrehte, um auf der Querbahn zu landen. Ich sah, wie das Aircoupé das Erdreich am Rand der Bahn berührte, über die dreißig Meter Asphaltband und darüber hinaus auf den hindernisfreien weichen Boden auf der anderen Seite rollte. Es dauerte drei Sekunden, bis das schwache kleine

Bugfahrwerk einknickte und die Maschine in einer gelben Staubwolke nach vorn kippte, so daß das Heck steil nach oben schnellte und in der Luft zitterte. Warum hat es nicht mir passieren können?

Als ich mit rauchenden Bremsen danebenrollte, wurde das Kabinendach des Aircoupés zurückgeschoben, und sie erschien mit düsterer Miene über dem Cockpitrand.

Ich vergaß, mir ein passendes Understatement einfallen zu lassen. »Sind Sie in Ordnung?«

»Ich bin heil«, sagte sie mit ruhiger Stimme. »Aber schaun Sie sich mein armes Flugzeug an. Die Drehzahl ist gefallen, und dann war einfach gar nichts mehr. Glauben Sie, es ist zu kaputt?«

Propeller, Haube und Brandschott waren eingedrückt. »Das können wir wieder herrichten.« Ich half ihr über den abwärts geneigten Flügel heraus. »Das haben Sie übrigens gar nicht schlecht hingekriegt. Gut, wie Sie langsam über die letzten Bäume geflogen sind. Sie haben jeden Zentimeter ausgenutzt, den Sie hatten. Wenn nicht dieser Zahnstocher von Bugfahrwerk gewesen wäre . . .«

»Hab ich's wirklich ordentlich gemacht?« Die einzige Wirkung der Bruchlandung bestand darin, daß sie sich zu rechtfertigen versuchte. Sonst war es ihr meistens gleichgültig, was ich bemerkte oder dachte. »Ich wollte umdrehen und in Längsrichtung auf der Landebahn landen, aber ich hatte einfach zuwenig Höhe. Als es ganz nach unten ging, dachte ich, lieber jetzt die Flügel gerade und aufsetzen.«

Je länger ich dastand und mir anschaute, wie wenig Platz sie gebraucht hatte, um das Flugzeug zu landen, um so unbehaglicher wurde mir zumute. Ich begann mich zu fragen, ob ich es ebensogut geschafft hätte, und je länger ich darüber nachdachte, um so stärker wurden meine Zweifel; obwohl meine alten Motoren so oft gestreikt hatten, obwohl ich so viele Außenlandungen hinter mir hatte und trotz meiner Erfahrungen mit kurzen Landelängen – ich war mir im Zweifel, ob ich das Aircoupé besser auf den Boden gebracht hätte als diese Flugschülerin, die ihre Übungszeit damit verschwendete, im Geradeausflug durch die Luft zu gondeln und auf die Felder und das Meer zu schauen.

»Wissen Sie«, sagte ich später zu ihr, mit etwas mehr Respekt in der Stimme, als ich eigentlich zeigen wollte, »diese Landung . . . das war gar nicht mal so schlecht gemacht.«

»Danke«, sagte sie.

Der Motor hatte wegen eines Gasstaus in der Treibstoffzufuhr gestreikt, und als wir das Flugzeug wieder herrichteten, veränderten wir die Leitung, damit das gleiche nicht noch einmal passieren konnte. Aber es beschäftigte mich noch länger, wie sie diese Landung hingekriegt hatte. War ihr die Übung von Nutzen gewesen, an dem Tag, als wir dreimal Motorversagen beim Start simuliert hatten? Es war schwer zu glauben – sie hatte es nur mir zu Gefallen geübt. Ich begann zu glauben, daß sie das Können, das sie brauchte, ebenso wie die kühle Überlegung schon mitgebracht und nur auf den Augenblick gewartet hatte, da sie beides einsetzen mußte. Ich dachte darüber nach und auch daß ich an ihrer fliegerischen Geschicklichkeit gar keinen Anteil gehabt hatte. Schließlich kam ich zu dem Ergebnis, daß vielleicht alles, was wir jemals an Wissen brauchen, gleichgültig worüber, schon in uns liegt und nur darauf wartet, daß wir es benutzen.

Ich hatte es ihr gesagt, und nun glaubte sie es endlich: Selbst ein neuer Motor kann nach dem Start aussetzen.

Trotzdem aber glaube ich, daß es Zeiten gibt, in denen ein Fluglehrer nicht mehr als eine angenehme Begleitung ist, wenn ein Mädchen an einem schönen Tag Lust zu fliegen hat.

Reise an ein vollkommenes Ziel

Die Landefläche war grasbewachsen und quadratisch, mit einer Länge von einer halben Meile, ausgebreitet in der Mitte von Missouri, und damit ist so ungefähr alles gesagt. Ein paar Hügel, mit Bäumen garniert, und ein Weiher zum Schwimmen; weit in der Ferne eine unbefestigte Straße und eine Farm, aber vor allem war es eine Fläche aus sanftem Grün, und die Farbe lieferte der Farbstoff in dem kühlen, hohen Gras.

Wir waren hier in zwei kleinen Flugzeugen gelandet, um neben dem Weiher ein Feuer zu machen, unsere Schlafsäcke aufzuschnüren und uns am Feuer ein Abendessen zuzubereiten, während die Sonne verschwand.

»Hey, John«, sagte ich, »die Stelle ist gar nicht so übel, was?«

Er beobachtete die letzten Spuren des Sonnenuntergangs und wie sich das Licht im Wasser bewegte.

»Es ist ein guter Platz«, sagte er schließlich.

Aber sonderbar: Dies war wirklich eine schöne Stelle, um zu landen, doch wir hatten kein Verlangen, hier länger zu bleiben als über Nacht. In dieser kurzen Spanne wurde uns die Wiese vertraut und irgendwie langweilig. Als der Morgen anbrach, waren wir ohne weiteres bereit, zu starten und Gras und Hügel den weidenden Pferden zu überlassen.

Eine Stunde nach Sonnenaufgang waren wir zweihundert Fuß hoch in der Luft und brummten in lockerer Formation dahin über Felder, hellgrün wie junger Mais, alte Wälder und tief aufgepflügtes Erdreich.

Bette flog die Maschine eine Weile und konzentrierte sich darauf, die Formation zu halten, während ich über den Rand der Kabine schaute und mich mit dem Gedanken beschäftigte, ob es auf der Welt wohl noch eine Stelle gebe, die so vollkommen war. Vielleicht, so dachte ich, suchen wir eigentlich nur danach, wenn wir so herumfliegen und aus unseren fliegenden Berggipfeln aus Stahl, Holz und Leinwand nach unten schauen – vielleicht halten wir alle Ausschau nach dem einen, einzigen, vollkommenen Platz dort unten auf der Erde, und wenn wir ihn gefunden haben, dann gleiten wir hinunter, landen und brauchen niemals wieder irgendwohin zu fliegen. Vielleicht sind Piloten nur Menschen, die nicht zufrieden sind mit den Orten, die sie bisher gefunden haben, und sobald sie den Fleck erspähen, wo sie drunten auf der Erde ebenso glücklich sein können wie andere Leute, werden sie ihre Flugzeuge verkaufen und aufhören, vom Himmel herab nach ihrem Ideal zu suchen.

Wenn wir über das Fliegen reden und die Freude, die es uns bereitet, so meinen wir sicher die Befriedigung, daß wir uns jederzeit davonmachen können. Schließlich ist ja sogar das Wort »Fliegen«, ganz ähnlich wie »Fliehen«, fast gleichbedeutend mit »sich davonmachen«. Aber wenn ich, hinter der nächsten Baumreihe, die Stelle sehen sollte, die für mich vollkommen ist, dann hätte ich nicht mehr das Verlangen zu fliegen.

Es war ein unbehaglicher Gedanke, und ich schaute Bette an, die nur lächelte, mich aber nicht ansah, weil sie damit beschäftigt war, die Formation zu halten.

Ich schaute wieder hinaus, und das Land drunten verwandelte sich auf einen Augenblick in all die vollkommensten Gegenden, die ich jemals gesehen hatte. Statt des Farmlandes lag das Meer unter uns, und wir setzten zur Landung auf einer Piste an, die aus dem Rand der Steilküste geschnitten war, still und mutterseelenallein. Statt des Farmlandes lag unter uns Meigs Field, zehn Minuten Fußmarsch von den unerforschten Dschungeln Chicagos entfernt. Statt des Farmlandes lag unter uns Truckee-Tahoe, mitten zwischen den scharfen Felszacken der Sierra. Statt des Farmlandes lagen unter uns Kanada und die Bahamas, Connecticut und Baja California, bei Tag und bei Nacht, im Morgengrauen und in der Abenddämmerung, bei Sturm und Windstille. Alle diese Gegenden waren interessant, die meisten hübsch, einige sogar schön. Doch keine vollkommen.

Dann lag das Farmland hinter uns, und das Motorengeräusch weckte mich aus meinen Träumereien. Bette gab Gas, um John und Joan Edgrens Aeronca hinauf über die ersten Sommerwolken zu folgen. Sie überließ mir wieder das Flugzeug, und für eine Weile vergaß ich fast, was ich vorher über Flucht und Fliegen und vollkommene Gegenden gedacht hatte.

Aber nicht ganz. Gibt es wohl einen Ort, an dem ein Pilot, wenn er ihn gefunden hat, nicht mehr das Verlangen nach dem Fliegen verspürt?

»Hübsche Wolken«, sagte Bette.

»Yeah.«

Jetzt waren überall Wolken am Himmel. Hoch und rein wölbten sie sich der Sonne entgegen. Sie hatten harte, klare Ränder, solche, durch die man die Flügelspitze ziehen kann, ohne daß sich die Windschutzscheibe beschlägt. Und rings um uns waren wandernde, stäubende Schneebretter und gewaltige Felszacken und -klüfte.

Ungefähr zu diesem Zeitpunkt machte sich die Antwort bereit und sprang mich an. Der Himmel selbst ist doch das Land, in das wir fliehen, in das wir fliegen!

Keine leeren Bierdosen und Zigarettenschachteln, achtlos auf einer Wolke verstreut, keine Verkehrszeichen oder Ampeln, keine Bulldozer, die die Luft wegräumen, um Platz für Beton zu schaffen. Hier hat die Sorge keinen Platz, weil der Himmel immer gleich ist. Hier hat die Langeweile keinen Platz, denn er ist immer anders.

Was machst du dir Gedanken, dachte ich. Der einzig vollkommene Ort für uns ist der Himmel selbst! Und ich schaute zu der Aeronca hinüber und lachte.

Loopings, Stimmen und die Furcht vor dem Tod

Es hätte ein einfacher Looping nach oben werden sollen, hoch am Himmel, abseits der Luftstraßen, nur zu meinem eigenen Spaß. Während der Wind sich mit einem lauten Hundertmeilenschrei an den Drähten zerfetzte, drückte ich die Nase des Doppeldeckers in steilem Steigflug aufwärts, immer weiter nach oben ... dann stoppte der Motor und ich hing, nur von meinem Sitzgurt gehalten, mit dem Gesicht nach unten über einem 3200 Fuß tiefen Abgrund aus klarer, leerer Luft. Der Steuerknüppel erstarrte unter meiner behandschuhten Hand, das Flugzeug schwankte träge hierhin und dorthin und fiel dann wie ein riesiger Pfannkuchen in Zeitlupe flach vom Himmel. Staub und Heu vom Boden der Kabine trieben an meiner Schutzbrille vorbei, und der Wind ging von seinem klaren Donnern in ein seltsames lautes, stoßendes Summen über, wie eine riesige Hummel im Todeskampf.

Die Nase machte keine besonderen Anstrengungen, sich nach abwärts zu richten, der Motor blieb stumm, und zum ersten Mal in meinem Leben war ich der Pilot eines Flugzeugs, das abstürzte – wie wenn mich ein Kran in die Höhe gehoben und losgelassen hätte.

Zuerst war ich ärgerlich, daß die Steuerung nicht reagierte, dann beunruhigt, und plötzlich bekam ich es mit der Angst zu tun. Wie Leuchtspurgeschosse durchzuckten Gedanken mein Gehirn: Die Kiste ist mir entglitten – ich hab noch genug Höhe, um auszusteigen, aber dabei geht die Maschine drauf – das ist ein ganz elender Looping – ich bin ein hundsmiserabler Pilot – was soll dieses *Durchsacken*, so sackt ein Flugzeug doch nicht durch – los jetzt, dreh die Nase nach unten ...

Währenddessen sah der Beobachter hinter meinen Augen mit Interesse zu, ohne daß ihn die Frage bewegte, ob ich selber es überstehen würde. Ein anderer Teil von mir war von panischer Angst ergriffen und schrie: Das ist kein Spaß mehr – ich hab genug davon – WAS HABE ICH HIER VERLOREN?

Was habe ich hier verloren? Ich möchte wetten, jeder Pilot, seit den Anfängen der Fliegerei, hat sich irgendwann unvermutet diese Frage gestellt. Als John Montgomery sich bereit machte, seinen Gleiter von dem Ballon zu lösen, der ihn in die Höhe getragen hatte, muß er gedacht haben: Was habe ich hier verloren? Als Wilbur Wright erkannte, daß er die Flügel nicht geradestellen konnte, und dann der »Flyer« auf dem Boden aufprallte; als die Testpiloten erkannten, daß der Eaglerock Bullet oder der Salmson Sky-Car sich nach fünfzehn Drehungen im

Trudeln nicht fangen würden; als die Piloten der Postflugzeuge, über einem Nebelmeer verloren, hörten, wie der Motor nach dem letzten Tropfen Treibstoff erstarb – sie alle vernahmen diese geängstigte Stimme in ihrem Innern, wenn ihnen auch vielleicht nicht die Zeit zu einer Antwort blieb.

»Jeder Pilot«, so heißt es, »der behauptet, daß er nie Angst gehabt hat, ist entweder ein Dummkopf oder ein Lügner.« Es gibt vielleicht Ausnahmen, aber nicht viele.

Für mich war es, als ich das Fliegen lernte, das Trudeln. Seelenruhig saß Bob Keech drüben auf dem rechten Sitz der Luscombe und sagte: »Jetzt dreimal nach rechts trudeln.« Ich hätte ihm am liebsten den Hals umgedreht, erstarrte vor Angst vor den nächsten Augenblicken, zog den Knüppel ganz zurück und trat mit aller Kraft auf das rechte Seitenruderpedal. Verbissen quälte ich mich durch, zählte mit zusammengekniffenen Augen die Drehungen und fing die Maschine schließlich ab. Während ich in den Geradeausflug überging, wußte ich schon, was er gleich sagen würde. Er würde sagen: Und jetzt dreimal nach links. Und natürlich sagte Keech, der mit verschränkten Armen dasaß: »Und jetzt dreimal nach links.«

Doch diese Stunde ging buchstäblich wie im Flug vorbei, und wir fegten in unsere Platzrunde, und kaum hatte ich den Fuß auf die Erde gesetzt, dann war meine Angst vergessen, und ich brannte darauf, wieder zu fliegen.

Was habe ich hier verloren? Der Flugschüler auf dem Überlandflug hört diese Frage, während er nach dem Kontrollpunkt sucht, den er schon vor dreißig Sekunden hätte passieren sollen. Viele andere Piloten hören sie, wenn sich das Wetter um sie verschlechtert oder wenn der Motor einen Takt aussetzt oder die Öltemperatur eine Spur zu sehr ansteigt und der Öldruck eine Spur zu stark absinkt.

Es ist ein Unterschied, ob man gemütlich im Sessel sitzt und davon redet, wie herrlich das Fliegen ist, oder aber ob man droben am Himmel ist, der Motor kaputtgeht, das Öl wie flüssiges Gold die Windschutzscheibe verklebt und es nur eine einzige Stelle zum Landen gibt, nämlich dieses *winzig kleine* Haferfeld dort unten auf dem Hügelkamm, das am Ende eingezäunt ist.

Als es mir passierte, spielte sich bis zur Landung ein ständiger Dialog ab oder vielmehr zwei Monologe. Der eine Teil von mir ist darauf konzentriert, in den Endanflug überzugehen, die Fluggeschwindigkeit genau zu halten, Magneten und Treibstoffzufuhr abzuschalten, den Gleitflug abzuschätzen, die Maschine schräger zu legen, weil wir zu hoch sind . . . Der andere Teil plappert geängstigt dahin. »Schau an, du hast Schiß, nicht wahr? Da hast du all diese Maschinen geflogen und glaubst, du fliegst gern, aber jetzt hast du *Angst!* Zuerst weil du dachtest, der Motor brennt, und jetzt fürchtest du, daß du das Feld nicht erwischst, stimmt's? DU BIST EIN FEIGLING, DU BIST NUR EIN GROSSMAUL, UND JETZT SITZST DU IN DER KLEMME UND GÄBST WAS DAFÜR, WENN DU SCHON UNTEN WÄRST, UND DU HAST ANGST!«

An diesem Tag schafften wir eine ziemlich ordentliche Landung. Der Propeller stand still, die Maschine war mit seltsamen hübschen Ölstreifen bemalt, die der Wind verwischt hatte, und ich war mächtig stolz, daß ich sie ohne einen Kratzer aufgesetzt hatte. Aber noch während ich mich zu der Landung beglückwünschte, erinnerte ich mich an diese Stimme, die mir meine Angst vorgehalten hatte, und mußte zu meinem Kummer zugeben, daß sie recht gehabt hatte. Aber Angst hin oder her, hier stand das Flugzeug unversehrt in dem Haferfeld.

Die Frage »Was habe ich hier verloren?« fordert keine laute Antwort. Die Stimme, die sie stellt, hofft, daß wir ohne Nachdenken erwidern: »Ich hab hier überhaupt nichts verloren. Es ist verkehrt, daß ein Mensch fliegt, und wenn ich das lebend überstehe, werd ich nicht so verrückt sein, jemals wieder zu fliegen.« Die Stimme ist nur zufrieden, wenn wir überhaupt nichts tun, wenn wir die Hände in den Schoß legen. Aus dieser Stimme spricht das Paradoxe, spricht Selbsterhaltung, die bis zum Tod getrieben wird.

Wenn die Zeit ganz langsam dahinfließen soll, muß man sich der absoluten Langeweile ergeben. Wo Langeweile herrscht, werden aus Minuten Monate, dehnen sich Tage zu Jahren. Wenn wir möglichst lange leben wollen, ist es am besten, wir sitzen in einem leeren, grauen Zimmer, Jahr um Jahr, und warten auf nichts. Dies ist das Ideal, nach dem diese Stimme uns zu streben auffordert: in diesem Körper, in diesem Zimmer zu bleiben, solange wir nur können.

Doch es gibt eine andere Antwort auf die Frage »Was habe ich hier verloren?«, eine Antwort, die wir nicht finden sollen. Sie heißt: *Ich lebe.*

Wissen Sie noch, was in unseren Kinderjahren das obere Sprungbrett am Schwimmbecken für eine Herausforderung war? Tag um Tag schauten wir zu diesem Brett hinauf, aber dann war es soweit, daß man die kalten, nassen Sprossen zu der oberen Plattform hinaufstieg. Von hier aus wirkte es noch höher, schien das Wasser dreihundert Meter unter einem zu liegen. Da haben Sie vielleicht die Stimme gehört: Was habe ich hier verloren? Warum bin ich nur hier heraufgestiegen? Ich will wieder hinunter, wo es sicher ist. Aber es gab nur zwei Möglichkeiten, nach unten zu kommen: für den Feigling die Leitersprossen, für den Mutigen der Kopfsprung in die Tiefe. Niederlage oder Sieg, sonst nichts. Man konnte auf dem Brett so lange bleiben, wie man wollte, aber früher oder später mußte man wählen.

Sie standen auf dem Rand, zitternd trotz der heißen Sonne, von Todesangst erfüllt. Schließlich beugten Sie sich zu weit nach vorn. Es war zu spät zurückzuweichen, und Sie sprangen vom Brett. Wissen Sie es noch? Erinnern Sie sich an die stolze Freude, mit der Sie im Becken nach oben schossen, wie Sie wie ein Delphin triefend die Wasseroberfläche durchbrachen und juhu schrien? In diesem Augenblick war das hohe Sprungbrett bezwungen, und Sie verbrachten den Rest des Tages damit, auf den Sprungturm zu klettern und herabzuspringen.

Wenn wir auf tausend Sprungtürme steigen, dann leben wir. In tausend Sprüngen, mit denen wir die Furcht bezwingen, verwandeln wir uns in Menschen.

Das ist der Zauber, der Sirenengesang des Fliegens. Im Fliegen findet der Pilot die Chance, in einem hohen, herrlichen Land Furcht und Ängste zu bezwingen. Die Antwort auf jede Angst, sei es vor einem hohen Sprungturm oder vor dem Trudeln, liegt im Wissen. Ich weiß, wenn ich von dem Brett springe, wie ich den Körper halten muß, daß ich mich beim Aufprall im Wasser nicht verletze. Ich weiß, wie ich das Flugzeug mit Steuerknüppel und Seitenruder zum Trudeln bringen kann. Ich weiß, daß gleich die Welt um mich verschwimmt wie ein wild gewordener grüner Propeller und daß die Steuerung gegen meinen Griff kämpfen wird. Ich weiß, es wird schwer sein, das Gegenruder zu drücken, um die Maschine abzufangen, aber ich weiß auch, daß ich es kann und daß damit das Trudeln sofort aufhört. Und da ich das weiß, dauert es nicht lange, und ich steige hoch hinauf, weil mir jetzt das Trudeln Spaß macht.

Allein das Unbekannte erregt Furcht. Wenn zum Beispiel die Wolken um uns sinken, macht uns das keine Angst, wenn eine Landebahn in Sicht ist. Wir fürchten eine niedrige Wolkendecke nur, wenn darunter das Unbekannte liegt, Felder oder Hügel oder Baumwipfel, und wenn wir noch nie auf Feld, Hügel oder Baum gelandet sind. Doch wenn wir schon seit Jahren auf Feldern landen, wenn wir wissen, worauf wir achten und wie wir unser Flugzeug während des ganzen Manövers steuern müssen, dann ist eine Landung auf Grasboden nicht beängstigender als eine Landung auf einer langen Meile Beton.

Das ganze Leben, sagen manche, ist eine Chance, die Furcht zu besiegen, und jede Furcht ist ein Stück Furcht vor dem Tod. Der Flugschüler, der die Steuerung angstvoll festhält, hat Angst vor dem Sterben. Sein Lehrer, der neben ihm sitzt und sagt: »Keine Bange. Entspannen. Schaun Sie, Sie können die Hände vom Rad lassen, und die Maschine fliegt glatt wie eine Feder . . .« beweist dadurch, daß kein Grund zur Todesfurcht besteht.

Jeder Pilot hat zuerst die Furcht vor dem beschränkten Bewegungsbereich in der Luft besiegt. Wir kannten zunächst unsere Maschinen und uns selbst nur so weit, daß wir an sonnigen Tagen die Platzrunde flogen. Dann wußten wir mehr und flogen in den Übungsbereich; dann in Wolken und Regen, übers Meer und über Wüsten – alles ohne Furcht, weil wir das Flugzeug und uns selber kennen und in der Hand haben. Wir waren auf dem Weg, Mensch zu werden, ein Stück weitergekommen, und wir empfinden nur Furcht, wenn wir die Dinge nicht mehr in der Hand haben.

Wir lernten, Dingen aus dem Weg zu gehen, über die wir keine Macht besaßen, was nichts anderes heißt, als daß wir anfingen, die Dummheit zu überwinden. »Nicht durch ein Gewitter fliegen« ist ein Axiom, das die meisten Piloten übernehmen, ohne es nachzuprüfen. Die Regel »Vertrau niemals dein Leben einem Motor an« wird schon weniger beherzigt und zumeist von jenen mißachtet, die niemals einen Motor im Flug aussetzen hörten. Piloten, die in stockfinsterer Nacht über Land oder über Nebelmeere fliegen, ohne einen Fallschirm umzuschnallen, haben keine Vorstellung, wo sie möglicherweise landen, wenn der Motor streikt, und deswegen keine Chance, die Notlandung selber zu steuern.

Es ist ein schreckliches Gefühl der Ohnmacht, wenn einem an einem garantiert betriebssicheren und zugelassenen modernen Motor die Kurbelwelle bricht oder wenn er ein Ventil verschluckt oder keinen Sprit mehr bekommt, obwohl der Treibstoffanzeiger auf voll steht. Noch schlimmer ist dieses Gefühl, wenn man keine Sicht zum Landen hat, und noch einmal ärger, wenn man nicht aussteigen kann. Und es steigert sich zur Verzweiflung, wenn man erkennen muß, daß man wie ein hilfloser Passagier in seiner eigenen Maschine gefangen ist.

Es gibt sicher Hunderte von Piloten, die furchtlos durch dunkle Nächte und über meilenlange Nebelfelder fliegen, aber sie sind nicht deswegen so seelenruhig, weil sie sich auskennen und die Dinge in der Hand haben, sondern weil sie blindlings einer Kiste voller Metallteile vertrauen, die sich Motor nennt. Ihre Furcht ist nicht überwunden, sie ist nur übertönt vom Lärm dieses Kraftwerks. Und wenn dieses Geräusch im Flug wegbleibt, dann übermannt sie die Angst, stärker denn je. Nicht vorschriftsmäßiges Verhalten oder eine Firmengarantie bestimmen unsere Sicherheit, sondern wie gut wir fliegen können.

Man hat mir unverantwortlichen Leichtsinn vorgeworfen, wenn ich mit Fluggästen von breiten, hindernisfreien Heuwiesen startete, mich einen Angsthasen genannt, wenn ich mich weigerte, mit ihnen von einer schmalen Startbahn aus zu fliegen, hinter der sich gleich bewaldete Hügel erhoben. Einen total Verrückten, wenn ich mit der Flügelspitze Taschentücher aufhob, oder übervorsichtig, weil ich nachts nicht ohne Fallschirm fliegen will. Aber ich finde trotzdem, daß man die Furcht in einem fairen

218

Kampf besiegen und nicht ignorieren oder unter einen Teppich von Illusionen kehren sollte, daß Motoren niemals versagen. Ja, die Furcht ist ein anspruchsvoller Gegner.

Schlingernd und sich schüttelnd sackte der Doppeldecker in die Tiefe. *Was habe ich hier verloren,* schrie die Stimme. Die Antwort brauchte eine Sekunde. Ich lebe. Und ich werde aussteigen, wenn wir uns auf zweitausend Fuß nicht gefangen haben. Auf zweitausend Fuß werde ich den Gurtverschluß öffnen und in den freien Fall übergehen, das Flugzeug hinter mir lassen und dann die Reißleine ziehen. Eine Schande, daß ich es verliere, weil ich einen einfachen Looping nicht fliegen kann. Das werd ich nie überwinden.

Langsam, wie ein dicker, schwebender Safe, senkte sich die Nase des Doppeldeckers nach unten. Das schreckliche rumpelnde Schütteln begann ganz schwach nachzulassen, der Luftstrom weicher zu werden. Vielleicht . . .

Wir donnerten zweitausend Fuß geradewegs in die Tiefe. Die Steuerung reagierte wieder, der Motor knallte einmal, spuckte und sprang wieder an. O boy, sagte die Stimme. Diesmal wärst du um ein Haar geliefert gewesen, und du hattest die Hosen voll Todesangst. Diese Fliegerei ist nichts für dich, oder?

Wir stiegen wieder auf dreitausend Fuß Höhe, richteten die Nase nach unten, bis der Wind sich mit einem lauten Hundertmeilenschrei an den Drähten zerfetzte, und diesmal, nachdem wir ordentlich hochgezogen hatten, flogen wir einen schönen Looping, der Doppeldecker und ich. Dann noch einen und noch einen.

Was haben wir hier verloren? Wir wollen natürlich die Furcht vor dem Tod überwinden. Warum sind wir in der Luft? Man könnte sagen, wir üben das, was man leben nennt.

Tod am Nachmittag — ein Erlebnis beim Segelfliegen

Er sagte an diesem ersten Tag bis zum Nachmittag kein Wort. Dann, als wir uns in das Segelflugzeug zwängten, uns mit Fallschirm, Gurtzeug und Sitzgurt eng umwickelt, die Steuerung, Störklappen und Schleppseilauslösung überprüft hatten, sagte er: »Wie wenn man sich auf seine Geburt vorbereitet. So fühlt sich ein Baby, wenn es sich in seinem kleinen Körper zum Start ins Leben bereit macht.«

Ich warne den Leser – er sagt gern solche Sachen.

»Aber das ist kein Körper«, sagte ich, entschieden, doch nicht grob. »Schau, die Firmenplakette hier. Schweizer I-26, einsitziges Segelflugzeug. Und all die andern auf der Startbahn sind vom gleichen Typ, und wir sind hier in Harris Hill zu einem Wettfliegen, und wir wollen gewinnen, vergiß das nicht, okay? Bleiben wir bei der Sache, mit der wir's zu tun haben, wenn es dir recht ist.«

Er gab keine Antwort. Zurrte nur die Gurte fest und fuhr über die Steuerung, mit einer leichten und raschen Berührung, wie ein Pianist im letzten Augenblick vor dem Beginn des Konzerts über die Klaviatur streicht.

Eine Super Cub, die uns hochschleppen sollte, kam auf uns zugerollt. Einige hundert Meter Nylonseil streckten sich uns entgegen, um für den Start eingeklinkt zu werden. Wir waren bereit zum Abheben.

»Hilflos. Gibt nichts, was so hilflos ist wie ein Segelflugzeug auf dem Boden.«

»Jaja«, sagte ich. »Bist du fertig?«

»Es kann losgehen.«

Ich schwenkte das Ruder hin und her, um dem Piloten der Super Cub zu zeigen, daß wir bereit waren. Die Cub zog an, das Seil straffte sich, unsere unbeholfene, aber schöne Schweizer rollte langsam an. Das Schleppflugzeug gab Vollgas, und es ging dahin. Sekunden später war das Querruder in der richtigen Lage, dann Seitenruder und schließlich die Höhenruder. Ich nahm den Steuerknüppel etwas zurück, und der Gleiter hob sich von der Startbahn, nicht mehr als ein paar Fuß, um der Cub das Abheben zu erleichtern. Wir waren in der Luft, der Wind umtoste uns, die Steuerung gehorchte unserer Hand.

»Wir sind geboren«, sagte er ruhig. »So ist es, wenn man geboren wird.«

Ohne zu fragen übernahm er das Steuer. Zuerst flog er mit diesen breiten, langen Flügeln ungeschickt, in einem wellenförmigen Auf und

Nieder hinter dem Schleppflugzeug, bis er sich wieder daran gewöhnt hatte. Er machte es ganz anständig – nicht hervorragend, aber auch nicht allzu schlecht. Er war ein durchschnittlicher Pilot, würde ich sagen. Ein durchschnittlicher Pilot mit wenig Flugerfahrung.

Harris Hill blieb hinter uns zurück. Die Cub bog ab, um dem Hügelkamm zu folgen, und stieg höher. Obwohl wir etwas Auftrieb spürten und vielleicht eine Minute nach dem Abheben allein hätten weiterfliegen können, ließen wir uns vorsichtshalber noch ein Stück schleppen.

»Ist dir schon mal aufgefallen«, sagte er, »wieviel Ähnlichkeit das mit der Kindheit hat, das Geschlepptwerden? Während man sich im Leben zurechtfinden lernt, fliegt die Mutter, das Schleppflugzeug, vor einem her, schützt einen vor Abtrieb, zieht einen hinauf. Segelfliegen hat viel Ähnlichkeit mit dem Leben, findest du nicht?«

Ich seufzte. Während er solche Reden führte, übersah der die hübschen kleinen Tricks beim Wettflug. Wir könnten das Schleppflugzeug auf unseren Kurs bringen, indem wir mit dem Schleppseil die Cub am Schwanz nach links ziehen. Wir könnten sie bremsen und dadurch hindern, zu rasch zu steigen. Solche Tricks können einen einige hundert Meter weiterbringen, und das ist bei einem Wettfliegen nicht ohne Bedeutung. Aber er ignorierte alles, was ich wußte, und erzählte nur von dem, was er wußte.

»Ein Kind kann sich's leicht machen, nicht viel Druck, nicht viele Entscheidungen. Es läßt sich ins Leben hochschleppen. Braucht sich nicht zu sorgen, daß es absackt, muß sich nicht darum kümmern, selber Auftrieb zu finden. Wenn man geschleppt wird – das ist *Sicherheit*.«

»Wenn du ein bißchen nach links gingest . . .«, sagte ich.

»Aber solange es am Seil hängt, ist es nicht frei, daran muß man auch denken.«

Wenn ich nur endlich zu Wort kommen könnte! Ich wollte ihn dazu bringen, daß er dem Schleppflugzeug einen Stups gab, uns noch ein bißchen zusätzlichen Schwung in die richtige Richtung zu verschaffen. Das ist kein Betrug, jeder Pilot darf so was.

»Ich wäre lieber bald frei«, sagte er.

Bevor ich ihn daran hindern konnte, klinkte er das Schleppseil aus, und wir flogen allein dahin. Das Brausen des schnellen Flugs im Schlepptau wich dem Säuseln eines Segelflugzeugs, das allein durch die Luft gleitet.

»Das war aber nicht sehr schlau«, sagte ich. »Du hättest dich noch zweihundert Meter höher schleppen lassen und ihn herumbugsieren können . . .«

»Ich wollte meine Freiheit«, sagte er, als wäre das eine Antwort.

Immerhin ging er sofort auf Kurs und richtete die Nase des Flugzeugs

in den Wind, dem Ziel entgegen, das vierzig Meilen entfernt war. Es war nicht einfach für die I-26, ihr Ziel bei Gegenwind zu erreichen. Und um die Sache noch schwieriger zu machen, lag zwischen uns und den ersten Kumuluswolken über der anderen Talseite ein breites blaues Loch toter Luft.

Es war ein langes Stück bis zu den Wolken, und dann konnte es leicht sein, daß wir zu tief ankommen würden, unterhalb der aufsteigenden Luft. Er hielt die Nase auf Kurs und erhöhte die Geschwindigkeit, um die Abwärtsströmung mit möglichst wenig Höhenverlust zu durchqueren. Die meisten der anderen Segelflugzeuge, stellte ich fest, hielten sich in der Nähe des Hügels, nachdem sie das Schleppseil ausgeklinkt hatten. Sie nutzten den Auftrieb über dem Hang und warteten auf eine Warmluftströmung, um aus sicherer Höhe den Sprung über das Tal zu wagen. Ein hübsches Bild, wie sie in der sonnigen Stille umhersegelten. Doch wußte ich, daß sie uns beobachteten, während sie kreisten, um zu sehen, ob unser Versuch, den Sprung sofort zu schaffen, Erfolg haben würde. Wenn ja, dann würden sie uns folgen.

Ich war mir nicht sicher, was ich getan hätte, wenn ich am Steuer gesessen hätte. Es sieht ja sehr romantisch und kühn aus, wenn man, sobald das Schleppseil weg ist, sofort auf Kurs geht, doch wenn man es nicht tut, wenn einen die sinkende Luft hinunterdrückt, dann ist es vorbei, dann hat man ausgespielt. Natürlich ist man auch draußen, wenn man den ganzen Tag in der Aufwärtsströmung über den Hügeln von Harris Hill bleibt. Es geht darum, das Ziel zu erreichen, und dies erfordert die genau richtige Mischung von Wagemut und Vorsicht. Die anderen hatten mit der Vorsicht begonnen; mein Freund hatte sich für den Wagemut entschieden. Wir flogen geradewegs von dem Hügel weg, mit einer Sinkrate von dreihundert Fuß pro Minute.

Er erriet meine Gedanken. »Du hast recht«, sagte er. »Noch eine Minute in diesem Abtrieb, und wir schaffen es nicht mal zum Hügel zurück. Aber bist du nicht meiner Meinung: Früher oder später muß doch ein Mann weg von der Sicherheit eines Schleppflugzeugs oder einer Hangströmung und seinen eigenen Weg gehen, egal welchen?«

»Vermutlich.«

Aber vielleicht wären uns, wenn wir gewartet hätten, im Tal ein paar Warmluftströmungen zu Hilfe gekommen. Wie die Dinge jetzt aussahen, konnten wir uns noch fünf Minuten in der Luft halten, und dann blieb nichts übrig, als uns eine Stelle zum Landen auszusuchen. Ich begann nach geeigneten Plätzen Ausschau zu halten, ein bißchen ärgerlich vielleicht, dachte dabei aber mehr, daß wir wie die andern noch hätten warten sollen. Ich fliege gern in einem Segelflugzeug. Es macht mir keinen Spaß, für einen Landeflug von kurzen sieben Minuten möglicherweise zwei oder drei Stunden in der Luft zu verschenken, nur weil dieser Typ den Helden spielen will. Wir verloren jetzt vierhundert Fuß in der Minute.

»Ein Mann muß sein Bestes geben«,sagte er.

»Dein Bestes ist was anderes als mein Bestes. Das nächste Mal läßt du mich das Segelflugzeug fliegen, okay?«

»Nein.« Und es war ihm Ernst damit. Er saß immer am Steuer, wenn wir zusammen flogen, abgesehen von ein paar Minuten hin und wieder. Er hat sich ein paar fürchterliche Fehler geleistet, aber auch manchen großartigen Flug geboten, muß ich zugeben. Doch Fehler und Prachtflüge hin oder her, er läßt mich nie fliegen.

Dreihundert Fuß Höhenverlust pro Minute, noch neunhundert Fuß über dem Erdboden.

»Jetzt ist's soweit«, sagte ich. »Zieh dein Gurtzeug schon fest.«

Er gab keine Antwort und flog auf einen asphaltierten Parkplatz zu, der in der Sonne schimmerte. »Vielleicht doch nicht.«

Das Spiel war aus, ich wußte es. Wir waren erledigt. Unter uns der Parkplatz, zu kurz zum Landen, und die Trümmer werden nur so herumfliegen. Keine andere Stelle zum Landen . . . nur Drähte, Bäume, Straßen. Zweihundert Fuß pro Minute und nicht mal mehr siebenhundert Fuß bis unten.

»Diesmal bist du dran, Freundchen, diesmal bist du wirklich dran!« Es war alles vorbei, bis auf die Bruchlandung. Er war als Pilot nicht gut genug, eine Schweizer I-26 auf diesem knappen Raum zu landen, ohne sie zu beschädigen. A. J. Smith könnte es vielleicht schaffen, aber dieser Typ, der nur ein paar Stunden in der I-26 hinter sich hat, hat keinerlei Chance. Ich zog das Gurtzeug fester. Verflucht, dachte ich. Wenn ich am Steuer säße, dann wären wir im Auftrieb über den Hügeln geblieben. Aber er fliegt das Flugzeug, mit seiner ganzen romantischen Kühnheit, und jetzt trennt uns nur noch eine Minute von der Katastrophe.

»Sieh mal an«, sagte er. »Endlich Auftrieb. Zweifünfzig, dreihundert Fuß pro Minute nach oben!«

Er legte die Schweizer scharf nach links und kreiste in einem schmalen Wärmeschacht über dem Parkplatz aufwärts. Wir schwiegen lang, während er den Auftrieb nutzte.

»Schau«, sagte er schließlich, »wir steigen hundert Fuß pro Minute und haben schon 2500 Fuß unter uns!«

»Tja. Manchmal hast du wirklich unglaubliches Schwein.«

»Du meinst, es war mein Glück. Vielleicht, vielleicht auch nicht. Immer an den Auftrieb glauben, niemals die Suche danach aufgeben, dann wette ich, daß du schließlich mehr Glück hast als derjenige, der auf tausend Fuß Höhe aufgibt. Und man hat überhaupt keine Chance, sein Ziel zu erreichen, wenn man nicht irgendwie lernt, selbst Auftrieb zu finden, meinst du nicht?«

Wir stiegen mit der Strömung auf 4500 Fuß, dann ging er wieder auf Kurs.

»Dieses bißchen Thermik hat dich gerettet«, sagte ich, »und du fliegst einfach weg, kehrst ihr den Rücken, ohne einen Abschiedsgruß.« Ich meinte es in der Hauptsache scherzhaft, machte mich ein bißchen über seine verträumte Art lustig.

»Richtig. Kein Abschied. Nicht gut für uns, uns aufzuhalten, nachdem wir so hoch gestiegen sind, wie's geht. Sich an eine Strömung festzuklammern, wenn man sie mal erwischt hat, das ist nur was für die Ungläubigen. Passiert immer und immer wieder. Die einzige wahre Sicherheit für einen Segelflieger liegt darin, daß er weiß, es gibt noch andere Aufwindstellen, die irgendwo unsichtbar warten. Es geht nur darum, daß man lernt zu finden, was schon da ist.«

»Hm«, sagte ich. Es klang zwar überzeugend, da wir es auf 4500 Fuß geschafft hatten, aber diese Weisheit war mir kein großer Trost gewesen, als ich schon geglaubt hatte, wir würden auf einem Parkplatz enden.

Wir kamen eine Weile voran, ohne an Höhe zu verlieren, aber dann war es auch damit vorbei, und es ging wieder abwärts. Zwar erreichten wir die Kumuluswolken, aber von Aufwind keine Spur. Plötzlich wurde mir heiß. Unter uns lag der Rand großer Kiefernwälder, rauhes, bergiges Land – wir brauchten den Aufwind unbedingt.

»Mit zweihundert Fuß nach unten«, sagte ich. »Was gedenkst du jetzt zu tun?«

»Wohl auf Kurs bleiben. Ich finde, das ist das Richtige, ob's runtergeht oder nicht.«

Das Richtige. Es ist immer schwer, das Richtige zu tun, wenn man im Segelflugzeug über Land fliegt. Wenn zum Beispiel die Luft steigt, soll man langsamer werden, obwohl man am liebsten die Nase hinunter-

224

drücken möchte, um mehr Tempo zu gewinnen. Sinkt die Luft, so daß man am liebsten die Nase nach oben ziehen möchte, dann muß man sie drücken, damit man so schnell wie möglich durch die Abwärtsströmung kommt. Zu seiner Ehre muß gesagt werden, daß er die Nase drückte, obwohl wir uns über den Hügeln befanden, die von Bäumen wie mit Stacheln bedeckt waren. So ging es 2500 Fuß tiefer, ohne eine Möglichkeit zu landen. Er flog, als hätte er Lehrbücher über den Segelflug studiert. Und außerdem flog er so, als wäre er sicher, daß in diesen Lehrbüchern auch die Wahrheit stand.

»Es gibt Zeiten«, hatte er mir einmal gesagt, »wo man den Leuten glauben muß, die schon hinter sich haben, was man noch vor sich hat. Du mußt glauben, was sie dir sagen, und danach handeln, bis du es selber ausprobiert hast.«

Ich brauchte nicht zu fragen; genau das tat er in diesem Augenblick – er verließ sich fest auf die Diagramme des Aufwinds, den die anströmende Luft über Hügeln erzeugt.

Wir verloren an Höhe.

»Könnte sein, daß diese Wolke da drüben Aufwind hat, hinter dem rechten Flügel, ein paar Meilen weit weg«, sagte ich.

»Könnte sein.«

»Und warum fliegen wir nicht direkt hinüber, solange wir noch hoch genug sind, daß wir es schaffen?« Ich kam mir vor wie ein Grundschullehrer mit einem begriffsstutzigen Erstkläßler.

»Ja, schon. Aber schau auch nach links. Da ist massenhaft Aufwind, zehn Meilen weit weg in dieser »Ku«. Aber sie ist nicht auf unserem Kurs. Wenn wir es hinüber schafften, würden wir zwar steigen, aber wir wären zehn Meilen vom Kurs ab und würden die ganze Höhe brauchen, bis wir ihn wieder haben. Warum also den Umweg machen? Es würde uns gar nichts einbringen außer Zeitverlust. So ist es schon vielen guten Piloten ergangen. Mir soll das nicht passieren.«

Ich zitierte ihn selbst: »Steigen und oben bleiben.« Er zuckte nicht einmal mit der Wimper.

Was für ein elender Tag! Wir waren jetzt schon auf 1500 Fuß, mitten in einer breiten Abwärtsströmung, und weit und breit kein Platz zum Landen, nur Bäume. Die Luft staute sich dick und schwer wie Granit. Es war schlimmer als je zuvor. Auf dem Parkplatz wären wenigstens Leute gewesen, die uns hätten helfen können, das Wrack zusammenzuklauben. Aber hier in diesem Wald gab es nicht einmal einen Aussichtsturm. Niemand würde unseren Absturz sehen.

»Was weiß man«, sagte er und kippte den Gleiter scharf nach rechts.

»Was ist los? Was hast du vor?«

»Schau, ein Segelflugzeug.«

Es war eine schneeweiße I-26, die eine halbe Meile weit weg in einer Thermik nach oben stieg. Ich hatte gedacht, wir seien ganz allein, als wir den Hügel hinter uns ließen, und dabei hatten wir die ganze Zeit einen anderen vor uns, der jetzt eine Stelle mit Aufwind markierte.

»Danke dir, Junge, egal wer du bist.« Vielleicht sagten wir beide das.

Wir schwebten unter der Schweizer ein, und sofort zeigte das Variometer an, daß wir zweihundert Fuß pro Minute stiegen. Auf dem Papier sieht das nicht nach sehr viel aus, aber zweihundert Fuß pro Minute über Kiefernwäldern, die bis zum Horizont reichen, geben ein beruhigendes Gefühl. Wir nützten dieses Aufwindfeld mit aller Geduld und Umsicht, und als wir es verließen, hatten wir wieder 4000 Fuß auf dem Konto. Das andere Segelflugzeug war schon längst wieder auf Kurs gegangen.

»Das war nett von ihm, daß er uns die Thermik gezeigt hat«, sagte ich.

»Was soll das heißen?« Sein Ton klang ärgerlich. »Das war nicht seine Absicht. Er hat sie für sich selbst gefunden und benutzt, um selber höher zu kommen. Glaubst du, er ist unsretwegen hochgestiegen? Er hätte uns keinen Zoll höher helfen können, wenn wir nicht bereit gewesen wären, uns helfen zu lassen. Wenn wir ihn dort hinten nicht gesehen oder wenn wir ihn zwar gesehen, aber nicht geglaubt hätten, daß wir die Thermik nützen können, die er entdeckt hat, dann würden wir jetzt vermutlich irgendwo auf einem Kiefernast hocken.«

Gerade als wir das Aufwindfeld verließen, schauten wir nach unten und sahen ein anderes Segelflugzeug, das unten langsam hineinschwebte und zu kurven begann, um nach oben zu steigen.

»Schau«, sagte er. »Der ist uns wahrscheinlich dankbar, weil wir ihm die Thermik gezeigt haben, aber wir haben ja erst jetzt bemerkt, daß er da ist. Komisch, nicht? Wir steigen selber hoch, und dann stellt sich heraus, daß wir jemand anderem einen Gefallen getan haben.«

Gegen Abend blieben die Berge hinter uns, und das Land wurde flach. Ich saß da und dachte nicht viel, als er sagte: »Sieh mal.«

Neben der Straße lag eine breite grüne Wiese, und in der Mitte stand ein Segelflugzeug, das dort gelandet war.

»So ein Pech«, sagte er, in einem komisch traurigen Ton.

Ich war verblüfft, daß er das sagte.

»So ein Pech? Wie meinst du das?«

»So weit hat's der arme Kerl geschafft, und jetzt sitzt er dort unten auf der Wiese und ist aus dem Rennen.«

»Du mußt müde sein«, sagte ich. »Er ist nicht draußen. Die Entfernung, die er geschafft hat, wird ihm angerechnet, und die Punkte addieren sich zu den Punkten, die er morgen und übermorgen erzielen wird. Außerdem ist es ab und zu ganz angenehm, wenn man unten und vor-

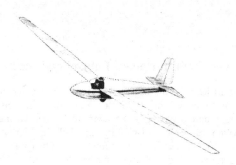

läufig aus dem Rennen ist, einfach im Gras liegt, sich ausruht und weiß, daß es wieder weitergehen wird.«

Während wir hinabblickten, fuhr ein blauer Kombi, der einen langen, schmalen Segelfluganhänger im Schlepptau hatte, behutsam von der Straße auf die Wiese. Die Betreuer würden den Piloten ausschimpfen, daß er nicht mehr geschafft hatte, bis er ihnen den Flug erzählte und bewies, daß er sein Bestes getan hatte, jede Minute. Wahrscheinlich hatte er einiges dazugelernt, so daß er beim nächsten Mal etwas geschickter sein würde. Morgen würde derselbe Pilot ins Rennen zurückkehren, am Ende eines anderen Schleppseils.

»Du hast recht«, sagte er. »Verkehrt von mir. Es ist überhaupt kein Pech. Es ist genau richtig. Verzeih mir, daß ich so blind war.«

»Schon gut.« Ich war mir nicht sicher, ob er mich nicht vielleicht auf die Probe hatte stellen wollen. Manchmal läßt er sich so was einfallen.

Wir versuchten unseren letzten Gleitflug bis zum Ziel zu strecken, aber in der abendlichen Kühle wurde die Abwärtsströmung der Luft stärker, so daß wir es nicht mehr schafften. Wir gingen auf einer einsamen Weide nieder, eine Meile vor dem Ziel, aber wir hatten unser Bestes gegeben. Selbst ich hatte schließlich nichts mehr auszusetzen.

Es herrschte tiefe Stille, als unser hell bemaltes Segelflugzeug im grünen Gras zum Stehen gekommen war und das Säuseln des Windes um seine Tragflächen schwächer wurde und dann erstarb.

Wir öffneten das Kabinendach, ich, der praktisch Denkende, und er, der Romantiker, in unserem gemeinsamen Pilotenkörper, und verließen den Körper des Segelflugzeugs, das uns durch das Abenteuer des Nachmittags getragen hatte.

Die Luft schmeckte leicht und frisch. In der Wiese zwitscherten Vögel.

Morgen würden wir natürlich weiterfliegen, aber zunächst einmal war es doch hübsch, sich einfach im Gras auszustrecken und zu wissen, daß wir noch am Leben waren.

227

Geschenk für einen Fünfzehnjährigen

Ich hatte, so alt ich war, insgesamt viermal an einer Cocktailparty teilgenommen, und dies war meine fünfte. Die Stimme in meinem Innern kannte keine Gnade. Was gibt es denn für einen Grund, was um Himmels willen für eine Entschuldigung, daß du hierhergekommen bist? Hier ist ein einziger Mensch, ganz dort drüben auf der anderen Seite des Zimmers, der den Schimmer einer Ahnung vom Fliegen hat, ein einziger Bekannter unter all diesen Unbekannten hier, die für nichts anderes Interesse haben als für seichte Gespräche über Volkswirtschaft und Politik und für Gesellschaftsgeschwätz. Du bist doch als Flieger hier völlig fehl am Platz.

Im Augenblick stand ein Mann am Kamin, der einen maßgeschneiderten zweireihigen Blazer mit glänzenden Goldknöpfen trug und über einen Film sprach.

»Ich hab *Trash* gut gefunden«, sagte er in gepflegtem Tonfall, und schilderte ausführlich eine Szene, die zum Einschlafen langweilig war.

Was hatte ich hier verloren? Keine fünfzig Fuß von hier, gleich hinter der Wand, waren der Wind, die Nacht und die Sterne, doch ich stand in diesem Raum, überströmt vom Licht elektrischer Birnen, und tat so, als hörte ich dem Gerede dieses Mannes zu.

Wie kannst du das nur aushalten, sagte ich mir. Du bist ein Heuchler. Du schaust ihm ins Gesicht, aber du findest ihn sterbenslangweilig, und wenn in dir nur eine Spur von Ehrlichkeit wäre, würdest du ihn fragen, worin er im Leben eigentlich einen Sinn findet, wenn er seine Wertmaßstäbe aus *Trash* beziehen muß. Du solltest still hinausgehen aus diesem Zimmer und aus diesem Haus und einen großen Bogen um Cocktailpartys machen und endlich die Lehre beherzigen und niemals wieder an so was teilnehmen. Diese Dinge sind was für andere Leute, aber nicht, *nicht* für dich.

Dann entstand eine Bewegung unter den Gästen, wie es sich hin und wieder ergibt, und ich fand mich mit einer Frau isoliert, die mir ihr Herz ausschüttete und ihren Kummer mit ihrem Sohn erzählte.

»Er ist erst fünfzehn«, sagte sie. »In der Schule versagt er, und er raucht Marihuana, und das Leben ist ihm völlig gleichgültig. Er wird in einem Jahr nicht mehr leben, ich weiß es. Ich kann nicht mit ihm reden, er droht, daß er wegläuft. Es ist ihm einfach egal . . .«

Es war der erste Ton eines echten Gefühls, den ich an diesem Abend hörte, das erste Anzeichen, daß doch jemand in diesem Zimmer ein lebendes menschliches Wesen war. Durch ihre Erzählung, dadurch, daß sie mich, einen Menschen, den sie kaum kannte, um Hilfe anging, rettete mich diese Frau aus einem Meer von Langeweile. Ich versetzte mich rasch in die Zeit zurück, als ich fünfzehn, achtzehn gewesen war und die Welt als kalt und abweisend empfunden hatte, die keinen Platz für einen jungen Menschen hat. Aber ungefähr in jener Zeit hatte ich das Fliegen entdeckt mit seiner Herausforderung: Komm an den Himmel und versuche dich dort allein zu bewähren, ich biete dir innere Ruhe und Selbstsicherheit, wenn du es schaffst, und wenn du es schaffst, dann erschließt sich dir ein Weg, dich selbst zu finden, und du wirst nie mehr einsam sein.

»Hat Ihr Sohn zufällig schon mal ein Flugzeug geflogen?«

»Nein. Natürlich nicht. Er ist ja erst fünfzehn.«

»Wenn er nur noch ein Jahr leben wird, scheint er ja ein ziemlich alter Mann zu sein.«

»Ich habe alles getan, was sich nur denken läßt. Mir den Kopf zermartert, um an ihn heranzukommen, um mit Bill zu reden . . .«

Ich dachte wieder an mich, als ich achtzehn gewesen war, wie ein zweisitziges Leichtflugzeug mein Leben veränderte, mit dem Geräusch eines kleinen Motors um sieben Uhr morgens, dachte an den Tau auf dem Gras, an die dünnen, blauen Rauchfahnen aus Vorstadtkaminen, die in die Luft stiegen, die still und klar war wie ein herbstlicher Himmel.

»Moment mal. Ich sag Ihnen was . . . Ich hab eine Maschine am Flugplatz stehen und fliege nicht vor morgen nachmittag weg. Erzählen Sie das doch Bill. Wenn er Interesse hat, nehme ich ihn in der Cub auf einen Flug mit, er kann sich mal ans Steuer setzen und sehn, wie alles funktioniert. Vielleicht macht's ihm keinen Spaß, vielleicht aber doch. Und wenn, dann könnten wir von dort aus fliegen. Warum sagen Sie ihm nicht, daß ihn ein Flug erwartet, wenn er Lust hat.«

Wir unterhielten uns noch eine Weile, und in der Stimme meiner Gesprächspartnerin wurde schwache Hoffnung spürbar. Sie klammerte sich an jeden Strohhalm, um ihren Jungen zu retten. Dann war der Abend zu Ende.

Als ich im Bett lag, dachte ich über den Jungen nach. Darüber daß jene von uns, die fliegen, ihre Dankesschuld abtragen müssen. Es ist unmöglich, dies direkt zu tun, unserem ersten Fluglehrer gegenüber, der unserem Leben eine neue Richtung gegeben hat. Wir können diese Schuld nur dadurch begleichen, daß wir das Geschenk weitergeben, das wir empfangen haben; daß wir es an jemanden weiterreichen, der sucht, so wie wir unseren Platz in der Welt und unsere Freiheit gesucht haben.

Wenn der Junge Lust hat, überlegte ich, kann er die Cub waschen und polieren, im Austausch für Flugstunden. Er kann sich sein Geld erarbei-

229

ten, wie Jungen sich ihr Geld erarbeitet haben, seitdem es Flugzeuge zu waschen gibt. Und eines Tages wird er am Himmel in seine Freiheit entlassen, und ich werde einen Teil meiner Schuld bezahlt haben.

Ich war am nächsten Morgen schon früh auf dem Flugplatz und freute mich auf den Flug. Wer weiß? Vielleicht ist er einer der seltenen geborenen Piloten, die die Idee des Fliegens in einer einzigen blitzartigen Intuition erfassen und erkennen, daß sie hier etwas vor sich haben, auf das sie ihr ganzes Leben ausrichten können. In einer Stunde kann er geradeaus und horizontal fliegen, dann Steigflug, Gleitflüge und Kurven, er kann bei der Landung zuschauen . . .

Damit waren meine Gedanken beschäftigt, während ich die Cub losmachte, für den Flug überprüfte, den Motor erwärmte. Natürlich konnte es sein, daß es ihm überhaupt nicht gefiel. Es gibt ja schließlich Menschen auf der Welt, die nicht der Ansicht sind, daß ein Flugzeug ein herrliches Zauberwesen ist, die nicht das allergeringste Verlangen haben, allein an einem königsblauen Himmel zu sein und auf die Landschaft hinabzuschauen. Vielleicht gehört der Junge zu ihnen. Aber zumindest habe ich dann mein Geschenk angeboten, und wenigstens wird er dann wissen, daß das Fliegen nicht das ist, wonach er sucht. So oder so wird es dem armen Burschen ein bißchen helfen.

Ich wartete den ganzen Tag. Er ließ sich nicht blicken. Er kam nicht einmal kurz vorbei, um das Flugzeug anzusehen. Ich würde nie wissen, ob er ein geborener Pilot war oder nicht.

»Das ist ein Ding!« sagte ich später zu meinem Navigator, während wir über Land nach Hause flogen. »Ich meine, verrückt! Da kommt jemand daher, aus blauem Himmel, und geht runter und bietet ihm an, gratis mitzufliegen, ein Abenteuer, wie er's noch nie erlebt hat, und der Junge probiert's nicht mal! Wenn das mir passiert wäre, ich wäre schon

bei Sonnenaufgang dagewesen und ungeduldig auf und ab gegangen, weil ich's nicht erwarten konnte.«

Wir überflogen gerade einen Kontrollpunkt, und es war eine Weile still. Dann antwortete der Navigator: »Hast du dir schon überlegt, wie er das Angebot bekommen hat?«

»Was macht das schon aus, wie er das Angebot bekommen hat? Das Abenteuer allein zählt, nicht wie er es erfahren hat.«

»Seine Mutter hat es ihm gesagt. Seine *Mutter*! Glaubst du, daß irgendein aufsässiger Fünfzehnjähriger jemals was ausprobieren würde, was seine *Mutter* ihm vorschlägt?«

Eine Antwort darauf erübrigte sich. Was wahr ist, setzt sich auch gegen den Lärm von Motor und Wind durch.

Damit ist die Geschichte aus. Vielleicht hat der Junge inzwischen den richtigen Weg gefunden, vielleicht ist er beim Heroin gelandet, vielleicht ist er tot. Er mußte sein eigenes Leben leben, und er hat es so gelebt, wie er wollte. Wir können ein Geschenk anbieten, aber wir können niemanden zwingen, es anzunehmen, wenn er es nicht will.

Ich habe nicht den Mut verloren. Ich werde es wieder versuchen, und vielleicht kann ich eines Tages anfangen, meine Schuld an den alten Bob Keech abzutragen, meinen ersten Fluglehrer, der eines Vormittags auf dem Flugplatz auf mich zukam und mein Leben veränderte, mit einem Lächeln und den Worten: »Nun, das hier nennen wir einen *Flügel* . . .«

Alle Ägypter werden eines Tages fliegen können

Sie hätten es gekonnt, die Karthager. Oder die Etrusker oder die Ägypter. Vor viertausend Jahren, vor fünftausend Jahren – sie hätten fliegen können.

Wenn du und ich damals gelebt und wenn wir gewußt hätten, was wir wissen, hätten wir einen Flugapparat ganz aus Holz bauen können – Zedernholz und Bambus für Holme und Rippen, durch Holzpflöcke verbunden, mit Kaseinleim verklebt, mit Riemen umwickelt, mit Papier oder leichtem Tuch bedeckt, mit Stärke aus Wurzelknollen bemalt. Geflochtene Schnüre als Steuerungsseile, Scharniere aus Holz und Leder, die ganze Kiste leicht und mit weitgespannten Flügeln. Wir hätten überhaupt kein Metall gebraucht, nicht einmal Draht, und ebenso wären wir ohne Gummi oder Plexiglas ausgekommen.

Wir hätten vielleicht das erste Flugzeug ganz rasch gebastelt ohne Feinheiten, aber kräftig, es auf Schienen an einem Abhang in den Wind rutschen lassen und sofort in den Aufwind am Berg gesteuert und wären eine Stunde geflogen. Vielleicht noch ein paar vorsichtige Vorstöße, um Aufwindfelder zu entdecken.

Dann wären wir in die Werkstatt zurückgekehrt, nachdem wir bewiesen hatten, daß Fliegen möglich ist, und hätten, allein oder mit den geschickten Technikern des Pharao, von Gleitern zum Segelflugzeug übergehen können und danach zu ganzen Flotten von Segelfliegern. Während sie die Grundlagen lernten, hätten die Menschen um uns das Fliegen entdeckt, hätten auf ihre eigene Art die Kunst gefördert, und schon nach einigen Jahren wären wir 20 000 Fuß hoch durch die Luft gesegelt, hätten Überlandflüge von zweihundert Meilen und mehr zurückgelegt.

Inzwischen hätten wir, so zum Spaß, mit Metallen, Treibstoffen und Motoren zu arbeiten begonnen.

Es war möglich, selbst damals schon, es wäre zu machen gewesen. Doch es wurde nicht gemacht. Niemand setzte die Grundprinzipien des Fluges in die Praxis um, weil niemand sie verstand. Und niemand verstand sie, weil niemand glaubte, daß Menschen fliegen könnten.

Aber einerlei, was die Menschen glaubten oder nicht glaubten, die physikalischen Grundlagen waren vorhanden. Ein gewölbter Tragflügel produziert in bewegter Luft Auftrieb, ob die Luft sich heute bewegt, in tausend Jahren bewegen wird oder vor 10 000 Jahren bewegt hat. Dem Gesetz ist das gleichgültig. Es kennt sich, und es stimmt immer.

Wir aber, alle Menschen, denen daran liegt, können aus dem Wissen alle möglichen Freiheiten gewinnen. Zuerst ist die Überzeugung notwendig, daß eine bestimmte gute Sache möglich ist, dann muß man nach dem Gesetz suchen, das sie möglich macht, dieses Gesetz in die Praxis umsetzen – und, *voilà*! Freiheit!

Die Zeit bedeutet gar nichts. Die Zeit ist nur das Mittel, mit dem wir den Abstand zwischen Nichtwissen und Wissen, zwischen Nichthandeln und Handeln messen. Der kleine Pitts-Special-Doppeldecker, der heute überall in Garagen und Kellern gebaut wird, wäre noch vor einem Jahrhundert Beweis wunderbarer, göttlicher Macht gewesen. In unserem Jahrhundert fliegen ungezählte Pitts Specials herum, und niemand findet daran etwas Übernatürliches.

Ich möchte wetten, daß für viele von uns, obwohl sie es nicht sagen, das Ideal des Fliegens nicht einmal von einer schlichten Pitts Special erfüllt wird. Manche denken vielleicht insgeheim, daß die optimale Art des Fluges darin bestünde, das Flugzeug überhaupt aufzugeben und das möglicherweise vorhandene Gesetz zu entdecken, das uns das Fliegen ohne alle Hilfsmittel ermöglichen würde. Die Sportfallschirmspringer sind diesem Geheimnis am nächsten gekommen, aber sie fallen nur senkrecht herab, was nicht ganz Fliegen genannt werden kann.

Mit den mechanischen Hilfsmitteln, den Hebeplattformen, den Astronautengurten, ist der Traum dahin – ohne die Blechhülle ist es mit einem aus, bleibt der Sprit weg, geht es unaufhaltsam nach unten.

Ich denke, daß wir eines Tages eine Möglichkeit finden werden, ohne Flugzeuge zu fliegen. Ich denke, daß in diesem Augenblick ein physikalisches Gesetz existiert, das es nicht nur möglich, sondern auch einfach macht. Es gibt sogar Leute, die behaupten, es sei im Lauf der Geschichte schon immer wieder geschehen. Ich weiß darüber nichts, aber ich glaube, die Antwort liegt darin, sich die Kraft zunutze zu machen, die das unsichtbare Universum zusammengefügt hat und die sich im Gesetz der Aerodynamik nur so ausdrückt, daß wir sie mit unseren Augen sehen, mit unseren Meßscheiben messen und mit dem groben, plumpen Eisen unserer Flugmaschinen berühren können.

Wenn diese Kraft nicht durch Maschinen nutzbar zu machen ist, dann muß die Lösung innerhalb unseres Geistes gesucht werden. Die Wissenschaftler, die sich mit übersinnlicher Wahrnehmung und Telekinese beschäftigen, sowie jene, die sich praktisch mit einer Philosophie befassen, die den Menschen als ein unbegrenztes Reservoir von Urkräften sieht, haben einen interessanten Weg eingeschlagen. Es kann sein, daß in diesem Augenblick Menschen in Laboratorien umherfliegen. Ich weigere mich zu sagen, daß es unmöglich ist, wenn es auch gegenwärtig übernatürlich erschiene. Genauso übernatürlich und unheimlich, wie unser

erster Gleiter den Ägyptern erschienen wäre, klein und erdgebunden drunten in ihrem Tal.

Vorläufig, solange wir das Problem noch nicht gelöst haben, wird der alte grobe Behelf aus Tuch oder Stahl, »Flugzeug« genannt, noch hemmend zwischen uns und in der Luft stehen. Doch früher oder später – den Glauben lasse ich mir nicht nehmen – werden alle von uns Ägyptern irgendwann durch die Luft fliegen.

Jeder hat sein eigenes Paradies

Ob ich sie mit ihren schwarzledernen Würfeln von Fliegertaschen über das weite Betonfeld zu ihrer Maschine hinausschlendern oder sie silbrig blitzend an der Spitze eines vierfachen Kondensstreifens hoch über mir auf 4000 Fuß Höhe sah, für mich waren die Piloten der großen Fluggesellschaften immer die Spitzenprofis in der Weltluftfahrt. Und »Spitzenprofis« heißt, daß sie am besten bezahlt und ergo auch am besten sind. Ich konnte mich niemals anheischig machen, der beste Pilot auf der Welt zu werden, wenn ich keine Verkehrsmaschine flog, und außerdem das Geld . . . Es ist ein überzeugend gemaltes Porträt, in das sich schon so mancher eingefügt hat.

Jahrelang sträubte ich mich gegen die beängstigende Vorstellung, ich könnte mich gewissermaßen zum Fahrer eines Omnibusses machen, der durch die Luft kurvt, ein sterbenslangweiliger Job, aber dann fand ich, daß ich vielleicht ein unnatürliches Vorurteil gegen Fluggesellschaften hatte. Wenn ich, so dachte ich, mich wirklich als einen Kenner des Fliegens und des Himmels betrachte, dann ist der einzige mir gemäße Platz auf dem Flugdeck einer Boeing – und je früher, desto besser. Ich bewarb mich sofort bei der United Air Lines. Reichte sämtliche Unterlagen ein mit Flugzeiten und Zeugnisnummern und den Typen, die ich schon geflogen hatte, reichte sie ein in voller Zuversicht, denn wenn ich überhaupt etwas kann, dann ein Flugzeug fliegen. Ich nahm mir vor, ziemlich rasch nacheinander mir die Beech Staggerwing und die Spitfire und die Midget Mustang zuzulegen, alles mit meinem Gehalt als Flugkapitän.

Unter den Prüfungen für meinen neuen Job war eine, mit der mein persönlicher Charakter getestet wurde.

Antworten Sie bitte mit Ja oder Nein: Gibt es nur einen einzigen wahren Gott?

Ja oder nein: Sind Einzelheiten wichtig?

Ja oder nein: Soll man immer die Wahrheit sagen?

Ja oder nein. Hm. Ich zerbrach mir lange über diesen Test den Kopf. Und ich fiel durch.

Ein Freund, der Pilot bei United ist, fing zu lachen an, als ich ihm erschüttert gestand, was mir passiert war.

»Dick, für diese Prüfung nimmt man doch einen Kurs! Man meldet sich in einer Schule an, legt hundert Dollar hin, und dann sagen sie einem die Antworten, die die Fluggesellschaften haben wollen, und die schreibt man dann hin, und sie nehmen einen. Du hast doch die Fragen

nicht einfach so beantwortet, oder? ›Richtig oder falsch: Blau ist hübscher als Rot?‹ Du hast hingeschrieben, was du denkst?«

Also überlegte ich mir, wie ich diesen Test umschiffen könnte. Es bestand nicht der geringste Zweifel, daß ich einen hervorragenden Flugkapitän abgeben würde, aber die Prüfung lag wie ein Stolperstein auf meinem Weg. Doch kurz bevor ich das Geld für die Antworten bezahlte, erkundigte ich mich beiläufig nach dem Leben eines Piloten, der für eine Fluggesellschaft fliegt.

Durchaus kein schlechtes Leben. Nach ein paar Jahren bekommt man ein schlechtes Gewissen, daß man für eine Beschäftigung, die einem wie das schönste Leben vorkommt, soviel Geld nach Hause trägt. Natürlich sollte man der Gesellschaft keine Schande machen, das ist ja nur recht und billig. Die Schuhe glänzen, die Krawatte sitzt richtig. Man befolgt selbstverständlich alle Vorschriften und tritt dem Berufsverband bei, man läßt sich das Haar schneiden, wie es bei der Gesellschaft üblich ist, und hält sich besser damit zurück, Piloten, die schon länger dabei sind, Ratschläge zur Verbesserung ihrer Flugtechnik zu erteilen.

So ging es immer weiter, aber nun spürte ich langsam eine innere Auflehnung in mir. Was würde es mir helfen, dachte ich, wenn ich mir die größte Mühe gäbe, das Flugzeug und seine Systeme kennenzulernen, wenn ich mich mehr als jeder andere anstrengte, mir eine unheimliche Geschicklichkeit in der Steuerung der Maschine anzueignen, wenn ich sie mit absoluter Präzision fliegen könnte? Wenn mein Haar nicht die vorgeschriebene Kürze hätte, wäre ich schon nicht ganz der perfekte Mann für den Job. Und wenn ich mich weigerte, der Gewerkschaft beizutreten, wäre ich seltsamerweise in der Gesellschaft schief angesehen. Und wenn ich mir jemals erlauben sollte, dem Kapitän zu sagen, wie er fliegen soll . . .

Je länger ich zuhörte, um so klarer wurde mir, daß die United recht gehabt hatte. Mit Knüppel und Seitenruder, Instrumenten und System war es nicht getan. Ich würde doch keinen guten Piloten für eine Fluggesellschaft abgeben, und bei meinem angeborenen Mißtrauen gegen alle Gängelung wäre ich höchstwahrscheinlich sogar ein miserabler.

Die Welt der großen Flugfirmen war für mich gewissermaßen immer eine Art Eldorado gewesen, wo immer Piloten gebraucht wurden und wo man dafür, daß man ein paar Stunden jeden Monat eine elegant ausgestattete, perfekt gewartete Düsenverkehrsmaschine flog, regelmäßig ein Heidengeld bekam. Und nun war es mit meinem kleinen Paradies vorbei. Sie sind doch nicht die Besten – sie sind angestellte Piloten.

So kehrte ich zu meinem kleinen Doppeldecker zurück, wechselte das Öl, startete den Motor und rollte hinaus zur Startbahn, mit offenem Hemdkragen, ungeputzten Schuhen und meinen seit zwei Wochen nicht mehr geschnittenen Haaren. Und von dort oben, am Rand einer Sommerwolke, schaute ich aus meiner Kabine hinab auf eine friedlich grüne Landschaft, überfunkelt vom Sonnenlicht und überspannt von einem grenzenlosen, kühlen Himmel. Wenn mir das Paradies eines Luftlinienpiloten verschlossen blieb, so mußte mir dieses genügen, bis sich etwas Besseres einstellte.

Auf einem anderen Planeten daheim

Ich war in der Clip-Wing droben gewesen und hatte so zum Vergnügen eine kleine Sequenz geübt: Looping, Rolle, Fächerflug, Immelmann-Turn. Ich war angenehm berührt, daß ich den Immelmann-Turn hinbekommen hatte. Der Trick besteht darin, wenn man oben angekommen ist, den Knüppel ganz vorzuschieben, während der ersten Hälfte des Ausrollens Quer- und Seitenruder gegeneinander auszusteuern und zuletzt Gegenseitenruder zu geben. Es ist keine gemütliche Figur, aber nach einiger Zeit tröstet man sich damit, daß man ein eindrucksvoll aussehendes Manöver fertiggebracht hat. Früher sagten die Leute, wenn sie einen Immelmann-Turn von mir sahen: »Oje, dein Ausrollen ist aber scheußlich.« Ich mußte dann zu meiner Rechtfertigung erklären, daß ich bei der Air Force keine Manöver mit negativer Beschleunigung gelernt hatte. Deshalb habe ich sie mir selber beigebracht, und da mein Lerntempo zu wünschen übrigläßt, wenn kein bissiger Fluglehrer hinter mir sitzt, ist es gescheiter, ich bringe die Maschine mit der richtigen Seite nach oben, bevor ich zur Landung ansetze.

Ich beendete mein Manöver, eine leidlich gute Sequenz mit einem abschließenden ganz ordentlichen Immelmann-Turn, und flog eine Weile umher, wobei ich aus der offenen Seite der Kabine hinunterschaute zu den Menschen auf der Erde, die bei der Arbeit oder in der Schule waren oder in ihren Blechkisten auf Straßen dahinfuhren, die kaum breit genug waren. Dann landete ich, und einen Augenblick später war der Motor wieder so still wie fünfzig Minuten vorher – der normale Abschluß eines normalen Fluges. Ich kletterte aus der Maschine, klemmte den Knüppel fest, befestigte die Seile an den Tragestreben und am Schwanz und ließ das Ruderschloß einschnappen.

Aber dann, mitten in diesen alltäglichen, ganz normalen Beschäftigungen, überkam mich plötzlich das merkwürdigste Gefühl. Das Flugzeug, das Sonnenlicht, das Gras, die Schuppen, die grünen Bäume in der Ferne, der Boden unter meinen Füßen . . . sie waren ungewohnt, unbekannt, fremd, fern. *Das ist nicht mein Planet. Hier bin ich nicht daheim.*

Es war einer der unheimlichsten Augenblicke meines Lebens. Es widerfuhr mir zum ersten Mal, als meine Hände mit ungeschickter Bewegung das Ruderschloß losließen.

Diese Welt scheint fremd, weil sie fremd ist. Ich bin erst eine kleine Weile hier. Meine tiefverborgenen Erinnerungen stammen aus anderen Zeiten und anderen Welten.

Was denkst du da kurioses Zeug, sagte ich mir, Schluß damit! Aber es ließ sich nicht so abschütteln. Undeutlich erinnerte ich mich an diese Empfindung, an einzelne Bruchstücke nach jedem Flug – das sonderbare Gefühl, wenn man auf die Erde zurückkehrt, die geheime Überzeugung, daß wir auf diesem Planeten einen Urlaub verbringen oder zur Schule gehen oder eine Prüfung ablegen können, aber daß wir hier nicht daheim sind.

Ich bin von einem anderen Ort gekommen, und zu einem anderen Ort werde ich eines Tages zurückkehren.

Dieser komische Gedanke beschäftigte mich derart, daß ich vergaß, vor dem Weggehen noch die Reifen zu überprüfen, und mir dafür einen Fluch einhandelte, als ich mich das nächste Mal ins Flugzeug setzte. Was soll aus mir werden, wenn ich in meiner Zerstreutheit sogar die Reifen nachzuschauen vergesse?

Immer wieder seit jenem Flug in der Cub hat mich dieses gespenstische Gefühl überkommen. Ich weiß nicht, was ich davon halten soll, nur daß es vielleicht die Wahrheit sagt. Und wenn es wahr ist, wenn für uns alle dieser Planet nur eine Station ist, wo wir Erfahrungen sammeln, Wissen erwerben oder Prüfungen bestehen, was bedeutet das dann?

Wenn es wahr ist, bedeutet es wahrscheinlich, daß man sich keine Gedanken machen soll. Es bedeutet wahrscheinlich, daß ich Dinge in diesem Leben, die ich so ernst und wichtig nehme, mit dem Auge eines Besuchers auf diesem Planeten betrachten und sagen kann, daß sie mich eigentlich überhaupt nicht berühren. Und das macht für mich irgendwie die Sache anders.

Ich hielt mich nicht für den einzigen Besucher, den, wenn er das Seitenruder absperrt oder den obersten Punkt eines Immelmann-Turns durchfliegt, dieser gewisse von leisen Harfenklängen begleitete Schauder ankommt, diese Ahnung, daß daneben noch sehr viel mehr vor sich geht. Ich weiß, jeder, der fliegt, hat vielleicht hin und wieder diese Ahnung gespürt und eine Welt als fremd empfunden, die ihm doch nach aller Logik heimatlich vertraut sein müßte.

Und ich hatte recht. Denn eines Tages, nach einem Formationsflug hoch über den Wolken, der wirklich ein hübscher Anblick war, sprach auch ein Freund es aus:

»All dieses Gerede über die Eroberung des Weltraums – nach so einem Flug wie jetzt habe ich das Gefühl, daß ich grad aus dem Weltraum komme. Richtig unheimlich, weißt du, als käme ich von der Venus oder sonstwo her. Du weißt, was ich meine? Ist dir das auch schon mal passiert? Hast du manchmal dieses Gefühl?«

»Vielleicht. Manchmal. Ja, das kenne ich.« Also bin ich nicht verrückt, dachte ich. Ich bin nicht der einzige.

Es passiert mir heute immer häufiger, und ich muß zugeben, es ist nicht unangenehm, in einer anderen Zeit verwurzelt zu sein.

Ich wüßte gern, wie das Fliegen dort ist, wo ich daheim bin.

Abenteuer in einem fliegenden Gartenhaus

Er verkaufte mir sein Flugzeug, weil er das Geld brauchte, aber trotzdem hingen drei Jahre seines Lebens daran, er hatte es gern und es hätte ihm Freude gemacht, wenn ich es auch gern hätte, als wäre die Maschine ein lebendes Wesen, dem er Glück auf seinem Lebensweg wünschte. Nachdem er gesehen hatte, daß ich sie sicher fliegen konnte, nachdem ich ihm einen Scheck gegeben und nachdem er so lange gewartet hatte, wie er es aushalten konnte, blickte mich Brent Brown an und fragte: »Nun, was sagen Sie. Gefällt sie Ihnen?«

Ich konnte darauf nicht antworten. Ich wußte nicht, was ich ihm sagen sollte. Wäre das Flugzeug eine Pitt oder eine Champ oder ein Motorgleiter aus Fiberglas gewesen, hätte ich sagen können: »Wirklich großartig! Was für eine schöne Maschine!« Aber es war eine Republic Seabee (Meeresbiene), Baujahr 1947, und mit der Schönheit an einer Seabee ist es wie mit der Schönheit tief in den Augen einer Frau, die kein Filmstar ist, der die Illustrierten schmückt – man sieht sie erst, wenn man sie ein wenig kennt.

»Ich kann es nicht sagen, Brent. Die Maschine fliegt ordentlich, aber ich muß erst noch hineinwachsen, sie ist mir noch etwas groß und ungewohnt.«

Selbst als das Wetter aufklarte und ich schließlich aus dem verschneiten Logan, in Utah, abflog, konnte ich Brent ehrlicherweise nicht versprechen, daß ich sein Flugzeug jemals ins Herz schließen würde.

Heute, fast hundert Flugstunden später, nachdem ich mit der Seabee quer über das winterliche Amerika geflogen bin, die Küste entlang nach Florida und zu den Bahamas und zurück in den Frühling, heute kann ich seine Frage ansatzweise beantworten. Wir sind zusammen in 13 000 Fuß Höhe über Berge geflogen mit Schründen wie geborstener Stahl, wo es bei einem Motorschaden sehr kühl und ungemütlich geworden wäre; wir haben etliche Starts auf rauher See überstanden und dabei die Gefahr, daß wir in großen Trümmern auf dem Meeresgrund landeten, weil ich das Wasserflugzeug nur langsam beherrschen lernte. In all diesen Stunden habe ich den Eindruck gewonnen, daß die Seabee im allgemeinen zuverlässig ist; vielleicht hat sie von mir den gleichen Eindruck. Und Brent Brown in seinem heimatlichen Logan würde vielleicht sagen, daß so jede echte Liebe anfängt.

Vertrauen stellt sich nicht ein, ohne daß man Schwierigkeiten zu überwinden hat. Zum Beispiel ist die Seabee das größte Flugzeug, das ich je-

mals besessen habe. Mit ihren verlängerten Tragflächen und den abgewinkelten Flügelspitzen hat sie eine Spannweite von fast fünfzig Fuß.
Die Seitenflosse ist so hoch, daß ich eine Leiter brauche, wenn ich die
Maschine wasche. Ihr Gesamtgewicht beträgt etwas mehr als anderthalb
Tonnen . . . nicht einmal auf dem Rollweg kann ich sie allein schieben,
und selbst zu zweit ist es unmöglich, das Spornrad vom Boden hochzu-
heben.

Fliegen Sie einmal dieses Ungetüm nach, sagen wir, Rock Springs in
Wyoming, landen Sie damit bei einem 50-Grad-Seitenwind mit Böen
bis zu dreißig Meilen (gottlob stimmen die Gerüchte über Seitenwind-
landungen in Seabees nicht), bugsieren Sie es zur Parkrampe (leider
Gottes stimmen sie, was das Rollen bei Seitenwind betrifft), und lassen
Sie es über Nacht in der Kälte stehen, daß das Öl dick wie Teer wird
und die Bremsen einfrieren. Dann, im Morgengrauen des nächsten
Tages, versuchen Sie es flottzumachen. Das ist, als wollte man ein ge-
frorenes Mammut zum Fliegen bewegen. Eine Cub oder eine Champ
bringt man allein in Gang, aber bei einer Seabee geht es manchmal
nicht ohne Hilfe.

Nachdem ich mich wie eine verzweifelte Schneeflocke gegen den glatten Aluminiumkoloß geworfen hatte, zweimal und noch einmal, war ich
zitternd einem Herzschlag nahe, ohne ihn auch nur einen Zentimeter bewegt zu haben. Dann kam ganz unerwartet Frank Garnick an, der Flug-
platzdirektor, und fragte, ob er mir behilflich sein könne. Wir spannten
den Schneepflug vor das Mammut und zogen an, bis die Räder des Fahrwerks das Eis zermalmten und sich drehten, stellten einen Vorwärmer in
den Motorraum und schlossen die Batterie an ein Startgerät an. Eine
halbe Stunde später war das Mammut zum Leben erweckt, brummte der
Motor, als wären wir nicht in Rock Springs, sondern in Miami. Man
kann nicht immer alles allein machen; eine harte Lektion, erleichtert von
einem Kumpel, der gern mit anpackte.

Bei einem großen Flugzeug lernt man auch etwas über Systeme und
wie sie funktionieren. Zum Beispiel Fahrgestell und Landeklappen. Sie
werden durch die ruhige Physik der hydraulischen Anlage auf und ab
bewegt, die so zuverlässig arbeitet, daß sie keine mechanische Unterstüt-
zung oder Notanlage braucht. Und wenn man dann nachts auf der
Landebahn des Flugplatzes von Fort Wayne in Indiana landen will,
preßt man das Fahrwerk nach unten, indem man etwa vierzigmal die
hydraulische Handpumpe betätigt, setzt mit dem nicht ganz eingeklink-
ten Fahrwerk auf, hört dieses laute SSÄMM, und einen Augenblick
später ein malmendes, kreischendes Geschepper wie von Güterwagen,
die entgleist sind.

Nachdem man entnervt den Motor abgestellt hat, wird es still in der

Kabine, mitten auf der Landebahn 22, und diese Stille unterbricht eine Stimme, vom Kontrollturm.

»Ist bei Ihnen etwas los, Seabee sechs acht Kilo?«

»Allerdings. Bei mir ist was los. Das Fahrwerk ist mir hier außen zusammengebrochen.«

»Roger, sechs acht Kilo«, kommt die Stimme anheimelnd durch den Kopfhörer, »nehmen Sie Kontakt mit Bodenkontrolle auf, eins zwei eins Komma neun.«

Man hört sich das an und beginnt zu lachen.

Es stimmt tatsächlich, wie die Firma angibt, daß eine Landung auf Beton bei eingezogenem Fahrwerk einem nur ein sechzehntel Zoll vom Kiel der neuen Seabee wegrasiert. Der Fort Wayne Air Service half mir diesmal mit meiner großen Maschine. In der Fahrwerkanlage war ein Haken gebrochen, und ein Mechaniker dort suchte, bis er einen neuen fand.

»Was bin ich Ihnen dafür schuldig?«

»Nichts.«

»Wie, umsonst? Sie als Flugzeugmechaniker schenken mir, einem wildfremden Menschen, einen Haken?«

Er dachte lächelnd über einen Preis nach. »Sie haben auf dem Platz unsres Konkurrenten geparkt. Parken Sie das nächste Mal hier.«

Dann fuhr mich Maury Miller umsonst über den großen Flughafen, und John Knight bei Consolidated Airways half mir bei einem Fahrwerkeinfahrtest, der ebenfalls kostenlos war. Es lag entweder an der Seabee oder an diesen Leuten oder an diesem bestimmten Sonnenaufgang, jedenfalls hat man sich in Fort Wayne überboten, mir aus der Klemme zu helfen.

»Stell dir eine Seabee nicht als ein Flugzeug vor, das auf dem Wasser landen kann«, hatte Don Kyte Jahre vorher zu mir gesagt. »Stell sie dir als ein Boot vor, das fliegen kann.« Bei einem Boot, das fliegen kann, macht es einem nichts aus, wenn es nicht so schnell fliegt wie, sagen wir, eine Minié-Kugel. Die Seabee bringt es im Niedrigflug auf ein Reisetempo von neunzig Meilen in der Stunde, in größerer Höhe auf hundertfünfzehn. Damit und mit ein bißchen Geduld kommt man an jedes Ziel. Fliegt man niedrig, reicht der Tankinhalt von 75 Gallonen acht, in größerer Höhe gute fünf Stunden.

Wenn er in seinem Boot über Indiana, Ohio und Pennsylvania fliegt, hat der Kapitän Zeit, nach unten zu schauen, und sieht dutzendweise kleine Ortschaften dicht am Rand blauer, stiller Seen und breiter Flüsse, und schließlich kommt ihm eine Idee, wie die Seabee sich bezahlt machen könnte.

»Ein Boot, das fliegen kann, Leute, für nur drei Dollar sind Sie volle zehn Minuten in der Luft! Es ist vollkommen sicher, Ihr staatlich geprüfter Pilot, Kapitän Bach, das Flieger-As, mit Tausenden von Flügen ohne Zwischenfall, ehemaliger Clipper-Pilot auf der Strecke Hongkong-Honolulu, persönlich am Steuer!«

Städtchen und Seen blieben langsam unter mir zurück. Ganz sicher. Es wäre zu machen.

Nachdem ich zwanzig Stunden in der Seabee geflogen war, begann ich mich langsam einzugewöhnen. Jeden Tag kam mir das Flugzeug ein bißchen kleiner, ein bißchen leichter manövrierbar vor, mehr als ein lenkbares Geschöpf und weniger als ein fliegendes Hausboot, obwohl es dies buchstäblich ist. Das Kabineninnere ist gut neun Meter lang, und das bevor man die Tür zu dem Hohlraum unter dem Motor öffnet, wodurch noch einmal ein bis eineinhalb Meter dazukommen. Die Sitzlehnen sind umklappbar, so daß ein regelrechtes Doppelbett entsteht. Tatsächlich ist das Seabee-Hilton das erste fliegende Hotel, in dem ich mich in voller Länge ausstrecken und die ganze Nacht gemütlich schlafen konnte – ein nicht unwesentlicher Punkt bei einer Maschine, die dafür gebaut ist, ihre Nächte auf einsamen Seen ankernd zu verbringen.

Die Seabee hat drei riesige Türen, eine rechts, eine links und die dritte am Bug, fast anderthalb Meter vor dem Kopilotensitz. Nach der Betriebsanleitung ist diese Tür »zum Anlegen und Angeln« bestimmt; daneben ist sie ausgezeichnet für die Ventilation, wenn man in den Gewässern um die Bahamas ankert und nachmittags die Kabine durch die direkte Sonneneinstrahlung überheizt würde.

Wenn der Kapitän an einer Steilküste gelandet ist oder einfach keine Lust hat, von seinem Schiff herunterzugehen, kann er die Kabine durch jede Tür verlassen und sich auf einem Handtuch oder auf dem warmen Aluminium des Flügelholms ausstrecken, schreiben oder nachdenken oder den Wellen zuhören, die gegen den Rumpf klatschen.

Auf dem Spirituskocher kann er sich warme Mahlzeiten zubereiten, entweder auf dem Kabinendach oder innen, in einer Kochnische an der rechten Wand des Führerraumdecks.

Ich hatte so manches Unerfreuliche über den Franklin-Motor der Seabee gehört, der die Besonderheit hat, daß er eine überlange Propellerwelle besitzt und nach rückwärts montiert ist, so daß der Propeller die Maschine nicht zieht, sondern treibt. Aber trotz der negativen Erzählungen hatte ich nur eine einzige, vorübergehende Schwierigkeit mit dem Motor. Ich bemerkte im Flug, daß der Motor auf den magnetgezündeten Kerzen mmmmmmmmmmmmmmmm machte und auf den vom Verteiler gezündeten mmm-m-mmmm-mmmmm-m. Ich griff nach hinten in meine »Werkstatt«, holte das Büchlein für die Behebung von Motorproblemen

246

heraus und kam zu dem Ergebnis, daß die Verteilerkontakte ölig geworden sein mußten. Genauso war es. Bei der nächsten Landung ersetzte ich sie durch neue, und danach machte der Motor auf allen Kerzen mmmmmmmmmmmmmmmmmmmm.

Nach dem Service-Handbuch muß der Franklin-Motor nach jeweils sechshundert Flugstunden überholt werden. Bei zweihundertfünfzig Stunden seit der letzten Überholung verbraucht meiner bei normalem Tempo einen knappen Zweidrittelliter Öl pro Stunde. Das ist angenehm für mich, da manchmal Franklin-Motoren in Seabees ebensoviel Öl auf die Seitenflosse spritzen und dabei immer noch als normal gelten.

Es heißt, daß eine Seabee ohne verlängerte Tragflächen hin und wieder Mucken beim Start macht. Das Betriebshandbuch räumt ein, daß eine neue Seabee in Grundausführung zum Abheben von hochgelegenen Wasserflächen mehr als 13 690 Fuß brauchen kann. Da ich die Maschine nicht ohne verlängerte Tragflächen geflogen habe, kann ich dazu nichts sagen, außer daß die 68 K einen ganzen Sommer lang vollbesetzt mit Fluggästen vom Bear Lake in Utah, 6000 Fuß über dem Meeresspiegel, zu Flügen gestartet ist. Die verlängerten Flügel und die abgewinkelten Flügelspitzen machen sich schon bemerkbar.

Eine besondere Annehmlichkeit für den Seabee-Besitzer stellt ein kleiner Hebel über dem Kopf des Piloten dar: der Rückwärtsganghebel für den Propeller. Er wurde eingebaut, weil die Seabee im Unterschied zu reinen Schwimmerflugzeugen normalerweise ihren Liegeplatz mit dem Bug voran ansteuert und deshalb nach rückwärts wieder verlassen muß. In der Hand eines geübten Piloten macht der Rückwärtsgang das Flugzeug so manövrierbar wie einen großen, schweren Alligator.

Auch auf dem Boden ist der Rückwärtsgang nützlich. Der Kapitän läßt die Maschine in eine schmale Lücke an der Spritpumpe rollen, tankt auf, und während alles zuschaut und sich neugierig fragt, was nun passieren wird, kann er lässig gähnen, seinen Parkplatz im Rückwärtsgang verlassen und sich wieder auf den Weg machen.

Das ist schwer zu überbieten, aber das Flugzeug hat noch andere, noch bessere Eigenschaften. Im vergangenen Monat flog ich eine Strecke von rund 2500 Meilen in der Seabee, den größten Teil davon über dem Inland Waterway. Nie vorher bin ich mit einem solchen Gefühl der Sicherheit geflogen. Wenn der Motor ausgefallen wäre, hätte ich nur geradeaus zu gleiten oder leicht abzubiegen brauchen, um auf dem Wasser zu landen. Wir flogen über Sümpfe, die sich bis zum Horizont erstreckten und einer Cub für die Landung nicht genügend festen Boden geboten hätten, aber für die Seabee waren sie ein einziger Großflughafen: jederzeit Landemöglichkeit, auf jeder Bahn, mit Gegenwind, Rückenwind, Seitenwind, und außer uns keinerlei Verkehr. Das Flugzeug ist zwar nicht für den Instrumentenflug ausgerüstet, aber in einer solchen Situation ist es das beste Instrumentenflugzeug, das man sich denken kann.

Während ich der Leeküste von Kap Hatteras folgte, gingen die Wolken auf zweihundert Fuß herunter und die Sichtweite auf eine gute Meile – Wetterbedingungen, die man in einem Landflugzeug niemals riskieren würde, es sei denn, man flöge zufällig direkt über einer 100-Meilen-Landebahn. Das war für mich in meiner Seabee der Fall. Ich ging nach unten, bis auf fünfzig Fuß über dem Wasser, hielt den Daumen auf die Karte und preschte unbesorgt dahin. Als die Sicht noch schlechter wurde, fuhr ich die Bremsklappen halb aus und verminderte das Tempo. Als sie sich weiter verschlechterte, beschloß ich zu landen, wozu nur nötig war, den Gashebel leicht zurückzunehmen und die Nase etwas zu heben. Doch kurz bevor ich auf den funkelnden Wellen unter mir aufsetzte, sah ich einen hellen Streifen, der zeigte, daß weiter vorn die Wolkendecke höher lag. So flogen wir noch eine Meile dicht über der Wasseroberfläche dahin, und tatsächlich wurde es bald besser. Da ich vor schlechtem Wetter Manschetten habe, ist diese Eigenschaft der Seabee mir der liebste von ihren Vorzügen.

Die einzige gefährliche Seite dieser Maschine – und der meisten Amphibienflugzeuge – ist die Kehrseite ihrer Fähigkeit, überall zu landen. Ich habe mich mit drei Piloten unterhalten, die in der Seabee mit ausgefahrenem Fahrwerk auf dem Wasser gelandet sind. Zwei mußten sich schwimmend aus der Maschine retten, während sie umgedreht versank, der dritte brauchte nur den Bugteil zu reparieren, wo ihn die See schwer mitgenommen hatte. Aus diesem Grund brachte ich mir bei, bei jedem Landeanflug laut zu sagen: »Das ist eine Land-Landung, darum sind die Räder UNTEN« oder »Das ist eine Wasser-Landung, darum sind die Räder OBEN, kontrolliert OBEN, rechtes Hauptfahrwerk OBEN, linkes Hauptfahrwerk OBEN, Spornrad OBEN. Denn das ist eine WASSER-Landung.« Vor einer Wasserung sage ich mir diese Ermahnungen zweimal vor. Es ist ein bißchen überängstlich von mir, aber die Vorstellung, daß die 3200 Pfund über mir mich auf dem Grund eines Sees erdrücken könnten, hat etwas an sich, daß es mir nichts ausmacht, übervorsichtig zu sein. Außerdem ist die Seabee nicht nur das größte, sondern auch das teuerste Flugzeug, das ich mir je geleistet habe. Ich verspürte nicht den Wunsch, von einem Ruderboot aus nach ihr zu suchen und mit einem Haken nach 9000 Dollar meines Vermögens zu stochern. Wenn es eine Seabee zum normalen Preis, 5000 bis 7500 Dollar, wäre, wäre es mir vielleicht egal.

Als ich in dieser Maschine fünfzig Flugstunden hinter mir hatte, hatte ich gelernt, wie man mit ihr landen muß. Dreißig Stunden vergingen, bis ich glauben konnte, daß ich tatsächlich so hoch in der Luft war, wenn die

Räder den Boden berührten; die übrigen zwanzig brauchte ich, um festzustellen, daß das Aufsetzen der Räder keineswegs bedeutete, daß die
Maschine weniger flog als vorher. Der Grund für beide Erkenntnisse war
der gleiche: Die Seabee hat so lange hydraulische Federbeine, daß die
Räder tiefer sinken, als man sich vorstellt; sie rollen schon einige Sekunden auf dem Boden, wenn das Flugzeug tatsächlich noch fliegt, und
schon ein paar Sekunden, bevor es tatsächlich gelandet ist.

Es heißt, daß die Seabee eine Maschine ist, die viel Wartung braucht.
Das ist mir nicht aufgefallen, weil es mir Spaß macht, an Flugzeugen
herumzuwerkeln, und weil für mich der Unterschied zwischen notwen-
diger Wartung und Arbeiten, die nicht unbedingt nötig sind, nicht
zählt. Aber hier ist ein Auszug aus der Einkaufsliste, die ich kurz nach
dem Kauf der Maschine zusammenstellte:

Anker und Ankerkette
Floß
Fettpresse, Schmierfett
Siliconkitt
Siliconspray
Dichtungsstreifen
Peilgerät
Hydraulische Flüssigkeit
Bremsschlauch
Saugpumpe
Fahrrad
Korken

Über jeden dieser Posten gäbe es eine Geschichte zu erzählen, selbst
über den Korken, der in das Ende des Überlaufs im Motorraum gepreßt wird, damit kein Öl auf den weißen Rumpf spritzt.

Andere Dinge lernt man nur aus Erfahrung. Beispielsweise ist es
herrlich, aus dem Wasser auf einen schönen, jungfräulichen Strand zu
rollen, aber man tut gut daran, die Flut in Rechnung zu stellen, ein Stück
hangaufwärts zu rollen und die Maschine umzudrehen. Wenn der Kapitän das übersieht, kann es ihm passieren, daß er eine Stunde mit der
Schaufel, dem Wagenheber und alten Brettern beschäftigt ist, seine ein-
gesunkene Seabee auszugraben und wieder ins Wasser zu bringen.

Wenn man die Flügelspitzenschwimmer nicht oben mit Silicongummi
abdichtet, dringt, wenn man bei Seitenwind dicht über dem Wasser fliegt
und der Schwimmer auf der Leeseite manchmal ganz eingetaucht ist,
Wasser ein. Bei Starts mit unterschiedlicher Ladung ist auf den Trimm-
anzeiger oben zu achten. Als mir einmal in großer Höhe, die Nase leicht
nach oben gezogen, das Trimmruder einfror, mußte ich das Gas weg-
nehmen, bis die Maschine von selbst wieder horizontal flog – es ging

über meine Kraft, mehr als ein paar Minuten nacheinander gegen die Kipplage zu halten.

Jemand hat einmal gesagt, alles, was sich lohnt, ist immer ein bißchen unheimlich. Die Seabee war mir ein bißchen unheimlich, und ich war ein bißchen auf der Hut vor ihr – was weiß man, was man in einem fliegenden Gartenhaus erlebt, bevor man nicht damit geflogen ist? Aber mit der Zeit lernt der Kapitän ihre Stärken und ihre Mucken kennen, beginnt er ihre Geheimnisse zu entdecken.

Ein Geheimnis der Seabee, das ich bei keinem anderen Flugzeug gefunden habe, entdeckte ich durch Zufall. Wenn man zufällig auf 9500 Fuß Höhe, bei einer Drehzahl von 2200 und 22 Zoll Ladedruck dahinfliegt, was 97 Meilen pro Stunde bei einer Außentemperatur von minus fünfzehn Grad bedeutet, wenn man dabei ohne Begleitung auf dem linken Sitz sitzt und zufällig *God Rest Ye Merry Gentlemen* oder ein anderes Lied in diesem Frequenzbereich singt, dann *vervierfacht* sich die eigene Stimme, sozusagen zu einem kleinen Chor. Die seltsame Akustik hat zweifellos etwas mit der dünnen Luft und der Resonanz des Flugzeugs bei dieser Drehzahl zu tun, aber das Resultat ist nicht nur von flüchtigem Interesse für jene Kapitäne, die nur dann singen, wenn niemand sonst es hört. Welches Flugzeug gibt es sonst noch auf der Welt, das all diese Eigenschaften und obendrein ein ganzes Quartett bieten kann, wenn Sie zu Ihrer Zuflucht an einem einsamen See unterwegs sind.

Wie wär's, lieber Leser, mit der Seabee?

Brief von einem gottesfürchtigen Mann

Ich kann nicht länger schweigen. Irgend jemand muß euch Fliegern einmal sagen, wie ihr uns auf die Nerven geht mit eurem ewigen Gerede übers Fliegen, wie wunderschön das Fliegen ist und ob wir am Sonntagnachmittag nicht rauskommen und mit euch einen kleinen Flug machen wollen, nur um zu sehen, wie das ist.

Irgend jemand muß euch sagen: Nein, wir werden weder am Sonntag noch an sonst einem Tag rauskommen, um in einer eurer gefährlichen kleinen Kisten in die Luft zu steigen. Die Antwort ist nein, wir sind nicht der Meinung, daß das Fliegen etwas so Herrliches ist. Was uns betrifft, so finden wir, es wäre um die Welt viel besser bestellt, wenn die Gebrüder Wright ihre verrückten Gleiter auf eine Müllhalde geworfen und nie nach Kitty Hawk gekommen wären.

Ein bißchen Begeisterung ist ja schön und gut – wir sehen es jedem nach, wenn er eine Sache anfängt, die er großartig findet, und sich davon hinreißen läßt. Aber dieser pausenlose Missionseifer von euch, Tag für Tag, das geht uns einfach zu weit. Ja, das ist das richtige Wort: Missionseifer. Ihr scheint zu glauben, es hat was Heiliges an sich, wenn man durch die Luft kurvt, aber ihr habt ja alle keine Ahnung, wie kindisch uns andern das vorkommt, uns, die noch ein Gefühl von Verantwortung für unsere Familien und Mitmenschen haben.

Ich würde das nicht schreiben, wenn die Situation besser würde. Aber sie verschlimmert sich immer mehr. Ich arbeite in einer Seifenfabrik, wo ich einen guten, sicheren Job habe, mit einer guten Gewerkschaft und meiner Firmenpension. Die Kollegen waren früher anständige Männer mit Verantwortungsgefühl, nun aber hat von uns sechs in der Tagesschicht fünf dieser Flugwahn gepackt. Ich bin der einzige, der noch normal ist. Paul Weaver und Jerry Marcus haben beide vor einer Woche gekündigt, zur gleichen Zeit. Sie wollen eine Firma aufmachen, wo sie Reklameflüge machen.

Ich hab ihnen zugeredet, ich hab mich mit ihnen gestritten, ich hab ihnen die finanzielle Situation vorgehalten – Lohn, Beförderung, Gewerkschaft, Pensionierung –, aber es war, als ob ich gegen eine Wand redete. Sie wußten, daß sie Geld verlieren würden (». . . zunächst«, haben sie gesagt. »Bis ihr pleite seid«, hab ich geantwortet). Aber sie waren so aufs Fliegen versessen, daß es für sie Grund genug war, ihre Arbeit in der Seifenfabrik einfach hinzuwerfen . . . dabei waren sie schon fünfzehn Jahre hier!

Als Erklärung hab ich von ihnen nur zu hören bekommen, daß sie fliegen wollen, und einen komischen Blick, in dem zu lesen stand, daß ich sie doch nicht verstehen würde.

Allerdings verstehe ich sie nicht. Wir waren ein Herz und eine Seele, die besten Freunde, bis diese Sache mit dem Fliegen daherkam – ein »Fliegerklub« oder so was Ähnliches – und die Leute in der Fabrik wie die Pest gepackt hat. Am gleichen Tag, als Paul und Jerry in den »Fliegerklub« eintraten, sind sie aus dem Bowling-Verein rausgegangen. Seitdem haben sie sich nicht wieder sehen lassen, und jetzt erwarte ich auch nicht mehr, daß sie wiederkommen.

Gestern nahm ich mir die Zeit, im Regen zu dem elenden kleinen Grasstreifen rauszufahren, den sie einen Flugplatz nennen, und mal ein Wörtchen mit dem Burschen zu reden, der den »Fliegerklub« führt. Ich wollte ihn aufklären, daß er in unserem ganzen Städtchen Unruhe in Familien und Betriebe bringt und daß er, wenn er nur einen Funken Verantwortungsgefühl hat, gefälligst von hier abhauen soll. Dort ist das Wort »Missionar« gefallen, und ich wiederhole es hier keineswegs wohlwollend. Missionar des Teufels, das ist er für mich, nach dem, was er angerichtet hat.

Er war in einem großen Schuppen und arbeitete gerade an einem der Flugzeuge.

»Vielleicht wissen Sie nicht, was Sie hier anrichten«, sagte ich, »aber seitdem Sie in der Stadt sind und Ihren ›Fliegerklub‹ aufgezogen haben, haben Sie das Leben von mehr Menschen, als ich jetzt nennen will, total verändert.«

Schätzungsweise eine Minute lang bemerkte er nicht, wie aufgebracht ich war, denn er sagte: »Von mir stammt nur die Idee. Sie haben selbst gemerkt, wie das Fliegen ist.« Fast so, als wäre es eine Ruhmestat, so viele Menschen zugrunde gerichtet zu haben.

Er wirkte ungefähr wie vierzig, aber ich wette, er ist älter, und er hat seine Arbeit nicht unterbrochen, um sich mit mir zu unterhalten. Das Flugzeug, mit dem er beschäftigt war, war aus Stoff gemacht, aus einfachem, altem, dünnem Stoff, mit Farbe darüber, damit es nach Metall aussieht.

»Mister, betreiben Sie hier ein Geschäft«, sagte ich schneidend, »oder so was wie eine Kirche? Da laufen jetzt die Leute herum und freuen sich auf den Sonntag hier, wie sie sich nie auf den Sonntag in der Kirche gefreut haben. Da reden jetzt Leute laut davon, daß sie ›Gott nahe‹ sind, von denen ich noch nie das Wort ›Gott‹ gehört habe, solange ich sie kenne, und die meisten kenne ich seit ihrer Kindheit.«

Endlich schien ihm zu dämmern, daß ich nicht gut auf ihn zu sprechen war, daß ich es für besser hielt, wenn er sich verzog.

»Wenn Sie wollen, entschuldige ich mich für Sie«, sagte er. Ich konnte ihn kaum verstehen. Er renkte sich unter das Armaturenbrett dieses kleinen Flugzeugs hoch und begann ein Zifferblatt loszuschrauben. »Manche der neuen Schüler lassen sich vielleicht ein bißchen fortreißen. Braucht manchmal eine Zeitlang, bis sie lernen, nicht laut auszusprechen, was sie denken. Aber sie haben natürlich recht. Und Sie haben auch recht. Es hat viel von einer Religion, das Fliegen.« Er kroch heraus und stöberte in seinem Werkzeugkasten nach einem anderen Schraubenzieher, mit einem kleineren Griff. Und dabei lächelte er mir zu, mit einem unverschämten, vertraulichen Lächeln, das mir klar zu verstehen gab, daß er nicht abhauen werde, nur weil verantwortlich denkende Menschen ihn dazu auffordern. »Das macht mich wohl zu einem Missionar.«

»Jetzt reicht's aber«, sagte ich. »Jetzt hab ich genug von dem Gequatsche, daß einen das Fliegen Gott nahebringt. Haben Sie vielleicht Gott schon mal auf seinem Thron gesehen, Mister? Haben Sie vielleicht schon mal Engel um dieses billige Spielzeug von Flugzeug fliegen sehen?« Ich fragte ihn so scharf, um ihn aufzurütteln, um ihm seine Arroganz auszutreiben.

»Nee«, sagte er. »Nie was von Gott auf seinem Thron oder von Engeln mit weißen Flügeln gesehn. Auch nie von Piloten gehört, daß sie so was gesehn hätten.« Er war wieder unter das Armaturenbrett getaucht. »Wenn Sie irgendwann Zeit haben, mein Freund, könnt ich Ihnen erzählen, warum die Leute von Gott reden, wenn sie das Fliegen angefangen haben.«

Er war mir in die Falle gegangen, ganz von selbst. Jetzt würde ich ihn weiterreden lassen und ihn nur aushorchen, bis er nichts mehr zu sagen wußte als »tja« und »äh« und ein leeres Gestotter, das beweisen würde, daß er zum Prediger so wenig taugte wie als Arbeiter in einer Seifenfabrik.

»Machen Sie nur zu, Mister Fly-boy«, sagte ich. »Gleich jetzt. Ich bin ganz Ohr.« Ich behielt für mich, daß ich in den letzten dreißig Jahren bei jeder Erweckungsversammlung dabeigewesen war und daß ich von Gott und der Bibel mehr wußte, als er mit seinen angeberhaften Flugzeugen in tausend Jahren lernen würde. Ja, er tat mir sogar etwas leid, weil er nicht wußte, mit wem er sprach. Aber er hatte es sich mit seinem lächerlichen »Fliegerklub« schließlich selbst zuzuschreiben.

»Also gut«, sagte er, »definieren wir mal kurz, wovon wir sprechen. Statt ›Gott‹ sagen wir mal zum Beispiel ›Himmel‹. Nun ist der Himmel zwar nicht Gott, aber für die Menschen, die das Fliegen lieben, kann er ein Symbol für Gott sein, und er ist ja kein so schlechtes Symbol, wenn man es sich überlegt.

253

Wenn man ein Pilot ist, ist einem der Himmel sehr nahe. Der Himmel ist immer über einem . . . er kann nicht begraben, weggeschafft, angekettet, in die Luft gesprengt werden. Der Himmel ist einfach da, ob wir es zugeben oder nicht, ob wir ihn anschauen oder nicht, ob wir ihn lieben oder hassen. Er ist da; ruhig, groß und immer da. Wenn man ihn nicht begreift, ist er ein großes Geheimnis, nicht? Er bewegt sich immerfort und verschwindet doch nie. Er nimmt nichts zur Kenntnis außer sich selbst.« Er zog das Zifferblatt heraus, sprach aber weiter, ohne besondere Eile.

»Der Himmel war immer da, wird immer da sein. Der Himmel versteht einen nicht falsch, ist nicht gekränkt, verlangt nicht, daß wir irgend etwas so oder so und zu einer bestimmten Zeit tun. Damit ist er kein ganz schlechtes Symbol für Gott, oder?«

Es war, als unterhielte er sich mit sich selber, während er Drähte losmachte und das Zifferblatt herauslöste, alles sehr langsam und sorgfältig. »Es ist ein ziemlich armseliges Symbol«, sagte ich, »weil Gott von uns verlangt . . .«

»Warten Sie ab«, sagte er, und ich hatte den Eindruck, daß er fast über mich lachte. »Gott verlangt nichts von uns, solange wir nichts von ihm verlangen. Aber sobald wir etwas über ihn erfahren wollen, werden uns Forderungen gestellt, stimmt's? Genauso ist es mit dem Himmel. Der Himmel verlangt erst dann etwas von uns, wenn wir ihn kennenlernen, wenn wir fliegen wollen. Dann aber sehen wir uns allen möglichen Forderungen und Gesetzen gegenüber, denen wir gehorchen müssen. Irgend jemand hat einmal gesagt, die Religion ist ein Weg, um die Wahrheit zu finden, und das ist keine schlechte Definition. Die Religion des Piloten ist das Fliegen . . . für ihn ist das Fliegen der Weg, den Himmel kennenzulernen. Und er muß den Gesetzen des Himmels gehorchen. Ich weiß nicht, was Sie die Gesetze Ihrer Religion nennen, aber die Gesetze unserer heißen ›Aerodynamik‹. Wenn man sie befolgt, mit ihnen arbeitet, dann kann man fliegen. Gehorcht man ihnen nicht, dann helfen einem weder viele Worte noch schönklingende Phrasen . . . man kommt niemals vom Boden weg.«

Jetzt hatte ich ihn. »Und was ist mit dem Glauben, Mister Fly-boy? Man muß doch einen Glauben haben . . . «

»Lassen wir das. Das einzige, was zählt, ist die Befolgung der Gesetze. Ja, man muß wohl genug Glauben haben, um es zu versuchen, aber ›Glauben‹ ist nicht das richtige Wort. ›Verlangen‹ ist besser. Der Wunsch, den Himmel kennenzulernen, muß stark genug sein, um die Gesetze der Aerodynamik zu erproben, um festzustellen, ob sie funktionieren. Wesentlich ist aber nur, daß man diesen Gesetzen gehorcht, nicht, ob man an sie glaubt oder nicht.

Zum Beispiel gibt es ein Gesetz des Himmels, das sagt, wenn man mit diesem Flugzeug bei einem bestimmten Gewicht mit fünfundvierzig Meilen pro Stunde gegen den Wind rollt, wird es abheben. Es wird sich vom Erdboden erheben und in die Luft zu steigen beginnen. Es gibt eine Menge Gesetze, die danach ins Spiel kommen, aber dieses eine ist ein ziemlich fundamentales. Man muß nicht daran glauben. Man muß lediglich versuchen, die Maschine auf fünfundvierzig Meilen pro Stunde zu bringen, und dann kann man sich selbst überzeugen, was geschieht. Man kann es versuchen, sooft man will, und wird sehen, daß es jedesmal funktioniert. Den Gesetzen ist es gleichgültig, ob man nun an sie glaubt oder nicht. Sie funktionieren einfach, jedesmal.

Mit dem Glauben kommt man nirgendwohin, mit Wissen und Verstehen aber überallhin. Wenn man das Gesetz nicht versteht, wird man früher oder später dagegen verstoßen, und wenn man gegen die Gesetze der Aerodynamik verstößt, ist man verdammt schnell vom Himmel weg, verlassen Sie sich drauf.«

Er kam unter dem Armaturenbrett hervor und lächelte, als dächte er gerade an ein bestimmtes Beispiel. Aber er behielt es für sich.

»Nun, ein Verstoß gegen dieses Gesetz wäre für einen Piloten dasselbe, was Sie vielleicht eine ›Sünde‹ nennen würden. Sie könnten sogar Ihre Definition der Sünde als ›Verstoß gegen das Gesetz Gottes‹ oder ähnlich formulieren. Aber soweit ich Ihre Auffassung von Sünde verstehe, handelt es sich um etwas Abscheuliches, das man nicht tun soll, aus Gründen, die Sie nicht genau verstehen. Beim Fliegen dagegen gibt es an der Sünde keinen Zweifel. Ein Pilot ist sich darüber ganz im klaren.

Wenn man gegen die aerodynamischen Gesetze verstößt, wenn man versucht, mit einer Tragfläche, die bei fünfzehn Grad überzieht, einen Anstellwinkel von siebzehn Grad zu halten, fällt man in einem ganz schönen Tempo von Gottes Angesicht. Wenn man nicht bereut und sich alsbald mit der Aerodynamik versöhnt, muß man einiges Bußgeld zahlen – zum Beispiel eine saftige Rechnung für Flugzeugreparaturen –, bevor man sich wieder an den Himmel wagen kann. Beim Fliegen gewinnt man seine Freiheit nur, wenn man den Gesetzen des Himmels gehorcht. Wenn man keine Lust hat, ihnen zu gehorchen, bleibt man für den Rest seines Lebens an die Erde gekettet. Und das ist für einen Piloten das, was wir ›Hölle‹ nennen.«

Die Löcher in der sogenannten Religion dieses Mannes waren so groß, daß man mit einem Lastwagen hätte durchfahren können. »Sie haben«, sagte ich, »lediglich die Worte der Kirche genommen und durch Ihre Fliegerwörter ersetzt! Sie haben nur . . .«

»Genau. Das Symbol des Himmels ist nicht ganz vollkommen, aber es

255

ist viel, viel leichter zu begreifen als die Auslegung der Bibel, die uns die meisten Leute liefern. Wenn irgendein Pilot am obersten Punkt eines Loopings ins Trudeln kommt, wird niemand sagen, das war der Wille des Himmels. Daran ist nichts Geheimnisvolles. Der Pilot hat sich gegen die Regeln vergangen, er hat für das Gewicht auf seinen Tragflächen einen zu hohen Anstellwinkel versucht, und dann ging's runter mit ihm. Sie würden sagen, er hat gesündigt, aber wir finden daran nichts Abstoßendes, wir steinigen ihn deswegen nicht. Es war einfach eine kleine Dummheit, die zeigt, daß er über den Himmel noch einiges lernen muß.

Wenn der Pilot unten angekommen ist, reckt er nicht die Faust gegen den Himmel ... er ist wütend über sich selbst, weil er die Regeln nicht befolgt hat. Er verlangt keine Vergünstigungen vom Himmel, er verbrennt ihm keinen Weihrauch. Er steigt wieder ins Flugzeug und korrigiert seinen Fehler; er macht es richtig. Vielleicht ein bißchen mehr Geschwindigkeit, wenn er seine Loopings beginnt. Verzeihung erlangt er also erst, wenn er seinen Fehler korrigiert hat. Die Vergebung liegt für ihn darin, daß er sich nun im Einklang mit dem Himmel befindet und daß er fähig ist, einen schönen, einwandfreien Looping zu fliegen. Und das ist für einen Piloten der ›Himmel‹ ... im Einklang mit dem Himmel zu sein, seine Gesetze zu kennen und ihnen zu gehorchen.«

Er nahm ein neues Zifferblatt von der Werkbank und kroch wieder in sein Flugzeug hinein.

»Sie können so weit gehen, wie Sie wollen«, sagte er. »Jemand, der die Gesetze des Himmels nicht kennt, würde es ein Wunder nennen, daß ein großes, schweres Flugzeug sich wie von einer Zauberhand gezogen von der Erde erhebt, ohne daß es von Seilen oder Drähten hochgeschleppt wird. Aber das ist nur deswegen ein Wunder für den Betreffenden, weil er nichts vom Himmel weiß. Für den Piloten ist es kein Wunder.

Und wenn der Pilot eines Motorflugzeugs sieht, wie ein Segelflieger ohne jede eigene Antriebskraft Höhe gewinnt, sagt er nicht: ›Das ist doch ein Wunder.‹ Er weiß, daß der Pilot des Segelflugzeugs sich sehr sorgfältig mit dem Himmel beschäftigt hat und jetzt seine Studien praktisch auswertet.

Sie werden es mir vielleicht nicht abnehmen, aber wir beten den Himmel nicht an, als wäre er etwas Übernatürliches. Wir glauben nicht, daß wir Götzenbilder schaffen und ihnen lebende Opfer darbringen müssen. Wir glauben nur, daß es für uns notwendig ist, den Himmel zu verstehen, seine Gesetze zu kennen und zu wissen, wie sie auf uns wirken und wie wir zu einem besseren Einklang mit ihnen gelangen und dadurch unsere Freiheit finden können. Das schenkt uns die Freude am Fliegen, und deswegen sprechen die neuen Piloten, wenn sie wieder gelandet sind, davon, daß sie Gott nahe gewesen seien.« Er befestigte die

256

Drähte an dem neuen Ziffernblatt und inspizierte sie sorgfältig.

»Wenn ein Flugschüler die Gesetze zu verstehen beginnt und sieht, daß sie bei ihm genauso wirken wie bei allen anderen Piloten, ist er beglückt. Und er freut sich darauf, zum Flugplatz zu kommen, mit einer Vorfreude, wie sie vielleicht manche Pfarrer ihren Gemeindemitgliedern in Hinsicht auf den Gottesdienst wünschen würden . . . die Vorfreude, etwas Neues zu lernen, das einem Glück, Freiheit und die Loslösung von den irdischen Ketten schenkt. Kurz gesagt, der Pilot, der sich mit dem Himmel beschäftigt, lernt und ist glücklich, und für ihn ist jeder Tag Sonntag. Sollte so nicht auch jeder Kirchgänger empfinden?«

Endlich hatte ich ihn am Kragen. »Dann sagt also Ihre ›Religion‹, daß eure Piloten keine elenden Sünder sind, die schon bald in Hölle und Verdammnis, Feuer und Schwefel schmachten werden?«

Er lächelte wieder, schon wieder dieses unverschämte nachsichtige Lächeln, das mir nicht einmal den Trost ließ, daß er mich haßte.

»Nein, solange sie nicht aus einem Looping abtrudeln . . . «

Er war mit seiner Maschine fertig und schob sie aus dem Schuppen hinaus in die Sonne. Die Wolkendecke riß gerade auf.

»Für mich sind Sie ein Heide, wissen Sie das?« sagte ich, mit allem Haß in der Stimme, den ich aufbieten konnte, und hoffte dabei, ein Blitz vom Himmel würde ihn tot niederschmettern und damit sein Heidentum beweisen.

»Wissen Sie was«, sagte er, »ich muß die Nadel des Wendeanzeigers überprüfen. Wollen Sie nicht einfach mitkommen? Wir fliegen einmal um den Platz herum, und Sie können selber entscheiden, ob wir Heiden sind oder Söhne Gottes.«

Ich durchschaute ihn sofort . . . er wollte mich rausschubsen, wenn wir droben waren, oder auch in ein Luftloch reinfliegen und in seinem Haß auf mich uns beide umbringen. »O nein, mein Bester. Sie werden mich in diesem Sarg nicht mit hinaufschleppen! Ich hab Sie mir vorgenommen. Sie sind ein Heide, und Sie werden in den Feuern der Hölle braten!«

Seine Antwort klang, als wäre sie mehr an ihn selbst gerichtet, so leise, daß ich sie kaum verstehen konnte.

»Nicht, solange ich den Gesetzen gehorche«, sagte er.

Er kletterte in sein kleines Stoffflugzeug und ließ den Motor an. »Sind Sie sicher, daß Sie nicht mitwollen?« rief er heraus.

Ich würdigte ihn keiner Antwort, und so flog er allein davon.

Hört mir zu, ihr mit euren Flugzeugen und euren »Gesetzen der Aerodynamik«, ihr, die ihr »den Himmel kennen« wollt. Wenn der Himmel Gott ist, dann ist er Geheimnis und göttlicher Zorn und wird euch mit Blitzen und mit Kummer schlagen und euch mit Leiden heimsuchen für eure Lästerung. Kommt herunter aus dem Himmel, kommt wieder zu Sinnen und lockt uns nie mehr, an euren Sonntagnachmittagen zu euch zu kommen.

Der Sonntag ist ein heiliger Tag, vergeßt das nicht.

Einzelne Essays erschienen in den Zeitschriften »Flying« (Ziff-Davis Publishing Company), »Air Progress« (Slawson Communications, Inc.), »Private Pilot« (Peterson Publishing Company), »Argosy« (Popular Publications, Inc.), »Sport Flying« und »Air Facts«.
»Überlandflug in einer alten Kiste« erschien unter dem Titel »Westward the – What kind of airplane is that anyway?« Copyright © 1964 by Ziff-Davis Publishing Company. »Denken Sie an Schwarz.« Copyright © 1962 by Ziff-Davis Publishing Company. Beide mit freundlicher Genehmigung der Zeitschrift »Flying« und der Ziff-Davis Publishing Company.

Bitte beachten Sie
die folgenden Seiten

Friedrich Wilhelm Korff

Drachentanz

Ein Fliegerbuch

Ullstein Buch 20402

Der Drachen, ein Gestell aus Rohr, Draht und Stoff, lehrt den Autor, sich gegen die Luftschläge aus dem Raum zu werfen, zu sprechen, zu schreiben und zu tanzen. Mit seiner Hilfe findet er den Übergang vom Gedankenflug zum wirklichen Fliegen. Er erlernt das Drachenfliegen, montiert einen Motor an sein Gerät, hebt ab und steigt mit Fahrradgeschwindigkeit in den Raum. Am Himmel hängend und davonschwebend, sieht er das Entlegene, Abseitige, vorher nicht Gesehene und auch nicht Sichtbare.

ein Ullstein Buch

Dieter Vogt

Himmel, wo ist die Erde?

Reportagen aus der Luft

Mit Zeichnungen von
Luis Murschetz

Ullstein Buch 20547

Dieter Vogt, Reporter und Flieger, treibt sich in der Luft herum: am Steuerknüppel, im Ballonkorb, in der Luftschiffgondel, am Fallschirm, im Cockpit der Concorde, in der Uniform eines Flugstewards. Kein Sensationsreporter – ein Feuilletonist erzählt nachdenklich und ironisch, was der Himmel den Menschen zu bieten hat: Glück, Angst und Staunen. Ein Fliegerbuch? Ein Buch der Entdeckungsreisen. Für alle, für die der Himmel nicht nur Luft ist.

ein Ullstein Buch

Antoine de Saint-Exupéry

Die Stadt in der Wüste

(Citadelle)

Ullstein Buch 408/9

Dieses Werk aus dem Nachlaß des Verfassers von »Nachtflug«, »Wind, Sand und Sterne« und »Der kleine Prinz« bildet nach seinen eigenen Worten den Schlußstein im großen Gewölbe seines Gesamtwerkes. Schauplatz ist die arabische Wüste – eine Landschaft von grandioser Monotonie, die der Autor als Pilot unzählige Male überflogen hat.

ein Ullstein Buch